兵士は戦場で
何を見たのか

DAVID FINKEL, THE GOOD SOLDIERS

デイヴィッド・フィンケル　古屋美登里＝訳

亜紀書房

兵士は戦場で何を見たのか

リサ、ジュリア、ローレンに

1章

二〇〇七年四月六日

今日お集まりの方々は、バグダッドの治安維持という前回の軍事作戦が成功しなかったのだから、今回の作戦も成功するはずがない、と思っていることでしょう。ですが、今回はこれまでとは違うのです……

――二〇〇七年一月十日　増派を表明するジョージ・W・ブッシュの言葉

彼の兵士たちは、増派が始まったときにはまだ、彼のことを「敗将カウズ」と呼んではいなかった。やがて負傷することになる兵士たちは、そのときにはまだ五体満足だったし、やがて死ぬことになる兵士たちも、そのときにはまだ生を謳歌していた。彼お気に入りの兵士、彼の若い頃そっくりだと言われていた兵士は、「こんな糞みてえなところ、もううんざりだ」という手紙を友人にまだ書き送ってはいなかった。やはり彼が目をかけていたもうひとりの兵士も、「希望をすっかり失くした。もうじき終わりが来る気がする。もうすぐ、いまにも」と、隠していた日記にまだ記して

ラルフ・カウズラリッチ　カンザス州フォート・ライリー

はいなかった。別の兵士は、血だまりをぺろぺろ舐めて渇きを癒やしている犬を撃ち殺すほどの怒りをまだ抱えてはいなかった。すべてが終わった後で大隊一の勲章受章者となる兵士は、自分が殺した人々のことをまだ夢に見てはいなかったし、梯子を登っていたふたりの民間人について神に問いただされたらどうしようという不安をまだ抱いてはいなかった。別の兵士は目を閉じるたびに、男の頭を撃ち抜いている自分の姿が浮かび上がったり、その男の頭を撃った自分をじっと見つめていた幼い女の子の姿が見えたりすることはまだなかった。彼自身の夢について言えば、やがてたびたび見るようになる夢はまだ現われていなかった。少なくとも、妻や友人たちが取り囲んでいる墓地の穴に自分が突然落ちていく夢や、自分の周りの何もかもが吹き飛ばされ、なんとか応戦しようとしても武器も爆弾もなく、空の薬莢の入ったバケツしかないという夢はまだ現れていなかった。

アメリカ合衆国陸軍中佐ラルフ・カウズラリッチは、間もなくそうした夢を見るようになるのだが、ブッシュ大統領の増派の発表を受けて八百人の兵士を率いてバグダッドに赴いていた二〇〇七年四月上旬の時点ではまだ、毎日「申し分なし」という言葉を口にするだけの理由があった。

バグダッド東部で朝を迎えたカウズラリッチは、いがらっぽく熱い大気を胸に吸い込んではその言葉を言うようになる。「申し分なし」と。そして自分の人生を形作ってきたものを見回す。迷彩服、銃、防弾チョッキ、化学兵器攻撃に備えたガスマスク、神経ガス攻撃に備えたアトロピン注射器、整然としたベッドの脇にある『一年　希望の書』（これは一日を落ち着いて始めるために真っ先に読む）、壁を飾る妻子の写真（妻子のいる、楡の木に囲まれたカンザスの自室のビデオデッキには、派兵される前夜に子供たちに話しかけたビデオが入っている。「よし、いいか、みんな。起きる時間だ。大好きだよ。みんな起きろ。そら、そら」と）などを見てから言う。「申し分なし」と。外に出るとたちまち頭から足の先まで埃まみれになる。砂埃が立たないように汚水を撒き散らすトラックが通り過ぎていったときは別だが、そのときにはどろどろの汚泥の中を歩きながら彼はその言葉を口にする。爆破された壁や土嚢、掩蔽壕《えんぺいごう》、別の大隊から運び込まれた負傷兵たちの手当をしている救護所、死者が収容されている別館などを通り過ぎながら、彼はその言葉を言う。度重なる爆撃で壁がぼろぼろになった自分のオフィスで、その朝届いた電子メールを読みながらそう言う。妻からは、「愛してる！　裸になって抱き合っていられたらどんなに素敵かしら……。体を絡め合って、少し汗をかいて（笑）」というメール。ワシントン州の田舎にいる手術後の母親からは、「実は何ヶ月かぶりでとてもよく眠れました。何もかもが元通りになりました。とても嬉しい。ロージーが病院に迎えに来てくれました。今朝、うちの牛が解体されることになり、お父さんは問題がないことを確認するのに家にいなければならなかったの」というメール。父親からは、「お前を最後に見てからというもの、眠れぬ夜を過ごしている。お前のそばにいて手伝うことができたらいいのだが」というメール。カウズラリッチはカトリックのミサに出るために礼拝堂に向かいながらその言葉を言う。ミサを取り仕切る司祭が急遽ヘリコプターで連れて来られたのは、前任者がハンヴィー〔訳註　高機動多用途の装甲車両〕に乗っているときに吹き飛ばされたからだ。夕食に必ず二杯の牛乳を飲むことにしている食堂で、彼はその言葉を言う。ハンヴィーに乗ってバグダッド東部の地区に入っていくときにも言う。増派によって兵士が派遣されたその地区では、すでに道端に仕掛けられた簡易爆弾が絶えず爆発していて、兵士たちが死亡したり、腕を失ったり、脚を失ったり、脳に衝撃を受けたり、鼓膜が破れたり、怒りや吐き気を感じたり、いきなり涙が溢れだしたりし始めていた。しかし、そんな目に遭っているのは、彼の兵士ではなかった。別の兵士。別の大隊の兵士だった。バグダッド東部から戻ると「申し分なし」と言う。彼のこの言葉は、神経性の痙攣にも祈りの言葉にも受け取れた。あるいは、単に楽観主義の宣言に過ぎなかったのかもしれない。というのも、彼は楽観主義者以外の何者でもなかったからであり、たとえ彼が戦争のまっただ中にいても、二〇〇七年四月の時点では、戦争はアメリカ国民やマスコミや軍隊の一部にとって終わったも同然であったからだ。悲観主義や祈りの言葉や神経性の痙攣に目を向けなければ。

だが、カウズラリッチは終わったと思ってはいなかった。ブッシュ大統領が増派を宣言し、「今回はこれまでとは違う」と言ったとき、カウズラリッチはこう考えていた。俺たちがその違いを示してみせる。俺の大隊が、俺の兵士たちが、俺が。それ以来毎日、「申し分なし」という言葉を口にしていたが、やがてはほかの言葉もしきりに言うようになる。皮肉っぽさの欠片《かけら》もなく、心から信じている口調で、「われわれは勝利しつつある」と。彼はこの言葉も好んで口にした。しかし二〇〇七年四月六日、午前一時にトレイラーのドアが叩かれて目を覚ましたときに口をついて出たのは、これまでと違う言葉だった。

「いったいどうした？」カウズラリッチは目を開けながらそう言った。

そもそも彼とその大隊はここに来るはずではなかった。このことひとつ取ってみても、この先どんなことが起きてもおかしくないと考えるのが普通だった。目を覚まし、服を着替えたカウズラリッチは、自分のトレイラーから大隊の司令部まで歩いていった。ありがたいことに、地面を泥濘《ぬかるみ》に変えてしまう三月の雨はすっかり上がっていた。地面は乾いていた。道路は土埃にまみれていた。大気は冷たかった。ほんの一キロ半ほど先で何が起きているにせよ、見るべきものも聞くべきものもなく、彼は自分の考えに浸るしかなかった。

二ヶ月前、イラクへ向けて出発する日が近づいていたとき、彼はカンザス州フォート・ライリーの自宅のキッチンでハムと二個のベイクト・ポテトと牛乳の夕食をとり、デザートに林檎のチップスを食べてからこう言った。「俺たちはアメリカなんだ。つまり、俺たちにはあらゆる資源がある。非常に聡明な人たちがいる。第二次世界大戦のときのように、みんなが決断するなら、そしてみんなが『これこそが差し迫った問題だ、最優先事項だ、われわれは勝つためにすべきあらゆることをする』と言うのなら、アメリカは必ず勝つ。この国は、勝つためにすべきことはなんだってやれる。問題は、その意志があるか、ということだ」

彼はいま、午前一時過ぎに司令室に入っていった。戦争開始から一千四百七十八日目に当たるこの日には、死亡した兵士の総数は三千人を超え、負傷した兵士は二万五千人に迫り、アメリカ市民が当初抱いていた楽観的な見方が消えてからだいぶ経ち、開戦へと導いた誤算と歪曲とが詳細に暴かれ、開戦以降ずっと戦争を推進してきた政治的失態も露わになっていた。負傷者四人、と彼は報告を受けた。ひとりは軽傷、三人は重傷。そして、ひとりが死亡。

「統計的に見れば、俺が部下を失う確率はきわめて高い。だが、自分がそれにどう対処していくのかまだわかっていないんだ」アメリカのフォート・ライリーでカウズラリッチはそう言っていた。彼は陸軍将校として過ごしてきた十九年のあいだに、直属の部下をひとりも失ったことがなかった。

しかしいまイラクで、死亡したのはジェイ・ケイジマ上等兵だと聞かされた。ケイジマは二十歳二ヶ月。爆弾が爆発して即死だったかもしれないし、爆発の炎に焼かれ、死ぬまで少し時間がかかったかもしれない。

「この戦争で、俺は変わるかもしれないな」フォート・ライリーで、彼はそう言っていた。そして彼のいないところで、ひとりの友人がそれがどのような変化か予言していた。「立派な男が崩壊するのを、きみは目の当たりにするだろうな」と。

いま彼は、「弔事班」の兵士たちが警戒態勢を敷いて亡骸《なきがら》を納める準備をしているという報告を受けた。「車両浄化班」と呼ばれている兵士たちも準備していた。

「つまり、アメリカがこの戦争に負けるなら、ラルフ・カウズラリッチが戦争に負けるってことだ」フォート・ライリーで彼はそう言っていた。

いま、さらに詳しい情報がもたらされ、彼は感情的ではなく分析的であろうとした。ケイジマは、この大隊を編成したときに最初に配属された兵士のひとりだ。だが彼が考えたのはそのことではなく、眠りに就こうとしたときに聞こえてきた音のことだった。午前零時三十五分、遠くでドッカーンという音がした。それほど大きな音ではなかった。あの音がそうだったに違いない。

彼の大隊はアフガニスタンに赴く予定だった。最初の噂ではそうだった。次の噂ではイラクになった。ところがどこにも行かなかった。彼らは戦争が終わるまでフォート・ライリーにそのまま留まることになっていた。戦争に勝つために戦場へ向かってゆくまでに、この大隊は実に多くの紆余曲折を経ることになった——。

二〇〇三年にイラク戦争が始まったとき、この大隊はまだ存在していなかったが、陸軍の終わりのない組織改革にかかわっていたどこかの系統図にはあった。二〇〇五年にそれが具体的になったものの、名前はなかった。実行部隊。そう呼ばれていた。まったく新しい旅団に属する新しい大隊だったが、カウズラリッチの知識と技能があるだけで、ほかになんの装備もなく、カウズラリッチがいるだけで、ほかに兵士はひとりもいなかった。

カウズラリッチによれば、それよりひどかったのは、大隊の拠点として配備される場所だった。フォート・ライリーだ。そこは陸軍の腋の下のひとつ（つまりひどいところ）というレッテルを不当にも、あるいは正当にも、貼られていた。四十にさしかかっていたカウズラリッチは、ウェスト・ポイント〔訳註　陸軍士官学校〕に所属していた。アーミー・レンジャー〔訳註　秘密任務をおこなう特殊部隊〕の一員だった。その言葉は兵士としての彼の人生を如実に物語っていたかもしれない。彼は一九九一年に「砂漠の嵐作戦」で戦った。「限りなき自由作戦」〔訳註　二〇〇一年9・11後にテロに対して宣言したアメリカの軍事作戦〕の初期の頃、アフガニスタンに赴いた。イラクではふたつの任務を遂行し、飛行機から山や森に向かって八十一回も降下し、数週間にわたって荒野で生き抜いた。ところがフォート・ライリーでは、これまでになく遠い場所にいるような気がした。到着した瞬間から、自分がよそ者のような気がした。派兵される日まで、その疎外感は深まっていくばかりだった。派兵されることになり、取材記者たちが話をしてくれる兵士を求めてフォート・ライリーに殺到したときも、ひとりとして彼のところには差し向けられなかった。記者たちが将校に会いたいと思っても、彼の名前が伝えられることはなかった。特に大隊を指揮する将校に会いたいと思っていたとしても、彼の名前が告げられることはなかった。歩兵大隊の指揮官はふたりしかいなかったにもかかわらず、指揮官に会いたがっている記者に彼の名が告げられることはなかった。

陸軍は彼を昇格させていたものの、彼を快く思っていないところがあった。カウズラリッチは軍隊が好む人当たりのいい似たり寄ったりの将校ではなかった。彼には負け犬のようなところがあり、それ故にたちまち人に好かれた。そして、激しやすいところがあり、それが時折その体から波のように伝わってくることがあった。もしも陸軍に彼を快く思っていないところがあったとすれば、同じように彼にも陸軍を快く思っていないところがあった。たとえば彼は、国防省《ペンタゴン》の中で勤務するような地位などほしくない、そういった仕事は真の兵士にではなくゴマすりにこそふさわしい、自分は徹頭徹尾、真の兵士なのだ、と主張していた。こうした主張を気高い態度だと思う友人もいれば、愚かな態度だと思う友人もいたが、この気高さと愚かさが彼の複雑な内面を表していた。彼には思いやりがあった。傲慢だった。人間くさかった。自分のことにしか興味がなかった。モンタナとパシフィック・ノースウェストで少年期を過ごした。耳の突き出た痩せっぽちの少年だったが、やがてだれよりも腕立て伏せを多くやり、一・六キロをいちばん速く走り、人生を意志に基づく行為の積み重ねと見なす大人へと自分を変えていった。強靭な胃腸と、人の名前と日付と褒め言葉と侮蔑の言葉を完璧に記憶する能力を自慢にしていた。正確で繊細な、ほとんど装飾文字《カリグラフィー》のような字を書いた。日曜日には必ずミサに参加し、食事の前に祈りの言葉を呟き、ヘリコプターに乗るときには胸で十字を切った。「ちょっと言わせてもらいたいんだが」と言ってから話をするのが好きだった。彼は素直にも無礼にもなれた。素直さは彼に有利に働いたが、無礼な態度はときに不利な結果をもたらした。以前、アフガニスタンでカウズラリッチの連隊の特殊部隊に所属していたプロのフットボール選手パット・ティルマンが、友軍からの誤射で死亡した。それについてジャーナリストに意見を訊かれたとき、調査を担当していたカウズラリッチは、ティルマンの遺族が気持ちの整理がつかずに苦しんでいるのは、信仰の問題なのではないか、と述べた。「人は死ねばよりよい場所に行けるはずです。違いますか？　しかし、無神論者で何も信じていない場合、死んだらどこに行くんです？　行くところはありません。虫だらけの泥に還るだけです」と言った。なんとも無礼な言い方だ。無神経とも言える。そして時には下品にもなった。「キンタマみたいに熱いな」というのが、どうやら彼の気に入っている天気予報だった。

しかし、そういうことはあっても、根っからの優れた指導者だった。周りに集まる人々は彼の考えを知りたがったし、たとえそれが危険なことであろうと彼の命令であれば、実行しないと恐ろしい目に遭うからではなく、彼を失望させたくないがためにその命令に従った。「だれにでも訊いてみればいい」と彼の大隊の副隊長ブレント・カミングズ少佐は言った。「中佐にはそういった強力な個性があって、部下たちは中佐についていきたいと思っている」と。あるいは別の兵士はこう言った。「彼についていけば地獄の底まで行っても戻って来られる、そう思わせる男だ。そういうタイプのリーダーなんだよ」。肥大した国家の軍隊にもそれがわかっていた。だから、カウズラリッチは二〇〇五年に大隊の指揮官に任命され、二〇〇六年には、第十六歩兵連隊第二大隊という休眠状態だった古い大隊名が付与されることを正式に告げられた。正式名称は、第一歩兵師団第四歩兵旅団第十六歩兵連隊第二大隊というものだった。

「なんてこった。そのニックネーム、知ってますか？」とブレント・カミングズはカウズラリッチから聞いたときにそう言った。「レンジャーズ、っていうんですよ」

カウズラリッチは笑った。勝利の葉巻《ヴィクトリー・シガー》を吸う真似をし、「これは運命だな」と言った。

本気でもあった。彼は運命を信じていた。神を、定めを、イエス・キリストを信じていた。そして、ある出来事が起こる理由や意味がすぐにはわからなくとも、すべての出来事は起こるべくして起こると信じていた。二〇〇六年の末に起きたことがそうだった。そのときようやく任務が明かされた。彼とその大隊は、補給部隊の安全を確保するためにイラク西部に派兵されることになる、と。カウズラリッチはその知らせを聞いて愕然とした。彼は歩兵大隊を任されている歩兵将校だ。その彼に、人生における決定的な戦争で与えられた任務が、イラク西部の平べったくて退屈な無人の荒野で、燃料と食料を運搬していくトラックを護衛して一年間を無駄にすることなのか？　これにはいったいどんな意味がある？　とカウズラリッチは考えた。俺を侮辱するためか？　負け犬だと思わせるためなのか？　二〇〇七年一月十日、彼はそんなくすぶった気持ちのまま、義務的にテレビをつけると、ブッシュ大統領が映った。大統領の在任期間中に支持率がどんどん下がってきたブッシュは、イラクへの新しい戦略を発表していた。

負け犬を見つめている負け犬。一月十日は、ブッシュを負け犬としか見なせないような状況だった。支持率三十三パーセントというのは、在任中最低の数字だった。そしてその夜彼が話し始めたとき、少なくとも彼を支持しない六十七パーセントの人々にとっては、彼の声は決意に満ちたものというより絶望に満ちたものに聞こえたかもしれない。というのも、どう考えても、この戦争は失敗としか言いようがなかったからである。恒久的平和を勝ち取るための戦略は失敗した。テロを打倒する戦略は失敗した。中東に民主主義を広める戦略は失敗した。せめてイラクに民主主義だけでももたらそうとする戦略も失敗した。世論調査によれば、多くのアメリカ人が戦争にうんざりし、軍隊を撤退すべきだと思っていた。そうしたアメリカ人にとってこの時は悲惨な時期であり、この先には敗北しかないという状態だった。

その時期にブッシュが発表した内容は、愚行とは言わないまでも、無謀な行為に思えた。イラクにおける部隊の人員を削減するのではなく、三万人になるまで増員するというのだ。「部隊の大半——五旅団——がバグダッドに派遣されることになる」とブッシュは言い、さらに続けた。「わが軍には明確に示された任務がある。イラクの人々と協力して近隣の治安を守り、地元住民の命を守り、残るイラク軍がバグダッドの求める治安を確実に提供できるようにすることだ」

それが彼の新しい作戦の核心だった。これはホワイトハウスが「新たな前進」と最初に呼んだ対反乱作戦だったが、すぐに「増派」として知られるようになった。

つまり、増派だったのだ。アメリカ市民の大半は、この追加部隊が戦争の悲劇的局面へまっすぐに向かっていくという見方をした。しかし、ブッシュが演説を終え、五旅団についての噂が囁かれ始め、その名前が公表され、そのうちの一旅団はカンザスのフォート・ライリーから派兵されるという公式発表が出たとき、カウズラリッチの見方はまったく違っていた。

戦いのまっただ中の大隊指揮官。彼はそれになろうとしていた。戦略上の大失敗、市民の強い嫌悪感、政治的な転換、完璧なタイミングのおかげで、彼とその大隊は補給部隊を護衛する任務をまぬかれたのだ。大隊はバグダッドに赴くことになった。意味が修正された。カウズラリッチは目を閉じて神に感謝した。

それから三週間が経ち、派兵が数日後に迫った日、彼の手は大勢の人からの握手攻めにあってひりひり痛んでいた。人々は彼の手を摑み、しがみつき、そしてラルフ・カウズラリッチの最後の姿をまぶたに焼き付けようとするかのようにその目を覗き込んだのだ。彼はいま自宅で、「不測の事態のための手引き」と呼ばれる冊子に書き付けていた。

――土葬か火葬か。

「土葬」と彼は書いた。

――墓地の場所。

「ウェスト・ポイント」と彼は書いた。

――棺に入れてほしい私物。

「結婚指輪」と彼は書いた。

そのとき、妻のステファニーが入ってきた。彼女は別の部屋で三人の子供と一緒にいたのだ。カウズラリッチがステファニーと出会ったのは二十年前、ウェスト・ポイントにいたときだった。会った瞬間に彼は、自分の目の前に突然現れた長身で活発そうな、しゃくれ顎の女性は、俺をうまく丸め込める相手だとすぐにわかった。俺にふさわしい女だ、とピンときた。そして自分も彼女にふさわしい男だと思った。自信を持って彼女に話しかけた最初の言葉は、「俺をザ・カウズと呼んでもらいたいな」というものだった。ザ・カウズのほうがラルフよりは、そして名字よりははるかに響きがいいように思えた。その名字を「カウズラリッチ」と正確に発音できる者もいたが、違った発音をする者のほうが多かった。それから長い年月が経ったが、ステファニーから「ザ・カウズ」と呼ばれたことは一度もない。いま夫が書いているものを見てステファニーは、「棺に入れてほしいのはそれだけなの？」と言った。

「そうだ」彼はそう言って先を続けた。

——墓石のタイプ。

「軍人用」と彼は書いた。

——朗読してほしい聖書の一節。

「詩篇二十三篇」と彼は書いた。

——演奏してほしい音楽。

「陽気で明るいもの」と彼は書いた。

「ラルフ、あなたったら陽気で明るい音楽がいいの？」とステファニーが言った。

その頃、フォート・ライリーの別のところでは、ほかの兵士たちも支度を調えていた。遺言を書き終えていた。代理人を指定していた。最後の健康診断を受けていた。聴覚。心拍数。血圧。血液型。兵士たちは衛生面の説明会に行き、指示を受けた。手をよく洗え。ボトルに入った水を飲め。木綿の下着を着用しろ。鼠に気をつけろ。彼らは防弾チョッキを着け、零度の冷たい風が吹く屋外に並んで検査を受け、注意された。革紐がぴっちりと締めつけられていない、強力なスナイパーの弾を止めてくれるセラミック板が二センチほど浮いている、圧縮包帯と止血帯が正しくないところに入っている、お前たちは戦場なら死んでるぞ、と。彼らはストレス管理と自殺防止の説明会に行き、従軍牧師から話を聞いた。「これは重要なことです。死ぬ心構えがないなら、その心構えを持ちなさい。死ぬ覚悟がないなら、その覚悟を持たなければなりません。友人が死ぬのを見られないのであれば、見る勇気を持ちなさい」

それで心構えはできたのか。そんなこと、誰にわかる？　大半の兵士たちにとってこれが最初の派兵であり、海外に行くのも初めてという者が多かった。大隊の平均年齢は十九歳だった。十九歳の兵士に覚悟などができるものなのか。ダンカン・クロックストンという十九歳の兵士はどうだろう。彼は狭いアパートメントに両親と、同い年の新妻と暮らしていた。荷物を詰めているときに電話がかかってきた。「葬式の内容について話してただけだよ」彼は、事情を知りたがる両親と新妻にそう言ったが、ダンカン・クロックストンに心構えはできたのか。

大隊最年少の兵士はどうだろう。彼はたかだか十七歳だ。彼は心構えはできたかと訊かれるたびに、「了解した《ラジャー》」と言ったが、派兵にまつわる噂が流れ始めると、フランク・ギーツという名の小隊の二等軍曹を脇に連れて行き、人を殺すこととどうやったら折り合いをつけていかれるのかと尋ねた。「向こうに行ったら、そのことは心の奥底にしまっとけ」とギーツは言った。

それで十七歳の兵士に心構えはできたのか。

そして、イラクに二回派兵されたことがあり、大隊最年長のひとりで、「心の奥底」という意味をだれよりもよく知っているギーツは、どうなのか。

十週間後に、母親の言葉として「優しい子でした」と新聞に書かれることになるジェイ・ケイジマはどうか。

気にしたところでしかたがない。彼らは戦地に行くのだ。

兵士たちは銃弾と写真と応急用キットとキャンディを荷物に詰めた。見納めとばかりに町に繰り出し、へべれけに酔っ払う者もいれば、無断外出して恋人に会いにいく者もいた。その中のひとりは結婚までした。出発の五日前に、カウズラリッチはイラクに行けない兵士の名簿を見ていた。七人に手術の予定が入っていた。ふたりはもうじき父親になるところだった。嬰児が集中治療室に入っている者がいた。ふたりが刑務所に入っていた。それ以外の九人はさまざまな理由から、カウズラリッチの表現によれば、「これからやることを実行するだけの精神的な強さがなかった」。しかし大半の兵士は、これからやることを実行したくてたまらなかった。うずうずしている者もいて、はっきりとそう言った。「この戦いの正念場だよ」とある兵士は、足を踏みならし、頭を上下に振り、文字通り武者震いをしながら言った。「戦いに勝つチャンスだ」

出発まであと四日。

カウズラリッチは本部裏の広い敷地に大隊を集め、基地となるバグダッドの様子を説明した。すでに雪が降っていてとても寒く、太陽は沈みかけていた。彼は、大隊が間もなく向かうのは、バグダッドの悪名高いスラム街であり反乱軍の中心地であるサドル・シティのそばだと話した。兵士たちはカウズラリッチを隙間なく取り囲み、耳を澄ましていた。彼はひときわ声を張り上げて言った。「狭くて汚くてひどく嫌な場所だ」。その言葉が氷と周りの建物に跳ね返り、そのせいで、いまいる場所が余計寒く感じられた。

「いいか、お前たち。これはゲームじゃない」カウズラリッチは言った。「この一年間で恐ろしいものを見ることになる。理解できないものを見ることになる。（中略）お遊びの時間はおしまいだ。われわれはこれから一発ぶちかまさなければならない。しかも規律に従ってことを進めていかなければならない。これまでのようにな。（中略）俺はお前たちの能力に絶対の信頼を寄せている。全幅の信頼をだ。（中略）この週末が最後の週末だ、わかるな？　だからご両親に電話をしろ。家族を大切にしろ。この週末はそういう人たちのことだけを考えろ。火曜の夜、航空機に乗り込み、航空機が離陸したら最後、もうそういうわけにはいかないんだ。お前たちはただひたすら勝つことだけを考えるんだ、国を賭けてのこの戦争に」

そこで、「戦争」という言葉の響きが消えるまで充分に間を取った。それから兵士たちが声を限りに歓声をあげ、それがしばらく続いた。その後、兵士たちは建物に入ると、部屋は雪の中にいた少年たちの冬の匂いに満ちた。

出発前日。

カウズラリッチの家では、子供たちがその週末に買ってもらった動物のぬいぐるみを手にして駆け回っていた。どのぬいぐるみにも、父親の声が録音されたメモリーチップが入っていて、一年間は再生できるようになっていた。「やあ、ジェイコブ。愛してるよ」「やあ、ギャレット。きみを愛している」「愛してるよ、アリー・ゲーター〔訳註 アリーにワニをかけた言葉あそび〕」。アリーとは七歳になるアレクサンドラ・テイラー・カウズラリッチで、その名前がつけられたのは、イニシャルが父親に馴染みのある「アタック」を思い起こさせるATKになるからだった。アリーは三人の子供の中でいちばん大きかったので、いま何が起きているのかよくわかっていた。「行かないで」とアリーは言った。そして父親が「パパは大丈夫だよ。たとえ大丈夫でなくたって、きみは大丈夫さ。いつもパパがきみの様子をちゃんと見守るからね」と言うと、彼女は「そうなったら、あたし、自殺する。そうしたらパパと一緒にいられるもん」と言った。アリーは父親の膝の上に乗った。五歳のジェイコブと三歳のギャレットは、幼くて事情がわからないまま家の中を駆け回り、ぬいぐるみでたたき合っていて、一方妻のステファニーは自分の思い描いたイメージと戦っていた。「灰色。陰鬱。生活するには悲惨な場所」というのが、夫の赴く場所から連想するイメージだった。ウェスト・ポイントの高校を卒業後に陸軍で働いていたので、感傷的になりすぎないことが身についていたが、今回脳裏に浮かんでくるのは、死んだ兵士のことばかりだった。しかしカウズラリッチは家族を見つめながら、いささか感傷的になってこう言った。「これはとても複雑な戦争だよ。最終局面はだな、俺の思い描くイラクの最終局面というのは、イラクの子供たちがサッカー場でなんの不安もなく遊べることだ。親たちが安心して子供たちを外で遊ばせて、不安など何も感じないということだ。俺たちのように。外に出ていって、やりたいことができて、誘拐されたり知らない人に声をかけられたりなんてことを心配しなくてもいい状況だ。全世界がそんなふうになるべきなんだ。でも、果たしてそれができるだろうか」

出発当日。

兵士たちは大隊集合場所に午後一時に集まることになっていた。午後十二時四十二分に、兵士たちとその家族のあいだで抱擁が始まり、十二時四十三分になっても絡み合って動く腕はまだ力強かった。十二時四十五分には、そこここで涙が流れ始めた。車の中にはドアに寄りかかって両手で顔を覆ったまま身動きしない女性がいて、車の外ではトランクに寄りかかって煙草を吸う兵士がいた。午後の時間が進むにつれて、そうした光景が続いた。

兵士たちは煙草を吸った。防弾チョッキを用意した。署名をして倉庫から武器を出した。妻や恋人や子や親や祖父母と共に待ちながら、絶えず腕時計に目を走らせた。ある兵士は、爪先立った若い娘とキスするのを止めることができなかった。ギーツは部下たちに、別れの挨拶はそのくらいにしろと話していた。ある兵士は持っていってはいけない物を両親の車に押し戻していた。その中には、上半分が色鮮やかな青で染められたカウボーイ・ブーツもあった。午後二時を過ぎ、カウズラリッチが妻と子供たちを伴って到着した。「辛い日だ」と彼は言い、アリーが泣き出すと、事態は悪くなるだけのように思えた。彼はオフィスで家族に別れを言った。家族を車に乗せるときにもう一度別れを言った。家族が車の中に座ったますぐに立ち去ろうとしないのでもう一度別れを言い、それから自分のオフィスに戻り、最後の時間を過ごした。

家族の写真、詰め込んだ。予備の止血帯、詰め込んだ。予備の圧縮包帯、詰め込んだ。窓の外を見た。家族の乗った車はいなくなっていた。彼は明かりを消し、ドアを閉め、外に出て、部下の兵士たちと一緒に体育館に向かい、自分たちを空港へと運ぶバスが到着するのを待った。

夜になった。

バスが到着した。

兵士たちは立ち上がり、前へ進んでいった。そしてカウズラリッチは、通り過ぎていく兵士たちの背中を叩いた。

「準備はいいか?」と彼は訊いた。

「イエッサー」

「大丈夫か?」

「イエッサー」

「ヒーローになる心構えはできたか?」

「イエッサー」

彼らは、ひとりまたひとりと外に出ていった。そして話しかける最後のひとりが出ていった。カウズラリッチは自分に問いただした。「われわれの準備は整ったのか」そして外に出た。

バスから航空機へ。航空機から別の航空機へ。その次の航空機からはヘリコプターに乗り換え、ようやく一年間を過ごす予定の場所へ到着した。そこは、舗装された道路があり外交官が行き交い宮殿がある安全地帯《グリーン・ゾーン》〔訳註　イラク中心部のアメリカ軍駐留地域をこう呼んだ〕ではなかった。議員たちがやってきてはタコベル〔訳註　ファストフード・レストラン〕があることに驚いてとんぼ返りする大きな軍事基地ではなかった。そこは議員もタコベルも決して足を踏みいれない場所で、ラスタミヤ前線作戦基地《FOB》と呼ばれるこぢんまりした基地だった。何人かの兵士は、合衆国にいるときに地図を見て地理を予習していた。イラクがあった。バグダッドがあった。バグダッドの東の外れにはディヤーラ川があった。川がUターンしているところのすぐ近くにあるのが彼らの新しい居住地だった。十九歳の兵士たちは、そのちっぽけなUターンの場所が犬の尻からぶら下がっているものみたいだと言って笑った。

いざ到着し、別の大隊からなる千五百人の兵士の中に加わってみると、その土地を言い表す言葉はいっそうひどくなるばかりだった。ラスタミヤにあるものすべてが土色で、悪臭に覆われていた。風が東から吹けば汚水の臭いがし、西から吹けばゴミを焼く臭いがした。ラスタミヤでは北と南から風が吹くことはなかった。

このことを、兵士たちは到着した瞬間にわかった。大気が喉を焼いた。埃と泥にたちまち覆われた。夜に到着したので周りがよく見えなかったが、日が昇ってから監視塔に上がった兵士は、迷彩柄の防護カバーの中から見た広大な風景がゴミで埋まり、その多くが炎を上げていることに衝撃を受けた。到着前に聞いていたのは、バグダッドの基地周辺でいちばんの脅威は道端に仕掛けられた手製爆弾だ、ということだった。これは即製爆弾、略してIEDと呼ばれた。さらに、このIEDはゴミの中に隠されていることが多いとも教えられた。それを聞いたときにはたいして不安には思わなかったが、いま監視塔からゴミに包まれている広大な町と、燃えるゴミから立ち上る無数の煙の柱を目にして、不安がせり上がってきた。

「こんな糞溜めの中からＩＥＤを見つけるなんて、無理じゃねえのか」ジェイ・マーチという兵士が言った。彼は二十歳で戦いを好んだが、大隊にはそういう兵士がいくらでもいた。その彼が静かにそう言った。不安そうに言った。

数日後、兵士たちの不安はさらにつのった。大隊の兵士は、最初の作戦を実行するために日の出前に集合するよう命じられた。四十平方キロメートルのエリアを一日中歩いて制圧する作戦を与えられた。それはカウズラリッチの考えだった。バグダッド東部にいる人々に、第十六連隊第二大隊が到着したことを効果的に知らしめたかった。さらに、部下たちを作戦基地から効果的に出発させて作戦区域に向かわせたかった。そうすれば兵士たちは、恐れるものなど何もないことがわかるだろう。「童貞を奪うためだ」とカウズラリッチは表現した。

「レンジャー制圧作戦」。これがこの行軍に彼がつけた名前だった。それを部下たちは「カウズラリッチの死の行進」と呼んでいた。

「よお、十六－二」作戦実行日の前日、作戦基地にいる別の大隊の兵士がバスルームの壁に落書きしていた。「明日のレンジャーずっこけ大行進の成功を祈ってるよ」

彼らは完全装備をして午前五時に基地の正門近くに集合した。兵士を救出しなければならなくなった場合に備えて、ハンヴィーがそこここに配置されることになっていたが、この作戦の主眼は歩くこと、見ること、バグダッドのもっとも危険な区域の人々に見られることであり、だからこそ兵士たちはセラミック板を隙なく身につけていた。防弾ヘルメット、防弾ゴーグル、耐熱手袋を身につけていた。地面に伏せなければならない場合に備えて膝当てと肘当てをつけていた。ズボンの片方のポケットには止血帯が、もう片方のポケットには応急用の包帯が、そして防弾チョッキに取り付けられたポーチには手榴弾と二百四十発の銃弾が入っていた。全員がM－4急襲用ライフルを携帯し、なかにはマシンガンや9ミリの拳銃や幸運のお守りを携帯する者もいたが、全員が少なくとも二十七キロの兵器と防弾の装備を身につけ、自分たちを吹き飛ばそうと待ち構えているにちがいない三十五万の人々に強烈な第一印象を与えるために基地を出て歩き出した。

門を出ていくとき、見るからに震えている兵士もいた。しかし、兵士たちを静かに見つめる人々の前を通り過ぎていくにつれて、徐々に体から力が抜け、十時間後に基地に戻ってきたときには、カウズラリッチの思惑通り、兵士たちは恐怖が消えたとまでは言えなくとも、多少は落ち着いて物事を見られるようになっていた。ある小隊が道路から突き出している迫撃砲の不発弾を発見した。そのヒレの部分にはイランの印がついていた。自分たちがこれからどういう相手と戦うのかがわかったかもしれない。

別の小隊に、毛布に包まれたものを抱えた女性が半狂乱になって近づいてきた。その女性が歩みを止めなかったので、自爆テロだと判断してもおかしくなかった。ところが近づくにつれて、彼女がひどい火傷を負った幼い男の子を抱えていることがわかった。男の子は目を大きく開け、肌には水ぶくれができていた。兵士たちはひざまずいてその子に清潔な包帯を巻いた。彼らが撃ち殺しそうになった相手の女性は、涙ながらに兵士たちに感謝の言葉を述べた。

そうやって自制の大切さを学んだ。

また別の小隊が学んだ教訓は、愚かな行為と幸運にまつわるものだった。ひとりの兵士が道端に怪しいフォームブロック〔訳註　発泡剤で出来たブロック〕を見つけたと言った。もうひとりの兵士がそこまで行ってそれを足で突ついてみた。三人目の兵士がそれを持ち上げてみると、箱には穴が開いていてワイヤが入っていた。基地に戻った彼らは、それがナットとボルトが詰まったＩＥＤだと知って、仰天すると同時に胸を撫で下ろしたが、それが爆発しなかったのは奇跡以外のなにものでもなかった。

ともかく、爆発しなかったのだ。派兵されてからの最初の数週間が過ぎると、そうした幸運が必ず味方しているように思えた。

自分たちに向けて使われないうちに、貯蔵された武器を発見した。狙撃されても当たらなかった。訓練と規範だ、とカウズラリッチは言った――そこに違いがある、と。ほかの大隊はＩＥＤに動揺していたが、彼の大隊は違った。それでカウズラリッチは「申し分なし」と言い続け、三月から四月にかけて、彼らはまさにそういう者になっていった。彼らは「申し分のない兵士」だった。

作戦基地で、歩き回っているときに手袋を必ずはめていたのは彼らだけだった。絶えず万が一に備え、車両で隊列を組んで基地の外に出ていくときも必ず手袋をはめていた。四月六日の深夜零時十分でもそうだった。兵士たちは時速二十四キロ以下でゆっくり走行していた。ゆっくりと進めばＩＥＤを発見する機会が増えるからだ。ほかの大隊の兵士たちは、かなりの速度で走っていたが、彼らは違った。彼らは完全武装してのろのろと進んだ。目の保護、耳の保護、喉の保護、太腿の保護、膝の保護、肘の保護、手の保護をしていた。さらに陸軍が製造した最高のハンヴィーに乗っていた。完全に装甲していたので、どのドアも重さが優に百八十キロはあった。

ゆっくりと細心の注意を払って、彼らはムアラミーンという地区に入っていった。真っ暗な集合住宅の前を通り過ぎた。黒い影となった寺院《モスク》の前を通り過ぎた。彼らは車両のヘッドライトを消し、暗視ゴーグルを着けていた。午前零時三十五分、ぱっと明るく光った瞬間、何も見えなくなった。

爆発だった。それはドアを貫通した。防弾チョッキを貫通した。申し分のない兵士を貫通した。目標を確実にとらえ、タイミングも完璧だった。そして申し分のない兵士のひとりが炎に包まれた。

これがケイジマだった。彼は二月には職務にきわめて忠実だった。三月にはすでにネットの掲示板に「こうしたことをひたすら考える時間がほしい」と書くほどのことを見尽くしていた。四月には六台の車両集団の三台目のハンヴィーを運転していた。建物の陰で片手に起爆装置を持った人物が狙っていたのが、その三台目のハンヴィーだった。

起爆装置のワイヤが別の陰まで延びていて、その黒いものは道端にあった。男からは実際にはIEDを仕掛けた場所がほとんど見えなかったが、仕掛けた場所は道路の反対側にある、背が高くて斜めになった、壊れて使い道のない街灯のそばだった。その街灯を照準点として使うことができた。一台目のハンヴィーがその照準点に来たとき、どういうわけか男は起爆装置を押さなかった。

二台目のハンヴィーが来たときも、男は押さなかった。三台目のハンヴィーが来たとき、男はどういうわけか今度は起爆装置を押し、その爆発によって、大きな鉄の円板がハンヴィーめがけて凄まじい速度で飛んでいき、円板がケイジマのドアにたどりついたときには、だれにも止められない、半分溶解した金属の塊に姿を変えていた。製作費がせいぜい百ドルほどの爆弾だった。それに対する十五万ドルのハンヴィーは、繊細なレースで作られたかのように脆かった。

金属の塊は装甲を貫いて車内へ入ってきて、そこで触れたあらゆるものを爆弾の破片へと次々に変えていった。その車内には五人の兵士がいた。四人は血を流しながらなんとか外に転がり出たが、ケイジマは運転席から離れられなかった。炎に包まれたハンヴィーはそのまま速度をあげて進んでいき、隊列車両によって停車させられていた救急車に追突した。救急車も同じように火を吹き上げた。その直後、ハンヴィーの中にあった一千発以上の弾薬が熱せられて次々と爆発した。夜明け間近にそのハンヴィーがラスタミヤ基地に運ばれてきたときには、ほとんど何も残っていなかった。大隊の医師が記したケイジマの死亡届によれば、「焼け尽くされていた」とあり、さらに「(判別不能)」と書き加えられていた。

とはいえ、こうした状況ではすべきことが控えていた。そしていま、カウズラリッチは何をすべきか正確にわかっていた。

まず、ハンヴィーは車両浄化班のところに移された。車両浄化班は横門のすぐ内側の、防水シートを外したところにあり、そこにはまともな下水溝があった。人目の届かないその場所で、損害状態が写真に撮られ、ドアに開いた穴の大きさが測られて分析され、兵士たちは瓶入りの過酸化物と洗剤《シンプルグリーン》で、ハンヴィーの残骸をできる限り手を尽くして消毒した。その班長は部下たちの完璧な仕事ぶりについて、いつもカウズラリッチにこう言っていた。「そりゃあきれいになってるぜ。組み立てラインから出てきたときよりはるかにきれいにな」。ところが今回ばかりはこう言った。「できるだけ消毒して出荷できる状態にするしかない。あれを本当にきれいにすることはできないからな」

時を同じくしてケイジマの亡骸も、少し離れた建物の鍵のかけられた部屋で、送還準備が調えられていた。その部屋には十六体の遺体を保存できる小部屋があり、遺体を包むビニール袋の山と、新しいアメリカ国旗の束があり、弔事班の兵士がふたりいた。その兵士の仕事は、死亡した兵士が生前、一緒に棺に入れることを望んでいた私物を探すために亡骸を調べることだった。

「写真だな」ふたりの兵士のうち年長のアーネスト・ゴンザレス一等軍曹は、準備を調えた多くの遺体の制服の中にあったものについて、後にこう説明している。「卒業写真。赤ん坊の写真。家族と一緒に撮ったもの。車のそばで撮った写真」

「折りたたんだ国旗もあった」彼の助手の特技兵ジェイソン・サットンが言った。

「超音波映像の写真」とゴンザレスは言った。

「ある兵士は防弾チョッキの中に手紙を入れてたよ」サットンは、初めて彼が扱った死体のことを思い出しながら言った。「『これはぼくの家族に宛てたものです。みなさんがこれを読んでいるとしたら、ぼくはもうこの世にはいません』という手紙だ」

「おいおい、手紙は絶対に読むなよ」ゴンザレスが言った。

「それ一度きりですよ」とサットン。「ぼくは手紙は読まない。写真も見ない。それが正気を保つこつだ。何も知りたくない。死んだのが誰なのか知りたくない。必要最低限のことだけ。見なくても済むものなら見たくない。触れなくても済むものなら、触れたくなんかないよ」

その一方で、爆発物処理班は今回の爆発についての報告書を書き上げていた。

「防爆座席の穴の大きさが縦二十センチ横二十二・五センチ深さ六・三五センチで、特定不明の爆発物が二十七から三十六キロだったことと一致する」

小隊の指揮官はこの出来事の報告を書いていた。

「ケイジマ上等兵は爆発の衝撃を受けて死亡し、車両から引き出すことができなかった」

小隊の軍曹も報告を書いていた。

「爆煙からディアス上等兵が走り出てきた。私とチャンス伍長が私のトラックの後部に彼を運び、そこでチャンス伍長がディアス上等兵の傷の手当てをした。ハンヴィーの左手にふたりの兵士がいるのが見えた。ひとりの兵士を引き出していた。私が三人のところに駆け寄ると、引きずり出されているのはペレッキア上等兵で、彼はケイジマ上等兵を車両から出せなかったと叫んでいた」

大隊の医師は、死亡届を書き終えていた。

「四肢は焼け落ち、骨が見えていた。頭蓋の大半は焼け落ちていた。上体は炭化していた。炭化が著しく、それ以上の解剖は不可能だった」

ペンタゴンは、この戦争における三千二百六十七人目の死者となる兵士について新たに発表するための文書を準備していた。

「国防総省は本日、『イラクの自由作戦』を支えていたひとりの兵士の死亡を発表しました」

そしてカウズラリッチはいま自分のオフィスに戻り、ケイジマの母親と電話で話をしていた。母親は泣きながら彼に質問した。

「即死でした」と彼は答えた。


その数日後、カウズラリッチは基地の外れまで歩いていき、ほかの多くの建物とまったく同じ外観の建物の中に入っていった。ただ、防爆壁に「礼拝堂」という看板がついていることだけがほかとは違っていた。最後にしなければならないことだった。

中では兵士たちが、その夜におこなわれる葬儀の準備をしていた。ケイジマのスライド・ショーは、祭壇の左側に用意されたスクリーンに映されることになっていた。中央では数人の兵士が、ケイジマのブーツ、ケイジマのM－4ライフル、ケイジマのヘルメットを飾っていた。悲しげで感情を揺さぶる音楽が流れていた。バグパイプが使われている曲だ。カウズラリッチは黙ってその曲に耳を傾けた。その表情からは何も読み取れなかったが、それもケイジマの小隊が入ってきて席に着くまでのことだった。

爆煙から走り出てきた上等兵のディアスの片脚には、いまや無数の爆弾の破片が食い込んでいた。その彼が松葉杖を突きながら入ってきて席に座ると、カウズラリッチはそのかたわらに腰を下ろし、具合はどうかと尋ねた。

「昨日初めてテニスシューズを履きました」とディアスは言った。

「お前をできるだけ早く戦闘に引っ張り出すからな」とカウズラリッチは言って、彼の無傷のほうの脚を軽く叩いた。カウズラリッチが席を立って去っていくと、ディアスはしばらく目を閉じ、ため息をついた。

次にカウズラリッチが向かったのはジョン・カービーのところだった。ハンヴィーの前席右側にいた二等軍曹で、ケイジマから数センチかそこらしか離れていなかった。そしてその目は、彼がまだその場にいることを告げていた。

「火傷《やけど》はどうだ?」カウズラリッチが訊いた。

「大丈夫です」カービーは肩をすくめながら、申し分のない兵士ならではの返答をした。しかし、目に感情を表さないように努めながら、カウズラリッチの顔をまっすぐに見て言った。「いや、最低ですよ」

スクリーンにはケイジマの写真が次々に映し出されていた。

彼が微笑んでいた。

彼が防弾チョッキを着ていた。

また微笑んでいた。

「あの写真が俺は好きだな」兵士のひとりが言った。全員がいままでは写真を見つめ、ガムを噛み、指の爪を引っ掻き、一言も喋らなかった。昼近くになり、礼拝堂は防爆壁で囲まれているとはいえ、窓から灰色の幾筋かの光がからくも射し込んできて、それが救いだった。

しかしその夜、葬儀が執りおこなわれるときには、様相が違っていた。光は消えていた。礼拝堂は暗かった。空気は動く気配がなかった。数百人の兵士たちはぎっしりと詰めて座り、弔辞が読まれると泣き出す者もいた。「彼はいつも明るかった。太陽より大きな心を持っていました」ひとりの兵士が言った。十週間前にはカンザスの雪の中で叫び回っていたこの十九歳の少年の言葉を聞いて悲しみが湧かなくても、別の兵士のこの言葉には心が動かされるだろう。「彼はいつもぼくのためにそこにいてくれました。ぼくが彼のためにそこにいてあげられたらどんなによかったか。本当にごめんな」

その間もずっと、カウズラリッチは微動だにせず、自分の番が来るのを待っていた。そしてその時が来ると、書見台のところまで進み出て、黙って部下たちを見渡した。全員が彼を見つめていた。この瞬間、カウズラリッチは彼らのために、ケイジマの死には悲しみ以上の意味があると言いたかった。この数日、何を言うべきかずっと考えていた。カンザスでハムとリンゴのチップスを食べながら、死について客観的に語るのは苦ではなかったが、ここに来て大隊は初めて兵士の死を経験した。彼らの童貞は失われてしまったのだ。カウズラリッチと同じように。

それで彼は、自分の信念どおりに、これを死であると同時に気力を奮い起こす契機、あらゆるものを変える契機だと言うことに決めた。だから彼はこう言った。「今夜、われわれは『タスク・フォース・レンジャー』の初めての死者の栄誉を讃えなければならない。不運な死というこの事態がわれわれをひとつのまとまった組織にしたのだ」

彼はこうしてひとりの兵士の死をそのように――つまり、第十六連隊第二大隊をまとめるものとして――表現し、その言葉はしばらく空中に漂ってから静まり返った男たちの内部へ入っていったようだった。男たちの中にディアスがいた。脚に爆弾の破片が入っている彼も、その言葉を信じただろうか。目をぴくぴく痙攣させているカービーは？　あのハンヴィーにいたもうふたりの兵士はどうだろう？　ふたりは重傷を負ったために帰国の途に就いていて、二度と戦場に戻ってくることはないかもしれない。

彼ら全員が信じたのか。

問題なかった。もちろん、彼らは信じた。

彼らは指揮官が述べることを信じた。指揮官が信じることを信じた。この二ヶ月のあいだ、兵士たちは自分が戦争の中にいると思っていたが、いまここにおいて、本当に戦争に突入したのだ。ケイジマがその証だった。ケイジマが立証した。そして葬儀が終わるやカウズラリッチは自分のオフィスに急いで戻り、次に起きるはずのことを確かめた。

彼はコンピュータを起動した。電子メールが届いていた。陸軍司令部からのものだった。増派の戦略を効果的に達成するために、第十六連隊第二大隊の派兵期間は十二ヶ月から十五ヶ月に延長される、と伝えていた。

「それはなによりだ」と彼は言った。

そしてもう一度読んだ。

「勝利するための時間が増えたわけだ」と言った。

もう一度読んだ。

「申し分なし」と彼は言った。それからカミングズ少佐とマイケル・マッコイ部隊最先任上級曹長にその知らせを伝えるために、隣の部屋に入っていった。少佐はぼんやりと自分のデスクの前に座り、故郷を少しばかり懐かしんでいた。上級曹長は、大隊のアメリカ国旗の上を歩き回っている一匹の蠅を目で追っていた。赤い縞。白い縞。赤い縞。白い縞。マッコイはケイジマの葬儀で残ったプログラムの束のほうに手を伸ばし、その上に乗っていた汚い蠅叩きを摑んだ。カウズラリッチは動きを止めた。蠅が落ちた。そして増派は再開された。

2章

二〇〇七年四月十四日

バグダッドにおける暴力行為、宗派間の暴力行為、制御不能になりつつあったそうした暴力行為は、おさまりつつある。そして暴力行為が少なくなるにつれて、人々は自信を抱くようになる。人々が自信を持てば、バグダッドの治安を確保し、この国が民主主義国家として存続し栄えるために欠かせない、和解に向けての困難な決断を進んでおこなうようになるだろう。

——ジョージ・W・ブッシュ　二〇〇七年四月十日

カウズラリッチが作戦基地の中で大隊司令室として使っている建物は、ほかのどの大隊も使いたがらなかったものだった。箱に似た二階建ての建物は第十六連隊第二大隊が来るまでは倉庫として使われていた。初期のロケット砲撃によって多くの壁に深いひびが走っていて、ロケット砲が近くに着弾するたびに埃が舞い込んだ。基地にいるほかの大隊の指揮官には、ソファと会議用テーブルの整った広いオフィスがあった。ところがカウズラリッチのオフィスは、机と金属製の折りたたみ椅子三脚が入るだけの広さしかなかった。実のところ、オフィスとも言えなかった。一室をベニヤ合板の壁でふたつに仕切った、その片側の狭いスペースに過ぎなかった。彼は仕切りの片側に身を押し込んだ。もう片側にはマッコイとカミングズがいて、四つの大事な品物が派兵期間のあいだ、仕切りの向こうとこちらを行ったり来たりすることになる。

ひとつは、蠅叩き。もうひとつはテープ・カッター。それから『対反乱作戦FM3－24』という本。そして、空気を抜いたサッカーボールがびっしりと詰まった大きな段ボール箱。

いまカウズラリッチは、ハンヴィーに「おじさん、おじさん」と叫びながら駆け寄ってくるイラクの子供たちにサッカーボールを与えたら効果的だろうと思っていた。ボールをもらった子は家に帰る。すると両親はそのボールはどうしたのと訊くだろう。子供は「アメリカ人にもらった」と言う。両親は喜ぶはずだ。彼らの自信は高まり、和解に向けての困難な決断を進んでおこなうようになる。バグダッドは安定する。イラクの民主主義は栄える。この戦争に勝利する。しかし結局、彼はサッカーボールの計画を断念することになる。

いまはまだだれもテープ・カッターを使っていない。そのうち、カミングズが蠅叩きでそっと叩いて失神させた蠅を、切り取ったテープにくっつけ、生きたままゴミ箱に捨てるようになる。これはなかなか効果的な使い道だった。「俺は蠅が嫌いなんだよ」カミングズは蠅を叩くたびにそう

ハンヴィーの右後部座席からの眺め　イラク　バグダッド

言った。

結局のところ、本は埃をかぶるようになる。しかしケイジマのことがあってから数日のあいだは参照された。カミングズは第一章二十九節のところに、「勝利の側にいるのか」と書いた紙片を挟んでいた。

その本は十六－二が派兵される直前に出版されたもので、二十年ぶりに軍隊によって初めて改訂された対反乱作戦の本だった。ブッシュ大統領が増派を発表したとき、この戦争では対反乱作戦がおこなわれると明言した。戦争にも教則本がありうるという意味では、これは戦闘解説書だ。二百八十二ページにわたって書かれているのは敵に勝つ最善の方法で、敵を殺すよりも「全住民のことを第一に考え、その要求、その安全に心を砕く」ことで敵を打倒せよ、という指示だった。住民を懐柔すれば戦争に勝つ。住民に勝てば、戦争に勝つ。十六－二の兵士にとって、これは興味深い事態の変化だった。ある日、カミングズがこう言った。「いいか、俺たちは歩兵大隊だ。大隊の任務と目的は敵に接近して破壊することだ。俺たちはそうするために訓練されてきた。装甲車両は離れたところにいて、遠くから敵を殺す。戦闘機も遠くから殺す。歩兵は中に入っていって、必要とあらば、その手で殺す」。教則本の中では「対反乱作戦の逆説《パラドックス》」という章がかなり読み応えがある。まるで不可解な禅問答のような具合だった。「武力を使えば使うほど、その効果は減じる場合がある」。「対反乱作戦の最良の武器の中には、弾が出ないものがある」。「武力を温存すればするほど、安全ではなくなる場合がある」

カミングズはひそかに、これがカウズラリッチの戦いたがっているような戦争なのかと疑問に思った。「中佐は兵士だよ。中佐のすべてが兵士でできている。戦争のためにあるようなものさ。戦いを待ち望んでいる。俺が思うに、だから中佐は正規の戦争に自分が参加していないことにどこか腹を立てているんだよ。正規の戦争なら、中佐は先頭に立って――『いいか、俺についてこい』とばかりに――指揮を執れる。この戦争はそういうものじゃない。この戦争は、チャイを飲んで、握手をして、政治的でなくてはならない。それが中佐にはいささか居心地悪いのだと思う。というのも、中佐は隊列のいちばん前で、必要とあらば大隊をへとへとになるまでこき使うような男だからだ。文字通り、『俺についてこい』とね」

しかし少なくともこの時点では、カウズラリッチはこの作戦に参加していることを楽しんでいると主張していた。「なあ、おかしいか？　俺がいつもやりたいと思っていたのはこれなんだ。兵士にして政治家、というものになりたかったんだよ」ある日カウズラリッチはこう言った。オフィスで、十六－二の作戦地域が示してある壁の地図を眺めていた。その地域をニュー・バグダッドと呼ぶ者もいた。ある者はナイン・ニッサンと呼んだ。バグダッドが陥落した日、四月九日という意味だ。カウズラリッチは自分で考えた名前をつけていた。「ここは肥溜めだよ」と彼は言った。「しかし、将来性はしこたまある。俺はしょっちゅう考えてきたんだ。たとえばフェダリヤだ」彼は作戦地域の中でも最悪な地区のひとつを指さした。「この町全体をブルドーザーで整地する。半年もあれば町全体を再建できる。電気が通るだろう。新鮮な水を供給する。下水設備も整う。新しい学校ができる。安全規定のようなものに合わせて建てられた家ができる。それからわれわれはカマリヤへ移動して、同じことをする。呪われた場所を造り変えるんだ」

彼が見ていたその地図は、何枚かの衛星写真を組み合わせたもので、細部まで驚くほど鮮明な画像だった。フェダリヤ、カマリヤ、ムアラミーン、アル・アミン、マシュタル、そのほか、作戦地域内のあらゆる地区のあらゆる建物や通りが示され、それぞれにアメリカの名前がつけられていた。中央を下っている水路に沿った広い通りを、イラク人は「運河通り」と呼んでいるが、アメリカ人はルート・プルートと呼んだ。その通りと交差する、交通量が多く爆弾がいたるところに隠されている通りを、ルート・プレデターズと呼んだ。ケイジマが死んだ通りはルート・デナム。そして待ち伏せされている可能性が高いので兵士たちが行くのを避けようとする狭い通りが、デッド・ガール・ロード。

その名前の由来？　どんな女の子がそこで死んだのか。どうやって死んだのか。戦争のまっただ中では、そのことを気にかける者はひとりもいないようだった。イラクでは、どんな憶測もときとして時間の無駄になる。ともあれ、十六－二の作戦地域ばかりかバグダッド全域にわたって名前がつけられ、それが地図上に記載されていた。いくつもの地区が集まってバグダッドが構成されているのを見て、カウズラリッチはこう考えた。東側は、戦争によってもたらされた数年間に及ぶ激しい民族・宗教対立の後でシーア派が大多数を占めた。西側はスンニ派が大多数を占めた。西側にはアルカイダの活動拠点があり、東側には強硬派の宗教指導者ムクタダ・サドル師が指揮するマフディ軍と呼ばれる（そしてアメリカ人からはＪＡＭと呼ばれる）反乱軍がいた。西側にはアメリカ兵を殺害する自爆テロ犯が大勢いたし、東側には自己鍛造弾《EFP》と呼ばれる致死型の即製爆弾《IED》があり、これはケイジマのハンヴィーを簡単に貫通したほどの威力を持っていた。東側は十六－二の担当で、カウズラリッチは毎日その地図を、次第に汚くなっていく地図を眺めていた。とりわけ、町を左右に分断するように南北に流れるチグリス川が、あるところから西へと曲がり、それからまた東へと曲がって半島のような細長い地形を成している様子を眺めていた。それは上品に言えば、「涙の形」をしていた。とはいえカウズラリッチはいつも上品なわけではなかった。「これはこの場所のみごとなメタファーになってるな」彼は、半島部分が町の西側へ突っ込まれているように見える姿を見て言った。「イラクが自分をファックしてるわけだ」

つまり、彼の戦争はこれらのもの——反乱軍、ＥＦＰ、ゴミの山、汚水など——を引き受けて、それを直していくことになるのだ。これまで、それができた者はひとりもいなかったが、彼にはできる自信があるらしく、ひとつの予想を立てていた。「撤退するまでに、大隊がランニングできるようにする。特殊部隊がランニングするんだ。短パンにＴシャツという格好で」。走る予定のルートを地図の上で追いかけた。プルートを南へ、ファースト・ストリートに沿ってデナムに向かい、プレデターズを過ぎたら戻ってくる。

「それが俺のゴールだ。犠牲者をひとりも出さずにな」と彼は言った。そして最後に、対反乱作戦と考えられているあらゆることを進んでおこなうつもりだ、と言った。その作戦には、教則本の第一章二十九節で強調されていることも含まれる。そこには「効果的かつ波及的、継続的な情報活動をおこなうこと」とあった。作戦基地の人目につかないところに合衆国が開設しているラジオ局があり、カウズラリッチはその日の午後遅く、その平和《ピース》１０６ＦＭを通して、狭くてみすぼらしく不潔な地区の住人に向けて話すために出かけていった。

大気はいつものように埃っぽく、西から吹きつける風がプラスチックの燃えるにおいを運んできた。彼は便所用トレーラーの前を通り過ぎた。トレーラーの下には睾丸がひどく腫れ上がっている野良猫が住みついていた。猫が生き延びているという事実は、人が生活できるぎりぎりの状況まで落ちた国が復元しつつあることを物語っていた。基地には猫が殺そうとしている鼠がたくさんいたが、猫を殺そうとしているものもいた。たとえば、基地の中を口に何かをくわえながら歩いている狐の姿をよく見かけるし、ときにはそれがトイレに出入りする兵士たちを眺めながら歯をむき出して威嚇していることもあった。

次に彼は、軽航空機と呼ばれる白い小型飛行船の格納庫の前を通り過ぎた。基地の上空高く浮かぶ小型飛行船には遠隔操作のカメラがついていて、三百メートル下で繰り広げられるどんな出来事もとらえることができた。昼となく夜となく、飛行船は上空から下を警戒し、さらには電柱に取り付けられた何台ものカメラや、無人のドローン、高空飛行のジェット機、人工衛星などからも見張られていて、空を見上げると無数の目があるかのような気持ちになった。ヘリコプターにも三十ミリの機関砲と高解像度のカメラが搭載されていて、このカメラは目標がなんであれぴたりと照準を合わせることができた。そのカメラがある日、水牛の死骸の尻からワイヤが飛び出しているのを見つけた。水牛の直腸にＩＥＤが隠されているようだった。ヘリコプターはもう少し接近していき、次に起きたことを搭載されたカメラが詳細に記録した。水牛がいた。ワイヤが出ていた。水牛の尻に駆け寄っていく犬がいた。「このあたりにはＩＥＤを舐める犬がいるらしいぜ」とパイロットは言い、砲撃した。

次にカウズラリッチは売店の前を通ったが、この売店は間もなくロケット弾が屋根を貫通して「マキシム」誌の展示ラック横で爆発し、一時的な閉鎖を余儀なくされることになる。それから彼は、かつて病院として使われていた崩壊した四階建ての建物に入っていった。

スタジオは最上階にあった。便所掃除や絶え間なく降り積もる塵埃の掃除をするためにネパールやスリランカからラスタミヤへやってきた労働者たちもこの建物に住んでいた。六人部屋で寝泊まりし、一階の惨めで小さな売店で買ったちっぽけなスピーカーで悲しげな歌を聴いていた。そうした部屋のドアは割れたり傷がついたりしていて、ラジオのスタッフはそんなドアの向こうで仕事をしていた。そのひとりは地元のイラク人で、ラジオ局を運営するために軍隊が年間八万八千ドルの給料を払っていた。その男はモハメッドと自己紹介してから、この名前は身元を隠すための偽名だと打ち明けた。もうひとりの男は通訳で、マークという名だったが、やはりバグダッドの出身で本名はマークではなかった。

「聴取者のみなさん、ニュース番組にようこそ」モハメッドは、というかその名がなんであれ、彼は基地の外でピース106FMを聴いているはずの人々に語りかけた。そしていくつもあるらしい放送番組の最初の番組を始めた。複雑な手続きだった。まずはモハメッドがアラビア語で聴取者に言う。「カウズラリッチ中佐への最初の質問は、ニュー・バグダッドの最近の情勢についてです」それをマークが英語に通訳して、それにカウズラリッチがアラビア語で「シュクラン・ジャジーラン、モハメッド」——「どうもありがとう、モハメッド」——と答え、それから英語で続ける。

「およそ八週間前はたくさんの犯罪が起きていました」と彼は言った。「宗教をめぐる暴力事件がありました。大勢の人が殺されました。多くの爆弾が爆発しました。道端の爆弾、IED、EFP、そして車爆弾によって、大勢の無辜《むこ》の市民が殺されました。いまではそういったことは起きていません。犯罪は八十パーセントも減少しています。ナイン・ニッサンの人々は安心感を得られるようになってきました」

彼はマークが、というかマークと名乗る男がその言葉をアラビア語に通訳するのを待ってから、先を続けた。「私の部隊は、任務遂行特殊部隊《タスク・フォース・レンジャー》といいます。アメリカの精鋭の兵士約八百人から成る部隊です。彼らのすべての行為は、きちんと管理され規律に則ったものです。私が指揮官として兵士に強く訴えているのは、外に出てイラクのみなさんと話をし、みなさんがどんな思いでいるのか、どんなことに怖い思いをしているのかを知り、ここで安心して暮らせるよう、みなさんやイラク治安部隊を全力で支援していくことです」

再び、彼はマークが通訳するのを待ってから続けた。「肝心なことは、現状は申し分なくても、それがいつまでも続くわけではないということです」そして三十分ほど話した後で、人々の心を摑もうとして彼はこう言った。「シュクラン・ジャジーラン」。それでモハメッドが「シュクラン・ジャジーラン」と言い、さらにカウズラリッチが「マアッサラーマ《さよなら》、サディーキ《マイフレンド》」と言い、モハメッドが「マアッサラーマ」と言った。

これは反乱鎮圧を目的として戦う戦争だった。その一環として、「受け入れ国の警察力を拡大し多様化」する目的で、カウズラリッチはイラク陸軍の将校と会った。その将校は、作戦基地からそう遠くない場所にある、イラク軍が接収した小学校で暮らしていた。小学校の壁はピンク色だった。しかもそこにトゥイーティ・バード〔訳註　アメリカのアニメに登場する黄色い鳥〕の切り絵が貼られていた。簡易ベッドと、衛星用アンテナに繋がっている小さなテレビがあった。将校がカウズラリッチにオレンジソーダを持ってきたとき、テレビから唸り声のようなものが聞こえてきた。

「明日、そちらは一掃作戦を始める予定か」テレビの音を無視してカウズラリッチは言った。

「ええ」とイラク人は言い、カウズラリッチからテレビの画面へ視線を移した。アメリカ人兵士が撃たれている映像が映っていた。

「ニュー・バグダッドの人々の動向についてどう考えている?」カウズラリッチは続けた。

「ほとんどの住民はサドル・シティから来ている」とイラク人将校は言った。血がスローモーションで噴き出し、銃がスローモーションで火を噴き、俳優のメル・ギブソンがスローモーションで動いていた。「アメリカ軍がサドル・シティに圧力をかけるたびに、彼らはこっちに逃げてくる」

「次にどこを一掃したらいいと思う?」カウズラリッチもテレビに注意を向けながら言ったが、映っているのがベトナム戦争の有名な作戦を描いた映画であることがわかって、黙り込んだ。彼が生まれた直後にその作戦は始まった。ある意味で、ベトナム戦争があったからこそ彼はこの戦争を戦う兵士になりたいと思ったのだ。一九六五年十月二十八日の誕生日から少年期に至るまで、その背景に絶えず戦争があった。一九六五年十月の時点で、死亡したアメリカ兵士の数は一千三百八十七人だったが、一九七五年四月のベトナム戦争終結時点では死者の数は五万八千人に上った。九歳半のカウズラリッチはそのとき、いつか陸軍に入りたいと思った。彼が魅了されたのは死者でも政治でもなく、少年らしく美化した勇気と義務だった。とりわけテレビで見た場面、解放された戦争捕虜が泣きながら家族と抱き合っている場面に心打たれた。しかしそれよりはるかに衝撃を受けたのはイア・ドラン渓谷の戦いだった。数的に劣勢を強いられた陸軍の一個大隊が、北ベトナム軍二千人のいる場所に空から降下したところからこの戦いは始まった。そして最後には真っ向からぶつかり合って大勢の死傷者を出した。その後陸軍に入ったカウズラリッチは、ベトナム戦争の過ちを詳細に調べたが、イア・ドランでの英雄的な行為についても調べ、その戦いが『ワンス・アンド・フォーエバー』という本に書かれていることを知り、その本を手にした。いつか、大隊の指揮官としてその戦いを戦ったハル・ムーアに会って、助言を求めることがあるかもしれないと思った。「自分の直感を信じろ」とムーアは本で述べていた。それ以来、カウズラリッチはできるだけ自分の直感を信じるようにしてきたが、なんとも不思議なことに、いまでは自分がその立場になっていた。ムーアのように、大隊の指揮官になっていたのだ。そしてイラクで、自分がここにいるきっかけとなった戦い、ムーアの本に描かれた戦いの映画を観ていた。

「私の好きな映画だ」と彼はイラク人将校に言った。

「彼らの戦いぶりがいい」とイラク人将校が言った。

「私の戦い方だ」とカウズラリッチは言った。

「この俳優の名は？」イラク人将校が尋ねた。

「メル・ギブソン」カウズラリッチは答えた。

「指導者らしい演技だ」イラク人将校は言った。

そしてふたりとも何も言わず、戦いが終わり、ギブソンがやるせない口調で「俺は絶対に自分を許さない。俺の部下が死んだのに、俺は死ななかった」と言う場面まで観続けた。

「チッチッチ」とイラク人将校が不満げに言った。

「彼はとても悲しんでる」カウズラリッチが言った。

「チッチッチ」イラク人がまた言った。

「あの人は、お前の直感を信じろ、と私に教えてくれた最初の男だった」とカウズラリッチ。「ハル・ムーアは」

イラク人将校は立ち上がり、ヴァニラ・アイスクリーム・コーンを持って戻ってきた。それでカウズラリッチはアイスを舐めながら、ギブソンが故郷に帰り、妻の腕の中に倒れこむのを見ていた——そこで停電し、テレビが消え、映画は突然終わった。

「なんてこった」カウズラリッチが言った。

ふたりは電気が復旧するのをむなしく待った。

「で、われわれはこれをどう修復すればいい?」カウズラリッチは戦争のことを指してそう言った。

イラク人将校はテレビの画面を見つめたまま肩をすくめた。

「私たちはこれをどうやって止《や》めるつもりなんだ?」再び彼は言った。

「神の力がいるな」とイラク人将校は言い、カウズラリッチは頷き、アイスクリームを食べ終わると、暇《いとま》を告げて基地に戻った。

その数時間後、日が沈み、空には夜の不吉な雰囲気が立ちこめた。満月には足りない月が、歪んだぼんやりとした姿を現し、日の光の中では明るい白い風船だった飛行船はいまや灰色の影となって、土嚢《どのう》と背の高い防爆壁に囲まれた建物と、誰もいない通路の風景の上をおぼつかなく漂っていた。

そうした建物の中にはカウズラリッチの兵士たちがいた。彼ら全員が、対反乱作戦のための訓練ではなく、カミングズの命令で、敵に接近して破壊するための訓練をしていた。ケイジマが死んでから一週間が経ち、兵士たちはいつもの任務のあいだに、コンピュータでゲームをしたり、インターネットでビデオ・チャットしたりして、時間をつぶしていた。あるいは、ウェイトリフティングをしたり、病院の売店で一ドルで買える海賊版のDVDを見たり、レッド・ブルやマウンテン・デューや高タンパク質の粉末を混ぜた水を飲んだり、食堂でポップコーンをたらふく食べたり、ポルノを禁止する軍隊の規律すれすれの雑誌をぱらぱらとめくったりしていた。こうしたことが、基地での精鋭八百人の生活だった。兵士たちの行動は、彼らの多くが十九歳である事実を考えれば、あるいはいたるところにある防爆壁の内側でしか動けないという複雑な事実を考えれば、簡単に説明がつくことだった。

防爆壁が兵舎を囲んでいた。

防爆壁が食堂を囲んでいた。

防爆壁が礼拝堂を囲んでいた。

防爆壁が便所を囲んでいた。

兵士たちは防爆壁の内側で食べ、防爆壁の内側で祈り、防爆壁の内側で小便をし、防爆壁の内側で眠った。そして四月十四日のこの日、日が昇り、歪んだ月が姿を隠すと、防爆壁から出てハンヴィーに乗り込みながら、兵士たちは、今日は自分たちが防爆壁の内側で夢に見ていたような日に、ケイジマのように爆破される日になるのだろうか、と考えていた。

「出発」とカウズラリッチは言った。

彼はいつもの席――前から三台目のハンヴィーの左後部座席――に座った。車両の隊列はいつも四台以上。今日は五台だった。二十四歳の中尉で、戦場での信条と戦争への楽観的見方をカウズラリッチと同じくするネイト・ショーマンが、右前部座席にいた。この大隊でショーマンほど将来性のある下級将校はいなかった。それでカウズラリッチはショーマンを自分の警護特務部隊の責任者に選んだのだ。

彼らは厳重に警備されている作戦基地の正門を通って外に出た瞬間、いきなり戦争の前線に突入した。ほかの戦争では、前線とは前方に横たわっているものだったが、この戦争では、敵はいたるところにいた。鉄条網の外ではあらゆる方向のあらゆるところに敵がいた。建物にも、町にも、地区にも、国全体にも、三百六十度にわたって敵がいた。

そのような戦争で、ＥＦＰがいたるところに撒かれている地区で、いちばん安全な席とはどこか。部下たちは絶えずそれについて議論していたが、カウズラリッチは加わらなかった。しかし、それは彼も考えていた。隊列の先頭のトラックがいちばん爆弾の被害に遭いやすかったが、最近では反乱軍は隊列の二台目や三台目（ケイジマが乗っていたのが三台目だった）、時には四台目や五台目を狙うようになっていた。そしてほとんどのEFPは右側で爆発したが、ケイジマを殺した爆弾は左側で爆発した。

つまり、当てにできる確実なことなどなかった。用心するしかなかった。ハンヴィーには、赤外線起爆装置を装備しているEFPを無効化するための妨害装置が取り付けられていたが、いつも効力を発揮するわけではなかった。だから、あるハンヴィーのフロント・グリルには、幸運の蹄鉄《ていてつ》が結わえてあった。

どの兵士も自分なりのお守りを持っていた。ショーマンは、オハイオの両親が通う教会の人が編んでくれたカーキ色の小さな十字架を持っていた。砲手はいつも、立つときは片足をもう一方の足の前に出した。そうすればEFPをくらっても、失うのは片足だけで済むかもしれなかった。同じ理由からカウズラリッチもときどき、いまここで爆発が起きたらそれに気づくだろうか、と窓の外を見ながら両手を防弾チョッキの内側に突っ込んでいるときがあった。「即死でした」と彼はケイジマの母親に告げはしたが、果たして本当にそうだったのだろうか。自分にそれがわかるのか。その音を聞くのだろうか。爆発を見るのだろうか。どんな気持ちがするだろう。いまは実に疑わしく思える窓の外のゴミの山が、この地上で最後に目にするものなのか。最後の言葉が、いまヘッドセットに向かって言っているものになるのか。基地にいる兵士からのくだらない質問に応じた言葉が。「お前ら、便所に行きたいのか」カウズラリッチはいまそう言っているところだった。それが最後だとしたら。しかもその言葉の途中で途切れたら？

「お前ら、便所に行きたいのか」

「お前ら――」

隊列は別のゴミの山に近づいていった。もしかしたらこっちに隠されているのかもしれない。隊列は高架橋の下の暗がりに近づいていった。もしかしたらこっちに隠されているかもしれない。

目を忙《せわ》しなく走らせ、赤外線妨害装置を使いながら、隊列は時速十六キロで非常にゆっくりとルート・プルートを進んでいった。この速度ならこれまでの派兵によって達成されてきたものを直接目にすることができた。いまでは、ほかの車の運転手たちは、ハンヴィーの隊列が近くに来たときに何をすべきか知っていた。路肩に車を寄せ、隊列が通り過ぎるのを辛抱強く待ち、急に動いたりせず、隊列が通り過ぎた後の避けられない渋滞に対していらだちを見せずにいることだ。いま隊列は、向こう見ずにも両手で顔を隠している運転手のそばを通り過ぎたが、カウズラリッチとその部下はそのことに気づいただろうか。

シャッターの下りた店の前に座っている老人が、数珠を指でたぐりながら無表情に見つめているのに彼らは気づいただろうか。

その老人の横にいる少年が、蛇を見るような目で見ていることに彼らは気づいただろうか。

花で飾られた白い車とその後ろのヴァンに花嫁と八人の女性たちが乗っていて、笑いながらリズムに合わせて体を愉しげに上下させていることに、彼らは気づいただろうか。

隊列は、山羊の群れを率いている子供たちのそばを通り過ぎた。コンクリートのブロックを押している男のそばを通り過ぎた。煙草を吸いながらエンストを起こした車のフードを上げて覗き込んでいる男のそばを通り過ぎた。その車は本当にエンストを起こしているのかもしれないし、いまにも爆発する車爆弾が隠されているのかもしれない。兵士たち一行は止まりそうになるまで速度を落とした。男はそれに気づかなかった。だれも気づかなかった。だれも兵士たちに笑みを見せなかった。だれも兵士たちに花を投げなかった。だれも兵士たちに手を振らなかった。

いや、手を振っている者がいた。年若い少年が、鉄条網の切れ端を引きずっている。少年は立ち止まってカウズラリッチに手を振った。それを見たカウズラリッチは手を振り返した。カウズラリッチがその目で見たものは、手を振っている男の子で、その子はことによると爆発物に繋がれているかもしれなかった。そして男の子が目にしたものは、分厚い窓ガラスとその向こう側にいる、手袋をはめた手を振っている防弾チョッキを着た兵士だった。

三百六十度すべてが疑わしい——それが四年にわたる戦争がもたらしたものだった。フォート・ライリーを出る前に、「文化交流カード」というラミネート加工された、イラクを紹介するパンフレットを読まされていた。たとえばそれには、「右手を心臓の上に置くと尊敬や感謝を表す」とか「指で『OK』や『了解』のサインを作ってはいけない。猥褻《ひわい》な意味に受け取られる」といったことが書いてあった。さらに、日常的によく使われる言葉や語句の発音も数十個ほど載っていた。「アルジューク（どうぞ）、シュクラン（ありがとう）、マルハバン（こんにちは）、マアッサラーマ（さようなら）」

それは申し分のない対反乱作戦の単語だったが、カウズラリッチの砲手はこの戦争を乗り越えていくにはほんのわずかな言葉を知っているだけでいいと思っていた。そのすべての英語とアラビア語の発音を黒いマジックで砲塔に書いておいた。

「ここはどこだ」

「反乱者」

「爆弾はどこだ」

「こっちに見せろ」

それは爆弾に関する言葉だった。バグダッド東部では、爆弾の数は増え続けていた。そしてハンヴィーに乗っていたケイジマと四人の兵士だけが――いまのところ十六－二における唯一の死傷者ではあったが――ターゲットではなかった。その前夜、カウズラリッチとカミングズは食堂で夕食を食べていた。そのとき大きな爆音がして、壁ががたがたと揺れ、皿や料理やトレイが飛び散り、大勢の兵士は床に伏せた。そのときはまず、基地にロケット弾が打ち込まれた、と思った。ロケット弾の数も増えていた。ところがそれは一キロ半ほど離れたところでＩＥＤが、パトロールに出かけていた第十六連隊第二大隊のハンヴィーを直撃したものだとわかった。これまでハンヴィーに乗っていた兵士たちは、耳が聞こえにくくなったり、軽い脳震盪を起こしたりする程度の怪我しか負ったことはなかったのに、このハンヴィーは破壊されてしまった。

カウズラリッチがいま隊列を差し向けているのは、その場所だった。ハンヴィーが破壊された場所だ。それで彼は、アメリカ合衆国は仕返しをすることができるということをその地区の者に示そうと考えた。「反乱者に聖域なし」と戦闘教則本には書かれていた。そのことをカウズラリッチは実践するつもりでいた。隊列はルート・プルートから作戦地域の比較的穏やかな地区へ入っていき、IEDの爆発によってできたばかりの穴のそばで停止した。「捜索に行くぞ」とカウズラリッチが部下に言うと、たちまち完全武装した二十三人の兵士たちが通りを歩いて家々を調べ始めた。彼らは庭に洗濯物が干してあり、玄関のそばに靴がきちんと並んでいる家にやってきた。許可を求めずに数人の兵士が中に入り、一階を通って階段を上り、二階の部屋のクローゼットや引き出しの中まで調べた。

果樹が庭にあり、飲料水を貯める小さな金属のタンクのある別の家にやってきた。ひとりの兵士がそのタンクが怪しいと思った。その家に住む家族は、兵士がタンクのキャップを開けて本当に水かどうか調べるためににおいを嗅ぐのを、黙って見つめていた。さらにもうひとりの兵士が果樹に近づいていき、周りを調べるのを見つめていた。その兵士は枝を揺すり、さらに別の枝を揺すった。爪先立って葉群の中に手を入れ、探しているものが見つかるまでがさがさと調べていた。それを家族はじっと見つめていたが、兵士は熟れた果実をもぎ取るとそれを口に持っていって齧った。

それぞれの捜索は数分ほどで、アメリカ人とイラク人との沈黙の関係もそのあいだずっと続いた。はるかに危険の伴う真夜中の任務とは違って――夜中の場合は、特定のターゲットを探してドアを蹴破っておこなわれた――昼間の捜索はビジネスライクだった。家の中に入り、探し、いくつかの質問をして出てくる。その次。入って、探して、出てくる。しかし危険がないわけではない。結局のところ、兵士をIEDで殺そうとした者がいるからこそ、兵士たちはここに来ているのだ。それに狙撃手《スナイパー》に狙われる危険もあった。だから兵士たちは次の家に向かいながら、ライフルを構えた。次の家の外に立っていた男が、カウズラリッチをお茶に誘った。

これまでになかったことだ。これまでおこなってきた捜索ではいつも、人々は脇に下がって彼と兵士たちを家に通した。しかし今回初めて、家の中に招待する者が現れたのだ。

それでカウズラリッチは、通訳として働いているイラク人と共にその家の中に入った。部下の四人も彼を護衛するために中に入り、さらにふたりの兵士は奇襲攻撃を受けた場合の防御の第一線として前庭で待機した。

男は驚いて見ている家族の前を、カウズラリッチを案内していき、染みひとつない清潔な居間の椅子に座るよう手で示した。テーブルの上には造花の活けられた花瓶が置かれ、飾り戸棚の中には繊細な皿やティーカップが並んでいた。「美しいお宅ですね」カウズラリッチはそう言って腰を下ろしたが、ヘルメットは被ったまま、防弾チョッキは身につけたままで、拳銃は手の届くところにあった。男は笑みを浮かべ、ありがとうと言いはしたが、腋の下には汗の染みが現れ始めていた。

キッチンでは湯が沸いていた。外では、彼の部下たちがほかの家々を調べ続けていて、そうした家の住人たちはこの家の男がアメリカ人を家に招き入れる様子を見ていた。家の中では、男がカウズラリッチに、イラク人がどうして協力することに積極的ではないのかを説明した。「民兵に脅されたので、アメリカ人といっしょに働くのが恐ろしいのです。私には金がありません。金を稼げたらどんなにいいか」男はアラビア語で言い、カウズラリッチの通訳が英語で伝えられるようにそこで言葉を区切った。そして今度は、言葉を英語に替えて、いまの生活のありさまをより正確に言い表した。

「とても苦しいです」

ふたりはそれからしばらく話し続けた。男は六十八歳だと言った。カウズラリッチは、とてもそんな年には見えない、と言った。すると男は、イラク空軍にいたのだ、と言った。カウズラリッチはもう一度頷いた。それほど暑い日ではなかったが、男の汗の染みはどんどん広がっていた。五分ほどが経っていた。もちろん、隣人たちは絶えず様子を窺っていた。

「もし近所の者たちに、『アメリカ人をどうして家に入れたのだ』と訊かれたら、私は『家を調べさせた』と言うだけです」と男は、カウズラリッチにというより自分に言い聞かせるように言った。

お茶が出された。

「おい、ネイト」カウズラリッチはショーマンに向かって言った。「ちょっと歩き回ってこい。部下を連れて家の周りを回れ」

十分が経った。男は拳を握りしめた。そしてその手をまた開いた。男は靴下を引っ張り上げた。そして言った。「昨日の夜、IEDが爆発した音を聞いたとき、心臓が――胸が……」IEDが爆発したときこの部屋にいて食事をしていた、壁が大きく揺れたが、何も壊れなかった、と言った。

十五分が経過した。男はカウズラリッチに息子たちのひとりについて話した。その息子は二週間前に誘拐された。男が一万ドルの身代金を払うまで、息子は繰り返しひどい暴行を受けた。だから、私には金がないのです、と男は言った。

二十分が経過した。「私はアメリカが好きです。アメリカ軍が来たとき、私は家の前に花を置きました」男は言った。しかしいままでは、「私が花を置いたら、彼らに殺されるでしょう」。彼の汗染みはいまやかなり大きくなっていた。二十分。家宅捜索でそんな長い時間はかからない。だれもがそのことはよく知っていた。カウズラリッチは腰を上げた。

「シュクラン」と彼は言って、男の手を取った。

「申し訳ないが、私は協力することはできないんですよ」と男は言った。「私の命にかかわるので」男はカウズラリッチを外に送り出した。そしてカウズラリッチと彼の部下が歩き出したとたんに、男は近所の人々に囲まれた。

「彼が恐れていたのは俺たちではなかった。俺たちが家の中にいるあいだに彼が何を告げているのか、と不審に思っている外の人々を恐れていたのだ」カウズラリッチは後にそう言った。「お手上げだな。彼らは安心を求めている。彼らは俺たちがそれを提供できることを知っている。悪人がどこにいるか教えたいと思っている。しかし自分の命が心配なのだ。俺たちがこのことで何もしないでいたら、悪い奴がやってきて彼らを殺すだろう。どちらにしても、彼らに救いはない」

しかし、その悪い奴はどこにいる？　どこかにいるはずだ。ＩＥＤを仕掛けた男はどこにいる？

爆弾でできた穴のところに戻ったカウズラリッチは、「おじさん、おじさん」と叫んでサッカーボールをねだる近所の子供たちに囲まれながら、次に何をすべきか考えていた。あの中のだれかは、もちろん、爆弾を仕掛けた男を知っている。しかし、彼らを説得できるはずもなかった。アメリカ人にかかわろうと思えばひどい目に遭い、かかわらないでいてもっとひどい目に遭うのだから。

強さを示すのも対反乱作戦のひとつだった。カウズラリッチはそれをしないで済ませたいとは思ったが、アメリカ軍の武力を誇示するために、出動を要請した。その中にはF－18戦闘機二機も入っていた。二機はこのあたりを警告もせずゆっくりと低空飛行するだろう。その音は人々の耳をつんざき、恐怖を与えるだろう。家々はがたがたと揺れ、壁は震える。家具はぐらぐら揺れる。ティーカップは倒れる。

彼は部下とともに出発するためにハンヴィーに乗り込んだ。するとこれまでになかったことがまた起きた。子供たちが歓声を上げて手を振ったのだ。

兵士たちは出発した。足を前後に広げて立ち、両手を防弾チョッキの中に突っ込み、目を忙《せわ》しなく動かし、赤外線妨害装置を動かし、のろのろと基地に向かっていった。

そのとき戦闘機二機がやってきた。

3章　二〇〇七年五月七日

わが部隊はいま、新たな司令官デイヴィッド・ペトレイアス大将のもとで、イラクでの新しい作戦を展開しているところだ。大将は対反乱作戦の専門家だ。大将が計画しているこの新しい作戦の最終目的は、イラク治安部隊と協力して首都を守ることである。そうすれば必ずや、和解に向けて進展し、国民の権利を尊重し、法を遵守し、このテロとの戦いにおいてアメリカ合衆国と協力してゲリラと戦う自由な国家を作ることができる。この作戦は初期の段階ではあるが……

——ジョージ・W・ブッシュ　二〇〇七年五月五日

大隊の全兵士の中で、ブレント・カミングズほどカウズラリッチと親しい者はいなかった。カウズラリッチより三歳年下のカミングズが陸軍に入ったのは、合衆国を愛しているからこそ、彼の心の中にある祖国の姿を守りたいという単純明快な理由によるものだった。その姿とは、彼の家族であり、彼の家の玄関ポーチであり、「ニューヨーク・タイムズ」日曜版や地ビールや犬などだった。彼はこの大隊が作られたときからのメンバーで、十六－二の任務を道徳的に正しいと信じてやってきた。カウズラリッチの片腕として、カミングズは一種の確信を持ってこの戦争に取り組んできた。彼はカウズラリッチより心配性で、大隊のだれよりも内省的だった。そのため、この戦争から得ようとしているのは単なる勝利ではなく、もっと深遠なものだった。ある日彼は、カウズラリッチと自分との違いについてこう言った。「カウズラリッチ中佐は絶望を直視できる。中佐はそれを気にも留めないのに、俺はくよくよと悩んでしまう」

くよくよ悩める資質があり、そして正しい行為によってそれを軽減させなければならないからこそ、ある日かかってきた電話にカミングズは大いに動揺した。

「われわれは糞尿を取り除いてから死体を取り出さなくちゃならない。それにはかなり費用がかかる」とカミングズは言っていた。

それから黙って相手の声を聞いた。

「ああ、本部はそう言ってるよ。『漂白剤を買え』ってな。でも、どれだけの漂白剤が必要になると思う？　『苛性アルカリ溶液を買え』って言ってるよ。なんてこった。どれだけ金がかかると思ってる？」

彼はまた黙って耳を澄ました。

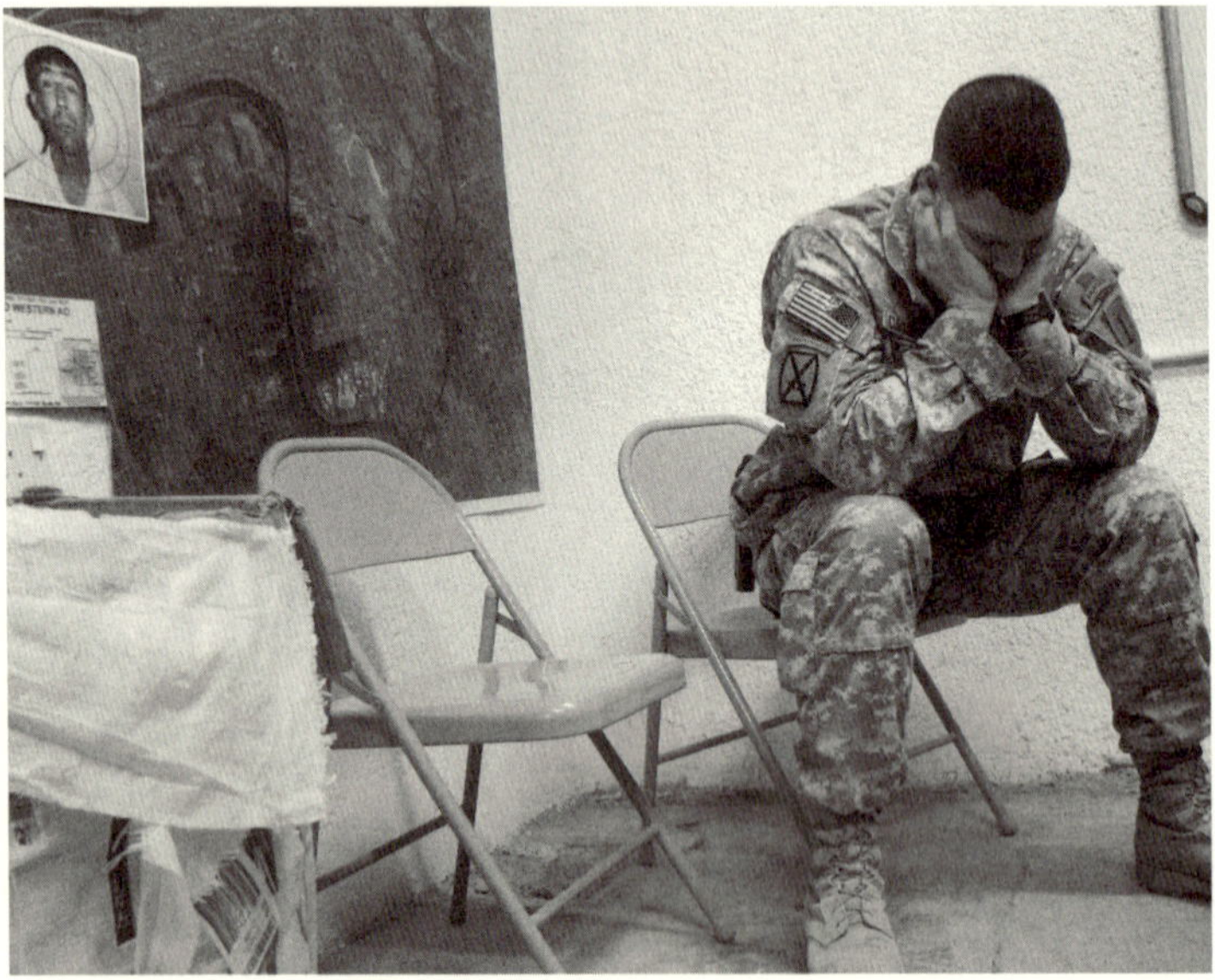

ブレント・カミングズ

「ただの水**じゃない**んだ。**糞だめ**だぞ。ウエーッ」

彼は深呼吸をして気持ちを静めようとした。

「いや、俺はボブを見ていない。写真だけだ。だが、とんでもなく恐ろしかった」

彼はため息をついて受話器を戻し、写真の中から一枚を手に取った。作戦地域の中でもっとも手に負えない地、カマリヤの航空写真だった。六万人がそこで暮らしていると言われていた。戦争が始まってからずっとそこは手つかずのままだった。反乱者がいたるところにいると思われていた。道沿いには糞尿の溜まった蓋のない堀が走り、東端にある大半の工場は打ち棄てられていた。その中に、中庭に穴が空いている工場があった。その工場で兵士たちが死体を見つけ、その死体をボブと呼ぶようになった。

「ボブ」は、どぶにぷかぷか《ボビング》浮かんでいるものを省略した言い方だよ、とカミングズは説明した。

「どぶ」も、肥溜めの省略だ。

では、「どぶにぷかぷか浮かんでいる」は、何を意味しているのか? カミングズは首を横に振った。彼は言葉をなくしていた。この戦争にアメリカ合衆国は一日三億ドルを費やしていた。そしてもちろん、その使い道を減らすという規則があって、死体を取り出すのに必要な経費を取得できなかった。そのために十六ー二のいちばん大事な作戦、カマリヤ制圧作戦がいまのところ頓挫《とんざ》していた。一刻も早く完了しなければならない作戦だった。ロケット弾と迫撃弾がカマリヤから基地やグリーン・ゾーンに打ち込まれてきていたし、情報機関の報告によれば自己鍛造弾《EFP》や即製爆弾《IED》もそこで製造されているということだった。

その中でも、かつてスパゲッティを製造していた工場が、この作戦を完了させられるかどうかの大きな鍵になっていた。増派の対反乱作戦にとって不可欠な任務には、前線基地からもっと小さくて目立たない前哨基地（イラク人が住む町の真ん中に設置するよう指示されていた）に兵士を移動させることが含まれていた。前哨基地の基本的な考えは、デイヴィッド・キルカレンによって簡潔に要約されていた。対反乱作戦の専門家キルカレンは、デイヴィッド・ペトレイアス大将のアドバイザーであり、軍隊内で広く回覧された二〇〇六年の報告書にこう書いていた。「対反乱作戦における派兵の最初の規則は、そこにいることである。（中略）もし何かが起きたときにその場にいなければ、できることなど無きに等しい。そのため、下すべき最初の命令は居場所を確立することである。（中略）これには居住アプローチが求められる――遠方の安全な基地から担当区域に奇襲するのではなく、その場所に暮らし、住民と親しくする。徒歩で移動し、地元の村で寝起きし、夜のパトロールをする。こうした行動は、見かけよりはるかに危険を伴う。だが住民との絆が結ばれ、住民たちは兵士たちを、装甲された箱から下りてきた異国人ではなく、信頼を寄せられる生きた人間、話し合いのできる相手として見る」

増派にとって前哨基地は非常に重要な鍵だったために、ペトレイアスのスタッフは、増派の有効性を知る指針として、前哨基地の数を追跡していた。前哨基地がひとつ確立されるたびに、大隊はそれを旅団に伝え、旅団はそれを師団に伝え、師団はそれを部隊に伝え、部隊はそれをペトレイアスのスタッフに伝え、スタッフはそれを集計用紙に書き加えてワシントンに送信した。これまでカウズラリッチがそのリストに加えることができた前哨基地はひとつだけだった――作戦地域の中央にアルファ中隊の前哨基地があった――が、もっと加えたいと思っていた。間もなくカマリヤ南端にふたつ目の前哨基地が、チャーリー中隊のために設置されることになっていたが、戦略的な理由から、もっとも必要な前哨基地はカマリヤ北に設置されるブラヴォー中隊のものだった。カマリヤの中央は情勢不安定で前哨基地など作れなかったため、外れの地帯なら安全に思えた。しかも、好都合なことに、そこには打ち棄てられたスパゲッティ工場があった。

それで派遣された兵士たちがゲートを破壊していっせいに中に入ると、ロケット推進式の催涙弾や手榴弾、迫撃砲、製造中のEFP三個があり、そして偽装爆弾《ブービー・トラップ》が仕掛けられていそうな穴を覆っている、金属製の四角い蓋があった。兵士たちが用心に用心を重ねてその蓋を持ち上げて覗き込んでみると、それは浄化槽で、その中にボブがいた。

浮かんでいる体の周りに、かつては白いシャツだったとおぼしきものがふわりと広がっていた。足先はなかった。手の指もなかった。体から分離された頭は体のそばに浮かんでいて、顔には銃弾の穴が空いていた。

兵士たちは急いで蓋を下ろした。

いまでは兵士たちも死体を扱いなれていた。チャーリー中隊の前哨基地を作るために雇われた男が、働き始めて間もなく何者かに殺された。その死に方はとりわけむごたらしいものだった。その男を誰が殺したにせよ、そいつは男の頭を万力で締めつけてそのままにし、妻に発見させたのだ。しかしボブの死は、もっとむごたらしいものに思えた。取り除かない限りその死体は、ブラヴォー中隊が食事したり寝たりしているあいだも浄化槽の中で昼も夜も浮かび続けることになり、百二十人の兵士がそんな状況下で快適に過ごせるはずもなかった。

「倫理の問題だよ。死体の上で暮らしたい奴がどこにいる?」カミングズは言った。「それに、あっちだってそうだろ。つまり、あの男にだって親がいたんだ。もしかしたら妻もな。だから尊厳の問題なんだ。あの男をあのままにしておいたら俺たちの品性が疑われる。あの男をボブと呼ぶことだって侮蔑しているわけだ。そうじゃないか……」

良識の必要性。死体だらけのこの国で、その一体にきちんと対処することがカミングズにとっていきなり重要なことになった。しかし、どうすればいい? 浄化槽の中に入って死体を動かしたいと思う者などひとりもいなかった。ただのひとりも。イラク人も。彼もごめんだった。そういうわけで、ボブはもう二、三日そのまま浮かび続け、兵士たちは工場内のほかの場所を掃除しながら、たびたび蓋を開けては確かめた。頭部が沈んで見えない日もあった。ぷかぷかしている日もあった。ある日、この浄化槽の中にはもっと多くの死体があるのではないか、ボブはそのいちばん上にあるだけではないか、という考えがみなの頭に浮かんだ。

蓋を戻した。

ようやくカミングズは、自分で直接見に行ってみようと思った。

作戦基地から工場まで八キロほどの距離ではあったが、やすやすとは行けなかった。待ち伏せ攻撃に備え、戦闘計画を立てる必要があった。五台のハンヴィー、二十四人の兵士、それから通訳ひとりを用意しなければならなかった。全員が防弾チョッキ、耳栓、防護ゴーグルを着け、隊列を組んで出発し、爆弾が隠してあるかもしれない新しいゴミの山のそばを通り過ぎた。爆弾が埋め込んであるかもしれない未舗装の道路を進んでいった。そのとき見えない爆弾が爆発した。

五台目のハンヴィーが通り過ぎた直後だった。損傷はなく、爆音がして煙が上がっただけだったので、隊列はそのまま前進した。そしていま、死んだ水牛の前を通っていた。水牛の背中が異様に盛り上がっていて、バグダッドのこの地域では、それがいま爆発してもおかしくなかった。そしてようやく、錆びたトタン屋根がバタンバタンと風にあおられている黄色い建物のそばで停止した。

「スパゲッティ工場だ」とカミングズ少佐は言った。そして、ブラヴォー中隊の大尉ジェフ・ジェイガーと共に浄化槽のあるほうへ向かった。

「俺たちがすべきことは……」カミングズはそう言ったが、ボブを間近で見ていると、続く言葉が浮かんでこなかった。

「ここをきれいに掃除しなくちゃならないと思いますよ」とジェイガーが言った。「ここから糞を全部取り出して、すっかりきれいにする。まずは糞を取り出して、それからだれかを中に下ろして、あれを引き上げるんですね。いくらか費用がかかるでしょうが」

「そうだな」カミングズは、放棄されたスパゲッティ工場の浄化槽の中にいる死んだイラク人を引き上げるために使える金がないことをよく知っていた。

「でも、浄化槽に死体があるような建物に引っ越してくるのは気が滅入りますね」ジェイガーはそう言いながら、頭部が見えなくなるまで長いパイプで中をかき回した。

「だれかが、人間を侮辱するのにこれ以上はないというやり方でこの男を侮辱したわけだ」頭部がまた浮かんでくるのを見て、カミングズは言った。「そして、『これが浄化槽から死体を取り除く方法だ』と書いてある作戦ノートなんてものはないってわけだ」

ジェイガーがもう一度かき回した。「俺がここに連れて来た請負業者は、どんなことでも喜んで引き受けてくれますけどね、これだけはごめんだと言ってますよ」とジェイガーは言った。「いくら払ったらここから死体を引き出してくれるか奴に訊いたら、『いくらもらっても割に合わない』って言われましたよ」

「これがアメリカ兵だったらな。すぐにでも引き上げるのにな」

「中に下りていって自分たちで引き上げますよ」ジェイガーは言った。「しかし――」

「しかし、中に下りていってあれを引き出してくれ、といったいだれに頼んだらいい?」カミングズは言った。そしてジェイガーが蓋を元に戻すと、ふたりは工場のほかの場所を調べにいった。

百二十人もの兵士が、ひび割れた壁と破壊された設備が積み重なっている乱雑極まりないこの場所に移ってくることなどできないように思われた。しかしジェイガーは、やれますよ、やらなくちゃならない、とカミングズに言った。「民兵たちがここを作戦基地として使っていたんですよ。ここで拷問と殺人をおこなっていたという報告書があります」ボブはその証拠だ、とさらにジェイガーは言った。「それに近隣の住人たちが、人の悲鳴や殴られている音を聞いた、と証言するでしょうね」

ふたりがゲートから通りへ出て壁に沿って歩き出すと、兵士たちがそれに加わった。工場の周りにはすでに頑丈なセメントの壁が建っていたが、安全を考慮して、二倍の高さの防爆壁を建て、通りには螺旋状にした剃刀形鉄条網《レイザー・ワイヤー》で封鎖することになっていた。

最初の角を曲がったところで、カミングズはセメントの壁のそばに泥煉瓦造りの家が建っているのに気づいた。壁のすぐ横にあるので、防爆壁が出来たら飲み込まれてしまうだろう。庭には衣類が干してあり、人が住んでいた。それでカミングズは門から入り、兵士の姿を見た瞬間に震え始めた男のところに行った。

カミングズは通訳を介して、ここに来た理由を説明した。アメリカ兵がこのスパゲッティ工場に引っ越してくることになり、治安を考えてとても高い壁を造ることになった、そうなると気の毒だが彼の家を囲ってしまうことになる。それで門を含めて――。

出ていく、と男は、カミングズが言い終わらないうちにアラビア語で言った。

「いやそうじゃないんだ」とカミングズは言い、通訳に出ていかなくてもいいと伝えるように言った。ただ、高い壁を造るだけで――。

出ていく、と震えながら男は同じ言葉を繰り返した。そしてしだいに興奮した口調になった。この狭い土地に来たのは、家族ともども自分の家から民兵たちに追い出されたからであり、面倒を起こすつもりはないし、ほかに行くところがないからだ、この借地しかもう残されていないのだ、と。それから通訳が自分の言葉を伝えるのを聞いてから、**出ていかなくてもいいのか**、と言った。

「そうだ」とカミングズが言った。「こちらとしては――」

出ていかなくてもいい？　もう一度男は言った。するとあばら屋に住んでいた者たちがぞろぞろと外に出てきた。ぼろを着た子供が次々に出てきた。心配そうな顔つきの老婆が出てきた。さらに何人かの子供たちが出てきた。そしてカミングズと兵士たちを取り囲んだ。それから最後に妊娠している女性が出てきて戸口で不安そうにたたずみ、男が話すのを聞いていた。**救ってくれてありがとう。壁の中にいられてありがたい。ここにいられてありがたい、と**。

「どういたしまして」とカミングズは言って、男の手を取った。「こちらこそ敷地に入れてくれてありがとう」。すると男がにっこりし、老婆がにっこりし、戸口の女性がにっこりした。その一時間後、基地に戻りながらカミングズは、感謝された気まずい瞬間のことが脳裏から離れなかった。ここにはそういう善良さがあるんだよ、と彼は言った。だからなおさら、ボブをちゃんと埋葬してやりたいんだ、と。

「俺の体もちゃんと埋葬してもらいたいもんな。どんな人間であろうとそうだろう。そうしなければ、俺たちは人間じゃなくなっちまう」カミングズは言った。

しかし、この場合はどうすれば人の道に適うのか。彼はいい手段を見つけられないまま翌朝を迎えた。そのとき、内報を得たばかりのジェイガーから電話がかかってきた。カミングズは受話器を取った。凍りついたように見えた。カウズラリッチを探しに行った。

「中佐、スパゲッティ工場が破壊されました」とカミングズは言った。

内報によれば、兵士たちが立ち去った後で、十二人の覆面した男たちが、全員武器を持ち、数人が爆発物を持って工場の中に入っていき、兵士たちが出ていった後にとてつもなく大きな爆発が起きた、ということだった。

「影も形もないそうです」カミングズは言った。

もしかしたら違うかもしれない。最初の報告というのは間違っていることがよくある。確認が必要だ。

イラクでも、事態がいっそう悪くなる日がある。その日カマリヤにはひとりの兵士もいなかった。強い風と埃が舞っていたために、空から確認する手段はなかった。

それでその日の午後遅く、上空を横切っていった戦闘機のパイロットから、工場の大半は破壊されているようだ、という報告が来た。

破壊の規模はわからなかった。パイロットの報告にはなかった。カミングズにはわからなかった。

あの家はどうなった？

あの感謝していた男は？

「わかりません」

カミングズは首を横に振った。

あの老婆は？　妊娠している女性は？　十二人の子供たちは？

彼は首を横に振った。

わかっていることは、ボブの問題が解決したということだった。

「いやな場所だよ」とカミングズは言った。

その四日後の午前中、カマリヤの通りに立っていたウィリアム・ザッパ曹長が脇腹を撃たれた。

「最初、小さな切り傷でもできたのかと思った。撃たれたとは思わなかった。ポンという音がして、『あれ、何だ?』って思った。それで、下を見たら何か変な感じがした。そのうち脇腹から血が出るのを見て、『うわあ、やられた』って思った」この長い一日が終わった後、ザッパはそう言った。

大隊の兵士の大半が、その朝早くからカマリヤに赴いていた。町を制圧する次の段階を推し進めるために、大規模の隊列を組んでかなり早く作戦基地を出たのだ。日射しが強くなる前に売りさばこうと、山羊の肉から皮を剥いでいる山羊売りの前を通り過ぎた。九時には、二機の攻撃用ヘリコプターが上空を旋回する中、何百人もの兵士がカマリヤ中に散らばり、いっせいに家を捜索していた。午前九時五十分には、カウズラリッチはハンヴィーの窓から外を見ながら、「申し分なし」と言っていた。そして午前十時二十一分には、一発の銃弾がザッパの脇腹に入り込み、背中から出ていき、そこから血が流れ出していた。

「初めはだれもが狂ったような感じだった。わかっていたのは俺が撃たれたってことだけだった。『曹長、撃たれた!』って」ザッパは後《のち》に、その時のことを聞きたがる者にそう説明した。「そうしたらみんなが駆け寄ってきて、鋏を取り出して、服を切ろうとするんだよ。それで俺は『うわあ、おい、やめろ。俺は死んじゃいねえよ。防弾チョッキは自分で脱げる。脱げるよ』と言った。それで誰の助けも借りずに防弾チョッキを自分で脱いだんだ。

それから俺はハンヴィーの後部座席に座らされて、医者に弾の出口を調べてもらえるように前屈みになった。このあたりから胸がむかむかしてきて、ちょっとふらふらしてきた。兵士のひとりが『おい、曹長がおかしくなってるぞ』と言うのが聞こえたので、俺は『水をくれ』と言い返した。

それで水を飲んで、それを返した。医者に包帯を巻いてもらって軍服を着た。もちろん、Tシャツは着なかった。医者がTシャツを切り刻んでたからな。それで防弾チョッキを左肩に担いだ。それで出発した。

後部座席にいるとき、軍曹のひとりが『こんなの、もう我慢できねえ』と言うのが聞こえた。それで俺は『なんでだ？　イラク人全員が俺を殺そうとしてるわけじゃねえだろ。俺を殺そうとしたのは限られた集団だけだ。狂った奴が撃ったんだから、全員に腹を立てるのはよせよ』と言ったんだ」

同時刻に、カマリヤの別の通りでマイケル・エモリー軍曹が後頭部を撃たれていた。

「スナイパーだ！」ジェフ・ジェイガー大尉は、エモリーが倒れるのを見て叫んだ。

彼らはほかの数人の兵士とともに、ある工場の屋上にいて、周りの通りで制圧作戦中のブラヴォー中隊を見張っていた。その屋上は、三階建ての建物にあって、狭い階段がついていた。広々とした屋上には、割れたガラスや最近の雨でできた水たまりがあり、エモリーが屋上の真ん中あたりにいたとき、ピシッという音がして彼が倒れた。

「撃たれたのは？　エモリー軍曹か？」もうひとりの兵士が叫んだ。一瞬後、「**エモリー軍曹だ！**」と怒鳴った。

エモリーは仰向けになり、微動だにせず、広がっていく血だまりの中に倒れていた。

「スナイパーだ。スナイパーだ」兵士のひとりが無線に向かって言った。「ひとり撃たれた」

「ボランド！　煙だ！　煙幕だ！」ジェイガーは、屋上の隅の階段そばにいたボランド中尉に向かって叫び、中尉は防弾チョッキに装着してある発煙弾二個を手にした。

アレックス・ボランドは発煙弾を一個放り投げた。ポンと音がして黄色い煙がエモリーの上に漂うと、ひとりの兵士がエモリーのところへ這い進んでいった。

「無線」ジェイガーはその様子を見ていた無線係に言った。

「大尉、無線を置いて、奴を助けにいっていいですか」とその兵士が言った。

「よし」とジェイガーが言った。

「俺が行きます」無線係が大声で言い、走りながら屋上を横切り、煙幕の内に入り込んだ。そしてエモリーの頭の横に跪《ひざまず》き、エモリーの手を摑んだ。煙が消散してふたりの姿がさらけ出された。

「もっと煙だ！」ジェイガーが怒鳴った。「もっと！」

ボランドは二個目の発煙弾を投げた。黄色い煙が広がり、それから薄れていった。「こっちに引きずってこい」とボランドは大声で言った。

「もっと、煙を！」ジェイガーがボランドに言った。

「もうありません」ボランドが怒鳴った。

そのとき、階段のそばにいた数人の兵士がいっせいにエモリーめがけて走り出した。その中に衛生兵もいた。彼らは倒れ、起き上がり、さらに走り、エモリーの血で足を滑らせ、ようやく彼の後頭部に圧迫包帯を巻いた。

「立って、エモリーを向こうへ運べ。向こうへ」ジェイガーが怒鳴り、ボランドのほうを指さした。「さあ、行くぞ！」

兵士たちはエモリーの腋の下を摑み、引きずっていこうとしたが、エモリーは死体のように重かった。そこへもうひとり兵士が駆けつけ、エモリーの防弾チョッキを摑んで引き上げた。別の兵士ふたりがエモリーの脚を片方ずつ摑んだ。

「援護する」ジェイガーが言った。「行け！」

「行くぞ」ひとりの兵士が言った。

「引っ張れ、引っ張れ」別の兵士が必死で呼びかけた。

「行け行け行け行け」と別のひとりが言った。「頑張れ」

彼らはエモリーを壁に囲まれた階段のところまで運んだ。これでスナイパーに狙われることはなくなったが、階段を使ってエモリーを三階から下ろさなければならなかった。大きな建物だった。百段は優にあるだろう。エモリーは簡易担架に載せられた。手足がぐったりしていた。目が開いたり閉じたりしていた。ふたりの兵士が簡易担架を持ち上げたが、エモリーを固定するためのストラップがなかったので、滑り落ちそうになった。すると別の兵士がエモリーの体を肩掛《かたが》けに担いだ。

この二等軍曹の名はアダム・シューマン〔訳註　本書の後篇となる『帰還兵はなぜ自殺するのか』の主要な人物〕といった。大隊の中で最高の兵士のひとりと言われていた。この数ヶ月後に、彼は精神に変調を来たし、エモリーのことをこう言うことになる。「奴の頭から流れた血が俺の口の中に入ってきたことが忘れられない。いまでも血の味がする。鉄の味だ。その日はクール・エイドを飲めなかった」

しかしこの日のこの瞬間、アダム・シューマンはエモリーを背負って二階の踊り場までたどり着き、そこでエモリーは再び簡易担架に乗せられた。シューマンは担架の片端を肩で支えて一階まで下ろした。そのとき、エモリーが意識を取り戻し、「どうして頭が痛いんだ?」と尋ねた。「すぐによくなる」と尋ねられた兵士たちは答えた。シューマンもそのひとりだった。シューマンはエモリーを救護所に退避させるハンヴィーに乗せると、もうひとりの兵士とともに、エモリーが残したものを集めるために屋上に戻った。エモリーのサングラスがあった。血まみれのヘルメットがあった。シューマンともうひとりの兵士はなぜかわからないが、このヘルメットをだれの目にも触れさせてはならないと思った。それでふたりは工場の中を歩いて、ヘルメットを隠せる物を探した。小麦粉の袋があったので、それを開け、中身を空けて、ヘルメットを入れた。ふたりがそうしているあいだ、エモリーはハンヴィーの後部座席で簡易担架に横たわり、聞き取りにくい声でこう言っていた。

「どうして頭が痛いんだ?」

「階段から落ちたからだ」ハンヴィーの後部にエモリーと共に横たわり、病院に向かうまで手を握りしめていた軍曹が言った。

「そうか」とエモリーが言った。

するとエモリーは片手を自分の目の前にかざした。

「どうして手に血がついてる?」と彼は言った。

「何段も落ちたからだ」と軍曹は言って、エモリーの手をしっかりと握りしめた。

次にエモリーは軍曹を見た。

「軍曹、俺はしくじったんじゃないのか」

その頃、カマリヤの別の通りでは、ジャレド・スティーヴンズという二等軍曹が下唇を撃たれていた。

彼は後退しているときに撃たれた。じっと立ち止まってはならない、と兵士たちは教えられていた。動き続けるんだ、ターゲットにならないように。だからスティーヴンズは動き続けていた。そして前進ではなく後退していたことが彼にはことのほか幸運だった。銃弾は口や顎や頬を貫通せずに、下唇をかすめてそこを二枚開きにしただけで済んだ。

彼はハンヴィーに乗り込み、撤退した。

「わかった」カウズラリッチは、この三人目が狙撃されたことを無線で知ってそう言った。それから目前に広がる危機的状況に意識を集中した。彼は午前中の大半を費やして家宅捜索し、旅団最大のターゲットと目される反乱容疑者の足取りを追っていた。そして少なくとも二度の銃弾攻撃をくらい、いまは何百人ものイラク人であふれかえるモスクの外を監視していた。イラク人はシュプレヒコールを上げ、イラクとマフディ軍〔訳註　シーア派の民兵組織〕の旗を振り、旋回しているヘリコプターが群衆を散らすために赤外線放出弾《フレア》を撃つと、その声はいっそう大きくなった。

悪い状況がますます悪くなっていった。カウズラリッチにはそれがわかった。こんなつもりではなかった。家宅捜索？　そうだ、それを完了した。反乱容疑者を逮捕？　そうだ、それを完了した。しかし計画実行書にあるように、この作戦の目的が、カマリヤの六万人の住人に、アメリカ人は「イラクの人々の地域を調査して生活の質を向上させる」ために来たことを理解させることであれば、それは完了していなかった。

作戦終了の時間が来た。カウズラリッチは兵士たちに撤収を開始せよ、と無線連絡し、抗議する者たちを迂回して車両を進ませた。まずは北へ数ブロック行き、それから砲撃の音が聞こえたので、どぶのある道路を東へ進み、ようやく半壊した工場──スパゲッティ工場だ──にたどり着いた。

大半が崩壊していた。まだ建ってはいたが、壁はひびだらけだった。破壊されていた。しかし、通りの向かい側に別の工場があった。カウズラリッチが中に入っていき、あたりを見回すと、かなり使えそうだった。だが、それも一階に入って、無断で居着いている十一人家族を見るまでだった。幼い子供から、マットレスに横たわっている関節の曲がった老人までいた。そのマットレスにはマフディ軍のポスターが貼ってあった。

「金を払えば立ち退くか?」カウズラリッチは通訳に訊いた。「三百ドル払う、と言ってくれ」

「足りないそうです」通訳は、家長と思われる男の返事を伝えた。

「足りない?」カウズラリッチは言った。「足りないだって?」彼は途方に暮れた。「ここの**持ち主**でもないのに」

通訳は肩をすくめた。

「千ドルならどうだ?」カウズラリッチが言った。

「もう少し払ってくれ。千五百」というのが返事だった。

カウズラリッチはあたりを見渡した。前哨基地がどうしても必要だった。それに、爆弾で破壊される前のスパゲッティ工場と比べても、こちらのほうがましだった。

「火曜日までに立ち退け、と伝えてくれ」カウズラリッチは通訳に言った。こうしてブラヴォー中隊は前哨基地を手に入れ、十一人の家のない一家は千五百ドルを手に入れ、それで家を見つけられることになった。

彼はいま南に向かっていた。長い長い一日が終わった。スパゲッティ工場から離れたところに、小さな家があった。無傷だったが、だれも外に出ておらず洗濯物も干されておらず、人の気配がなかった。カウズラリッチはさらに進み、カマリヤを離れ、基地に戻り、自分のオフィスに戻り、電子メールに戻った。マイケル・エモリーに関する最初の報告は芳しくなかった。エモリーが手術をしたこと、状態はきわめて危機的であることを知らせる報告。エモリーが病院で目が見えなくなって、パニックに陥ったが、いまは昏睡状態だという報告。いまカミングズがカウズラリッチに、一度はエモリーが死んだという誤報まであったんだ、と伝えていた。

「大馬鹿どもだよ」カミングズは言った。

ジャレド・スティーヴンズが入ってきた。局部麻酔薬を打たれ、縫合されて腫れ上がった唇をし、鎮痛剤を投与されていた。そしてカウズラリッチに、自分は壁の陰に隠れたり、動き回ったりして、指示通りのことはすべてやろうとしていたと報告した。「振り向いたら、バンと音がして」スティーヴンズはぼそぼそと言った。

「お前のしたことは**正しかった**」とカウズラリッチは言った。「さもなければここにはいないだろう」

ウィリアム・ザッパが入ってきた。体にできたふたつの穴は塞がれて縫合されていた。そして、神とイエスと、教会に大きな額の寄付をし、賛美歌を歌い、毎日二時間も、ときには三時間も聖書を読んでいる妻のおかげで、こうして無事でした、と言った。

「とんでもないヒーローだよ」マッコイ部隊最先任上級曹長は負傷したふたりに言った。

スティーヴンズは、断ってから外に出て、妻に電話をかけた。

妻が電話に出ると、彼は「口を撃たれちまった」と言った。いきなり目が潤んだ。

一方オフィスではカウズラリッチが、その日の報告書を書くために一日のことを思い起こしていた。報告書はまず旅団に送られ、それから上層部まで送られることになっている。

「全体的に見れば、うまくいった日だった」と彼は言った。

「求められていた場所を捜索した。

われわれが制圧しなければならないカマリヤについて情報を増やした。

旅団が最優先するターゲットをはじめ、われわれの敵がわかった。

ブラヴォー中隊に新しい前哨基地ができた。

三人が危機的状況に陥ったが、大隊はきわめて円滑にそれに対応した。

スタッフはここでみごとに戦い、兵士たちは外で非常にみごとに戦った。これでみながさらに強くなる。

そういうわけで、今日はうまくいった日だった」

その一週間後、エモリーについての知らせは気落ちさせられるものばかりになった。ドイツの病院まで飛行機で運ばれたが、いまは昏睡状態のまま生命維持装置をつけていた。作戦をおこなって以来、道端爆弾は増え続け、それは彼らが追い求めている最優先のターゲットのせいだった。激怒したターゲットがＩＥＤをいたるところに設置するつもりだと電話で話しているのを知った。

そしてそれを実行したのかもしれない。というのもその会話の直後に、別の大隊の兵士が、トラックを運転中にＥＦＰで爆破され、両足を失ったからだ。カマリヤの前哨基地に防爆壁を運んでいく途中だった。その前哨基地も迫撃弾の攻撃を受け、技術大隊からやってきた三人の兵士と、十六－二の兵士ひとりが負傷した。

それでも前哨基地の設営は終わり——増派の成功を示すもうひとつの前哨基地だった——五月七日にカウズラリッチはそれを調べにカマリヤに戻った。

いつものように、出発前にネイト・ショーマンは車両隊列の兵士たちを集めて、最近の諜報による情報の説明をおこなった。ショーマンは夜明け前から起きていた。ほかの大隊の兵士たちが戦車で通り過ぎたとき、基地の外のルート・プルートでＩＥＤが爆発したのだった。悪いことがどんどん迫ってくる——十六－二の兵士たちはそんなふうに感じ始めていた。いま彼らは、ショーマンが手に持った地図の道路を指でなぞるのを見ていた。「ファースト・ストリートはＩＥＤのせいで閉鎖されている。ファースト・ストリートは通れない。そっちへ行くつもりはない」ショーマンは言った。次に彼は作戦基地の端のところを指さした。「二日前の五日に、基地の最北端にある監視塔で交戦があった。銃弾が一発、防弾ガラスを貫通して監視兵の頭の右に衝撃を与えた。防弾ヘルメットを直撃したんだ。その兵士が受けたのはかすり傷だけだったので、問題はないだろう」次に彼が指さしたのはルート・プルートのある場所だった。「いいか、今朝起こされたあの音は、五－十五のチェックポイントの北側で第八連隊第一大隊がIEDに爆破されたものだった」

「プルートで?」ひとりの兵士が言った。

「まさか」別の兵士が言った。

「戦車が直撃をくらったんだ。爆発が起こって、そのあたりが燃えた。戦車は停止しないで進んだ」ショーマンが言った。「重大なことは、カマリヤのすぐそばのルート・プレデターズで、この三日間で六発のEFPが爆発したということだ」

「俺たちが向かおうとしているところじゃないか」とひとりの兵士が言った。

「そうだ」とショーマン。

彼らはプレデターズを避けて、カマリヤに至るもうひとつの道路バーム・ロードを通ることにした。これは隆起した未舗装の道路で、カミングズが初めてボブを見に行ったときに通っていた。バーム・ロードよりひどい道路はほかになかった。起伏の激しい場所が無数にあり、上がりきると車の姿がすっかり晒《さら》され、どこから攻撃されてもおかしくなかった。しかも、爆弾を隠せる場所が無数にあり、柔らかい土の下にも容易に隠せた。周囲の土地もひどかった。悪臭を放つ水たまり、動物の死骸、人々や犬が漁ったゴミの巨大な山、隊列によって舞い上がった埃の中に現れる捻《よじ》れた異様な形の金属などを目にし、9・11後の世界貿易センタービルの残骸の映像を思い出す者もいた。バーム・ロードでは、イラクは滅んだだけでなく、復活できないような状態だった。

しかしこの日はまだましだった。隊列を少しずつ進ませていると、プレデターズでIEDが爆発したという知らせが入ってきた。しかしバーム・ロードでは、最悪なものといっても、通過して埃を巻き上げるハンヴィーの車両集団に、子供たちがゴミを漁る手を休めて石を投げつけるくらいのものだった。

カウズラリッチは窓の外を見つめながら、いつになく静かだった。彼はよく眠れず、今朝はいやな気持ちで目が覚めたのだった。今日はなんだか気に入らないな、とハンヴィーに乗り込む前に言っていた。しかし、前哨基地を見ると気分は軽くなった。中がからっぽで、流れ者の家族がいただけの放棄された建物は、一週間のうちに百二十人の兵士が暮らす前哨基地に変わった。簡易ベッドが建物の端から端までずらりと並んでいた。発電機は音を立てて動き、電気が通った。実際に使えるキッチン、新しい可動式トイレの列、迷彩柄の網に覆われている屋上の武器。すべてのものが、ぐるりと巡らされた背の高い堅牢な防爆壁の内側にきちんと収まった。ジェフ・ジェイガーが、前哨基地ができたことで近隣の住民たちとの関係に関しては孤立が避けられないと言ったときでさえ、カマリヤで達成しようとしていることに対するカウズラリッチの自信は、明らかに回復していた。

「このあたりの四割の住人が出ていきました」とジェイガーが言った。

「四割？」カウズラリッチが言った。

ジェイガーが頷いた。

「戻ってくるさ」カウズラリッチが言った。
「おそらく」ジェイガーが言った。
「六週間後には、戻ってくる」カウズラリッチが言い、そのすぐ後、彼はハンヴィーにまた乗り込み、スパゲッティ工場を通り過ぎ、いまだに人の気配がない小さな家の前を過ぎ、起伏の激しいバーム・ロードに入ってカマリヤから出た――そのとき、EFPが爆発した。

そのとき、彼は何か話している途中だったのか。何かを見ていたのか。何かを考えていたのか。妻のこと？ 子供のこと？ 前哨基地のこと？ 便所のこと？ ラスタミヤを隊列で出発するときに歌っていたように、鼻歌を歌っていたのか。メロディがなく、考えていることをただ言葉にしただけの歌を。「ああ、われらはカマリヤへと向かう、今日はどんな面倒な目に遭うのか確かめに」と。

ブーン。

そんなに大きな音ではなかった。

まるで絹を裂くような音だった。

あまりにも突然で、最初は立て続けに疑問がはじけた、意味のない疑問が。あの閃光は何だ？ なぜ真っ白になった？ 体に襲いかかる振動は何だ？ あの音は？ どうして体の中で響いている？ どうして周りが灰色なんだ？ どうして吹き飛ばされた？

それから、答えがやってきた。

「くそっ！」カウズラリッチが言った。

「くそっ！」砲手が言った。

「くそっ！」運転手が言った。

「くそっ！」ショーマンが言った。

煙が消えた。土煙が静まった。混乱が収まった。呼吸が戻ってきた。震えが始まった。目で腕を確かめた。ある。両手。ある。両足。ある。

どれも無事だ。

「大丈夫だ」とカウズラリッチが言った。

「無事だ」とショーマンが言った。

爆発は左側から来た。

「動くな」カウズラリッチが言った。

爆発は左側から来た。起爆装置を握りしめてじっと待っていた者がいたのだ。

「損害を確認しろ」カウズラリッチが言った。

爆発は左側から来た。起爆装置を握りしめてじっと待っていた者がいて、そいつはそのボタンを押すのが〇・一秒ほど遅すぎたか早すぎたかしたのだ。というのも、ＥＦＰの弾薬は、カウズラリッチのハンヴィーとその前のハンヴィーのあいだのわずかな隙間で爆発したからだ。爆発の余波によってタイヤが潰れ、窓にひびが入り、あちこちに穴が空きはしたものの、兵士たちは全員無事だった。もっとも、体が震え、目が瞬き、頭が痛み、怒りが喉元までせり上がってきはしたが。

「くそったれの最低のこんちくしょうだ」ひとりの兵士がそう言ったのは、隊列がバーム・ロードを抜けて安全な地域に入り、衛生兵が脳震盪や難聴を起こしていないか兵士たちの目や耳を調べているときだった。

「爆発したとき、なにもかもが真っ黒になった」と別の兵士は言った。

「土煙しか見えなかった」

「みんなめちゃめちゃだった」

「体が震えていて、まるでくそったれの……」

「俺たちは生きてるぜ、みんな。まるでくそ面白くもねえゲームの名前じゃねえか」

「……まるでくそったれの……」

「いいか。もっと最低のくそにもなりかねなかった」

「運がよかった。運がくそよかった。それだけだ」

「これだけは言えるな、こんな毎日が終わったらいいのによ。ほんとにくそったれだ」

「いいか。集中を切らすな。戦いのどまん中にいるんだ」カウズラリッチはそう言ったが、彼もまた震えていた。そしていま、隊列はカマリヤからよろよろと離れ、土埃とゴミが積み重なった迷路のような中を進んでいった。あらゆるものに怒りを感じた。あらゆるものがくそだった。最悪だった。

最悪の土埃。

最悪の風。

最悪の悪臭。

隊列は最悪の水牛の前を通り過ぎた。

隊列は最悪の山羊の前を通り過ぎた。

隊列は最悪の自転車に乗っている最悪の男を追い抜いた。男が最悪の土埃を吸って咳をし始めても、彼らはまったく気にしなかった。

このくそったれの最悪の国。

隊列は手を振っている幼い女の子に近づいていった。その子は汚い髪をし、顔はよごれきって、汚い赤い服を着ていた。今この場所で唯一色のついたものだった。そして彼女は隊列に手を振った。次にカウズラリッチに向かって手を振った。カウズラリッチは決断した。

彼は窓の外をじっと見つめた。

ゆっくりと手を上げた。

そしてその最悪の子供に向かって手を振った。

4章　二〇〇七年六月三十日

アメリカは、イラク国民の安全を確保し、宗派間闘争を煽り立てているテロリストや反乱者や民兵を追いつめ、首都の治安を維持するために増援部隊を送りました。最後の増援部隊が今月初旬イラクに到着し、最大限の増派が始まったのです。（略）この攻撃態勢は始まったばかりですが、希望の兆しがあると考えています。

——ジョージ・W・ブッシュ　二〇〇七年六月三十日

六月五日。午後十時五十五分、五人の兵士を乗せた一台十五万ドルのハンヴィーが、誤って下水溝にはまり、逆さまになって沈んだ。

カマリヤでのことだった。そこでは蓋のない素掘りの下水溝が、あらゆる通りの脇を走り、あらゆる家の前を通っていた。戦争が始まってから、アメリカ合衆国は、およそ三千万ドルをかけてカマリヤに下水設備を敷いて誠意を示すことに決めた。トルコの下請け業者と、さらにその下のイラクの下請け業者がかかわったこの野心的な事業計画は、カウズラリッチがイラクに到着したときには汚職と能力不足のせいで中断していた。カウズラリッチはこの計画を復活させるという任務を与えられた。彼の性格に合った仕事だったので、熱心に取り組んだ。これまでの戦争で活躍した偉大な指導者たちは下水設備になど取り組む必要はなかっただろうが、カウズラリッチは自分なりのやり方で事にあたった。五月半ばにカマリヤのイラク人指導者数人とミーティングをした際に、この計画をやり遂げたいとはっきり伝えた。「下水事業に従事する者の半数が民兵であることは私も承知しています。彼らには選ぶ自由がある。私と共に働いてもいいし、私に逆らってもいい。しかし、私に逆らう者がいたら逮捕されます。破壊工作をする者がいたら、捕まえられて殺されるでしょう」と彼は言った。

伝えたいことが伝えられ、計画は再開された。しかし、六月五日の時点では、カマリヤに下水設備が整うのはまだまだ先のことで、ハンヴィーの隊列が情報提供者と会うために前哨基地を出発しライトを消して進んでいたとき、下水溝にはその縁ぎりぎりまで糞尿が溜まっていた。

「右に寄れ！　右に！」最後尾のハンヴィーに乗っていた兵士のひとりが、ハンヴィーが角を曲がるときに運転手に怒鳴った。運転手はよく見ようと暗視ゴーグルを調整したが手遅れだった。

ハンヴィーは下水溝の中に滑り落ちていった。そしてひっくり返った。それから沈み始めた。糞尿がどっと入ってきた。

マイケルとマリア（エモリー夫妻）

四人の兵士は慌ててドアから這い出し、比較的濡れずに下水溝から上がったが、砲手は中に閉じ込められた。「砲手は喚《わめ》いていたよ」とアーサー・エンリケス二等軍曹は後になってそう語っている。次にすべきことを彼が躊躇ったとすれば、それは「糞溜めに飛び込みたくなかった」からということに尽きる。

それでどうしたか。

「その糞溜めに飛び込んだよ」

彼は下水溝に入り、ハンヴィーの内部に身を入れた。砲手はシートベルトで固定され、顔の一部まで汚水に浸り、それはどんどん染みこんできていた。エンリケスは片腕で砲手の体を支え、その顔を高く上げ、もう片方の手でベルトを外そうとした。エンリケスと砲手がすっかり沈みかけたとき、ようやくベルトが外れ、彼は砲手の防弾チョッキを引っ張った。砲手の防弾チョッキを引っ張っているうちにふたりは頭まで沈みこんだ。エンリケスは目をぎゅっと閉じた。どのくらい息が続くかわからなかった。彼は砲手の腰を探りあて、引っ張り始めた。なにもかもが摑みにくかった。彼はもう一度引っ張った。そして砲手をドアのところまで連れてきた。さらに引っ張り、手を滑らせ、また引っ張り、ようやくドアを抜けて、ハンヴィーから離れ、下水溝から出て、地面に上がった。そして目と耳にこびりついたイラク人の糞尿をぬぐい取り、口の中からそれを吐き出した。それが、第十六連隊第二大隊にとって「希望の兆し」となるはずの六月の始まりだった。

六月六日。午前十時四十九分、二十五歳のショーン・ギャジドス上等兵が、この大隊のふたり目の戦死者となった。ルート・プルートで自己鍛造弾《EFP》が爆発したとき、ギャジドスの所属する隊列はカマリヤの前哨基地へ向かっていた。それから間もなく、ギャジドスの遺体が悲嘆に暮れる故郷の母親の許へ向かっているとき（彼の母親は、「自分の望んだことをやり遂げた息子を、わたしはひたすら誇りに思います」と述べることになる）、隊列にいたほかの四人の兵士はそのときの様子を思い出し、供述書を書いていた。それがギャジドスの死についての公式な報告書となった。カウズラリッチは彼にとって二回目となる葬儀で読む弔辞を書くために、自分のオフィスでその報告書を注意深く読んだ。

マシュー・カルデリノ中尉の宣誓供述書から。「〇七年六月六日午前十時四十九分に、わが小隊はIEDの攻撃を受け、ショーン・ギャジドス上等兵が死亡し、ジェフリー・バークダル伍長とジョーダン・ブラケット一等兵が負傷した。小隊は発電機とふたりの整備士を送って沈んだ車両を回収するために、ルート・プルートをカマリヤのブッシュマスター前哨基地目指して北上していた」

ジェイ・ハウエル一等軍曹の宣誓供述書から。「攻撃される数分前にその場所をすでに通り過ぎていたが、ラスタミヤ作戦基地に戻って整備士を連れてくるために引き返せと言われた。それでそこを二度目に通ったときに即製爆弾《IED》が爆発し、先頭のトラックに当たった。そのトラックの車長はバークダル伍長だった」

ジェフリー・バークダル伍長の宣誓供述書から。「そのトラックの車長だったが、EFPがトラックを直撃したとき私は数分間意識を失っていて、そのとき何があったのかよく覚えていない。

さらに、その日の記憶もなくなっている。爆弾がトラックに当たり、意識が戻ったときには、自分が何をしたらいいかわからなかったことは覚えている。それでトラックの運転手のすることをそのまま真似た。彼が無線を使えば、私も無線を使い、彼が砲手の状態を調べれば、私も調べた。砲手の状態を調べた後で、トラックのエンジンから火が出たのを見た。運転手がトラックから出たので、私もトラックから出た」

ハウエル一等軍曹の供述書から。「バークダル伍長が無線でカルデリノ中尉に、砲手が撃たれた、負傷者がいる、と言っていた」

カルデリノ中尉の供述書から。「無線で、負傷者がいると伝えられたが、最初はそれが誰かわからなかった。私と運転手はトラックから降り、動かなくなったトラックに駆けつけ、当座の安全確保を指示してトラックの中を見ると、被害の状況と、負傷者がいることがわかった。ギャジドス上等兵は砲塔で前のめりになり、反応がなく、出血していた。爆破されたときに彼が座っていたのか立っていたのかは判断できない。そのとき油の燃えるにおいがし、エンジンから煙が出ているのが見えた。ブラケット一等兵と私のトラックの運転手ゴメス一等兵が消火器を摑んで火を消そうと試みた。そのとき、背後からジョン・ジョーンズ二等軍曹が消火器を持って駆けつけ、消火に協力した。私は衛生兵のウォルデン特技兵を大声で呼んだ」

ウィリアム・ウォルデン特技兵の宣誓供述書から。「われわれがプルートを走っていたときに大きな爆発音がした。運転席の前の窓から見ると、巨大な黒煙が上がり、その周りに灰色の煙が出ていた。無線からは『そこいら中が血だらけだ』という声と、その声の後ろからうめき声が聞こえてきた。私の乗ったトラックが先頭のトラックに横付けしたので、私は応急処置のバッグを摑んで駆け寄った。顔と左腕が血だらけになっているバークダル伍長がいた。バークダル伍長は私に向かって、俺は大丈夫だ、ギャジドス上等兵のところへ行け、ギャジドス上等兵は反応しない、と言った。先頭のトラックの右後部のドアまで行くと、ドアが垂れ下がっていた。中に入り、ギャジドス上等兵に大声で外へ出ろ、大丈夫かと尋ねた。彼の鼻と口から出血していた」

ハウエル軍曹の供述から。「車両から出たウォルデン特技兵は、ギャジドス上等兵の頭部の手当てを始めた。ギャジドス上等兵の太腿にはべっとりと血がついていた。私はズボンを切り裂いて、大腿動脈に大きな損傷があるかどうか調べた」

ウォルデン特技兵の供述から。「ハウエル軍曹がそうしているあいだ、私は防弾チョッキを外して胸部に負傷箇所があるかどうか確かめた。鼻と口から溢れ出ている血の原因を探した。右頸部に二箇所傷があったが、出血していなかった。ヘルメットを外すと、戦闘服の上に脳内の一部がこぼれ落ちた。目は膨れあがり、耳から出血していた。右側頭部に二十五セント硬貨大の傷口があった。ギャジドス上等兵の脳がその傷口からはみ出していた。ギャジドス上等兵は末期呼吸と橈骨《しょうこつ》動脈拍を起こしていた。私は彼の上体を起こして血液で気道が塞《ふさ》がれないようにした。指を口腔に入れて掻き出したが、凝固した血液とさらに大量の血液が出てくるだけだった。頭部と頸部をガーゼの包帯で巻いた」

ハウエル軍曹の供述から。「私がウォルデン特技兵に、動かしてもいいかと尋ねると、いいと言うので、ふたりでギャジドスをいちばん近くにあった中尉の車両に運び入れた」

ウォルデン特技兵の供述から。「私は心肺機能を蘇生させる処置をおこなった。人工呼吸を二度試したが、空気はいっこうに中に入らなかった」

カルデリノ中尉の供述から。「そして三台のトラックで北西に位置するロイヤルティ作戦基地に向かい、到着すると彼を応急救護所に運んだ。間もなく、彼が死亡したことを知らされた。以上です」

ハウエル軍曹の供述から。「以上です」

ウォルデン特技兵の供述から。「以上です」

バークダル伍長の供述から。「その出来事について私が思い出せるのはこれだけです。以上です」

カウズラリッチは弔辞を書くことにした。

「二〇〇七年六月六日午前、ギャジドス特殊隊員《レンジャー》は、負傷した砲手の任務代行を自ら進んで引き受け、第一車両の砲塔手として、カマリヤのブッシュマスター前哨基地に供給品と発電機を届ける仕事に従事しました。スーパーG、私はそう呼んでいましたが、スーパーGは、いつ会っても優しい口調で話し、積極的に任務にあたっていました。彼の死は永遠に惜しまれるでしょう」

六月八日。アル・アミンと呼ばれる地区でEFPが爆発した。その煙が雲散する前にすでにフランク・ギーツ軍曹は（フォート・ライリーを発つ前にこの「陰鬱な場所」のことを話していた）、爆発直後に建物から出てきて爆弾が当たったハンヴィーをじっと見ていた男の後を追いかけていた。

「その男は建物の中に戻ると、絨毯に身を投げ出し、跪《ひざまず》き、祈り出したんだ」ギーツは後にそのときのことを思い出して語っている。簡易ベッドに腰を下ろし、両手を組み、目を伏せ、声を落としていたので、ほかの兵士の耳には届くことはなかったが、困り果てたような口調だった。「怒りからそうしたのかもしれない。わからない。起爆装置のボタンを押したのがその男かどうかわからない。ただそいつを追いかけていって、体当たりして地面に倒すと、そいつが急に立ち向かってきたんだ。俺と取っ組み合おうとした。俺はそいつの顔を殴った。そうしたら悲鳴を上げ始め、体から力が抜けたような感じになったので、俺はそいつを腹ばいにさせた。そうしたらクーパーが『お前、こいつ衛生兵だ――「駆けてきて、膝をそいつの背中に立て、両腕を摑んだ。クーパーが『お前、こいつの顎の骨を折ったみたいだ』と叫んだので、『かまやしねえよ』と俺は言って通りに向かって駆けだした」

彼が次に思い出して語るのは、通りに出ると、屋上にいた人々が兵士たちを狙撃していたことだった。

「一斉射撃の音が聞こえてきて、俺はどうしてかわからないが、その場で武器を取り出して立ったまま撃ったんだ。ひとりの男の頭のことは、はっきり覚えてる。俺が撃ったときにそいつの頭の後ろから、なんとも奇妙なんだが、ピンク色の霧がぱっと現れ、俺は心の中で『すげえ。ひとりやった』と思ったんだ」

彼はルーカス・サスマンという名の砲手に目をとめたことも思い出した。サスマンはハンヴィーの砲塔で応戦していた。

「奴の頭が弾かれたように後ろに反り返った。それでも砲塔にまだいた。びっくりしちまって、そのことについて何も考えられなかった。またライフルを撃って戦った。それから振り返ってトラックを見ると、奴はもう砲塔にはいなかった」

彼はサスマンのハンヴィーに走り寄っていったことを思い出した。

「サスマンが車内の真ん中に倒れてた。それで俺は『どうした？』と言うと、兵士たちが『撃たれたんだ、撃たれたんだよ』と言った」

ギーツ軍曹は、銃撃戦の中をもう一台のハンヴィー、動けなくなったハンヴィーとジョシュア・アチリーという兵士のところに向かって走っていった。アチリーは二回目のイラク派兵だった。最初は料理人として参加し、故郷に帰ってからは歩兵になりたいと思っていた。

「俺はアチリーのところにまっすぐに行った。アチリーが血まみれになっていて、身動きせず、そこに座っているだけだったからだ。俺は奴のところに行って、『どうした？　大丈夫か？』と言った。すると奴は俺を見て『目を撃ちやがった』と言った。そのときは、奴の目が吹き飛ばされてることがわからなかったので、『大丈夫だ、きっと治る』と言ったんだ」

彼がアチリーの次に思い出して語るのは、ジョンソンという身動きしない兵士だった。

「ジョンソンは死んでると思った。戦死したと思った。それでアチリーのことだけに神経を集中していたら、いきなりジョンソンが呻《うめ》いたんだ。それで『**なんてこった**、生きてるぜ』と思って、すぐにジョンソンのところに行った。奴は横向きに倒れていて、手を脇腹の下に入れていたので、その手が吹き飛ばされているとは思ってもみなかった。俺が、『ジョンソン、どうした？　ちゃんと言え』と言うと、奴が腕を引き出した。手がすっかりなくなっていた。皮膚の一部と骨しかなかったが、血が一滴も流れていなかった。それでこう思ったのを覚えている。『うわっ、血が流れてない。手が切断されたのに、血が流れていない』それで奴に、大丈夫だ、心配するな、と言ったら、奴はずっと『軍曹、手がなくなっちまったよ、俺の手がなくなっちまった』と言っていた」

　彼はもうひとりの兵士に注意を向けたことを思い出して語っている。

「『ランカスター、どうしたんだ?』と俺が言うと、奴は、奴は、奴は『腕を撃たれた』と言った。俺が『ひどいのか?』と言うと、『わからない、でも血がいっぱい流れてる』と言った。そして奴が腕を差し出すと、血が噴き出し始めた」

　彼はランカスターに止血を施すために大声で人を呼び、もうひとりの兵士キャンベルに目を向けたことを思い出して語っている。

「キャンベルが歩き回りながら、口を大きく開けて悲鳴を上げ続けていた。口の中に爆弾の破片が入っていたからだ。俺は奴に向かって、落ち着け、と怒鳴ったんだ」

　さらにギーツは、銃撃され、応戦し、四人の人間を殺したことと、病院に行ったときに、サスマンの頭の傷は致命的で、ジョンソンは右手を失い、アチリーは左目を失ったことを正式に伝えられたことを思い出して語っている。

「おかしいんだ」ギーツは、すすり泣きながら言うことになる。「あの朝、基地を出る前に、ジョンソンが車両の中に暗視ゴーグルを置き忘れていたので、俺は特訓をさせた。つまり、腕立て伏せや腹筋運動なんかを、三十分くらい埃だらけの通りでやらせたんだ。そしてこっぴどく叱りつけた。病室に入っていったとき、奴らは救護ヘリで輸送されるところだった。そのときジョンソンが俺を見上げながら、愛してますと言った」

六月九日。フェダリヤでギーツ軍曹はさらに七人を殺した。もっと殺したかもしれない。たぶんもっと殺した。「少なくとも七人」と彼は言ったが、六月の終わりに向かうにつれ、そして初期の頃の明瞭さが失われて「おそらく」や「たぶん」が増えていくにつれて、思い出すことが困難になっていった。「俺たちが話しているのは激しい銃撃戦のことなんだぜ」アルファ中隊の指揮官リッキー・テイラー大尉が言った。「理路整然と話せやしないよ」

フェダリヤは作戦地域の中でもっとも気味の悪い場所だった。水牛農場と無断居住者の住む掘っ立て小屋のある地域としか言いようがなく、鮮明に見える衛星写真ですら、まるで砂嵐の中に存在しているかのようにぼんやりしていた。兵士たちが暗くなってそこに向かったのは、接触していた情報提供者から垂れ込みがあったからだった。そうした見知らぬ場所を通っていくのが最善の方法に思えた。

「その情報提供者はバットマンと呼ばれていた」とテイラーが言った。「十七歳の若者だった。立派な奴だったよ」

おそらく、情報提供者だったゆえに――たぶん、そうだったゆえに――十七歳のバットマンは十八歳になることも、七月を迎えることもできなくなる。彼は、おそらく民兵たちの手で拷問されてから殺される。しかし六月九日の時点では、彼は、反乱軍であるマフディ軍のふたりの指導者を探し出すために、四十二人の兵士からなる車両八台の隊列をフェダリヤの中心にまで熱心に案内していた。その指導者の顔を見分けられるかもしれないと彼は言っていた。

ところが彼には見分けられなかった。しかし隊列がルート・トマトをゆっくりと進んでいくと、そのふたりの男がムクタダ・サドルの地元のオフィスにいるというような会話を情報部員が傍受した。ムクタダ・サドルはイラクでもっとも力のあるシーア派の急進的な指導者だった。そのオフィスの外には十二人の男が立っていた。ギーッはその男たちと話をしようと車から降りた。七人の兵士も車から降りた。十二人の男たちは動き出した。ギーッは、止まれ、と言った。男たちは止まらなかった。「そのとき、**パーン**、銃弾が一発、発射された」テイラーが言った。その一瞬後、あらゆる方角から兵士たちに向けて一斉射撃が始まった。「それを境に、大混乱になったんだよ」

ギーッと兵士たちは十二人の男を追ってモスクに入った。中のしるしから、それが本物のモスクではなく、マフディ軍のフェダリヤのオフィスだとわかった。おそらくオフィスだったのだろう。たぶんそうだった。あるいは、しるしのあるモスクだったのかもしれない。男たちの一団はそのモスクの中を駆け抜け、ふたりの男が裏庭の壁に立てかけてあった梯子を上っていった。ギーッは撃った。先に梯子を上っていた男が壁の向こうに転がり落ちた。間違いなく死んだ。ギーッはもう一度銃を発射した。梯子を中段まで上っていた男が落ちた。ギーッは男のところまで行って足で突き、死んだことを確認するとすぐに引き返し、通りへ戻ってさらに銃を撃った。それに続く三十分は、彼も部下たちも何度死にかけたかわからなかった。多くの手榴弾が飛んできた。多くの迫撃弾も飛んできた。ロケット弾が一発飛んできて、ハンヴィーが直撃され、火に包まれた。兵士たちはそれぞれ銃弾を二百四十発携帯していたが、あまりにも大量に撃ち続けたので、弾薬が切れてしまうのではないかと思うほどだった。兵士たちはドアを撃ち、窓を撃ち、屋根を撃った。こちらを攻撃しそうに見える人影があれば何でも撃った。もっと大勢の兵士がほかの小隊から駆けつけ、彼らも銃弾を使い切るまで撃ち続けた。

「異常な夜だった」とテイラーは言った。

結果。ひとりの兵士が軽い負傷。三十五人のイラク人が死亡。その中にはギーツが殺した少なくとも七人が含まれていた。

「兵士たちは興奮してたよ。みんな興奮してた」テイラーが言った。「歩兵の夢だからな。敵に接近して破壊するのが」

そうかもしれなかった。たぶんそれが歩兵の夢なのだろう。

しかしギーツが重苦しい声で語ったのは、負傷したサスマンとアチリー、ジョンソン、ランカスター、キャンベルのことを考えていたことであり、男をふたり捕まえるためにフェダリヤに行って、結局は三十五人もの人間を殺してしまった事実のことだった。「そういったことを許容できるかできないかの違いは紙一重なんだ。見極めがたい。リーダーならば、越えてはいけない一線がわかるはずだと思われている。しかし、そんなことどうやってわかる？　軍隊は感情をコントロールするやり方を教えてくれたか？　自分の目の前で血を流して死んでいく友達にどう接すればいいか、軍隊は教えてくれたか？」

おそらく。

たぶん。

「教えやしないよ」

六月十一日。また兵士が死んだ。その日は大隊にとって最悪の日だった。車両隊列がEFPやライフルによって九回も攻撃された。イナー・バーム・ロードの近くにあるモスクの裏庭に一個のEFPが隠してあった。その起爆装置を押した者は、二台目のハンヴィーの砲塔に狙いをすました。砲塔の陰には二十二歳のキャメロン・ペイン上等兵がいた。

「足を動かしてくれないと、ドアが閉められないんだ」ペインを退避させようとしているとき、衛生兵のチャールズ・ホワイトがペインに言った。そしてそのときペインは足を動かそうとした。ほんの一瞬でも、望みがあった。

三人目だった。

カウズラリッチは弔辞に書いた。「家庭を大切にする男でした。ペイン特殊隊員は次女カイリーの誕生に立ち会って、二週間前に育児休暇から戻ってきたばかりでした。亡くなる二日前の夜、食堂で会ったとき、女の赤ちゃんが生まれた喜びを語ってくれました」

六月十五日。カウズラリッチは、ルーカス・サスマンの容態の報告を毎日受けていた。サスマンはメリーランド州ベゼスダの国立海軍医療センターのベッドにいた。右の眉の端からこめかみまでぎざぎざの縫い目ができていた。そこから銃弾が入り込んだのだった。ホッチキスの針が長い列をなし、頭皮を切り開いた頭頂部まで続き、頭頂から後頭部へ延び、そこから曲がって右の耳のところで止まっていた。医師たちはそうやって頭部を開いて銃弾を取り出し、脳の膨張を防いだ。

銃弾を受けた六日後、サスマンは呼吸困難に陥った。ものを飲み下すことができなくなった。短期記憶に欠損が生じた。間もなく目眩が起きるようになり、ひどい偏頭痛が消えなくなっていく。しかし意識はあった。ほんの少しだけ言葉が喋れた。彼はベッド脇にいた妻、母親、姉に言った。

「俺、カッコよくなくなっちまったよ」彼の言葉は、明瞭ではなくとも、理解はできた。

「前と同じ、素敵よ」と母親は言った。

「嘘つきだな、ママは」と彼は言った。彼らが話し続けているとき、その隣のベッドでは、ある女性が頭を狙撃されたもうひとりの兵士に寄り添うようにして、その額を優しく撫でていた。

女性はマイケル・エモリー軍曹の妻のマリア・エモリーだった。カマリヤで頭を撃たれてから七週間が経っていた。サスマンの容態の詳細がカウズラリッチの許に送られたように、エモリーの詳細も送られていた。

エモリーはドイツで鎮静剤を打たれ、危篤状態になり、発熱し、昏睡状態に陥った。容態が安定するとベゼスダに送られた。

熱は下がっていた。

感染症にはならなかった。

昏睡状態を脱した。

目が覚め、自力で呼吸ができるようになった。

「これは素晴らしい」五月中旬のこと、カウズラリッチは自分のオフィスで、ベゼスダから電子メールで届いたばかりのエモリーの最新情報を読んでそう言ったのだった。

「どうしたんです？」とカミングズが尋ねた。

「エモリー軍曹が今日、目を開けたんだ」カウズラリッチは言った。「奥さんが、『頭を動かして』と言ったら、彼はそうした。『わたしを見て』と言ったら彼はそうした。奥さんが『愛してる』と言ったら、彼は泣き出した」

「申し分ないな」カウズラリッチはそう言ったのだ。

イラクにはそのような報告が届いていた――ところが、六月十五日のベゼスダでは違っていた。

「手を出して」マリア・エモリーは夫に言った。夫はおむつを着け、かろうじて動けるだけで、喉には呼吸用のチューブが入れられていた。彼は、マスクをしガウンと手袋を身につけた妻の姿を、怯えたように見つめていたが、妻が彼の右手を取って両手で包み込むと、高い声ですすり泣いた。

「寒い？」と彼女は尋ねた。

彼は答えなかった。ひたすら彼女を見つめた。怯えた表情は消えた。彼の頭は、ラスタミヤの空にかかる月のようにいびつになっていた。

「あなた」彼女は身を寄せながら言った。

「大切なあなた」彼女はさらに近づいて言った。

彼女は身を起こした。

彼は再びすすり泣いた。

「つまり、これがわたしの毎日なの」マリアは、四月二十八日午後二時三十分に国防省から夫が撃たれたという電話がかかってきてからの生活をそう説明した。さらに、それ以来つけている日記を引用しながら詳しく説明した。

「五月三日、彼の唇にキスをした。ドイツでのできごと。彼に言った。『これからあなたの唇にキスするから、それが感じられたら、身動きしてね』そして二回キスした。彼は二回とも身動きした。

五月六日、負傷兵護送機でドイツからここベゼスダまで飛んできた。

五月十七日、彼が初めて目を開けた。

五月十九日、彼が指と脚を動かした。愛していると言うと、彼は泣き出した。

五月二十日、彼は眠るばかり。

五月二十一日、ほとんど寝ている。

五月二十五日、大統領が会いにきた」

そこで彼女は日記を閉じ、ブッシュ大統領が来た日のことを思い出した。大統領が彼女にかけた言葉。「大統領は、『祖国に対するご主人のご奉仕に心から感謝します』と言ったのよ。そして、ご一家の今後のご苦労を大変申し訳なく思う、と言ったわ」そして彼女は大統領に、「お越しいただいてありがとうございます」と言った。しかし、本当は大統領にはこう言いたかった。「大統領はわたしたちがこれからどんな苦労をするかわかっていません。なぜならそれがどんなものか知りようが**ない**からです。そして戦争で起きていることに、わたしは反対です」と。どうしてそう言わなかったのか。「言ったところで何も変わらないと思ったからよ。夫はもちろん、目を開けていた。彼を苦しませたくなかった」ブッシュは何をわかっていないのか。「大統領を見たとき、わたしは怒りのあまり泣き出した。そんなわたしを見て大統領は、わたしに近づいてきて、抱きしめてこう言った。『何もかもうまくいきますよ』って」

大統領が近づいたのは、涙のわけを誤解したからだ、とマリアは言った。怒りで涙がこぼれたことが、大統領のせいで涙が流れたことが、彼には少しもわからなかった。うまくいくことなんかない、と彼女は言った。だからその点でも大統領は間違っていた、と彼女は言った。彼女の夫は壊れてしまった。この七週間で、彼女の体重はすっかり減り、服のサイズが十二から六になった。彼女の娘は親類の家で暮らし、彼女は病院で暮らしている。ご主人がよくなるまで数年はかかるでしょう、と医者は言った。希望があるとしたら、希望が存在するのであれば、それがどこにあろうと探し出さなければならない。たとえばあの悲しい日から。その日彼は右手を持ち上げて彼女の肩に置き、それから彼女の乳房に触れるために動かそうとし、泣き出した。

ここではたくさんの涙が流れた。そしていまも新たな涙が生み出される。目を閉じてうとうとしている彼に、泣いている姿を見られることはないとわかっているからだ。彼女は病室を出て、手袋とガウンを脱ぎ、マスクを外した。急いで自動販売機のところに行き、食べ物を買ってすぐに戻ってきた。彼が目を覚ましたときにそばにいられるように。ガウンを身につけ、マスクをし、手袋をまたはめた。そして待っている。彼が目を開ける。一瞬、恐怖の表情、だがすぐに彼女の姿を認めた。

彼女はそこにいた。一瞬たりともそこから動かなかったかのように。

「キスして」と彼女は言った。「キスして」

彼女は夫の唇に自分のマスクが当たるまで身を寄せた。

「愛してるわ、あなた」と彼女は言い、身を起こした。何か様子が違う。でも何が。何が違うのだろう。

「寒い？」と彼女は訊いた。

彼はじっと彼女を見ていた。

「寒い？」

彼はかすかに唇を動かした。何か言おうとしているようだった。彼女は彼の口元に耳を近づけた。

新たな希望が。

「うん」と彼は言葉を発した。


六月二十日。カウズラリッチはピース１０６ＦＭの放送に出演した。

「中佐、治安がどんどん悪くなっているという噂があります。治安を向上させるためにはどんな方法がありますか」モハメッドは――彼の本名はモハメッドではなかったが――アラビア語で尋ね、イジーという通訳がそれを英語にした。イジーも本名ではなかった。彼はマークの後任だった。マークは――これも本名ではなかった――基地で働いているイラク人から金を巻き上げた容疑で逮捕され、刑務所に入っていた。

「とてもいい質問ですね、モハメッド」カウズラリッチは言った。「しかし、いまのところ、とりわけナイン・ニッサンにいるイラクの人々にとって、治安が悪くなっているという話には賛成しかねますね。誘拐と殺人の件数は最少になってきているのですから。

しかし多国籍軍の治安は問題になりつつ**あります**。ナイン・ニッサンにいる民兵は、イラク治安部隊を支援して公共サービスを復興したり提供したりした多国籍軍に対して、恩を仇で返していきます。いまではだれもが知っているはずですが、イラクの法律に照らし合わせれば、民兵は違法な存在で、なんとかしなければなりません。民兵がみなさんやみなさんの近隣の方々にとって有益なことをしたのはいつのことでしたか。公共サービスを**みなさん**に提供してきましたか。最近では民兵はみなさんの地域に迫撃弾、ロケット弾、IEDを打ち込んできています。そのために無辜《むこ》の女性や子供が殺されたり負傷したりしています。イラクの人々はどうしてこのようなことを許せるのですか。いまのうちにこれを止めなければなりません」

「中佐、最近の作戦の状況についてお話しください」

「わかりました。前に出演した後、確かそれは五、六週間前のことだったと思いますが、同じ目的を持つイラク治安部隊と共に何百回となくパトロールをしてきました。その結果、五十人以上の民兵や犯罪者の身柄を拘束しました。拘束した人々ひとりひとりに対し、イラク市民、イラク治安部隊、多国籍軍を攻撃したという強力な証拠がそろっています。そしてそのひとりひとりの容疑は、イラクの刑事裁判所で審理されるはずです。

われわれは、カマリヤやフェダリヤに隠されている爆弾を発見してきました。そうした犯罪と爆弾がなくなれば、ナイン・ニッサンはみなさんのお子さんやお孫さんにとって安全な町になるでしょう」

六月二十五日。アンドレ・クレイグ・ジュニア上等兵が大隊四人目の犠牲者になった。EFPが爆発し、彼の右腕が切断され、顎が砕かれ、歯がなくなり、顔が引き裂かれ、頭が砲塔にぶつかって割れた。彼の小隊はカマリヤの前哨基地からラスタミヤ作戦基地に向かっていた。二日間の休暇を取って気晴らしをするためだった。これは前哨基地が作られたときからの習慣になっていた。まずい食事、地面に穴を掘っただけの便所、摂氏四十九度の中でのパトロールという状態が一週間以上続いた後、兵士たちが渇望したのはシャワーと美味しい食事とゆっくり眠る時間とエアコンの効いた部屋だった。

その恩恵を受けるためには前哨基地から作戦基地へと出向いていかなければならなかった。

「俺はここが大嫌いだ」カミングズは後にこのときのことをノートに書き記している。「ここのにおいが嫌いだ。目に入るものが嫌いだ。ここの人々が自由なんてお構いなしなのが嫌いだ。なんの意味もなく人間がほかの人間を殺したがるのがたまらなく嫌だ」

カウズラリッチは、弔辞をまた書き記した。

「銃弾はわれわれひとりひとりに向かってすでに発射されていて、それが当たるのは時間の問題であるという考えは、ある者には慰めを、ある者には恐怖をもたらします」と彼は書いた。実際の意味ではなく象徴的な意味として書いたのだ。つまり、人は生まれた瞬間から死に向かって進んでいくということを言いたかった。それは気の毒なクレイグも同じである、と。「危険に際しての勇気、任務への献身、仲間に対する誠意を、彼は二〇〇七年六月二十五日の朝まで変わらず毎日示してくれました。バグダッド郊外のリアッサで銃弾に倒れ、こちらの世界から次なる世界へと旅だったその朝まで」

カウズラリッチは自分の文章を誇りに思ったが、クレイグの葬儀で礼拝堂を満たす兵士たちに向かって述べたとき、その言葉は兵士の大半をぞっとさせた。

銃弾はすでに発射されているのだ。

あとは時間の問題だ。

六月二十七日。カウズラリッチは再びピース106FMに行った。

「どうしても筋の通らないことがあるんですよ」と彼はイジーに向かって、モハメッドに向かって、爆発物を仕掛けに外に行かずにラジオを聞いているかもしれない人々に向かって言った。

「川の東側で暮らしている人々の大半は、シーア派です。

マフディ軍はシーア派の民兵です。

川の東側にいる多国籍軍は、イラクの人々を分け隔てなく助けていますが、その人々の大半はシーア派です。

さてここでわからないのは、どうしてシーア派の民兵が、シーア派の人々を助けようとしている多国籍軍の兵士を殺そうとしているのかということです」

六月二十八日。午前六時五十分。ＥＦＰが、休暇と気晴らしのために前哨基地から作戦基地へと向かう兵士の車両隊列を狙って爆発した。そして無線によって、マイケル・ダン上等兵が片腕を失い、ウィリアム・クロウ軍曹が片腕と片脚を失ったという報告がなされた。リッキー・テイラーは司令室に駆け込んで、こう言っていた。「ひどいことになってる。背後から彼らの悲鳴が聞こえてる」。カミングズは救護所に向かった。たどり着いたとき、ちょうどダンが救護ヘリで運ばれてきたところだった。

「それで俺は部屋に入っていった。右側にある最初の台にダンがいた。血がまだどくどくと流れていた」後になってカミングズはこう言っている。「俺が覚えているのは、その血のことだ。それから大勢の兵士がそこにいたこと。中に入らないように、テープが張られていたので、みんなそのテープの後ろに立っていた。最後の台にはクロウ軍曹がいた。俺が近づいていくと、医師たちが『よし、もう一度心肺蘇生だ』と言い、衛生兵が彼の胸を押し始めた。俺はなんとか見る場所を確保しようとした。彼の怪我の具合をこの目で確認しようとした。クロウは灰色になっていた。最悪の状態だとわかった。離れたところからでも、脚が太腿の真ん中あたりからなくなっているのがわかった。骨と肉が見えた。引きちぎられたような状態で、肉が垂れていた。止血帯が巻かれていたので、腕は見えなかった。しかしその腕がめちゃめちゃになっていることはわかった。医師たちが集まっていた。ブロック医師がいた。デラガルザ医師がいた。衛生兵のひとりが輸血をしていた。

衛生兵のひとりが心肺蘇生を施していた……。なんともひどい光景だった」

カミングズは続けた。「見られたものじゃなかった。何か事件が起きたとき自分がどこにいたのか、はっきりと覚えていることってあるだろ。スペースシャトルのチャレンジャーが爆発したとき、俺は中学三年だった。五時間目と六時間目のあいだで、歩いていたんだ。そうしたら、爆発したという放送があった。レーガン大統領が撃たれたときにどこにいたのかも覚えている。グレン・ノーウィッキの家のそばの通りを歩いていた。今回のもその手の出来事だった。クロウ軍曹のあの瞬間に自分がどこにいたのか忘れることはないだろう。あの瞬間――デラガルザ医師が機械を持っていたんだ。あれは心電図を計る機械だと思う。リード線がクロウの体に繋がっていた。それでデラガルザ医師が『やめろ』と言って、その機械を見て、それから『続けて』と言う。するとクロウの体がばん、ばん、ばん、ばんと上下する。そして医師が『やめろ』と言い、機械を見て、『なんの反応も得られない』と言う。それから彼はウォルター医師を見て、次にブロック医師を見て、『もうやめよう』と言ったんだ。そのとき俺は『ああ、最悪だ』と思った。デラガルザの表情を覚えている。あえて言えば、苦痛と悲しみと落胆とプロ意識が混じり合った表情だった。『わかった、やめよう』と俺は言った。

医師たちは蘇生を施すのをやめ、俺は部屋の外へ出た。そこにいられなかった。奴のそばに行かなかった。離れていた。そして部屋の外に出て、いろいろなドアを通っていくと、キング軍曹がいた。遠くの隅にいた。俺はキッチン軍曹のそばを通った。キング軍曹が俺を見たので、俺は首を横に振った。彼が『どうして?』と言うような顔つきをした。それで俺は『だめだ、助からなかった。残念だ』と言った。キッチン軍曹が駆け寄ってきて俺を摑んで振り向かせ、『**なんだって？　なんだって？**』と言った。『軍曹、奴は助からなかった。とても残念だ』と俺は言った。『本当に残念だ』と俺は言った。『お前たちはできる限りのことをやった。お前たちは申し分のない仕事をした』と言った。するとキッチン軍曹は『**くそっ！　くそっ！　くそっ！**』と言い続けた。小隊の兵士たちはすぐ近くのスロープの端にいたので、キッチンは彼らのところに行って話した。怒りと涙が噴き出していた。奴らはそんなの嘘だと激怒した。何かをぶっ叩きたがった。怒り狂っていた。俺はそこに立っていたふたりの兵士に向かって、『残念だよ』と言った。そのときになって俺は気づいたんだが、兵士たちの一群の、彼らのブーツが、血で汚れていた。そのことも覚えている。大勢の兵士たちがブーツに血をつけていた。

それから俺はオフィスに戻り、カウズラリッチ中佐に、『中佐、クロウ軍曹は生き延びることができませんでした』と言った」

「月曜のクレイグの葬儀のときに」カウズラリッチはクロウの追悼式で言った。「私はこう言いました。銃弾はすでにわれわれひとりひとりに向かって発射されていて、それがいつ当たるかは時間の問題だ、と。私はこうも言いました。銃弾がすでに発射されているという考えは、ある者には慰めを、ある者には恐怖をもたらす、と。クロウ軍曹は、自分よりも偉大な力によってあらかじめ自分の運命が定められていることに慰めを見出すような兵士であり、下士官であったと私は信じています。ウィリアム・クロウの評判と彼の生き方を知っているからこそ、そう言えるのです」

六月三十日。六月は四人の兵士が死に、ひとりが手を失い、ひとりが腕を失い、ひとりが目を失い、ひとりは頭を撃たれ、ひとりは喉を撃たれ、八人が手榴弾で負傷し、八十個の簡易爆弾が車両隊列を狙って爆発し、兵士たちは一斉射撃や携帯ロケット弾で五十二回狙われ、ラスタミヤと前哨基地にロケット弾や迫撃弾が着弾したのは三十六回だった。その六月の最後に、カウズラリッチは夢を見た。

彼は狩猟小屋のようなところにいた。トイレに入ってドアを閉め、鍵をかけた。便器に向かってひとりでいた。そのとき、だれかがトイレに入ってきて、洗面台のところに立っているのに気づいた。

「どうやって入ってきた」と彼は訊いた。

「すんなり入った」という返事だった。

「そうか。それなら幽霊か何かか」と彼は訊いた。「あるいは俺は死んでいるのか」

「いや」と返事がきた。「まだだ」

カウズラリッチはこんな夢をこれまで一度も見たことがなかった。「一度も」と後に彼は言った。「一度も、決して」

そこで目が覚めた。再び眠ることができなかった。たまりかねて時計を見た。深夜を回っていた。

六月の「希望の兆し」は終わった。七月が始まった。

5章　二〇〇七年七月十二日

われわれは、イラクの人々が自力で国を守ることができるように、イラク治安部隊の規模を拡大し能力を高め効果を上げるために手を貸しているところです。われわれは、イラクの人々が反乱軍から自分たちの住む地域を取り戻す手伝いをしているのです。

――ジョージ・W・ブッシュ　二〇〇七年七月十二日

「どういうわけでどこもかしこも戦闘になっているんだ」カウズラリッチは六月にそう思っていた。「いったい何が起きてる」そして七月になっても爆発は毎日続き、彼はその答えを得た。「われわれが勝利しているからだ」とカウズラリッチは言った。「われわれが勝利していなければ、奴らは戦おうとはしないはずだ。それ以外に戦う理由がない。作戦が効果を上げている証だ」

イラク　バグダッド　アル・アミン地区

カミングズもそう信じていたが、言い方は違っていた。

「われわれが勝利してるってのはいいことだ」カミングズは、オフィスのデスクから食堂へと移動する五分のあいだに、万が一ロケット弾が撃ち込まれたときに走って逃げていけるいちばん近い場所を目視しながら話を続けた。「なぜなら、これでわれわれが負けていたら……」

一方、アルファ中隊の前哨基地（ケイジマ前哨基地と名を変えていた）では、だれかが士気を高める自前の七つの標語を掲げていた。

「無意味な下らん仕事をこなすこと」というのがひとつ。

「もううんざりだ。俺はやめるぜ」というのもあった。

「屈《かが》め。また来るぞ」というのもあった。

選択の余地などなかった。兵士たちは契約書に署名して宣誓をしたときに、選択の自由を失った。軍隊に入った理由が、愛国心のためであれ、ロマンティックな発想、崩壊した家庭からの逃走、経済的な必要性のためであれ、いまの仕事は上官の命令に従うことだった。その上官も上からの命令に従っていた。ともあれ、イラクから遠く離れた場所で命令は出され、それがラスタミヤに届くまで、兵士は防弾チョッキの裏に入れておくのはどのお守りにするかや、砲塔に立つときどちらの足を前に出しておくかなどを決めるくらいのことしか選択の自由はなかった。あとはひたすらその日の命令に従うだけだった。その命令とは、「イラクの人々が自力で国を守ることができるように、イラク治安部隊の規模を拡大し能力を高め効果を上げるために手を貸す」というものだった。それで彼らはその命令を実行するために毎日毎日外に出ていった。実際にはイラク治安部隊という名称がお笑い草であっても。

　兵士はひとり残らずそのことを知っていた。知らないではいられなかった。自己鍛造弾《EFP》はいつもイラク治安部隊の検問所から見えるところに仕掛けられているように思えたからだ。だが、検問所に勤務するイラク人は、ほんの六十メートル先で地面を掘ったりEFPを仕掛けたりワイヤを伸ばしたりしていた人物の姿を一度も見ていないと言い張った。イラク人がEFPのある場所を知っていながらアメリカ人に何も告げなかったのは、犯人とグルだったからなのか。それとも単に彼らが無能だからか。アメリカ人兵士が納得できるような別の理由があるのか。彼らが急いで助けに来てくれたことはあったか？　ない。一度も？　ない。

　しかし、増派の作戦では、アメリカ人とイラク人は協力し合うことになっていた。それでカウズラリッチは、カシム・イブラヒム・アルワン大佐という男と信頼関係を築こうとした。カシム大佐は五百五十人のイラク警察隊の責任者で、その作戦地域がカウズラリッチの大隊と重なっていた。カシム大佐の部下たちは、EFPが爆発したときに近くにいたのではないかとよく疑われていた。しかし、カシム自身はカウズラリッチと彼の部下と共に誠意を尽くして仕事しようとしているようだった。たとえ、そのせいで絶えず危険に晒《さら》されようと。携帯電話に、殺されるぞというメールを頻繁に受け取っていた。カシムはスンニ派で、部下の大半はシーア派だった。そしてカシムは、脅迫のメールを送っているのが部下だとわかっていた。

　それでカシムは、警戒を怠らない不安定な生活を送っていた。しかしバグダッドから逃げて三百万人の国内不定居住者のひとりになったり、イラクから永遠に逃れて二百万人の難民のひとりになったりはせず、アメリカ人との連携を続けてきたし、ケイジマの葬儀に参列して哀悼の意を表しさえした。カシムが席に着くと、兵士の中には、イラク人がいるぞと露骨に怒りを示す者がいた。しかしカシムは展示された兵士のブーツと弔辞の悲嘆に満ちた口調に、嘘偽りなく心動かされたようだった。アメリカ人全員が頭を垂れて無言で祈りを上げ、カシムが両掌を掲げるようにして上を見つめていたとき、それが素晴らしい瞬間だということがカウズラリッチにはわかった。「もしカシムを失ったら、俺はどうすればいいかわからない」ある日、カウズラリッチは部下の兵士たちに言った。「俺たちは途方に暮れるぞ」。それほど深く、彼はカシムを信頼するようになっていた。

しかし信頼が置けるのはカシムだけだった。ほかのイラク人は信頼できる相手に見えなかった。そもそも初めて会ったイラク人からしてそうだった。派兵される直前のフォート・ライリーでのことだ。そこを訪ねてきたイラク人大将は、自分のために軍事訓練を――建物に侵入する訓練の仕方を――やってみせたアメリカ兵たちを、徹底して無関心な様子で見ていた。兵士たちは大将のために非の打ち所のない訓練をし、さらにもう一度おこなった。ところがその大将が兵士たちに示したことといえば、オーバーコートに手を突っ込んで、融け出した雪を見ながら、その雪を磨き上げたえび茶色の靴で蹴って、最後に投げやりな口調でこう言っただけだった。イラクとアメリカの兵士たちが協力してうまくやっていけることに「多大な期待を寄せている」と。

五ヶ月後、その協力はまだおこなわれていなかった。今度はアメリカ人が、イラクの兵士たちの訓練の様子を見る番だった。そしてアメリカ人が目にしたのは、三十人のイラク陸軍の兵士と二十人のイラク警察の警官からなるお粗末な集団だった。彼らは、アメリカ兵が基礎訓練として教わる基本的な技術さえ身につけていなかった。制服が体に合っていなかった。髪がぼさぼさだった。ヘルメットを斜めにかぶっていた。彼らはラスタミヤ作戦基地に隣接した、雑草で荒れ放題のイラク陸軍養成所で訓練をおこなっていた。どうやらアメリカ式パトロールの仕方を学んでいるようだった。後ろ向きに歩いていたひとりの兵士は、くるりと向き直って歩き出そうとして木の幹に顔をぶつけた。今度は片膝を地面につけて休む訓練のようだった。「片膝をつけ」という指示だったが、兵士になるには明らかに年を取りすぎて肥満している兵士は、地面に横たわって草をむしっていた。

「なかなかいい」カウズラリッチの代わりに訓練を監視していたロブ・ラミレスという少佐が大きな声で言った。すると地面に膝を立てている兵士たちはにっこり笑ってラミレスに手を振った。ラミレスは微笑んで手を振り返し、こっそりとこう言った。「俺たちが引き上げちまったらあいつら殺されるな」

気温が四十三度を超える暑い日だった。だれもが汗まみれで、年かさの肥満した兵士はひときわ汗みずくだった。彼はサッダーム・フセインの軍隊にいたときは戦車の運転手だったが、イラクのこの地方の失業率が五十パーセントを超えたいまでは、ほかの者たちといっしょになんとか踏みとどまろうとしていた。そしてほかの者たちもこの職にしがみつこうとしていた。暑くはあったが、彼らはこの訓練参加に選ばれたことが嬉しかった。エアコンの効いた部屋。トイレとシャワー完備。ここで四週間ほど過ごして、それからバグダッド侵攻後のいつもの生活に戻ることになっていた。イラク兵士たちはときどき疑問に思った――アメリカ人たちは、自分たちが侵攻してきた後の俺たちの生活がどんなものになったか、わかっているのか、と。電気のない生活。設備と資金の不足。恐怖以外に何もない生活。「われわれは怖いんだ」と、イラク陸軍のアブドゥル・ハイサン中佐は言ったが、それをアメリカ人は理解しているのか。

片膝つけが終わり、イラク人は立ち上がって、妙に立派なライフルを手にして未舗装の道路を移動していった。ハイサンはそこに留まり、ラミレスに質問した。

「われわれに何かあったとき、家族はどうなるんでしょうね」ハイサンはそう言ってから説明した。アメリカ人に協力しているということで、彼の名前がモスクで大声で読み上げられ、殺害の脅迫状が出され、それで一家は安全な親類の家に逃れ、住んでいた家は破壊された、と。家にほんのわずかなあいだ戻ることができたときに目にしたものをハイサンは話した。「私の子供の写真のことだ。彼らはナイフを使って写真の子供の首を切っていたんだ。目をえぐっていた。耳を切り落としていた」その後、家は燃やされた、とハイサンは言った。それから三ヶ月経ったが、まだ家族は親類の家にいて、彼は養成所の部屋に住んでいる。「アメリカへ渡れるヴィザを待っているところだ」とハイサンは言った。「この国を憎んでいるから」

ハイサンは不安そうにラミレスを見た。暗黙のうちに助けを求めていた。ラミレスは彼を見返した。その心配そうな顔を、汗染みができた制服を、分厚い胸板を、大きな手を、丸々とした指を、そして最後に指にはめているきらきら光る指輪を見た。大きな石がついていた。マフディ軍のメンバーが好んでつける石だった。とりわけマフディ軍の殺し屋がつける石だった。

こいつは**何者**だ？　とラミレスは思った。それで話題を変えた。「うまくいっているな、訓練はなかなかうまくいってると思う」とラミレスは言った。

ハイサンはため息をついた。「三十五年前から、私はあの家を少しずつ少しずつ自分で造った。自分の金で買って、自分で造り、そして失った」それから彼はその場を辞して部下のあとを追いかけた。

彼らの訓練は続いた。バグダッドのパトロールをする上で必要な一連の模擬訓練がおこなわれた。最初の訓練は、疑わしい箱を発見することだった。彼らは雑草の中に隠されている箱に気づいて、それを包囲した。次は結婚式での祝砲に関する訓練だった。彼らは祝砲だとわかり、新郎新婦を撃たなかった。三つ目は、石を投げる者への対応の仕方に関する訓練だった。ふたりの男が遊び半分に小石を投げていることがわかり、イラク兵たちも小石を拾って笑いながら投げ返した。そして四つ目のテストは予定外のものだった。実際にロケット弾が飛んできたのだ。イラク兵たちはラスタミヤから発せられた警戒警報を聞いた。レーダーがロケット弾の接近を感知したという警報だった。そして実際に何発かが遠くで着弾して爆発した。イラク兵の何人かは、こうした場合によくしているように、煙草を一服して、周囲が落ち着くまで待った。

数時間後、その日の訓練が終わり、気温はますます高くなった。兵士たちは日の照りつける訓練場のそばの観覧席に集まり、一日の反省をしていた。突然、ひとりの兵士が倒れた。

年かさの太りすぎの戦車兵だった。たちまちほかのイラク兵が彼を囲んだが、できることは大してなかった。彼らは軍服と武器が体に合わないだけではなかった。装備にしても、ぬるくなった水のボトル以外何も持っていなかった。その水を、男と汗まみれのシャツにかけ、そのシャツを脱がして男の顔を拭った。

救助に駆けつけたのは、常に装備が整っているアメリカ兵だった。ラミレスの衛生兵は冷たい水と携帯用点滴用具を持ってきた。倒れて半目を開けているイラク兵のそばで、衛生兵は渦巻きになったチューブをほどき、点滴の袋を用意した。次に注射針を取り出すと、イラク人が急いで起き上がった。

「大丈夫です」と弱々しい声で言った。

「悪そうに見えるぞ」とアブドゥル・ハイサンは言った。

「本当に、大丈夫です」と男は頑固に言い張った。

「怖いのか？」とハイサンが言った。そして笑い出した。

するど、男を除くそこにいる全員が笑い出し、その場を離れていった。アメリカ人衛生兵だけが残った。「シュクラン」と男は冷たい水を飲んでから感謝の言葉を告げた。それから年かさの太りすぎの兵士は精一杯の威厳をかき集めて立ち上がり、駐車してあるピックアップトラックまでよろよろと歩いていき、トラックに乗り込んでドアを閉めた。そして目を閉じると、ダッシュボードにどっと倒れ伏した。

気を失ったようだった。

「なんてこった」ずっと注視していた衛生兵はそう言った。ほかのイラクの兵士は意味ありげな輝く指輪をしたハイサンと共に立ち去っていたので、衛生兵は男を助けるために駆けだした。

カウズラリッチのイラク支援の戦略は、カシムと親しくなることに加えて、イラク政府の役人たちと次々に会議をし、この戦争の勝敗はわからないかのような態度で各会議に臨むことだった。もしイラクの役人が羊の脳を盛った料理を出せば、カウズラリッチはその頭蓋骨に近づき、脳みそを少し食べた。彼らがゴミのことを話したがったら、カウズラリッチは相手がうんざりするまでとことん話した。

「アメリカでは、ゴミを通りに捨てたりしません」ある会議でカウズラリッチは、イーサン・アル＝ティミミという男に言った。バグダッドのカウズラリッチの作戦担当地区の市長だった。「大型のゴミ**容器**があって、**清掃人**がそのゴミ容器のところにトラックで乗り付け、ゴミを**トラック**の中に投げ込んで運んでいってしまうのです」そして通訳が伝えるのを待った。ティミミは、造花と作りものの蔓で飾られた派手な机の向こうに座っていた。壁には壊れたカッコウ時計がかかっていた。「ここでそれをしたらどうです？」カウズラリッチは尋ねた。

ティミミは体を乗り出し、「ここととアメリカを比べることはできません」と言った。

カウズラリッチは意見を述べようとしたが、ティミミが遮った。「その例をひとつ話しましょう」彼は何年か前にあった話、サッダーム・フセイン時代の話をし始めた。スペインがサドル・シティのゴミを一掃することを決めた。請負業者が雇われ、ゴミの中から見つけた価値あるものは売って儲けてもいい、という約束を交わした。それでうまくいくように見えた、とティミミは言った。ところが、サドル・シティのゴミ漁りの子供たちが真っ先にゴミを漁るようになった。「真っ黒い腕をした子供たちをよく見ました。黒い服を着ているのかと思ったら、それは汚れだった。子供たちは何でも再利用します。医療用の袋に使われているビニールですらね。これはほんの一例です。われわれの生活は過酷なんですよ」

「では、ミスター・ティミミ」カウズラリッチはさらに突っ込んで言った。「人々がゴミを入れるゴミ容器をわれわれが買ったらどうですか？」

するとティミミは、市民がゴミを捨てるための大きなゴミ容器が**あった**時代の話を始めた。問題は、ゴミは子供たちが捨てるという彼らの文化だった。子供たちは背が低かったので大きなゴミ容器の蓋に手が届かなかった。「それで、子供たちはゴミ容器の横に捨ててしまったわけです」

「じゃあ、こうしましょう。ちょうどいい大きさのプラスチックの容器を買いましょう」カウズラリッチは食い下がった。

するとティミミは、水を入れるプラスチック容器を配ったときの話をした。人々はその容器にときには水を入れ、ときにはガソリンを入れたため、病気になってしまった。「教育を受けた人はわかっています。しかし、ナイン・ニッサンの住民に教えるのは非常に難しいのです」とティミミは言った。

それでカウズラリッチは、大きなゴミ容器を家ではなく学校に置くことを提案した。「そうすれば、ゴミをゴミ容器に入れることを子供たちに教えられます」

するとティミミはそれについて考え、学校の多くがいまでは荒廃して閉鎖されている状況を無視して、「いいですな！」と言った。

これはなかなかいい会議だった。

しかし、たいていの会議は、あるイスラム教指導者との話し合いと同じようなものになる。まず指導者が「あなたにお目にかかってお礼を言いたかったんですよ。私はこの地域に平和をもたらす指導者になりたいのです」と言う。

次に彼は、平和をもたらすためには金と車が必要なのです、と言う。

あるいは「新しい銃が必要です」と。

それから、銃弾も。

「この国では誰もが何かを欲しがっている」その会議の始まる前、カウズラリッチは話の展開を予想してそう言った。「私の電話はどこにある？　これはどこにある？　あれはどこにある？　アメリカはいつペンキを持ってくる？　壁を造ってくれる？　電気は？　テレビはどこだ？　どこだ、どこだ、どこだ」

「くれくれ社会だよ」とカウズラリッチは続けた。それから少し言い直した。彼は、戦争で徹底的に破壊されたせいで事態がいかに悪化したかということに気づいていないわけではなかった。多くの兵士とは違い、彼はイラクやイスラム教についての資料を大量に読んできたため、少なくとも周りにいるイラク人についての基本的な知識は持っていた。「イスラム教というのは、平和を愛する宗教だとされている。そこではジハードは、最良の人間になるための内なる戦いだということだ」カウズラリッチは言った。「つまり、イラクの人々はテロリストじゃない。彼らは善良な人々だ」

しかし、カウズラリッチにとって漠然としているのは、**善良**という概念、とりわけ彼と直接かかわりのあるイラク人たちの善良さの意味だった。たとえば、宗教的指導者だ。あるとき、即製爆弾《IED》に関係している可能性があるのでカウズラリッチが刑務所に収監すると脅した指導者は、カマリヤ内で起きていることに関する情報を提供し、治安維持に協力すると約束したために解放された。その指導者は善良か、それとも善良ではないのか。彼は反乱者か、それとも情報提供者なのか。カウズラリッチがこれだけは確実だと思っていることがあった。それは、彼が不確かな交渉をしている相手が、腕にはどっしりした金の時計を、小指にはトルコ石の指輪をはめ、マイアミ製の葉巻をふかし、その葉巻に火をつけるライターは赤と青の光を放ち、吸い込んだ煙をカウズラリッチの顔に吹きつけながら、金や銃や銃弾や新しい携帯電話や車をねだり、カウズラリッチを「親愛なるK中佐」と呼ぶ人間である、ということだった。

あるいはこの指導者は、大勢のイラク人がいるときなどには、カウズラリッチを「マカッダム・K」と呼ぶときもあった。マカッダムというのはアラビア語で中佐と同じ意味だ。カウズラリッチが二月にここに到着して間もなく、人々は彼のことをそう呼び始めた。それが嬉しくて、カウズラリッチはそのお返しにアラビア語を使うようになった。

「親しい友」を「ハビービー」と言うことを学んだ。

「シャク・マク（元気）？」、「シュクラン・ラスアレク（訊いてくれてありがとう）」、「サッフヤ・ダッフヤ（晴れて暖かい）」という言葉を学んだ。

「アニー・ワヒド・ケルバ（私はセクシーな性悪女）」という言葉を学んだ。これをイラク人たちの前で言うたびにどっと笑いが起きた。

月日は流れていった。会議は同じことの繰り返しが多くなった。同じ不満が述べられた。同じ自分勝手な要求が増えた。同じように実行は伴わなかった。

カウズラリッチは「マルフード（同意しかねる）」と「カデニー・レル・ジェヌーン（それには怒りを覚える）」という言葉を学んだ。

六月がやってきた。

彼は「クーロー・ハラ（なにもかも戯れ言だ）」と「シャディ・ハビー（このくそ馬鹿野郎）」という言葉を学んだ。

七月がやってきた。

彼はいつの間にか「アラー・イエ・シーラック」という言葉をよく口にしていた。死んでしまえ。「神に召されますように」

七月十二日。カウズラリッチはポップタ一ツ〔訳註　オーブントースターで加熱して食べる簡易食品〕を午前四時五十五分に食べ、エナジー・ドリンクをがぶがぶ飲み、大きな音でげっぷし、兵士たちに告げた。「いいか、お前たち。いよいよ出発だ」。ある日、ワシントンＤＣでブッシュ大統領が、「イラクの人々が反乱軍から自分たちの住む地域を取り戻す手伝いをしているのです」と言おうとしていたとき、カウズラリッチはまさにそれを実行しようとしていた。

その地域とはアル・アミン。反乱者のグループが大量のＩＥＤを仕掛けている地区で、ほんの数日前、最近は絶えず狙われているアルファ中隊がクロウの追悼式に参加するために前哨基地からラスタミヤ作戦基地へ向かう途中で攻撃された。兵士たちを狙った二発のＩＥＤが爆発し、数人が手や足に痛手を負い、命に別状はなかったものの、脳に激しい衝撃を受けて意識を失った。それでカウズラリッチは、二百四十人の兵士、六十五台のハンヴィー、数台のブラッドリー戦闘車、さらには別の大隊から数時間の約束で借りた二台のＡＨ－64アパッチ攻撃ヘリコプターという大軍を組むことにした。

午前五時に、巨大で脅威となる隊列を成すために兵士が集まり、ラスタミヤを出発しようとしたそのとき、レーダー・システムがまだ暗い空に何かが飛んでいることをキャッチした。「飛来！飛来！」という録音された声が警報とともに鳴り響いた。これまで幾度となくその音を聞いてきたので、いまでは恐怖よりも憂鬱が勝るありさまで、兵士たちも肩をすくめるばかりだった。開けた場所に立っている者たちの中には、反射的に地面に伏せる者がいた。砲塔の中で立っていた砲手は、シートに座りこんだ。しかし大半の者は何もしなかった。すでに弾丸は発射され、それにあたるのは時間の問題だからだ。そしてもし彼らがこれまでの経験から何かを知っていたとしたら、それは、次の数秒間に起きることはすべて、人間の領域ではなく、神や運や、彼らの信じている何かの領域に入るものだということだった。

さもなければ、スティーヴンズの裂けた唇をどう説明したらよいのか。あるいはある早朝、ドアの外で迫撃弾が爆発したときに、寝ているアル・ウォルシュ大尉の身に起きたことをどう説明したらよいのか。彼が目を覚まして隠れる間もなく、凄まじい勢いで入ってきた爆弾の破片が木製のドアを突き抜け、ベッドの金属製のフレームを突き抜け、『ナイフでスープを食べる方法を学ぶ』という二百八十ページの本を突き抜け、『仏教はあなたの考えているものではない』という二百七十二ページの本を突き抜け、『ゲリラ戦争』という百二十八ページの本を突き抜け、『三日月の戦術』という三百六十ページの本を突き抜け、『カルヴィンとホッブス』の百七十六ページの漫画本を突き抜け、それらの本が並んでいた金属製のキャビネットの背中を突き抜け、ようやくコンクリート壁のところで止まった。ウォルシュの体を突き抜けなかったのは、いつもは仰向けやうつぶせで寝ていた彼がたまたまその瞬間に横向きで寝ていたからだった。その結果、破片はいつも彼が頭を置いていたその場所を通っていたが、頭の位置から二センチほどずれていた。目眩がし、耳鳴りがし、何が起きたのかわからず、ベッドのフレームを通過したときに散らばった小片でわずかな血が点々とついたウォルシュは、よろめきながら煙を上げている外に出ると、そこにいる兵士に「俺の頭から何か突き出ていないか」と尋ねた。その答えは、ありがたいことに、「ノー」だった。

別の例。その前日、迫撃弾が撃ち込まれ、空から落ちてきた弾のひとつが、駐車してあったハンヴィーの開いていた砲塔に狙いすましたように入ってきたことをどう説明したらよいのか。攻撃が終わってから、破壊されたハンヴィーの周りに兵士たちが集まってみて驚いたのは、弾が引き起こした破壊の規模ではなく、その確率だった。上には広々とした空間があり、下には着弾する広大な場所があり、迫撃弾の軌道は無数にあるので、弾が必ずどこかに落ちるということに無頓着でいた。しかしこの弾は狙いすましたかのように砲塔の縁に触れることなくまっすぐ中に入っていた。会心の一打。あり得ない一撃。それで兵士たちは、迫撃弾が自分たちの上に落ちるはずがないと考えていたことがいかに愚かであったかがわかった。

次の数秒、ゲートのところに並んでいた兵士たちは、警報と絶え間のない「飛来！　飛来！」という声を聞きながら、上から落ちてくる物を待っていた。

一秒。

二秒。

向こうのほうでドッカーンという音。

一秒。

二秒。

またもや向こうのほうでドッカーンという音。

ここではなかった。近くでさえなかった。今回は会心の一打ではなかった。それで砲手は立ち上がり、地面に伏していた兵士たちは起き上がって埃を払い、長大な隊列はアル・アミンへ向かって出発し、その日が始まった。そしてその日は、戦争の四つの姿を特徴づける日となった。

日の出直後にアル・アミンに到着したチャーリー中隊は、隊列から離れ、西地区へと向かった。晴れて暖かい日で、兵士たちは抵抗にあうことなく道路や家を捜索し始めた。鳥がさえずっていた。わずかに笑いかける市民もいた。ある家族がとても歓迎してくれたので、チャーリー中隊の指揮官タイラー・アンダーセンは木蔭で、男とその父親と戦争についてのんびりと話し合った。イラク人親子は、当初のアメリカの侵攻軍がわずか十万人の兵士だったのはなぜか、と訊いた。一日に数時間しか電気がこない不便な生活について話し、政府のひどい汚職のせいで彼らがいかにイラク政府を信用していないかということを話した。その話し合いは三十分にも及び、握手で終わったが、これがアンダーセンが戦争中にイラク市民と交わしたいちばん長くいちばん礼儀正しい会話になる。そのときアンダーセンは、自分たちがおこなっていることについて、思いがけないことに楽観的になっていた。これが戦争のひとつ目の姿だった。

二番目の姿が現れたのは、カウズラリッチとアルファ中隊が向かったアル・アミンの中央でだった。

そこでは散発的に銃声が聞こえていた。兵士たちは壁に背中を押しつけるようにして近くの小さなモスクへ進んでいった。そのモスクに武器が隠してあるかもしれないという情報がもたらされたからだ。兵士たちは中に入ろうとした。ところが扉は鎖で閉鎖されていた。もっとも、閉鎖されていなかったとしても、特別の許可がなければアメリカ人はモスクに入れなかった。イラク警察は入れたが、この作戦に参加するはずの三十六人の警察官はいまだ到着していなかった。カウズラリッチはカシムに無線連絡をした。カシムは、いま向かっているところだ、と言った。兵士たちはスナイパーを警戒しながら待つしかなかった。兵士の数人が中庭に避難した。そこには家族の洗濯物が干してあった。ほかの兵士たちは通りで、標的にならないように体を上下に動かしたり、左右に揺らしたりしていた。通りは気味が悪いほど人気《ひとけ》がなく、歩いているのは小さな女の子を連れた黒衣の女性だけだったが、女の子は通り過ぎるときにアメリカ兵と武器を見て、いきなり泣き出した。

ようやくイラクの警察が来た。

「中に武器がある」とカウズラリッチは警官の責任者の准将に言った。

「まさか！」准将は衝撃を受けてそう言い、それから一笑すると、部下の警官をモスクの隣の家に向かわせた。ノックもせずに警官たちはドアを押し開け、家の中で抱いた赤ん坊に指を吸わせていた男が驚愕に目を見開いているのを押しのけ、階段を上って屋根へ出て、しばらく身を潜めていたときに銃声が起きた。その屋根から、警官たちは少し低いモスクの屋根に飛び移り、中に入り、数分後に、ロケット弾発射筒、ＡＫ－47、砲弾を持って出てくると、組み立てられたＩＥＤを慎重に袋に入れた。

「ひどいな」カウズラリッチは、すべてが通りに運ばれてくるとそう言い、しばらくのあいだ、体を絶えず動かせという自分の命令に背いて、その武器を憎々しげに見つめた。

モスクに武器があった。指揮官としてカウズラリッチは、なぜ**イマーム**〔訳註　イスラム教の指導者の総称〕がこれを許したのか、あるいは認めたのか、理解する必要があった。なぜなら、カミングズの机の上にあって近頃ではすっかり埃をかぶっている教則本には、「反乱を鎮圧する者は情勢を理解しなければならない」と書いてあるからだ。立派な兵士たちは事情を理解した。善良なキリスト教徒も理解した。だからカウズラリッチもそういう人間になりたいと思っていた。「主は流された血に心を留めてそれに報いてくださる。苦しむ者の叫びをお忘れになることはない」〔訳註　旧約聖書詩篇九章十二節〕と、昨夜読んだ『聖書の一年』には書いてあった。

ここの人々は苦しんでいるのか。そうだ、苦しんでいる。彼らは心に留めるべき者か。そうだ。これは彼らの叫びの表れなのか。詩篇の中に、この説明があっただろうか。

しかし数日前に発表された、イラクの宗教的指導者の声明文にはこういう文章が入っていた。「そうだ、ブッシュよ、われわれはお前の兵士たちを拉致し、殺し、焼いている。お前が血の言語と死体の散乱に手を染め続ける限り、われわれはそれを続けていく。神は喜ばれる。われわれの戦士はお前の兵士たちの血を好む。われわれの戦士は競い合ってお前の兵士たちの首を切り落とす。お前たちの車両を燃やし尽くすゲームが気に入っている」

ここはなんとひどい見世物小屋であることか。だからカウズラリッチが呆れるほど多くの武器があるのかもしれない。とても理解などできそうもない。

モスクに武器が隠されていた。車両を焼き、兵士を殺すＩＥＤがあった。

信じられないことだ。

このくそ馬鹿野郎《シャディ・ハビー》、なにもかも戯れ言《クーロー・ハラ》だ、死んでしまうがいい《アラー・イエ・シーラック》。

「ありがとう《シュクラン》」カウズラリッチは自分の思いは言葉にせず、准将に向かって大きな声で言った。そしてハンヴィーに向かいながら、次に行くべき場所を決め、ちょうど座席に入ったとき、連続射撃の音がしてびくっとした。

「マシンガンの銃声だ」誰が撃っているんだ、と訝《いぶか》しがりながら、カウズラリッチは言った。

しかし、それはマシンガンではなかった。もっと大きな音だった。地を揺るがす音だった。ちょうど東の上空、ＡＨ－64アパッチ攻撃ヘリコプターが旋回しているあたりから聞こえてきた。あまりにも大きな音だったため、空全体が振動しているようだった。

そのとき、二回目の掃射音がした。

「やった！　くそ野郎どもを殺した！」カウズラリッチは言った。

さらに何度も射撃音がした。

「これはまずいぞ！」とカウズラリッチは言った。これがこの朝の二番目の戦争の姿だった。

最初の掃射音が響く一分五十五秒前、アパッチ攻撃ヘリコプターのふたりの乗組員は、アル・アミンの東端の通りに男たちがいることに気づいた。

「あそこにいる奴らが見えるか？」と片方が言った。

「確認した」もうひとりが言った。「あそこの中庭だろ？」

「そうだ」最初の乗組員が言った。

二機のアパッチの乗組員が話す言葉はすべて録音されていた。第十六連隊第二大隊との会話も録音されていた。混乱を防ぐために、それぞれが使っていたのは符号だった。たとえば一機目のアパッチの乗組員は、クレイジー・ホース八－一。彼らが最もよく交信する十六－二の隊員たちはホテル六－二。

彼らが目にするものもすべて録画されていた。いま見ているのは――最初の掃射の一分四十秒前の場面だ――通りの真ん中を歩いている数人の男たちと、その中の武器らしきものを持っている者たちだった。

午前中ずっと、アル・アミンのこの地区は敵意に満ちていた。タイラー・アンダーセンは、アル・アミンの西側にある木の蔭にいて、カウズラリッチは中央部でときおり銃撃を受けていた。アル・アミンの東では銃撃音と爆発がひっきりなしに続いていた。スナイパーによる銃撃、屋上からの狙撃、ロケット弾がブラヴォー中隊に向けて発射されたことなどの報告があった。戦闘が続いていることが、ナミル・ヌール＝エルディーンとその運転手兼アシスタントのサイード・チマグの注意を引いた。ヌール＝エルディーンは、英国のロイター通信社が新しく契約を結んだバグダッド在住の二十二歳のカメラマンだった。チマグは四十歳だった。

戦争を取材しているジャーナリストには、アメリカ陸軍の従軍記者として活動している者がいた。独自に取材する者もいた。ヌール＝エルディーンとサイード・チマグは独自に取材するジャーナリストだった。それはつまり、彼らがアル・アミンにいることをアメリカ陸軍は知らないということだった。十六－二の兵士も、アル・アミンの上空を反時計まわりにゆっくり旋回しているアパッチの乗組員も、彼らの存在を知らなかった。上空からはアル・アミン東部の様子が一望できたが、一機目のアパッチのレンズはヌール＝エルディーンにぴたりと照準を合わせていた。彼は右肩にカメラを提げていて、アパッチの三十ミリ機関砲の照準線の中心はそれに当てられていた。

「ああ、あれだ」ひとりの乗組員が、肩から提げられているカメラを見ながらもうひとりに言った。「あれは兵器だな」

「ホテル六－二、こちらクレイジー・ホース八－一」別の乗組員が十六－二に無線連絡をした。「兵器を持っている人間を捕捉」

彼らは、通りを歩いているヌール＝エルディーンと、彼を案内しているらしいもうひとりの男を照準線にとらえ続けた。通りの右側にゴミの山があった。左側には建物が並んでいた。ヌール＝

エルディーンのそばにいる男が、ヌール＝エルディーンの肘をとって一軒の建物に導いていき、屈むよう手振りで示した。その男チマグもかがみ込んだ。長い望遠レンズ付きのカメラを持っていた。チマグの後ろには四人の男たちがいて、そのひとりはＡＫ－47を抱えているように見え、ひとりはロケット弾発射筒を抱えているように見えた。照準器がヌール＝エルディーンからほかの男のひとりをとらえた。

「おっと、あの男も持ってるな」乗組員が言った。「ホテル六－二へ、こちらクレイジー・ホース八－一。ＡＫ－47を持っている人間が五人から六人。攻撃の許可を要請する」

最初の掃射音が響く一分四十秒前。

「了解」とホテル六－二は応答した。「われわれの拠点の東には誰もいない。いつ攻撃開始してもかまわない。以上」

「了解。間もなく攻撃態勢に入る」もうひとりの乗組員が言った。

しかしそれは叶わなかった。というのも、旋回するアパッチの視界に何棟かの建物が入り込んできて、男たちの姿を遮ったからだ。

「いま、見えなくなった」と乗組員は言った。

一機目のアパッチがゆっくり回るのに数秒かかった。いまはヌール＝エルディーンが向かっていった建物の裏側が見える位置にいて、乗組員たちに見えるのは、建物の角から覗き込んでこちらに向けて長くて黒いものを持ち上げている者たちの姿だった。それがヌール＝エルディーンで、望遠カメラを目の前で構えた姿勢をとっていたのだ。

「あいつが持っているのはロケット弾だ」

「了解。ロケット弾を持っている男だ」

「発射する」

ところがまだ建物が邪魔をしていた。

「くそったれが！」

アパッチはさらに旋回しなければならず、ようやく視界が開け、通りが見えた。それから間もなく砲手が見事な掃射をすることになる。

十秒が過ぎてもヘリコプターは回っていた。

「急げ、いまちょうど視界が――」

回りきって、男が三人見えた。もう少し近づく必要があった。

五人見えた。

「障害物なし」

そうではなかった。木が一本、邪魔をしていた。

「いいぞ」

あそこに。全員がはっきりと見えた。九人いた。ヌール＝エルディーンも入っていた。彼は真ん中にいて、ほかの男たちが取り囲んでいた。ただチマグだけは、数歩離れたところで携帯電話で話し中だった。

「障害物なし」

最初の掃射の一秒前、ヌール＝エルディーンはアパッチのほうを見上げた。

「行くぞ――発射」

ほかの男たちも彼の視線をたどって上を向いた。

砲手が撃った。

二十発の掃射が二秒間続いた。

「マシンガンの銃声だ」カウズラリッチは八百メートルほど離れたところで、訝しげに呟いた。空ががくんと動いたような気がした。そしてここ、アル・アミンの東側では、通りが吹き飛ばされ、九人の男たちはいきなり体を引っ摑まれたようになった。七人が死んで、あるいは瀕死の状態で地面に倒れ、ふたりが逃げていった――ヌール＝エルディーンとチマグだった。

砲手は、照準器の中心にヌール＝エルディーンを据えて二回目の二十発掃射をおこなった。ヌール＝エルディーンは十二歩ほど駆けていき、ゴミの山の中に身を投げ入れた。

「撃ち続けろ」乗組員のひとりが言った。

二秒の間があり、それから三回目の掃射が始まった。ヌール＝エルディーンがうつぶせに入り込んだゴミのまわりが一斉に噴き上がった。砂埃が大きく舞い上がった。

「撃ち続けろ」

一秒間の間があり、それから四回目の掃射が始まった。砂埃の中に、ヌール＝エルディーンが立ち上がろうとしているのが見え、それから爆発したように見えた。

すべては十二秒間のことだった。合計八十発が発射された。三十ミリ機関砲は沈黙した。パイロットは沈黙した。砲手は沈黙した。彼らが見下ろしている場所は、土埃が渦巻き、舞い上がっていた。そして埃の渦の切れ目から、ひとりの男が壁際にしゃがみ込んで避難しているのが見えた。

チマグだった。

彼は立ち上がって走り出した。「捕らえた」とだれかが言った。そしてチマグの姿は新しく舞い上がった土埃の中に消えた。土煙は高く上がり、すでに空中に舞っていた埃と混じり合った。二機のアパッチ・ヘリは旋回を続け、乗組員は話し続けた。

「やったぞ、見えるか」片方が言った。

「了解。もう一度ターゲットを確認しようとしてるところだ」もう片方が言った。

「何人か横たわってるのが見える」

「了解。八人だ」

「間違いなく仕留めた」

「ああ。あの死んだ野郎たちを見ろよ」

「みごとな射撃だった」

「ありがとう」

土煙がおさまって、何もかもがはっきりと見えた。死体の山。うつぶせに倒れている者、しゃがみ込んでいる者、あり得ない角度に体を折り曲げている者。ヌール＝エルディーンはゴミの上にいた。チマグは左向きに横たわり、微動だにしなかった。

「ブッシュマスター七、こちらクレイジー・ホース八－一」乗組員たちは無線でブラヴォー中隊に連絡した。中隊の兵士たちは現場に向かう途中だった。「マイク・ブラヴォーの位置、54588617。彼らは青いトラックが何台か停車している中庭の前の通りにいる。中庭には数台の車両がある」

「男がひとり動いているぞ。しかし負傷している」だれかが下を見て、死体を確認し、チマグに照準を合わせながら言った。

「こちら八−一」乗組員は引き続き無線で連絡した。「負傷者がひとりいる。這い出そうとしている」

「了解。そっちに向かう」ブラヴォー中隊が答えた。

「了解。攻撃停止する」アパッチの乗組員はそう答えて、チマグの監視を続けた。チマグはまだ生きていて、ゆっくりと体を動かしながら起き上がろうとしているようだった。体を少し持ち上げたがガくりとなった。もう一度試みて、かすかに体が上がったが、また伏した。うつぶせの格好になって、膝で体を支えようとしたが、左脚が伸びきったまま動かなかった。頭を持ち上げようとして、わずかに地面から起き上がった。

「いま銃が見えたか？」乗組員のひとりが言った。

「両手に武器を持ってるか？」別の乗組員が言った。戦闘に際しての規則を思い出して言った。

「いや。武器はまだ見えない」

彼らは旋回しながら、チマグが地面に倒れ伏すのを見続けた。

「おいおい、頼むよ」ひとりが言った。

「武器さえ手にしててくれたらいいのによ」と別のひとりが言った。

いま、先ほどと同じように、ヘリコプターは建物の裏側に回り、通りの様子が見えなくなった。そして次にチマグの姿を確認できたときには、だれかが通りを走ってきて、チマグのそばにかがみ込むのがちらりと見えた。さらにもうひとりが走り寄ってきていた。キア〔訳註　韓国の自動車メーカー〕の乗用ヴァンが近づいてきた。

「ブッシュマスター、こちらクレイジー・ホース」緊急に無線連絡をした。「現場に人々がやってきている。死体と武器を回収するつもりらしい。以上」

ヴァンはチマグの横で停まった。運転手が車から出てきて、乗客が乗り降りする側に回り、スライド・ドアを開けた。

「クレイジー・ホース八－一。攻撃許可を要請」

射撃準備をし、ブラヴォー中隊からの返事を待っていると、ふたりの通行人がうつぶせに倒れているチマグを抱え上げようとした。ひとりがチマグの両脚を持った。ふたり目がチマグを仰向けにしようとした。彼らは反乱者なのか。助けようとしているだけの民間人なのか。

「**おい！　撃たせてくれ**」

ふたり目がチマグの腋の下に手を入れていた。

「ブッシュマスター、こちらクレイジー・ホース八－一」アパッチの隊員がもう一度言った。

しかし何の返事もなく、運転手は自分の席に戻り、ふたりの男はチマグを抱え上げてヴァンの前をまわって、開いているドアに向かった。

「連れ去ろうとしてるぞ」

「ブッシュマスター、こちらクレイジー・ホース八－一」

彼らはチマグをドアのところまで連れてきた。

「こちらブッシュマスター七。どうぞ」

彼らはチマグの足を引っ張っていた。

「了解。死体を回収中の黒いトラックがある。攻撃許可を要請」

彼らはヴァンの中にチマグを押し込もうとしていた。

「こちらブッシュマスター七。了解。許可する」

彼はいまやヴァンの中に入っていた。ふたりの男がドアを閉め、ヴァンは発進した。

「八－一、クリア」

「撃て！」

一回目の掃射。

「クリア」

二回目の掃射。

「クリア」

三回目の掃射。

「クリア」

その間、十秒。六十発。ヴァンの外にいたふたりの男の回りに何発か弾が撃ち込まれると、ふたりは走り、体を投げだし、転がって壁にぶつかった。走り出していたヴァンは数メートルほど進んで、突然がくんと下がり、ふたりの男の近くの壁に激突し、煙に包まれた。

「ヴァンはもう動けない」隊員のひとりが言ったが、確実を期すために四回目の掃射、五回目の掃射、六回目の掃射をおこない――さらなる十秒とさらなる六十発――ようやく射撃がやんだ。

あとはブラヴォー中隊の兵士たちが現場に到着するのを待つだけだった。そしてようやく彼らがハンヴィーと徒歩でやってきて、破壊されてめちゃめちゃになった通り一杯に溢れ返った。戦場は兵士たちによって制圧された。死体の山と、ヌール＝エルディーンのいるゴミの山、そして銃弾を受けた家や建物、ヴァンまで何もかもが。ヴァンの中に死体のほかに生存者がいるのを兵士たちが発見した。

「ブッシュマスター六、こちらブラヴォー七」地上にいるブラヴォー中隊の兵士が無線で呼びかけた。「イラク人の死者十一人。幼い子供ひとり重傷。以上」

アパッチの乗組員たちはそれを聞いていた。

「うわあ、なんてこった」ひとりが言った。

「この子をヘリで運ばなければ」ブラヴォー七が続けた。「腹部を負傷している。ここでは何もできない。救護ヘリが必要だ。以上」

「子供を戦闘に連れてきた奴らのせいだ」と乗組員のひとりが言った。

「そのとおりだ」と別のひとりが言った。それからしばらくのあいだ、旋回しつつ監視を続けた。ハンヴィーがさらに何台も到着したが、その中の一台がゴミの山の、ちょうどヌール＝エルディーンの死骸が残されているところを乗り越えた。

「あいつ、死体を轢《ひ》いたぞ」

「マジで？」

「ああ」

「まあ、どうせ死んでるんだし」

ヴァンから負傷した女の子を抱きかかえて出てきた兵士が、彼女を病院に搬送していくハンヴィーに向かって走っていった。

その数分後、別の兵士がヴァンから負傷したもうひとりの子供を抱えて出てくるのが見えた。今度は男の子だった。父親らしき死体の下から発見された。自分の体で子供を守ったのか、たまたま子供の上に倒れたのか、父親は子供に覆い被さるように倒れていた。

それからアパッチ二機はアル・アミンの別の地区に飛んでいった。ブラヴォー中隊の兵士たちがどんどん到着してきた。その中にジェイ・マーチがいた。マーチは、イラクに派遣された最初の日に監視塔に上り、ゴミが散らばる土地を見回して、「こんな糞溜めの中からＩＥＤを見つけるなんて、無理じゃねえのか」と静かに、不安そうに言った兵士だ。

それ以来、マーチは自分が未来をみごとに予言していたことがわかった。とりわけ六月二十五日にＥＦＰによって友人のアンドレ・クレイグ・ジュニアが殺されたときにはそう思った。七月七日にクレイグの追悼式がおこなわれた。それから五日後の今日、マーチは散らばっているすべての死体を見た。破裂して、内臓が飛び出し、ひどく陰惨で、ひどくおぞましい死体を見て彼はこう思った（と、あとになって説明した）。「嬉しかったね。おかしなことだけれど。本当にえらく嬉しかった。実に気分がよかったのを覚えている。奴らが掃射している音を聞いたとき、十三人のイラク人が死んだと知ったとき、俺は**すげえ**幸せだったよ。だって、クレイグが死んだばかりだったから、なんというか、敵《かたき》を討《う》ってやった、みたいな気持ちだった」

アパッチが離れていくと、マーチともう一人の兵士は、ヴァンが激突しチマグが逃げ場を探そうとした壁のゲートを通って中に入っていった。

家の中庭、通りから見えないところに、負傷したふたりのイラク人がいるのがわかった。ふたりは折り重なっていた。マーチが近づいてよく見ると、ふたりはチマグをヴァンに担ぎ込もうとしていた男のようだった。そしてこのふたりは、マーチが知る限り、この午前中ずっとアメリカ兵を殺そうとしていた男だった。そして下にいる男は死んでいたが、上の男はまだ生きていて、マーチが男を睨みつけるように見ると、男は両手を挙げて、二本の人差し指をくっつけた。それはイラクでは、「友達」という言葉を告げたいときに表す合図だった。マーチにはそれがわかっていた。

それでマーチはその男を見下ろして、二本の人差し指を同じようにくっつけた。

それから左手を下ろして、右手の中指を突き立ててみせた。〔訳註　中指を突き立てるのはきわめて侮辱的なしぐさ〕

それからそばにいる兵士に向かって言った。「クレイグはあっちでビールを飲みながらこう言ってるかもしれないな。『はっは！　俺はそれをやりたかったんだよ』ってな」

これがこの日の三番目の戦争の姿だった。

四番目の戦争の姿は、その日遅くに現れた。カウズラリッチと部下たちはアル・アミンの任務を終え、作戦基地に戻っていた。

彼らはそのときにはもう、チマグとヌール＝エルディーンのことは知っていた。

彼らはヌール＝エルディーンのカメラを回収し、ジャーナリストなのか反乱者なのかを確かめるために画像を調べた。

アパッチからの映像と音声の記録があったので、何度もそれを見て確認した。

兵士たちが撮った写真の中に、死んだイラク人のそばにＡＫ－47とロケットランチャーが映っていることを確認した。

アル・アミン東部での殺戮のきっかけとなったあらゆることをできる限り再検討した。つまり、兵士たちが狙われていたこと、兵士たちはジャーナリストがいることを知らなかったこと、ジャーナリストは武器を運んでいる男たちの集団にいたこと、アパッチの乗組員は武器を持った男に向けて、ジャーナリストに向けて、子供を乗せたヴァンに向けて掃射したとき、戦闘のルールに従っていたことを調査した。そしてみなが適切な行動をとった、という結論が引き出された。

ジャーナリストたちは適切な行動をとったのか。

それはほかの組織が判断することになる。

チマグを助けようとした男たちはどうか。彼らは反乱者だったのか、負傷した男を助けようとした市民にすぎなかったのか。

それについてはだれにもわからないだろう。

彼らにわかっていたのは、立派な兵士は立派な兵士のままだということと、夕食の時間になったということだった。

「クロウ、ペイン、クレイグ、ギャジドス、ケイジマ」カウズラリッチは食堂に向かいながら言った。「いま？　部下の兵士たちの気持ち？　あいつらはこう考えているさ。『仲間たちは意味なく死んでいったんじゃない。今日俺たちがやったことを見れば、それがわかる』ってな」

食堂の中のテレビが、ワシントンで数分前に始まったブッシュの記者会見の様子を映していた。「われわれの最優先事項は、イラク政府と協力してイラクの人々を守ることです」ブッシュは言っていた。「それで、反乱軍を追いつめ、イラク軍を展開するための時間を稼ぎ、普通の生活と市民社会を国中の地域と共同体に根付かせるために、バグダッド市内および周辺に攻撃を開始することにしました。

われわれは、イラクの人々が自力で国を守ることができるように、イラク治安部隊の規模を拡大し能力を高め効果を上げるために手を貸しているところです。われわれは、イラクの人々が反乱軍から自分たちの住む地域を取り戻す手伝いをしているのです」

これが戦争の四番目の姿だった。

カウズラリッチは食事をしながらそれを見ていた。「俺はこの大統領が好きだよ」と彼は言った。

6章 二〇〇七年七月二十三日

私は楽観視しています。怯《ひる》まない限り、われわれは成功するでしょう。
——ジョージ・W・ブッシュ　二〇〇七年七月十九日

その十一日後、深夜を過ぎたばかりの頃、ジェイ・マーチは六人の兵士に一斉にタックルされた。

一瞬、連れ去られるのではないかと思った。マーチは、作戦基地内の静かな場所にある退屈なバー、水煙草の煙が立ちこめる「ジョー」という店にいた。ふたりの兵士に体を押さえつけられたが、振り払って走り出そうとした。すると六人の兵士が飛びかかってきて押し倒され、テーブルにぶつかり、仰向けに倒れた。テーブルがひっくり返った。椅子が倒れた。数人の兵士が吸っていた水煙草のパイプが横倒しになり、酒を出さない店で飲まれるブームブームというエナジー・ドリン

ジェームズ・ハーレルソンの死

クの缶もなぎ倒された。マーチは必死で抵抗しようとしたが、あっさり拘束された。兵士たちは彼の中隊のメンバーで、マーチの服を引っぱり上げ、腹部を叩き始めた。強く叩く音が、銃声のように響いた。マーチは身をよじり、怒鳴り、肘を使ってなんとか逃れようとしたが、両腕を押さえつけられ動けなかった。兵士たちに何度も殴られて腹部はとうとう擦り剝けて血がにじみ、真ん中あたりは濃いピンク色に染まった。そのときようやく笑い声が起こり、兵士たちはマーチを解放した。

「誕生日、おめでとう」と兵士のひとりが言った。

「誕生日、おめでとう」別のひとりが言った。

「くそったれ」とマーチは言い、立ち上がり、深呼吸し、自分の腹を見て、血を拭ったが、同じように大声で笑った。

イラクで二十一歳になり、腹はピンク色になった。ジェイ・マーチはこれ以上ないほど幸せそうに見えた。ほかの連中も、いまや彼におめでとうと言っていた。

だが彼らの目は、どの目も、彼らの心情を語っていた。笑っているときですら、その目はどこかおかしかった。狂気じみていた。疲れ果てているように見えた。彼らの笑い声を聞けば、万事良好であるように感じられたが、彼らの笑顔を見れば、そうではないことがわかった。

亀裂は、マーチの所属する中隊にだけでなく、第二大隊全体にわたって現れ始めていた。六月もひどかったが、七月はさらに最悪な事態が一週間続き——即製爆弾《IED》、銃による襲撃、ロケット弾攻撃などが四十二回に及んだ——重傷者こそ出なかったものの、攻撃されたことによる明らかな変化が現れていた。従軍牧師のところには、内密の相談をするために深夜ドアを叩く兵士が増えていた。そのうちのふたりは自殺をほのめかした。基地の精神衛生のカウンセラーたちが睡眠補助薬と抗鬱剤の処方を書く回数が増えていった。驚くほどの数ではない、と牧師やカウンセラーはカウズラリッチに報告したが、万全の注意を払うことになった。規則違反がなされているという噂も増えてきたので、「福利厚生」の全体調査がおこなわれ、立派な兵士が所持してはならないあらゆる物が発見された。イランで製造されたステロイドの入った箱、イラク人の家宅捜索中に盗んだとおぼしきイラク貨幣、イラクの携帯電話二機、空気注入式のダッチワイフ「バイブレーティング・ショーガール・スラット」、段ボール箱一杯のハードポルノ雑誌、その中には「マーサ・スチュワート・リビング」の表紙を糊で貼り付けて普通の雑誌にみせかけたものや、わざわざ「ポルノ」と黒いマーカーでタイトルがついているDVDもあった。

「間抜けな野郎が紛れこんでるな」カウズラリッチは、ダッチワイフを焼却炉に投げ込んで火をつけたあとにそう言った。油分を含んだ分厚い柱のような黒い煙が基地中央の空に上がった。

「そういう奴をわれわれは受け入れてきたんですよ」とカミングズが言った。そしてカウズラリッチとカミングズが考えていたのは、最初の亀裂が生まれたのは戦争のせいなのか、それとも陸軍が間抜けな馬鹿どもを入隊させざるを得なかったせいなのか、ということだった。

そのことは、大隊を作り始めた頃から問題になっていた。何年ものあいだ、新兵募集の目標人数を達成するために、陸軍は何らかの免責措置が必要な新兵をかつてないほど大量に受け入れてきた。免責がなければ、彼らは入隊が叶わなかっただろう。内科的疾患や適性検査での低評価などが免責される場合もあったが、大勢を占めていたのは刑事犯罪の免責だった。つまり、薬物使用という軽微なものから、強盗、窃盗、加重暴行といった重罪にいたるまで免責された。過失致死にかかわった者も何人かいた。二〇〇六年には、十六－二においてそうした兵士が占める割合は高く、陸軍の十五パーセントが犯罪免責者だった。大半は軽犯罪者ではあったが、千人近い新兵が重罪犯で、それは三年前に比べると二倍以上になっていた。

これがカウズラリッチが「受け入れてきた」軍隊の実態だった。その結果、陸軍にとって戦争で戦う兵士は足りていたが、カウズラリッチにとっては、問題ある兵士を排除するためにかなりの時間が必要だった。拳銃をある男性に向けて逮捕された男もいた。しかも相手の男性は覆面捜査官だった。また、泥酔して泣き続け、いかに自分を傷つけたいかを切々と話し続けた兵士もいた。陸軍にとってとても悲しみは警戒すべきものだった。

カウズラリッチの部下には悲嘆に暮れる者がほとんどいなかった。素晴らしい兵士が大半で、聡明な兵士もいた。そして全員が紛れもなく勇敢な兵士だった。ギーツ軍曹は六月の行為に対して青銅章受章の候補に挙げられていた。アダム・シューマンはエモリー軍曹を背負って運んだ。そうしたリストに大勢が名を連ねた。あらゆる中隊が。あらゆる小隊が。あらゆる兵士が。なぜなら七月になって、爆発はますます多くなり、毎日彼らはハンヴィーに飛び乗って鉄条網の外へと出ていったからだ。自分たちを待ち構えるものに向かって突き進んでいく姿は、まさしく勇敢以外の言葉では説明できなかった。彼らを「間抜けな馬鹿」だと言う者もいたかもしれないが、多くは彼らを心から思いやり、胸を熱くしながら見ていた。「さあ、行くぞ」いまや三回ほど自己鍛造弾《EFP》に殺されかけたカウズラリッチはそう言い、兵士たちは両手を保護し、隊列を組み、恐怖を隠して、躊躇《ためら》うことなく出発した。ハンヴィーのフレームの内側から聞こえてくる物憂げなカウベルにも似たカーンという心地よい音に耳を澄ましたり、最期の言葉はどんなものがいいか言い合ったりして気を紛らわせた。

「ぶっ殺せ」

「十一－九はくそ食らえ」

「女房に、本当は愛してなんかいなかったと伝えてくれ」

彼らは粗野だった。雄々しかった（「彼は決して泣かなかった。強い兵士だった」――これは、EFPに吹き飛ばされて重傷を負った兵士に送る賛辞だった）。彼らはひょうきんだった（ふたりの軍曹《マッチョ》の会話。「どこであろうがガキはガキだ」「ガキは未来だぜ」「だがよ、今朝ガキのニュースを流しているビデオを見てたら、アフガニスタンかイラクで、十三歳か十四歳のガキがナイフで男の首を切り落としたんだと。そのガキはいったい何考えてたんだろうな」「男の首を切り落とそうと考えてたんじゃねえの」）。わずかな例外を除いて、カウズラリッチはこの大隊を非常に誇りに思っていたが、欲を言えば、派兵される前にできればそのうちの十パーセントを排除しておきたかった。そもそもその十パーセントは入隊させるべきではなかったのだ。この割合は、カウズラリッチが二度目のチャンスを信じる人間でなければ、もっと上がっていたかもしれない。フォート・ライリーで、「俺のフライドポテトを食べるんじゃねえ」と言い続けた男のフライドポテトを食べ続けて殴り合いの喧嘩をした大馬鹿者はどうなったか。彼は二度目のチャンスを摑んで、立派な兵士になった。自分のブーツにガソリンを撒いて、いちばんきれいにするやり方はそれに火をつけることだと決めつけ、しかもブーツを脱ごうとしなかったために脚に火傷を負った間抜けはどうなったか。彼も二度目のチャンスを摑んだ。車でフォート・ライリーの中に入ろうとして酔っ払い運転で逮捕された男は、担当の軍曹に、運転していたのは別の男で門番は嘘をついていると言い張った。すると軍曹は、「なあ、クレイグよ、あそこにビデオカメラがあるのは知ってるよな？」と言い、それでアンドレ・クレイグ・ジュニアは主張を撤回し、責任感を抱くようになり、イラクに派遣され、六月二十五日にＥＦＰで殺された。

二度目のチャンスはほかにもあった。テフロン二等兵だ〔訳註　テフロンとは無傷という意味〕。彼がそう呼ばれていたのは、喧嘩からヤクをやって運転するという噂まで、悪事にかかわるところにいつもいたが、立件されることがなかったからだ。それで彼もイラクに派兵され、友人のキャメロン・ペインが殺されたとき、痛切極まりない弔辞を述べた。まるで人が絶望によって変異した瞬間に立ち合っているかのような弔辞だった。それはもちろん、良きにつけ悪しきにつけ、戦争につきもののことだった。カウズラリッチには、二十年間兵士たちとつきあってきた経験からこのことがよくわかっていた。そして指揮官となったいま、彼は部下の兵士たちに、愚かな者にも、いやその愚かな者にこそ、自制心を保ち続けていてほしかった。カウズラリッチは、部下たちがこう言っているのが容易に想像できた。「俺たちは毎日戦闘状態だってのに、お偉いさんは福利厚生のことで夢中だ。汚ねえよ」。確かにそうだ。「しかし、正しくあらねばならない」とカウズラリッチは言った。ある日数人の兵士が捜索作戦のときに人の家を荒らしたという報告を受け、カウズラリッチはふたつのことをおこなった。まず正式な捜査に着手した。命令系統のスタッフに、「人様の家から物を盗むなんてことがあってはならない。われわれはイラクの人々への敬意を示さなければならない」と激怒して言った。そして中隊の指揮官と一等軍曹をすべて呼んで会議を開き、運がよかったからこそ神から与えられた時間の中にいることを部下の兵士に思い出させた。

「お前たちの抱いていた夢が実現しているんだ。お前たちはここで、思い描いていた夢を生きているんだ」カウズラリッチは、いつも人を説得しようとするときに用いるゆっくりと正確な話し方をした。「部下にそう言ってくれ。どうして俺たちがここでこのようなことをしているのか、部下に理解させてくれ」

これがいかにも彼らしい、信念に満ちたカウズラリッチだった。フォート・ライリーでの演説の再現だ。しかし理解しない兵士たちが増えていった。

「お偉いさんたちが生きてる世界ってどんなとこだろう、って俺はときどき思うね。俺たちが勝ってるとでも思ってるのかね」ギーツがある日言った。

「新兵でそんなこと信じている奴なんかひとりもいやしねえよ」と彼は続けた。「奴らは傷ついてる。怖がってる。強がりなんて求めてない。理解してほしいと思ってる。『俺も怖いんだよ』って言ってくれる人を求めてる」

敗将カウズ。ある小隊の兵士たちはカウズラリッチのことをそう呼び始めた。怒りの矛先を向ける対象をだれもが求めていた。

ブッシュ大統領。ブラヴォー中隊所属のある小隊の兵士たちは、カウズラリッチのことをそう呼んだ。それは、カウズラリッチには兵士たちに見えないものが見え、兵士たちに見えるものが見えなかったからだった。

それはアンドレ・クレイグがいた小隊だった。七月十七日、カマリヤから作戦基地へと移動中に、アウター・バーム・ロードの焼け付くような通りを南下しているとき、隊列の二台目のハンヴィーが、埋められていた百三十ミリの砲弾三発の上を通った。それはだれかの手にある起爆装置に繋がっていた。この爆発はとんでもない威力があった。ハンヴィーは空中に吹っ飛び――三メートルは浮かび上がった、と兵士たちは後に言うことになる――落下した。地面に激突して爆発し、炎に包まれた。

そのハンヴィーに、ジェイ・マーチとほかの兵士たちがたちまち駆けつけ、中で負傷していた兵士を引っ張り出した。

しかし、十九歳の運転手ジェームズ・ハーレルソンについては、目の前で焼け死んでいくのを空しく見つめることしかできなかった。

彼らは草のはびこる土手で、かろうじて救出した四人の兵士の折れた骨と、血の噴き出す傷の手当をした。

ラスタミヤの救護所では、衛生兵たちが最初に到着したハンヴィーと、苦痛のあまり呻き声を漏らしている兵士たちに駆け寄った。

救護所の中に入ると、意識を失っていた兵士が悲鳴を上げ、ふたり目の兵士が唸り声を上げ、三人目は医師がモルヒネを注入するあいだ、罵ったり謝ったりしていた。
そして四人目は、「ハーレルソンはどうした？」と尋ね、すがるような目で返事を待っていた。
そしていま、生存者たちは睡眠薬をブームブームで飲み下していた。ジェームズ・ハーレルソンが死んで一週間近く経っても、彼らはそれを受けとめきれないでいた。

ジョーの店で、兵士たちはブームブームとマウンテン・デューを飲み、水煙草を借り、煙草を吸い、刻み煙草を押し込み、トランプで遊んだ。作戦基地にはもうひとつもっと小ぎれいな場所があるが、そこは陸軍福利厚生局が運営していた。そこの清潔すぎる感じが術後快復室のようだったので、体調の悪い兵士にとってはジョーの店ほど快適な場所はなかった。ジェイ・マーチの誕生日の前夜、ハーレルソンの小隊のほとんどのメンバーがここにいた。

ハーレルソンの追悼式の日を待ちながら五日連続でここに来ていた。昼間には来なかった。暗くなり、食事が済み、長い夜が始まるとやってきた。わびしい場所だった。裸電球が灯り、汚れきったクリスマス・リースが壁に斜めにかかっていた。ジョーの店には大型スクリーンのテレビがあり、その音がいつもボリューム一杯で鳴っていた。最近ではロケット弾攻撃が頻発しているので、兵士の中には、ひどく怯える者も現れ、作戦基地の中を移動しているあいだも、ロケットが飛んでくるヒューという高い音が聞こえはしないかと絶えず耳をそばだてていた。しかし、ジョーの店の中ではヒューという音も、警報も届かず、壁が激しく揺れでもしなければ衝撃すら感じなかったので、みな不安な思いから逃れることができた。耳に入ってくるのは、テレビに映っていることについて喋り合う兵士たちの大きな声だけだった。いまそのテレビには「届かぬ想い」というカントリー・ミュージックのビデオが流れていた。「未来のことを考えたことがある?」とビデオの中の若い女性——兵士のガールフレンドにふさわしい年齢の、美しく健康そうな娘——が若い男に問いかけていた。「何が見える?」と彼女は問いかけた。一方、ジェームズ・ハーレルソンの燃える姿が目に焼きついて離れないジェイ・マーチは、カードをシャッフルし、スペード〔訳註　スペード札を多く集めるトランプゲーム〕を始めた。

あの日、ハーレルソンは前から二台目のハンヴィーに乗っていた。マーチはそのすぐ後ろの三台目に乗っていた。ほかの兵士たちもみな隊列にいたが、三十歳の小隊の軍曹フィリップ・メイズ・ジュニアだけは、手の骨を折ったために基地にいて、ジョーの店のテーブルに座り、本を読もうとしていた。兵士たちはメイズが好きだった。顎がしっかりして筋肉が発達しているメイズの顔だが、最近では目の下に隈ができるようになっていた。兵士たちはメイズに忠誠を尽くし、その代わりメイズは兵士たちの面倒をよく見た。それで何週間も共に戦っていたにもかかわらず、メイズは深夜の奇襲で手を痛めたことをだれにも言わないでいた。その奇襲のとき、メイズは不審なイラク人ふたりを追いかけて家畜小屋に入っていった。そのときのことを思い出しながら、彼は、ドアを通って奥にいる二頭の駱駝の尻まで行ったとき、なにかおかしいと察するべきだった、と言った。しかし、ここではおかしなことはしょっちゅう起きていた。たとえば、午前四時にある人物を追跡していた別の小隊が家の中に入っていくと、その家族全員が起きていただけでなく、小さな牛を取り囲んでしゃがみ込んでいた。その話を聞いたときにカウズラリッチは、「予想外の出来事にも万全を期せ」と言った。また、ある人物を追跡して家の中庭に入っていった別の小隊は、そこに知恵遅れの子供が縄で杭に縛られているのを発見した。これについてカミングズは「普通のおかしな事態」と言った。それでメイズは予想外の駱駝の尻を押してどかせて、ひとりのイラク人のシャツを摑んで引きずり出そうとした。すると男がメイズの銃を摑んで奪い取ろうとした。メイズは左手で男を打ち据え始めた。「ひどく殴ったのはわかっていた。血が飛び散ったからな」とメイズは言った。「それでも奴は銃を放そうとしなかった。それで俺は殴る手を右手に変えた。そのときに骨が折れちまったんだよ」彼にも予想外のことだった。それから、ボキッという音が何の音かわかったからだ。それだけは絶対に避けたかったし、イラクに来るのを長い間待っていたあとではなおさら避けたかった。「俺はガキのころからずっと軍隊に憧れてたんだ」と彼は言った。「戦争屋になりたかったんじゃない。軍隊に入って、国に奉仕したかった」。それで彼は鎮痛剤を飲んで戦闘に出ていった。なんとタフで献身的な男だろう、メイズは。そしていま彼は、「就寝中」と書かれたカードのかかったドアの内側で、何の変化もない一日を過ごしていた。

メイズが求めていたのは睡眠だった。ところがハーレルルソンのことがあってから、ほとんど眠れなくなった。「頭の中をいろいろなことがよぎって……」彼は閉ざされたドアの内側で、ベッドに腰を下ろしてそう言った。ジョーの店に来る前のことだ。アンビエンという睡眠導入剤を処方してもらっていた。一錠飲んで、効くかどうか確認するように、と指示された。一錠では効かなかったので二錠飲み、二錠では効かなかったので四錠にした。しかし四錠でも効かなかった。一方、その部屋の反対の隅では、ルームメートがまたもや家具を置き直していた。ここ数日、取り憑かれたように家具の配置を換えていた。

その人物は小隊の指揮官で二十四歳のライアン・ハメル中尉だった。アウター・バーム・ロードを進むことを選んだ彼の決断が、その後の人生で下すすべての決断に暗い影を落とすことになる。「私は重大な決断を下した」と彼は宣誓供述書で述べている。ハメル中尉はハーレルソンの後ろのハンヴィーに乗っていた。前のハンヴィーが宙に浮き上がるのを見て、それが落ちるのを見た。炎が上がるのを見て、その中にハーレルソンがいるのを見た。悲鳴は聞こえたかもしれないし、聞こえなかったかもしれない。そしていま彼は、ベッドがこちら側にではなく向こう側にあったほうが、戸棚が向こう側にではなくこちら側にあったほうがよく眠れるのではないかと思うようになっていた。

「ハンヴィーが浮き上がり、煙が出て、燃えた」メイズは首を横に振りながら、その一日を端的に要約してそう言った。

「十九歳だった」メイズは、ひとりの人生を要約してそう言った。一方、廊下の先にある別の部屋には、二十三歳の衛生兵マイケル・ベイリーがいた。ハーレルソンを救えず、クレイグを救えなかった彼は、眠る代わりに作戦基地の暗い場所を選んで目的もなく歩き回るようになっていた。ベイリーはクレイグのことをこう言った。「あいつが死ぬとき、俺はあいつの体を抱きかかえていた」。クレイグの死に対するハーレルソンの反応について、ベイリーはこう言った。「ハーレルソンはクレイグを見て怯えていた。本当に死ぬほど震えあがっていた」小隊の反応についてこう言った。「クレイグの死で全員がびびっちまった。それに今回のことで」――ハーレルソンの死で――「もうどうしていいかわからないくらいだ。俺だって、パトロールに出かけるたびに気分が悪くなる。今度は俺がやられるような気がして。今度は俺が……本当にやられる気がして」

また別の部屋では、ジェイ・マーチがジャック・ウィーラー二等軍曹の話をじっと聞いていた。ハーレルソンが死ぬのを見たあと、ウィーラーが路肩からワイヤが出ているのに気づいたのだ。そのあとでふたりがしたことを、ウィーラーが語っていた。

そのワイヤは赤かった。その日に見た色の中でいちばんよく覚えているのがその色だった。というのも、土と木の幹の茶色と、草と葉の緑色の中でその色がひどく目立っていて、しかもいやに淫らな感じがしたからだった。オレンジ色の炎が加わる前の二色しかなかった風景の中で、赤いワイヤに気づかないほうがおかしかった。ああいったものを見ないでいられる奴なんていないのだろうか、ウィーラーは赤いワイヤを目で追いかけながら、あまりにも人目につきやすいように思った。路肩の土のてっぺんから現れ、椰子の林に向かって伸びていき、血を流して倒れている兵士の上方で綱渡りの綱のように横切っていた。「ワイヤだ!」と彼は叫び、そのワイヤの行き先を数人の兵士たちと追いかけていった。それを見たマーチも追いかけていった。ワイヤは、椰子の林から少し離れて立っている一本の木のところまで伸びていた。それが目印になっているのだろう。ワイヤはその幹に巻きつき、さらにそこからピンと伸びて別の木へと続き、その後地面を這ってから椰子の林の先にある一軒の住宅の中へ入っていた。その家は、爆破されたハンヴィーの爆音が遠くで鳴る爆竹の音くらいにしか聞こえないほど離れたところにあった。

ワイヤが入っている家から出てきた三人の男は、兵士たちが近づいてくるのを見て一斉に別々の方向に駆けだした。ウィーラーとマーチとほかのふたりの兵士は、ふたりの男を追いかけた。男たちは通りを渡って四軒の家が建ち並ぶほうに向かった。ウィーラーが一軒目の家のドアを蹴破ると、恐怖に怯えた様子の老人がいて、黙って廊下を指さした。武器を構えた兵士たちが最初の部屋に入ると、その部屋の隅で、女性と子供が六人ほど身を寄せ合って泣いていた。「普通のおかしい事態」だ。彼らはさらに廊下を進んで、二番目の部屋に入ると、祈っているように跪《ひざまず》いている男がいた。「予想外の出来事にも万全を期せ」。男は一メートル半くらい離れていた。そのとき、くるりと向き直った男の手にはＡＫ－47が握られていた。「俺は三回撃った」とウィーラーが言ったとき、マーチは一瞬目をそらし、黙ってその言葉を聞いていた。男は腹部に二発、頭部に一発の銃弾を受けてつんのめって倒れて死んだ。ウィーラーの説明は続いた。ふたりはさらにその隣の家に向かい、さらにその隣の家に入り、さらにその隣の家に行き、その家でふたり目の男を見つけてウィーラーが殺した。友人が死ぬのを目の当たりにし、至近距離から男をふたり撃ち殺してから一週間経ったいま、ウィーラーもほとんど眠れなくなっていた。

「何が起きたのかよく考えるようになった。そして、どうして俺はここにいるんだろうって思うようになったんだ」とウィーラーは言った。「意味ねえよな。テレビでは、兵士たちは好きでここに来てるみたいなこと言ってるだろ？　みんながみんなそうじゃねえとは思うが、俺たちがここにいるべきだなんて思ってる奴やここにいたいと思ってる奴の名前を挙げてみろよ、ひとりもいねえだろうよ。このくそ面白くもない国にはひとりもいねえよ。出世したいとか勲章をもらいたいとか、昇級したり名を上げたいと思ってる奴は別だけどな。でも、ここにいたいなんて奴ひとりもいやしねえよ。意味がないんだから。ここにいて何かいいことがあるか？　何もねえよ」彼はしばらく間を置いてから続けた。「なあ、やり直せたらいいのによ。別のルートを通ったらよかった。もっと早く基地を出てたらどうだったろうな。あるいはもっと遅くに出てたら」

そしてジェイ・マーチは聞き役を続けた。

いまジョーの店で、メイズ軍曹は本を下に置き、スペードで遊ぶ数人の部下を見ていた。「しっかり者」と彼はひとりの兵士について言った。「怠け者」と別の兵士について言った。「負けず嫌い」と別の兵士について言った。そしてメイズはいちばん気に入っているマーチを見た。「マーチの生い立ちはワケありでな」と彼は言ったが、それ以上は言わなかった。「みんな怒ってる。ものすごくな」彼は小隊について言った。もちろん、その中に彼自身も入っていた。「人を殺してその後普通に生きられる奴なんていねえよ。殺されそうになってその後普通に生きられる奴を見たことあるか？　人間そんなふうにはできてねえよ」

午後十一時。衛生兵のベイリーがクレイグを抱きかかえていたときのことを話していた。「あいつが息をするたびに、運転席の背もたれが血まみれになっていったんだ」と彼は言っていた。

深夜。マーチは腹をピンク色になるまで殴打された。小隊の者たちが誕生日の急襲をかけたのは、一ヶ月前にジェームズ・ハーレルソンが十九歳になったとき以来のことだった。

午前一時過ぎ。警報が鳴った。ロケット弾が頭上でヒューと鳴った。ウィーラーが札を配った。マーチは自分の手札を見た。だれもが眠れなかった。テレビ画面には同じビデオが流れた。「何が見える？」と女の子が男の子に言った。「**きみ**は何が見えるの？」と男の子が言い返していた。

翌朝、日の出頃に眠りに就いた者たちは二時間後に起き出した。マーチが充血した目をして外で座っていると、礼拝堂の方角から銃声が聞こえた。**バン**……間……**バン**……間……**バン**。いままでは、作戦基地にいる者はだれもが、そのライフル隊の規則正しい銃声が追悼式のために練習しているものだということを知っていた。最初の音はさまざまな建物に弾かれてこだまとなり、マーチを取り囲む壁にぶつかったが、彼は無反応だった。疲れすぎているからか、あるいは考えにふけっているからかもしれなかった。ハーレルソンのところに真っ先に駆けつけ、手の施しようがないと悟った最初の人物がマーチだった。それから六日が経っても、彼の目は腹部にできた殴打の痕のように赤かった。彼は煙草に火をつけた。「アラバマだと、十九歳になったら煙草を買ってもいいんだとさ」と言った。アラバマ州の田舎の出身だったハーレルソンがかつてマーチにそう言ったのだ。

この日も暑かった。午前の半ばを過ぎた頃、すでに気温は三十七度を超えていたが、マーチはまだ外にいた。ウィーラーといっしょに最初の家に入っていったときに何が起きたのかを話したかったからだ。しかも、ウィーラーやほかの兵士に聞かれないところで話したかった。殺された男が有罪なのか無罪なのかというのは、だれの胸にも等しく去来したことだった。確かにワイヤがあった。ワイヤをたどっていったら男にたどり着いた。その男はＡＫ－47を持って振り向いた。しかし、二十一歳の誕生日に、甘い匂いにつられた蠅がぎっしり入った袋が吊り下がっている木の根元に腰を下ろしているマーチは、ため息をついてこう言った。「俺もあの男を殺したんだよ。ウィーラー軍曹が、男の腹に二発撃ち込んで、男が倒れていくあいだに、俺が頭に一発撃ち込んだ」

それが実際にあったことなんだよ、とマーチは言った。これまでこれについて何も話さなかったのは、男を殺した後で以下のようなやりとりがあったからだった。小隊の仲間のところに走って戻ると、ひとりの兵士が「大丈夫か？」と訊いたので、「ひとり、殺《や》った」と答えると、その兵士は「よくやった。この水を飲めよ」と言い、マーチは水を飲んだ。飲みながら何度も何度も「**お前はいま人を殺したんだ、お前はいま人を殺したんだ**」と考えていた。そして人間を殺すというのはどんな感じのものだ、と質問されたくないと思った。それで彼はウィーラーと、家宅捜索をしたほかの兵士に、今回のことを言いふらさないでくれ、と頼んだ。ウィーラーは前にイラクに派兵されたときにその質問を実際にされたことがあったので、どんな気持ちがするかよくわかっていた。それでウィーラーは思いやりから、自分が殺したと言っていたのだ。この五日間というもの、それについてはだれにも話したくなかった、とマーチは言った。なぜなのか自分でもわからなかった。そして、六日目になって、やはりなぜなのかわからないが、急に話したくなったのだ。とにかく話したくなった、と彼は言った。しかし、ＥＦＰ、ＩＥＤ、スナイパー、ロケット弾、迫撃弾の脅威を経験し、クレイグが死んでいくのを見、イラク人が友人の印に指を重ねるのを見、ハーレルソンのハンヴィーが空中に吹き飛ばされるのを見たあとでは、その声に自慢めいた響きは露ほどもなかった。

マーチはハーレルソンを見たときのことを語った。「見えたのは、防弾チョッキと彼の体の輪郭と、無線の架台にもたれた頭だけだった。そして全体が炎に包まれていた。俺が覚えているのは、防弾チョッキの輪郭と燃えてる顔だけだ」

彼が次に語ったのは、椰子の林を抜けて走っていったこと、家から男たちが飛び出してきたこと、その男たちを撃ったことだった。「走りながらライフルを発射した。掃射した俺の弾は男たちの近くにあたるばかりで、ぜんぜんあたらなかった。変だった。それで俺は、家に向かって走りながらこう思ってた。**『どうして奴らにあたらなかった？』**と」

次に、家の中に入っていったことを語った。「俺たちがドアを蹴破って部屋の中に入ったら、女とちっちゃな子供が何人も隅にかたまってた。抱き合うような格好で。俺は奴らを見た。ウィーラー軍曹がわかりやすい英語で『奴はどこだ？』と言った。するとひとりの男が奥の部屋を指さした。ドアが見えた。開いているみたいだった。だれかが駆け込んだみたいに。それで俺たちは廊下を進んでった。広い空間で、隅にでかい冷蔵庫が置いてあった。それしかなかった。中に入ると男が身を起こした。手にライフルを持って」

三発の銃弾について語った。「ウィーラー軍曹に腹を撃たれて、男はこんなふうになった」――彼は立ち上がり、がくっと力を抜いた――「それで倒れかけた。頭がこんなふうになった」――彼は顎を胸に押し当てる格好をした――「そのとき、俺が撃った。頭にあたった。引き金を引いた瞬間に頭に穴ができてた。それで男はゆっくり倒れ、たちまち動かなくなった」

最後に、その後で起きたことを語った。「そのとき、悲鳴が聞こえた。それで俺は『冷蔵庫の後ろにもうひとりいるんじゃないか』って思った。何かが動いたような気がしたからだ。それでそっちを見ると、八歳くらいの女の子とその母親らしい女が座ってた。彼女は冷蔵庫の陰で娘を抱きしめてたんだ。俺は彼女を見た。そしてそばでは男が頭から血を流してた。冷蔵庫の後ろを見るためにはその血だまりを踏まなければならなかった。そうしないと見られなかった。俺は足を踏み込んで、見た。そうしたら小さい女の子がいて、その子はすぐに俺を見て、喚《わめ》き出した。そして母親はその子を抱きしめて、まるでほら、**どうかわたしたちを殺さないで、**って顔つきで見てるわけだ。それがこたえた。うへえ、この男を殺すのを八歳の女の子に見られちまったって思った。彼女たちはその男を知りもしなかった。そこは彼女たちの家で、自分の家でくつろいでたのに、いきなりIEDが爆発して、見知らぬ男が自分の家で殺されたわけだ。それで、俺に殺されると思ったのか、ふたりの顔には恐怖が張り付いてた。それはすげえ衝撃だった。俺たちは彼女たちに**歓迎されている**とばかり思ってたから」もう一度ため息をついた。「でも、八歳の女の子と母親はそれほど怖がってた」

彼は黙り込んだ。**バン**、間、**バン**、間、**バン**。追悼式は八時から始まることになっていた。マーチはその前にすることが山ほどあった。武器の手入れをしなければならなかった。部屋を整えなければならなかった。眠っておく必要があった。しかしまだ外で座っていた。

ハーレルソンについてはまだあった、と彼は言った——ハーレルソンは強い自信の持ち主だったから、ダンス・フロアに出ていくために酒など飲む必要がなかった。彼は酒を飲まなかった。運転手に任命されてとても喜んでいた。ほかにもあった——休暇から戻ってきたら、高校時代のクラスメートだった女の子のことを真剣に話すようになった。ほかの話もあった——これまで、どういうわけかマーチは、クレイグを思って泣いたようにはハーレルソンを思って泣いたことはなかった。クレイグのときは、ハメル中尉から聞いた瞬間に泣き始めていた、と彼は言った。基地の外で何日間か戦った後のことだった。彼の防弾チョッキは汗でびっしょりになりクレイグの血が点々とついていた。彼は泣きながらハメル中尉から離れると、防弾チョッキを脱いでそれを抱えるようにして横たわり、数時間後に目が覚めると滅入った気分になった。眠っているあいだに何も変わっていなかったことを知ったときの無力感だ。その無力感はいまも続いていた。

「俺はちょうど二十歳で、そんなことを見るのは初めてだった」と彼は言った。「砲塔からあいつが崩れ落ちるのを見た。あいつが白目をむくのを見た。変に聞こえるかもしれないけど、それにこんなことを人に話したことはないけど、軍隊に俺が入ったのは、兵士たちをいつも尊敬してたからなんだ」

マーチがいちばん尊敬していた兵士は、彼を陸軍に勧誘したフィリップ・カントゥーだった。そのときマーチは十九歳で、崩壊した家庭で恐ろしい子供時代の最後の時期を過ごしていた。こうした話は大隊の中では珍しいものではない。家族全員が刑務所に入っているある兵士は、派兵される直前に兄から実に率直にこう言われた。「お前があっちで殺されるといいのによ」。マーチの場合は、高校卒業後の行き先がなかったので、ある日オハイオ州のサンダスキーの新兵募集オフィスにぶらりと入っていった。そこで話をした相手はかなり年寄りで気難しい男だったため、マーチはすぐにオフィスを出た。数ヶ月後、それでも行き先が見つからなかったので、またそのオフィスに行くと、気難しい男の姿はなく、イラクから帰還したばかりの二十三歳のカントゥーがいた。その日ふたりは、陸軍が提供できる選択肢について話し合い、生まれて初めてマーチは自分の人生に可能性を見出せるようになり、週に何度もオフィスに立ち寄った。立ち寄って話すたびに鼓舞され、カントゥーとますます親しくなっていった。「新兵勧誘係と友達になれるなんて思いもしないだろうね。でも、俺たちは本当に友達だった」とマーチは言った。ふたりはいっしょに食事をするようになり、一、二度いっしょに外出もした。一度などカントゥーのアパートメントに行った。カントゥーは写真を見せてくれた。特殊部隊がサッダーム・フセインを捕まえた「偽装地下壕《スパイダー・ホール》」のところで撮ったものだった。それでサッダーム・フセインが拘束されたときにカントゥーがその場にいたことが、壕の中にではなく、その縁に立っていたことが明らかになった。このことは地元の新聞で「サンダスキーっ子がサッダームの身柄拘束に協力」という見出しで記事になった。その記事の中でカントゥーの妻は「わたしたちのひ孫は、お前のひいじいさんはサッダームを捕まえたんだよって言われるようになるのね」と言い、彼の母親は大勢の人たちと電話で話したので、「耳が痛くなっちゃった」と言い、彼の姉は、「とっても誇りに思うわ。本当に弟が自慢でならないの」と言った。「派兵されたら、同志愛ほど大事なものはない、とあの人は言っていた」とマーチは言った。そしてそれが決め手だった。崩壊した家庭で育った十九歳の青年は、決断を下した。同志愛の陸軍に入隊し、基礎訓練を受け、フォート・ライリーの第十六連隊第二大隊に配属された。彼がそこに到着して間もなく、母親から涙ながらに電話があり、フィリップ・カントゥーが亡くなったことを知らされた。そしてそれは本当のことだった。彼が死んだのだ。カントゥーがマーチに話さなかった戦争の影に、捕まえられてしまったのだ。そして再び、彼は新聞に取り上げられた。

「二〇〇三年九月、イラクでのサッダーム・フセインの身柄拘束に協力した地元の男性が土曜の朝に死亡。フィリップ・カントゥー軍曹（享年二十四）は自殺した」。その記事はそう始まっていた。それから十三ヶ月後、マーチはイラクで充血した目をし、腹を赤く腫らし、眠れぬ日々を過ごしていた。昼となく夜となく、目を開けていても閉じていても、見えているものがあるからだ。では何を見ていたのか。

「写真みたいにはっきり見えるんだ」とマーチは言った。

「ハーレルソンが炎に包まれているのが写真みたいに見える。それを頭から消すことができないんだ。

男を撃っている自分の姿が見える。頭に穴を空けて、地面に倒れていく途中の男の姿が静止画像みたいに見える。

小さな女の子が見える。女の子の顔が。みんなは、そんな人たちやそういった出来事のことなんか気にしないって言うし、**俺だって**気にしちゃいない――でもやっぱり、気になっちまうんだ。イラク人たちは自分で困難を切り開かないし、俺たちを吹き飛ばしてるし、まったく、ひでえよ。でも、俺の弟と同い年くらいのあの女の子に、俺が人の頭を撃ったところを見られたと思うと、めちゃめちゃ苦しくなる。あの子がイラク人だろうと、韓国人だろうと、アフリカ人だろうと、白人だろうと関係ない――あの子はまだ小さな子供なんだ。その子が、俺が人を殺すのを見ていたんだ。

トラックに向かって歩いていく自分の姿が見える。俯いて、片手に武器を持っていて、周りを見ず、安全を確認せず、何も考えずに。ひたすらトラックに向かっていく姿が。

それが俺の頭の中でスライド・ショーみたいに見えるんだ」とマーチは言った。「そんなの、おかしいだろ？」


その数日前、ブッシュ大統領がナッシュビルのゲイロード・オプリーランド・リゾートで、この戦争を楽観視しているという演説をおこなった。カウズラリッチはオフィスで、イラクを回って増派について指揮官にインタビューしている軍事史の研究者のインタビューを受けた。

「うまくいっていないことがあれば教えてもらえますか」研究者はインタビュー中にそう尋ねた。

「ご存じのように、われわれは耐えられない試練を与えられることはないんですよ」〈訳註　聖書のコリント人への第一の手紙の中にある言葉〉とカウズラリッチは答え、それから冗談を言おうとした。

「いま現在困っている唯一のことは、好きなフレーバーのアイスクリームが切れていることです」

そして数日後の夜、カウズラリッチと部下の兵士たちは追悼式のために礼拝堂にぎゅうぎゅう詰めになっていた。式は「最後の点呼」と呼ばれるもので終了した。

「ジュビンヴィル軍曹」とひとりの曹長が大声で呼んだ。

「はい、曹長」ジュビンヴィルが応じた。

「ディヴァイン上等兵」と曹長が呼んだ。

「はい、曹長」とディヴァインが応じた。

「ハーレルソン上等兵」と曹長が呼んだ

礼拝堂に返事はなかった。

「ジェームズ・ハーレルソン上等兵」と曹長が呼んだ。

それでも礼拝堂に返事はなかった。

「ジェームズ・ジェイコブ・ハーレルソン上等兵」と曹長は呼んだ。

それでも返事はなく、耐えられないほどになったとき、鋭い弔銃の音でその沈黙は破られた。

バン、間、**バン**、間、**バン**。

オプリーランド・リゾートでは、ブッシュ大統領がこう言っていた。「私は楽観視しています。怯《ひる》まない限り、われわれは成功するでしょう」

ここに、怯まないために努力している六人が次々に礼拝堂の外へ出てきた。

メイズは睡眠薬のところに戻った。

ハメルは自分の家具のところに戻った。

ベイリーは基地の中をぐるぐる回ることに戻った。

ウィーラーは「もしも」の考えに戻った。

マーチはスライド・ショーに戻った。

そしてやはり目を充血させたカウズラリッチは、自分のオフィスに戻った。

7章 二〇〇七年九月二十二日

われわれは成果を上げています《キッキング・アス》よ。
——ジョージ・W・ブッシュ　二〇〇七年九月四日

九月二十二日、イラクにおけるアメリカ合衆国軍隊の最高司令官で、今回の増派の立案者であるデイヴィッド・ペトレイアス陸軍大将が、ラスタミヤの第十六連隊第二大隊を訪れることになった。

「おおっ、とてもいいな！」カウズラリッチは、ペトレイアスが到着する直前に、兵士たちが午前中をかけて清掃した二階の部屋を調べていた。ここでカウズラリッチはペトレイアスに、十六－二が達成したすべてのことを簡潔に伝えることになっていた。これまで陸軍大将に説明をしたことがなかったので、彼はいささか不安になっていた。

マフィン、クッキー、絞りたてのジュースが、病院用の緑色のベッドシーツで覆われたテーブルに並べられていた。「新鮮なものばかりです」ひとりの兵士がカウズラリッチに言った。「今朝、供給部から取り寄せました」

淹れたてのコーヒーと冷たい飲み物もあったが、その中にダイエット・コークがないことにカウズラリッチは気づいた。「大将はそれしか飲まない」情報収集に長《た》けたカウズラリッチが言い、兵士はダイエット・コークを入手するために急いで出ていった。

カウズラリッチがスタッフ会議で使っている長い三連式会議用テーブルは一度崩され、U字型につなぎ直されていた。その真ん中のペトレイアスが座る予定の場所には、新しいネームプレート、新しいペン、新しいノート、水の入った容器、ジュースの容器があり、星条旗の小旗が何本もコーヒーマグに差しこまれていた。

準備は整った。「糞をきれいに磨く方法には限りがあるからな」とカミングズは言った。カウズラリッチは、ペトレイアスを出迎えて作戦センターに案内するために出ていった。

ときどきイラクにはなにもかも申し分なく思える日がある。カウズラリッチがペトレイアスに会う日はちょうどそんな日だった。気温は三十八度を下回った。空には霞がなく青く晴れ渡った。下水の臭いもゴミを燃やす臭いも漂ってこなかった。唯一の臭いは、仮設便所から漂ってくる、どちらかといえば好ましい化学消臭剤のものだった。そのそばでペトレイアスは立ち止まり、彼を出迎えるために選ばれて並んでいる兵士と握手を交わした。

ペトレイアスとカウズラリッチは作戦センターに入っていった。あらかじめ火薬捜査犬によって

デイヴィッド・ペトレイアス大将とラルフ・カウズラリッチ

隈なく調べられていたので、ブービー爆弾がないことははっきりしていた。ふたりは階段を上っていった。近くに爆弾が落ちるたびに壁のひびから入り込んでくる埃はすっかり掃き清められていた。

ふたりは会議室に入った。ペトレイアスは、背もたれの高い、つやが出るまで拭かれた椅子に腰を下ろした。その横にカウズラリッチが腰を下ろした。カミングズはそばの椅子に座った。さまざまな下級将校が、三人の後ろに並べられた椅子に座った。すべての目がペトレイアスに注がれた。ペトレイアスはマフィン、クッキー、ダイエット・コーク、ペン、ノート、星条旗などには目もくれず、葡萄に手を伸ばした。

それを口の中に放り込んだ。

「さてと」とペトレイアスは言い、葡萄を飲み込んだ。「始めたまえ、ラルフ」

このときデイヴィッド・ペトレイアスは、世界でもっとも有名な人物のひとりだった。彼は合衆国での一連の旅からバグダッドに戻ってきたばかりだった。合衆国では連邦議会を前に増派について証言をおこなった。夏のあいだずっと、彼の証言に対する期待は、熱狂的といっていいほどまでに膨らみ、連邦議会議事堂に登場したときにはすでに、彼についていろいろと書かれ、分析され、人となりを調べあげられ、もうただの大将ではなく政治的な存在になっていた。ペトレイアスはイラク戦争の顔であり、有名人であり、スターだった。

彼の名声がこれほど高まったことはなかった。それはまさに、カウズラリッチがこの申し分のない日をこれほど求めていたことはないのと同じだった。十八日前の九月四日に、みごとに照準の合った自己鍛造弾《EFP》が、ルート・プレデターズを走っていた五台からなる隊列の、一台目のハンヴィーを直撃し、三人の兵士が死んだ。二十六歳のジョエル・マレー軍曹、二十歳のデイヴィッド・レーン特技兵、二十二歳のランドール・シェルトン一等兵だった。同じハンヴィーに乗っていたほかのふたりは死にこそしなかったが、火傷と四肢切断によって恐ろしい姿となっていた。近くのハンヴィーにいたカウズラリッチは、それ以来、死んでいく兵士と体から離れた手や脚の形が脳裏に焼きついて離れなかった。それはおおっぴらに口に出すことができない内容だった。自分たちの指揮官がそんな状態であることを部下に知られてはならなかったからだ。しかし、ほかの指揮官に話したとしたら、きっと理解してくれただろう。ペトレイアス大将も理解してくれるだろう。ペトレイアスはかつて、アメリカ兵士の死者総数が三千八百人に近づいた日のことを思い出して、こう言ったことがあった。「兵士の死に慣れることなどありえない。私はときどき、不運な出来事がたくさん入った器のようなものがあって、その底に穴が空いていてその穴から不運なことが漏れ出てくるのだと考えそうになるよ。つまり、本当は気持ちの持ちようなんだが、あまりにも悪いことばかりが起きるから、その器が満杯だと思ってしまう。しかし、申し分のない日もあって、そういうときには器が空っぽになっているんだな」

　カウズラリッチも空っぽにすることが必要だった。

　とはいえ、この戦争にかかわっていない人に理解できるだろうか。九月四日のラスタミヤのニュースは、三人の兵士が死に、四人目の兵士は両脚を失い、五人目の兵士が両脚と片腕、さらにもう片方の腕のほとんどを失い、残った体の部分は大火傷を負ったというものだったが、アメリカ合衆国ではこれはニュースにならなかった。合衆国では、ニュースはミクロのものではなくマクロのものを扱う。この朝ブッシュ大統領がオーストラリアに到着し、副首相に戦争はどうなっているのかと訊かれ、「成果を上げていますよ《キッキング・アス》」と答えたことを報じた。イラク政府が自立に向けて積極的ではないと、政府がその午後に発表したことを報じた。それを受けて民主党は、一刻も早くイラクから撤収すべきだと主張し、それをとらえて共和党は民主党に愛国心がないとなじり、それを受けてさまざまな評論家はテレビに出て喚《わめ》き散らしていた。

　ときどき、食堂では兵士たちがその喚き散らす声に耳を傾け、どうしてテレビに登場する人々はいろいろなことを知っているのだろう、と不思議に思った。テレビに登場する人々のほとんどはイラクに来たこともなく、来たことがあったとしても、兵士たちが「車中の遠足」と軽蔑して言うようなものだったはずだ。つまり飛行機でさっと到着し、大将のひとりかふたりに会い、ハンヴィーに乗り、新しい防爆壁に囲まれたマーケットを見て、記念の硬貨を手に入れ、さっさと帰っていくのだ。しかし、彼らの話を聞く人は、彼らがすべてを知っていると思う。彼らは増派が成功している理由を知っていた。増派が成功していない理由を知っていた。ただ喚き散らしているわけではなく、確信を持って喚いていた。「ラスタミヤに来るべきだ」そう言う兵士はひとりだけではなかった。ひとつのことだけははっきりしていた。それはラスタミヤにはひとりも来ないだろう、ということだった。実際に、ラスタミヤに来た者はひとりもいなかった。しかしもしやって来たら、先頭のハンヴィーに乗って、ルート・プレデターズを進んでいってもらいたい。バーム・ロードを進んでいってもらいたい。とんでもない興奮を味わってほしい。そして次の日もその次の日も、それを体験してもらう。そうすれば、彼らがアメリカに帰り、テレビ番組に出て、いかにイラクがとんでもないところか喚き散らすだろう。少なくとも、真実を喚き散らすようになる。

兵士たちはそんな話をして笑っていたが、それから半年経ったいま、兵士たちが見誤っていたのは、イラクにおけるイラク戦争がアメリカ合衆国におけるイラク戦争といかに違っているか、という点だった。兵士たちにとって、戦争は英雄を生み、悲劇をもたらす現場だった。フェダリヤでの銃撃戦――それが戦争だった。ルート・プレデターズの火の玉の中で死んだ三人の兵士――それ以外のなにが戦争なのだ?

しかしアメリカ合衆国では、プレデターズで死んだ三人の兵士については日刊紙のどこかで、「戦死者、そのほかのニュース」という見出しの記事の中で短く触れられることがあっても、フェダリヤの銃撃戦については一切触れられなかった。もっと戦略的で、もっと政治的で、もっと政策主導で、さまざまな用途に使える事件にしか触れないからだ。三人死んだ? わあ、それはなんてひどい、部隊に神のご加護を、ご家族にも神のご加護を、だからこそ戦死者に敬意を払うためにイラクから撤収しなければならないのだ、だからこそ戦死者に敬意を払うためにイラクに駐留しなければならない。しかしだよ、それより数字を見たか。評価指標を見たか。トレンドラインを見たか。

「われわれは成果を上げていますよ」とブッシュ大統領は言った。

「……暴力行為が減少しているかどうかははっきりしていません」会計検査院の報告書にはそう

あった。

第三者評価。「一発の轟音で、射撃班が全滅しました」その同日、カウズラリッチはそう言ったが、それから六日後、ペトレイアスが初めて議会議事堂に現れたとき、カウズラリッチの言葉は、議会での論議に何の影響も及ぼさなかった。それは些細な事柄だった。カウズラリッチのような兵士なら、戦争をイラクで戦っているものとして語れたかもしれないが、大西洋を渡ると戦争は別の姿になり、ワシントンに行ったペトレイアスが証言した戦争は、ワシントンで戦っている戦争になっていた。

その違いを、ペトレイアスはよくわかっていた。プリンストン大学で国際関係論の博士号を取得した士官学校出身の彼は、その知性と政治的手腕によって陸軍の中でもトップクラスの階級に上りつめた。どのような状況においても分析し準備する方法を知っていた。もし彼がこの種の政治性について幻想を持っていたとしても、それは議会で証言をする最初の日の朝に「ニューヨーク・タイムズ」の「ペトレイアス大将か、われわれを裏切る《ビトレイアス》大将か?」という見出しの一ページの広告を見たときに消え果てていた。その広告はムーブオン・オーガナイゼーションという左寄りの政治組織が出したものだった。その組織はペトレイアスに対して「ホワイトハウスのために帳簿を操作した」責任を問い、「第三者機関によるイラクの現状報告によれば、増派の作戦は失敗している」と主張していた。

それはまだ序の口だった。その数時間後に下院議会の公聴室に入っていったときには、彼はワシントンの中でももっとも世間から注目されるスターになっていた。公聴会に行くときにこれほどのカメラマンに取り囲まれた人物がこれまでにいただろうか。この戦争中に、公聴会のためにこんなに大勢の議員が姿を現したことがあっただろうか。普通なら公聴会には数人の議員が姿を見せるだけだったが、今回は――ふたつの委員会の合同公聴会であるにしろ――百十二人が参加し、それぞれが五分間だけペトレイアスとイラク駐在大使のライアン・C・クロッカーに質問することになっていた。もし百十二人がそれぞれ持ち時間の五分をまるまる使うとしたら、九時間かかることになる。しかもここにはトイレ休憩も戦争反対を叫ぶ人たちによる遅延も含まれていなかった。最初の抗議があったのは始まってすぐのことで、一般市民に割り当てられた二十三席に座るために明け方から列に並んで待っていた数人の女性が、始まるとすぐに立ち上がって「戦争は犯罪！」と叫び、警官に連れ出された。

「つまみ出せ！」公聴会を主催したミズーリ州の民主党議員アイク・スケルトンが怒鳴った。「騒乱は認められない」。それから冒頭陳述に入り、議長がペトレイアスに向かって言った言葉が、テレビの生中継で流れ、夜のニュース番組で流れ、翌日の朝刊に載ることになった。「ABCニュース、BBC、日本の公共放送NHKがおこなったイラク人を対象にした世論調査の結果が、今朝発表されました。それによりますと、イラク人の六十五パーセントが、増派は成功していないという意見で、七十二パーセントが、アメリカ軍の存在がイラクの治安を悪化させているという意見です。これは厄介ですね……。ペトレイアス大将、そしてクロッカー大使、イラクが近い未来に良い状態になるということを信じるに足る理由があることを私たちに示していただきたい」

彼はしばらく話し続け、それから別の民主党議員がしばらく話し（「イラクのためにもわが国のためにも、われわれはイラクから撤収すべきです。引きあげるときです――いますぐに」)、それから共和党議員がしばらく話し(「……いまわれわれがイラク軍を強大にして引き渡そうとしているのは、それがアメリカにとって勝利をもたらすことになるからであり、そんな折りに、議会がアメリカ軍を縮小させるという要求を勝手に押し出すのは……」)、それから別の共和党議員がしばらく話し(「このような公聴会のあいだに、メディアや議員の方々から非難されて私はひどく苦しんでおります。彼らは軍隊の高潔さに疑義を呈したり、宗派による暴力の劇的な減少を示すために都合のいい数字を出したとして軍隊を批判したりし……」)、始まってから四十五分経ってもまだペトレイアスは一言も発言していなかった。

彼の証言がおこなわれるのは意外なことではなかった。「当初の首尾は良好だったが、もっと時間と資金が必要になった」と彼が話すはずだという噂や情報が三週間前から流れていた。公聴会の三日前に、ペトレイアスが部隊に向けて書いた手紙がリークされた。「端的に言えば、ゴールラインははるか遠くにあるが、ボールを支配しているのはわれわれで、フィールドを駆けているのはわれわれである」という言葉が。彼は具体的に語るつもりだった。実務的に説明するつもりだった。さまざまな図表を使って攻撃の動向を説明するつもりでいた。そこでは、不運な出来事の入った器のことに触れるつもりはなかった。今日はそういう日ではなかった。ワシントンはそういう場所ではなかった。

ようやく、委員会の議長が、「デイヴィッド・ペトレイアス大将、どうぞお話しください」と言うと、部屋の期待は一気に高まり、「大将は嘘つき、兵士たちは死んでる」というTシャツを身につけたままだ中にいた抗議の人々さえもしんと静まり返った。

ペトレイアスは話し始めた。しかし問題が生じた。彼の口は動いているのに、言っていることがだれにも聞こえなかったのだ。

「マイクにもう少し近づいていただけますか、ここの音響が――まったく良好ではないので」と議長は言った。

ペトレイアスはマイクに近づいて初めからやり直した。

またもや、聞こえなかった。

「だれか、あのマイクを直してください」と議長は言った。

マイクが直され、太陽が沈み、反戦を訴える最後の人が連れ出され、質問者は同じ質問を繰り返し、ペトレイアスはうんざりしながら同じ答えを繰り返し、背筋を伸ばして長い間静かに座っていることが苦痛になったために休憩中に鎮痛剤を飲み、そうやって何時間か過ぎてようやく公聴会は終わった。

しかしその翌日、九月十一日は、世界貿易センタービルとペンタゴンのテロの犠牲者のために黙禱したあと、ペトレイアスは再び、今度は上院での公聴会に出席した。その日はふたつの公聴会があり、世間ではペトレイアスに質問する番がまわってきたときに、大統領選に立候補すると宣言している議員たちがどんな風に振る舞うのかという憶測がとびかっていた。ヒラリー・クリントンはこの機会を利用して、初期に戦争を支持していた理由の説明をおこなうのか。バラク・オバマはこの機会を利用して、戦争には断固反対の立場であったことを人々に思い起こさせるのか。ジョー・

バイデンはどうだろう。彼はなんと発言するのか。ジョン・マケインは?

ワシントンではこの日、戦争に対して抱いていた関心はこのようなものだった。それは政治的な関心事だった。しかしそれでも時折、第十六連隊第二大隊が見ていた戦争が姿を現すことがあった。

「もし、イラクにこのまま駐留すれば、今後のアメリカ国民とアメリカ軍はどうなるのか、できるだけ率直に意見を述べていきましょう」サウス・カロライナ州選出の共和党上院議員リンゼー・グレアムがペトレイアスに言った。グレアムは増派を積極的に支持してきた議員のひとりだった。

「いまあなたは――明確な数字を予想することはできないでしょうが、ペトレイアス大将、『今後一年間でわれわれは、イラクに十万人の兵士を送る可能性が極めて高い』という発言には同意できるのではありませんか」

「そういうことになるでしょう」ペトレイアスは答えた。

「わかりました」とグレアムは言った。「増派が始まってから戦死した兵士は、ひと月どれくらいになりますか。戦死者の月平均はどれくらいですか」

「戦死した兵士の数は、月に六十人から九十人ほどです」とペトレイアスは言った。「平均すれば、八十人から九十人になるでしょう。これには、たとえば先月ヘリコプターの事故で亡くなった十九人の兵士は含まれていません」

「しかし、そこにアメリカの軍隊の今後向き合うべき問題があります」とグレアムは言った。「もしイラクにこのまま駐留し、来年の七月まで増派を続ける場合、われわれは毎月およそ六十人の兵士を失うことになります。あるいは百人を超えるかもしれない」

「はい、そうです」ペトレイアスは言った。

「アメリカは、イラク駐留のためにひと月に九十億ドルも使っています」グレアムは続けた。「それで私の質問ですが、それだけの金額を使う価値があるのでしょうか?」

「そうですね、われわれがイラクにいることによる国益は相当なものです」とペトレイアスは言った。「そのイラクが治安のよい状態にあり、アルカイダの聖域がなく、イランに支援されたシーア派の民兵がおらず、人道主義の大きな危機がなく、グローバル経済と繋がることになれば、とても重要な国益となります」

「では『イエス』ということですね?」とグレアムは言った。

「ええ、そうです」とペトレイアス。

「つまりあなたは、来年の七月までに少なくとも毎月六十人のアメリカ陸軍、空軍、海兵隊の兵士が亡くなることと、アメリカ国民の税金が毎月九十億ドル支払われることをご存じで、これから十万人の兵士がイラクに入ることになり、それだけのものを支払うだけの国家安全上の利益があるとあなたは信じているということですね」

「信じていなければ私はここに来ていませんし、すでにおこなった提案をすることはなかったでしょう」ペトレイアスは答えた。

「イラクにいる大半の兵士たちも、自分たちの身に今度どのようなことが起きるかわかっているのでしょうか」グレアムは訊いた。

「そう信じています」ペトレイアスは答えた。

イラクで、兵士たちはその証言をできるかぎりテレビで見ていた。とりわけその開始のときを。最初の公聴が始まったのは、ラスタミヤでは夜のことだった。そのために兵士たちは食堂のあちこちにあるテレビを見て、さらに作戦センターで二台の壁掛けテレビを見た。一台のテレビにはバグダッド東部の監視カメラから送りこまれた映像が映っていた。それは「殺しのテレビ」と兵士たちが呼ぶようになったテレビで、もう一台のテレビにはアメリカのさまざまなネットワークのニュースが流れていた。兵士たちが深夜過ぎまでずっと見ていたのはそのテレビだった。

作戦センターはひきもきらず喋り続ける者たち、とりわけ若い男性兵士で溢れ、座る場所がないほどだった。兵士たちが驚いたのは、反戦を訴える人々が公聴会の場に入っていることで、それで言論の自由の範囲について堂々巡りの議論をすることになった。兵士たちは、女性が画面に現れるととりわけ注視し、その女性とならセックスしてもいいかどうかで、侃々諤々の議論をおこなった。ほとんどの場合、もちろんやってもいいという結論になる。ムーブオンの広告――「ペトレイアス将軍か、ビトレイアス将軍か」――は「うまく出来てる」という結論。兵士たちは、ペトレイアスが上手に話し、よく準備していると思っていた。少なくとも最初の頃は、緊張して耳を澄まし、ペトレイアスが何を言っているか聞き取ろうとした。

彼は「勝利している」と言うのか？　「終わった」と言うのか？　「済んだ」と言うのか？　「バグダッド東部」や「ニューバグダッド」や「カマリヤ」「フェダリヤ」について触れるのか。アメリカの兵士の偉大さを疑う者たちは、十六－二レンジャーと呼ばれる大隊のことを知るべきだと言うだろうか。

しかしもちろん、ペトレイアスはそのようなことは言わなかった。なぜなら、公聴会の部屋にいた人々と同じように、彼もまだラスタミヤに来たことがなかったからだ。だれもここには来なかった。連邦議会のメンバーはひとりとしてやって来なかった。ジャーナリストはふたりだけ来た。しかしこれは、イラクの別の地域を素早く「車中の遠足」をした後で増派は成功していると宣言していたワシントンのシンクタンクの学者の数より多かった。バグダッドを絶えず出たり入ったりしている米軍慰問団の有名人は、ラスタミヤを避ける傾向にあった。一度、名前を聞いたことのないプロゴルファーが三人来た。また、プロフットボールチームのチアリーダーたちが来たことがあった。その後で彼女たちはウェブサイトにこう書いた。「今日わたしたちは、人が行かないようなふたつの基地を訪問しました。ファルコンとラスタミヤです。最初にファルコンに行って会談し、それからとても面白くてかっこいいヘリコプターに乗ってラスタミヤまで行きました。ラスタミヤは脅威レベルの高いところで、わたしたちはちょっと怖かったのですが、とても安全で、何も起こりませんでした」。また、「シンギング・カウボーイ」という名で活動しているカントリー・ミュージックの歌手も来たことがあった。「シンギング・カウボーイに会いたいか？」と広報担当が、再入隊の式典を外で待っている兵士たちのグループに尋ねた。兵士たちは困ったように広報担当を見ると、広報担当は、遠くでラスタミヤの土埃に包まれている背の高い人影を指さした。

土埃、恐怖、高い脅威レベル、孤独——そのすべてが兵士たちの知っている増派だった。そして公聴会の内容を聞けば聞くほど、兵士たちにはそれが非現実的なものに思われた。「あそこにいる奴らはここがどんなにひでえところかわかっちゃいねえ」カミングズはテレビを見ながらそう思った。あそこでは、戦争は議論の対象だ。ここでは戦争は戦争だ。あそこでは、議長の叩く小槌の音が、高い壁や丸天井や、コリント式の柱や四つのシャンデリアや柱飾りに跳ね返る。ここでは、とカミングズは考えていた。「この場所はまったくの肥溜めだよ」

だから、ワシントンで議論が長引くにつれ、兵士たちが興味をどんどん失っていったのは当然のことだったかもしれない。ペトレイアスの証言の二日目で、リンゼイ・グレアムが「イラクにいる大半の兵士たちも、自分たちの身に今後どのようなことが起きるかわかっているのでしょうか」と言っていたとき、「殺しのテレビ」は活動を再開した。兵士たちは週末までには食堂のテレビで断片的にニュースを見るようになっていた。カウズラリッチとカミングズも食堂で、ワシントンの反戦デモで大勢の人々が集まっている様子を見た。

兵士たちが「人が大勢いるな」と言いながら食事をとっているあいだも、ホワイトハウスの真向かいにある七エーカー超の公園には抗議する人々が続々と集まっていた。反戦デモの計画では、まず集会をおこない、次にペンシルヴェニア・アヴェニューを行進してホワイトハウスから議会議事堂前まで行き、最終的には議事堂前で「ダイイン」〔訳註　死者に擬して大地に横たわり抗議を表明する行為〕をするというものだった。兵士たちの中にはデモについて「どうでもいいよ」と言う者もいたが、抗議をしている人々はもっと真剣にとらえていた。

たとえば、反戦を支援しているウェブサイトには、「ダイイン」は「少なくとも四千人の市民による戦争反対の意思表明で、逮捕される危険があります」と書かれていた。また、「この大事な説明を読んでください」とあった。「もしこのダイイン（あるいは葬儀）に加わり、イラクで殺された四千人近い兵士のうちのひとりの名前を選びたいと思ったら、勇気を持ってそうしてください。あなたの住んでいる市や町や州の出身兵士を選ぶことができます。その人の写真を持ってきてください。そしてその人の名前を九月十五日にサインしてください。死亡したアメリカ兵士のリストはここをクリックすれば見られます」

そしてクリックすると、戦死者の名簿のところに移動し、その中にはジョエル・マレー、デイヴィッド・レーン、ランドール・シェルトンの名前もあった。抗議が始まる前日にラスタミヤの礼拝堂でその三人の追悼式がおこなわれていた。「三人が安らかに眠り、その思い出がとこしえに生き続けますように」カウズラリッチは弔辞でそう述べ、弔銃の音が**バン**、間、**バン**、間、**バン**と続いた。「この人のために私は横たわる」。ウェブサイトの次の選択項目にはそうあった。そして人の名前をタイプするためのスペースに、自分がダイインするための人物を書くことになっていた。

数百人の人々がこれをおこなった。数万人の人々が集会に集まった。世論調査では、アメリカ人の六十五パーセントがブッシュは戦争を読み間違ったと考え、六十二パーセントがこの戦争は戦う価値がないと考え、五十八パーセントが増派をしても変化はないと考えていた。ダイインの主催者は、ヴェトナム戦争時の大規模反戦デモにまで広げたいと思っていた。

ヴェトナムのときほどではなかったが、それでも広大な公園に溢れんばかりの人々が集まった。夏の終わりの完璧な一日だった。蝶は姿を消した。夏の終わりの蜜蜂も姿を消した。そしてラルフ・ネイダー――彼は今日の中心となるスピーカーのひとりで、いつものように次々と話を繰り出したが、マイクが通じていなかったために観客が丁寧な口調で叫んだ。「声が聞こえませんよ、ネイダーさん」。元合衆国司法長官で、サッダームの弁護団のひとりだったラムゼイ・クラークも参加していたし、戦争に反対するイラク帰還兵や、ヒップ・ホップ・コーカス、コード・ピンクといった組織の代表者たちもいた。そして一般市民代表として死亡した息子ケイシーのことを話すために、不眠に苦しんでいるシンディ・シーハンも来た。「いよいよ立ち上がって、身を横たえるときが来ました」彼女は熱心に訴えた。「わたしたちが身を横たえるのは平和のためですが、責任のためでもあるのです」。大勢の人が「ブッシュを弾劾する」というプラカードを手にしていた。大勢の人が「いまこそ、停戦を」というプラカードを手にしていた。そしてほとんどの人が、停戦はすぐには達成されないことがわかっているようだった。しかし参加者はシンディ・シーハンを応援することでなんとか停戦に持ち込もうと努力していた。シンディはみごとに上下反対に飾られた星条旗の前に立ち、アメリカの平和運動がもたらした、うねるような人の波を見つめた。

ドラマーたちが向こうにいた。

アメリカ国旗の模様のヘッドバンドを口に巻いている男がいた。

「ダルフールを救え」という帽子をかぶった男がいた。〔訳註　ダルフールはスーダン西部の地方で、この地に住む人々が六百万人虐殺された〕

ガンジーのTシャツを着た男がいた。

「プロレタリア革命」という会報を手渡している男がいて、額に平和という文字をペンキで虹のように描いた若い女性に話しかけ、これは時間の無駄ではない、あらゆるところにいる人々が「このデモを見て、みんながブッシュに賛成しているわけではないことを知ろうとしているのだ」と訴えていた。

「みんながこれを見るの？」と女性が言った。

「みんなが**見る**」と男は断言した。「テレビで、インターネットで、世界中の人々が見るんだ」

しかし、ラスタミヤでは夕食が終わり、兵士たちは立ち上がってトレイを片付け、それぞれが行くべき場所に向かっていったので、イラク戦争の帰還兵の登場を見逃してしまった。ここの兵士たちのようにある時期イラクにいた帰還兵は、いまワシントンＤＣのマイクの前に立っていた。

「われわれと行進しよう。われわれと共に死者を讃えよう」彼はそう訴えかけ、三千八百人の戦死者それぞれの身代わりができるほどの人数を集めようとした。戦死者の名前の中には、ケイジマ、ギャジドス、ペイン、クレイグ、クロウ、ハーレルソン、マレー、レーン、シェルトンが入っていた。そして帰還兵は、議会議事堂でなにをすべきか指示を出した。「空襲警報が聞こえたら、横たわってください」

ラスタミヤでは、夜のパトロールに出かけていく時間だった。ワシントンでは横たわる時間が迫っていた。反戦を訴える人たちは、公園とホワイトハウスを繋ぐペンシルヴェニア・アヴェニューを通り、肩と肩を並べて議会議事堂へ向かって歩いていった。歌を歌う者もいた。シュプレヒコールを叫ぶ者もいた。多くの人はプラカードを持っていた。星条旗を持つ人もいた。ドラマーはドラムを叩き続けた。シュプレヒコールの声が大きくなった。いきなり、突風が起き、公園の土と落ち葉が巻き上げられた。土埃が舞い上がり、歌うカウボーイの頭のてっぺんからつま先までを一瞬にして埃だらけにしたラスタミヤの砂嵐と見紛うばかりだった。しかしもちろん、そこはラスタミヤではなかった。砂はすぐさま静まり、舞い上がった葉はゆっくりと落ちてきた。反戦を訴える人たちのひとりが、死者を讃えるために身を横たえようとして、太陽に顔を向けた。

「素晴らしい空じゃない？」と彼女は言った。

澄み渡った空は澄み切ったまま移動するときもある。東に向かって、大洋や戦争地帯すら越えて。それというのも、一週間後にはその同じ素晴らしい空がラスタミヤの空になっていたからだ。その抗議集会の一週間後、第十六連隊第二大隊の派兵期間の中間点を二日後に控えた九月二十二日、久しぶりに申し分のない素晴らしい日に、デイヴィッド・ペトレイアスが到着した。時間があればいつでも兵士を訪ねるという計画を立てていたために、とうとう彼はだれも行こうとしない場所へたどり着いたのだった。今回の訪問は、その前夜になっていきなり公式のものになった。何年もずっと来客用のテーブルが用意されていた家にようやくやって来るお客のような具合だった。

「始めたまえ、ラルフ」とペトレイアスは言い、カウズラリッチは息を吸い込んでから始めた。ワシントンを魅了した大将が、いまカウズラリッチのすぐそばに並んで座っていた。カウズラリッチには言いたいことが山ほどあった。悲惨な日のことではなく、大隊が達成したことすべてを報告したかった。しかし彼が身を以て学んだリーダーシップの教訓とは、話さないでおいたほうがいいことを知る大切さだった。たとえば、九月四日に亡くなった三人の兵士のことや、シェルトンが「俺は大丈夫だよな？」」と言い続けたことや、ばらばらになった四肢を全部集めるために道路でおこなうぞっとする捜索について説明したところで意味がなかった。ペトレイアスは、彼なりの不運な出来事の入った器を介してそうしたことには詳しかった。基地から外に出た兵士はひとり残らず、その詳細を知っていた。だからそれに触れずにいるのが賢明だった。数日前の夜にカウズラリッチがピース106FMのインタビューを受けたときもそうだった。モハメッドが番組の始めに「中佐、最近の作戦について少し話してもらえませんか」と訊いてきたとき、「もちろん、いいですよ」とカウズラリッチは熱心な口調で言った。まるで三人の兵士が殺されていないかのような、その翌日基地の精神衛生カウンセラーが彼の様子を確認するためにやって来ることはなかったかのような明るい口調で。「先週の作戦では、三月初旬以来初めて、私の作戦地区で敵からの攻撃を一度も受けませんでした」彼は続けた。「ですからいまは、カマリヤやフェダリヤ、マシュタル、アル・アミンの人々におめでとうと言いたいですね。治安が保たれている限り仕事はうまくいきますよ」

それでペトレイアスとの話し合いのときもそれを話すことから始めた。七日間続いて自分や部下が殺されそうにならなかったことを祝したこの場所について。

そして、強硬派の宗教指導者ムクタダ・サドルが八月の終わりに停戦を公表したものの、カマリヤとフェダリヤに住みイランから支援を受けているマフディ軍の背教者たちのせいで、この地域には停戦の影響が出なかったことを話した。また、自分の部下たちがいかに情報収集の技術を駆使して反乱者を追跡したか、大隊がいかに独自の「融合細胞」を造りだして、通常は旅団レベルでおこなうような諜報活動を遂行したかを説明した。さらに、自慢話に聞こえないように気をつけて、彼の大隊は初めのほうこそ頼りなかったが、いまや反乱容疑者を検挙する率が旅団の中でいちばん高いこと、反乱者たちを見てわかったのは、彼らが生まれつき最低の卑劣な人間だということなどを話した。

「それできみはフェダリヤに手をつけるのか」とペトレイアスは言った。

「はい」とカウズラリッチは答えた。

対反乱作戦として、カウズラリッチは、地方議会のメンバーや、イラク警察のカシム大佐（彼は毎日のように殺害予告を受けているが、いまのところ逃亡してはいなかった）と良好な関係を築きつつあることに触れた。カマリヤで進行中の、三千万ドルを投じた下水溝整備のプロジェクトが間もなく終わることを望んでいると話し（汚職と賄賂のせいでいまも立ち往生していた）、地元の学校で大人に読み書きを教える教室を開き（八万二千五百ドルをかけたプロジェクトだが、参加者がアメリカ人のそばにいると殺されるかもしれないと恐れているということで、監視用の兵士を派遣できなかった）、五十パーセントというニュー・バグダッドの現在の識字率をもっと上げたいと思っていることを伝えた。

「素晴らしい。みごとだ」ペトレイアスは熱心に耳を傾けながら言った。すると今度はカウズラリッチの部下の下士官が、大隊のもっとも素晴らしい対反乱作戦の成功例について説明した。バンジーン作戦というものだった（訳註　バンジーンはアラビア語でガソリンのこと）。

この地域には二軒のガソリンスタンドがあった。ルート・プルート沿いにあって、作戦基地の向かい側に位置するラスタミヤ・スタンドと、ルート・プレデターズ沿いにあるマシュタル・スタンドだった。この二軒は十六－二が到着したときにはひどい状態だった。反乱軍が資金やＥＦＰを手に入れるために、勝手にスタンドを支配するようになっていたからだ。毎日、反乱軍は大型トラックで現れ、政府から分配されたガソリンをすべて奪っていき、それを非合法で売りさばいたりした。人々は、二キロ近く続く順番待ちの列に並びたくなければ、反乱軍に金を支払わなければならなかった。その金を払わないと、二日間も列に並ぶことになった。気温四十八度の中、アメリカが侵攻してきてからこの国はろくなことがない、と怒りを膨らませながらじっと座っているしかなかった。

カウズラリッチのみごとに簡単な解決策とは、二小隊をそれぞれのスタンドに配置するというものだった。それがバンジーン作戦だった。小隊は四六時中スタンドに待機した。結果はたちまち現れた。反乱軍は姿を消した。二日だった待ち時間が数分になった。ガソリンが使えるようになった。価格が安定した。反乱軍は仕返しをしてきた――マシュタル・スタンドで三人の兵士がスナイパーに狙われて負傷した――が、スタンドの境界線に迷彩柄のネットをかけ、毎日欠かさず常駐した。このひと月、反乱軍の攻撃はなくなっていた。

「われわれにとって素晴らしい成果です」と兵士は言い、説明を聞いたペトレイアスは、カウズラリッチを見て言った。「それどころか、バグダッドにいる全兵士がそれから学ぶべきだよ」

そのときばかりは、カウズラリッチの悲惨な出来事の入った器が明るい出来事の入った器に変わったかのようだった。

状況説明の終わりに、カウズラリッチは最後のスライドを見せた。「大将、これが私の考えるわれわれの戦いです」と彼は言った。サークル・スポーク図表〔訳註　まん中にある円から四方八方に線が出て、その先にそれぞれ円のある図表のこと〕だった。いくつもの円に「マフディ軍」「前哨基地」「イラク治安部隊」というタイトルがつき、その円から線が何本か延びて、その先に円があり、そこからまたさらに多くの円に次々に繋がっていた。「民兵」「宗教指導者」「ゴミの撤去」「殺人小集団」「食事」など、計百九個の円があり、そのすべてが真ん中にあるカウズラリッチと十六－二を表す円に直接あるいは間接的に繋がっていた。「われわれの戦い」と呼ばれたこの図表は、見事なものかもしれないが、一見しただけではあまりに複雑すぎて、何を表そうとしているのかわからなかった。カウズラリッチが眠れない夜に一気にまとめたもので、それを部下に見せたとき、全員が黙りこくってしまった。必ずなにか発言する従軍牧師ですら言う言葉が見つからなかったほどだ。

「なんだこれは……」みんながその図表を見つめ続ける中、ある中隊の指揮官が呟いたが、いまペトレイアスも同じように黙ったままだった。

「非常にわかりやすい図だな」とペトレイアスはようやく口を開いた。その言葉にカウズラリッチを除いた全員が笑った。

「きみがこれを組み立てられたってことは、わが軍がいかに進歩しているかの証だな」とペトレイアスが言うと、笑い声はいっそう大きくなった。

「いや、真面目な話」ペトレイアスはそう言って、彼が真面目にそう言っていることがはっきりすると、笑い声が絶えた。そのときになって初めて、説明が始まってから初めて、カウズラリッチが笑みを浮かべた。

「この途方もない任務を続けてくれたまえ」ペトレイアスは言った。その数分後、外に集まった全員と写真を撮るとき、この世界でいちばん有名な人物のひとりはカウズラリッチの肩に左腕を回した。このときほどカウズラリッチが幸せそうに見えたことはなかった。

ペトレイアスがヘリコプターで去っていくと、カウズラリッチは中に入り、作戦基地に到着したばかりの交代要員の八人の兵士を出迎えた。八人とも、十六－二が派兵された後で陸軍に入った新兵だった。これは、十六－二がいかに長くイラクに駐留しているかということでもあった。八人のうち四人が衛生兵で、訓練のために救護所に送られた。残りの四人は、マッコイ部隊最先任上級曹長が自己紹介するあいだ直立不動で立っていた。

「さてさて」とマッコイは言った。「お前らはどえらいところに来たんだぞ」

マッコイは四人に素早く目を走らせた。大隊が新しい兵士を必要とした理由をいまさら説明するまでもなかった。ひとりの兵士はあと二日で十九歳だった。マッコイはその兵士をチャーリー中隊に配属した。マレーとレーンとシェルトンがいた中隊だ。「ここに来る前はなにをしていた?」マッコイはふたり目の兵士に向かって言った。「大したことはしてません」彼はデルタ中隊に配属された。ギャジドスとペインのいた中隊だ。三人目もデルタ中隊に配属されたが、その兵士は一言も喋らなかった。四人目はパトリック・ミラーといった。二十二歳でフロリダ出身だった。カレッジの医学部にいて成績もよかったが、卒業間近になって学費が払えなくなったので、ここに来た、と言った。それでマッコイはこの男のような優秀な奴は作戦センターで役に立つだろうと判断した。ミラーはにっこりした。いい笑顔だった。部屋を明るくした。四人の新兵ひとりひとりと握手をしながら、カウズラリッチもその笑顔に気づいていた。陸軍にはかつてないほど免責者が増えていたかもしれないが、パトリック・ミラーのような男も入ってきていた。

「ようこそ、わが隊に」とカウズラリッチは言った。そしてこの素晴らしい日をもう少し楽しみたくて外に向かった。

バグダッドにいる全兵士がそれから学ぶべきだよ。

ペトレイアスはそう言った。

この途方もない任務を続けてくれたまえ。

ペトレイアスはそうも言った。そして帰る間際に、ペトレイアスの側近のひとりがこう言ったのだ。ペトレイアスがこれまで受けてきた大隊の状況説明の中でも、この大隊の説明は最高の部類に入る、と。

申し分のない日だ。「申し分ない」とカウズラリッチは口に出した。それほど幸せだった。もう夕方になっていた。もっと何か言おうとしたとき、爆発音に妨げられた。

彼は首をめぐらせ、その音の正体を確かめようとした。

近かった。正面ゲートのそばだ。彼はしばらく耳を澄ました。ＥＦＰの爆発音に似ていた。空を見た。まだ素晴らしく澄み渡っている。さらに見続けた。そしてそれが見えた。黒い煙がもくもくと立ちのぼった。彼にはすぐにわかった。その煙がラスタミヤのガソリン・スタンドの近くから上っていることが。バンジーン作戦の一環として、一日をそこで過ごした小隊が、基地に向かって戻る途中だという無線連絡が来たばかりだった。

いま無線がまたバリバリいった。

「犠牲者ふたり」兵士が叫んでいた。「ひとりは息をしてない。瀕死の状態」

カウズラリッチは救護所に急いだ。

二台のハンヴィーが到着していた。一台には六つの穴が開き、エンジンが壊れ、タイヤがずたずたに裂かれていた。もう一台のハンヴィーでガソリン・スタンドから基地まで鎖で引っ張られてきたのだった。カウズラリッチはふたりの兵士の横を通り過ぎた。ふたりは泣いていた。もうひとりの兵士はハンヴィーを力一杯、何度も何度も蹴っていた。

「くそいまいましい戦争め」カウズラリッチはドアに近づいた。

赤い鮮血が、壊れたハンヴィーから救護所まで点々と続いていて、彼はそれを追って中に入っていった。

中では。

ひとりの兵士が泣き喚いていた。ハンヴィーの運転手だった。EFPの一部がハンヴィーの下に入り込み、爆弾の破片が車体の床を通って彼の片足の骨を砕き、もう片足のかかとを切り刻んだ。カウズラリッチが救護所の中に入っていくと、やはり駆けつけたブレント・カミングズがその兵士のところにいき、彼の手を握りしめ、大丈夫だと話しかけていた。「リーヴズはどうしました?」とその兵士が訊いた。カミングズが答えずにいると、さらに「彼の様子を教えてください」と言った。

「いまは自分のことだけ考えろ」とカミングズは言った。

ジョシュア・リーヴズという二十六歳の特技兵は、地面に描かれた一筋の血痕の先にいた。カウズラリッチが向かっていたのはその兵士のところだった。EFPが爆発したとき、リーヴズは前部座席の右にいた。爆弾のほとんどが彼の横のドアを通って入り込んできた。救護所に運ばれてきたときには、意識不明で脈もなく、医師たちはすぐに彼の処置を始めた。呼吸がなく、目は動かず、左足は失われ、背中はぱっくりと開いて、顔は灰色に変わっていた。腹部は血だらけで、裸で横たわっていたが、血まみれの靴下はまだそのままだった。そしてジョシュア・リーヴズの命の危機に際して、これだけの損傷でもまだ足りないとばかりに、ロビーに集まっていた兵士たちの数人から噂が伝わってきた。リーヴズは今朝、奥さんから赤ん坊が生まれたという知らせを受け取っていた、と。

「なんてことだ」カウズラリッチはそれを聞いて思わず呟いた。目の前でまたひとり兵士が死んでいくのを見ているうちに涙が溢れてきた。

「三分経ったら教えて」いま起きていることをすべて把握し、監督している主任医師が大声で言った。彼女の声がいくつかの機械の音を押し分けて聞こえてきた。部屋には血とアンモニアの目眩のするような臭いが満ちていた。リーヴズは十人ほどの医師に囲まれていた。ある者は彼の顔に酸素マスクを押しつけ、ある者はエピネフリンというアドレナリン注射を打ち、ある者は、おそらく衛生兵だろう、彼の胸を、肋骨がすべて折れるのではないかと思うほどの強さで押していた。「もっと強く速く」と主任医師が衛生兵に言った。衛生兵はさらに強く押し始めたので、リーヴズのずたずたになった脚の肉片が少しずつ床に落ち始めた。カウズラリッチは黙って見守り続けた。カミングズとマイケル・マッコイと従軍牧師は一列に並んで同じように見守った。

「二分経過」とだれかが言った。

「わかった。脈を取って」

蘇生救急が止まった。

「脈はありません」

蘇生救急が再開された。

リーヴズの肉片がさらに床にこぼれ落ちた。

エピネフリンの二本目が投与された。

「首の脈をだれか取って」

「三分経過」

「蘇生続けて」

エピネフリンの三本目が投与された。だれかが床に落ちたものをきれいにしようとして、うっかり小さな堅いものを蹴ってしまい、それが床をすべるように飛んで来てマッコイの足元で止まった。

「足の指だ」マッコイは静かに言った。

マッコイは涙をこらえ切れなくなった。カミングズも同じだった。カウズラリッチも同じだった。彼らの後ろで口をあんぐりと開け、身動きせずに立っていたのは、今日到着したばかりの四人の衛生兵だった。そしてロビーでは、詳しい知らせを待っている兵士たちがいた。この兵士と通訳は、爆発が起きた直後にリーヴズを救おうとして最善を尽くした者たちだった。

「あいつらを信用しちゃいけないって言ったのに」ひとりの兵士が言っていた。

もうひとりは何も言わず、ぐるぐる歩き回りながら、爆発直後にリーヴズが言った言葉を反芻していた。「オーマイゴッド」。それから「感覚がない」。そしてリーヴズは意識を失った。

もうひとり、通訳は二十五歳のイラク人女性で名前はレイチェルといった。彼女は血だらけだが、やはり一言も喋らなかった。数日後に説明してくれたのだが、彼女は爆弾が爆発したとき二台目のハンヴィーに乗っていて、急いで一台目に駆けつけ、身をかがめて中に入り、リーヴズのところまで行くと、すでに彼は意識を失い、顔色が真っ白になっていた。「わたしは顔を叩き始めた。強く。彼は大量に出血していた。彼の血がわたしのブーツの中に流れ込んだ」後にそう言うことになるが、いまはそのブーツを履いたままで、彼の血が靴下に染みこみ、肌についた血は乾き始めていた。そしてほかの中隊の仲間と同じように、知らせを待っていた。

午後五時二十五分。爆発から三十分が経った。医師たちが処置を始めてから十六分が経った。そしてアメリカ時間では午前九時二十五分、病院で新しく母親になった女性が、電話がかかってくるのを待っていた。

「左の尻の傷を罨法《あんぽう》したか？」医師のひとりが言っていた。

「左**と**右だ」別の医師が訂正した。

「脈を診て」主任医師が言った。

「ない」別の医師。

「蘇生、続けて」

「了解。エピネフリン五本目」

「二十分経過」

混乱極まりない状況で、大勢の人が多くのことをおこなっていたので、リーヴズのすぐ近くにいる医師の助手が控えめに頷いた合図は、だれにも気づかれないかに見えた。しかしそばに控えていた従軍牧師はそれに気づき、リーヴズのところに歩いていき、見開いたまま動きのない目の上の額に手を当てて祈り始めた。

主任医師は確実を期すためにさらに数分待った。

「もう一度、脈を診て」最後に主任医師は言った。そして治療室は静かになった。リーヴズに酸素を送り続けてきた機械のスイッチが切られた。血液を彼に送り込むための暴力的な胸部への圧迫は終わった。何もかもが静止したので、ひとりの医師がリーヴズの微動だにしない頸動脈に指を当てて、兵士の死を公式に確認することができた。

「待てよ」一瞬後、医師は言った。「待て待て待て待て」彼は指をそっと当てて言った。「脈がある。脈があるぞ！」

別の医師が指をリーヴズの首に当てて確認した。「ある！」そしてカウズラリッチやほかの者たちが驚いて見守るうちに、静まり返っていた診療室は、リーヴズの心臓が鼓動するために戦う動きに合わせて、再び動き出した。

救急ヘリコプターがこちらに向かっていて、あと数分で到着する。医師や看護師は、リーヴズを他の兵士たちとともにヘリコプターに乗せる準備に、死にものぐるいでとりかかった。腰と砕かれた骨盤の傷の手当をした。血液を拭き取り、二十ロールのガーゼを巻いて体をしっかりと包み込んだ。備品棚の中にはそれだけのガーゼしかなかった。

「あと何分くらい？」主任医師が大声で言った。

「四分」という答えが来た。

「毛布を」主任医師が言った。

彼女はリーヴズを毛布でくるんだ。

動かす時間だ。

彼らはリーヴズを抱え上げてストレッチャーに乗せ、治療室から運び出し、ロビーにいて何が起きたのかわかっていない兵士たちの前を通っていった。彼らが見たのは、リーヴズの生きている姿だった。建物の外に出ると、ヘリコプターが地平線に見えた。ヘリは急降下し、土埃を舞い上げ、すさまじい音が響きわたった。その騒音の中で、医師たちが押し合いへし合いしながらリーヴズを乗せたが、彼の目は動いていなかった。しかし、心臓は動き続けていた。

「最高の救助だ」カウズラリッチはリーヴズのために処置をしていた医師のひとりに大声で呼びかけた。

「あとは祈るだけだ。祈るだけだ」その医師は言った。

ヘリコプターが空へと浮かびあがり、遠ざかっていき、カウズラリッチはその姿が見えなくなるまで見つめていた。まだ空は青く、素晴らしく澄み渡っていた。彼はその空の下を、つい数時間前にはデイヴィッド・ペトレイアスといっしょにいたオフィスへ戻っていった。そしてそこで、新しい知らせが来るのを待つことになる。八ヶ月前カウズラリッチは、兵士が死ぬのを見るのはどんな気持ちがするのだろうと思っていた。いま、兵士が命を取り戻したのを見たのだ。

予想していたより早く電話が鳴った。

「そうだ」と彼は言った。「そうか、わかった。了解」

電話を切った。リーヴズは病院に着き、外科手術に向かった。リーヴズが手術室を出たら新たな情報がもたらされるはずだ。

ところが間もなく電話がまた鳴った。

リーヴズは死亡していた。

建物の外では、カミングズがリーヴズのハンヴィーを丹念に調べ、EFPの入ってきた軌道を確認しようとしていた。焦げる髪のかすかな臭いがして気分が悪くなったとき、衛生兵のひとりが知らせを届けに来た。「どうなった?」とカミングズは尋ねた。「少佐、彼は亡くなりました」衛生兵は答えた。「わかった、ありがとう」カミングズはそう言うと歩き出した。いきなり涙が溢れてきて、近くの建物まで行き、しばらくその壁を殴ったり蹴ったりした。

そして建物の中では、カウズラリッチがひとりオフィスで、届いたばかりの電子メールを読み終え、どう返事を書けばいいか考えあぐねていた。「レンジャー六」という言葉でそのメールは始まっていた。「今日の貴君のもてなしと、ニューバグダッドで起きていることの適切な説明に心から感謝する。ガソリンスタンドの安全確保や独自の融合細胞の創出、陸軍民間部に対する楽観的な見方などすべてが、重要な弾みをつけるように思われる。貴君の兵士は着実な歩みを進めている。私は第十六連隊第二大隊情報網を非常に誇りに思う」

そしてその夜遅く、別の小隊の兵士たちに眠りが訪れなくなり、合衆国の病院で母親になったばかりの女性がいまだに電話を待っている時間に、カウズラリッチはペトレイアス大将にメールの返信を書いた。

「光栄の至りでした」と彼は書き始めた。ペトレイアスの訪問は、「今日までの私たちの派兵期間のうちでもっとも素晴らしいものでした」そして次にどう書くべきか、彼は考えた。

この戦争の描き方は限られていた。それが問題だった。

議会は公聴会を二日しか開かなかった。

反戦を訴える人々はダイインで抗議するしかなかった。

ジョージ・W・ブッシュはたった一言しか言わなかった。「成果を上げていますよ《キッキング・アス》」と。

いまカウズラリッチはこの戦争をなんとか一言で言い表そうとした。「不運なことに」という言葉で彼は次の文章を書き始めた。その言葉どおり「不運な」状態で、今日という悲惨な日は終わりを迎えた。

8章

二〇〇七年十月二十八日

イラクでは、イラクの人々のための治安推進作戦は困難であり危険であるが、効果をあげつつある（略）。バグダッドでは、テロリストと暗殺集団に殺されるイラク市民の数が激減してきている。イラク全土で、二〇〇六年の七月以来、九月に殺されたアメリカ兵士の数は最少だった。

——ジョージ・W・ブッシュ　二〇〇七年十月二十二日

九月に戦死したアメリカ兵の数は四十三人だった。実は九月の死者の総数は六十六人で、一日に二人以上の割合で死んでいたが、いったんホワイトハウスにその数字が届くや、ペンタゴンがマスコミに対して発表する「戦闘に無関係な車の転覆」による死者、「戦闘に無関係な事故」による死者、「戦闘に無関係な負傷」による死者、「戦闘に無関係な病気」による死者、「戦闘に無関係な出来事」による死者の数がそこから引かれて、その結果二〇〇六年七月以来最少の数字になったのだった。

イラク全土で四十三人。そのうち五人が第十六連隊第二大隊の兵士だった。

リーヴズはその四人目だった。そしてその一週間後の、ほとんど同じ時刻に、一台のハンヴィーが自己鍛造弾《EFP》に吹き飛ばされた。その車に三十七歳のジェームズ・ドスター一等軍曹がいた。「だめだろう。リーヴズみたいにめちゃくちゃになってる」カウズラリッチは、救護所でかろうじて生きているドスターを見た後で言った。リーヴズのように、ドスターも前部右座席にいた。リーヴズのように、ドスターの左脚は失われ、骨盤がぐちゃぐちゃになった。リーヴズのように、ドスターもヘリで病院に運ばれたが出血多量で死亡した。「まったく同じだ。何もかもが同じだ」知らせを待っているときにカウズラリッチはそう言い、知らせが届くと、「ちくしょう」とだけ言った。

いま十六－二の死者は十一人。負傷者は四十四人。銃弾。火傷。爆弾の破片。手を、腕を、脚を、目を失った。鼓膜が破れ、太腿が押しつぶされ、筋肉が剥ぎ取られ、神経が切断された。ある兵士は、作戦基地で公衆電話を使おうと待っているときにロケット弾が近くに着弾し、腹部に重傷を負った。ロケット弾、迫撃弾、携行ロケット弾、スナイパーによる銃弾、ＥＦＰ。「それでも、奴らは俺たち全員を殺せはしない」カウズラリッチは、新しい戦争未亡人に電話をかけるための心構えをしながらそう言った。未亡人はカンザスのリバティ・サークルという通りに建つ一軒家で幼い娘ふたりと暮らしていた。そしてカウズラリッチは電話を終えると、うなだれて言った。「これ

イジー

まで話をした中でこんなに悲しんだ女性はいなかったかもしれない」と。

時折カウズラリッチとカミングズは、イラクの人々がアメリカ兵を憎む理由について考えた。イラクの治安維持以外でアメリカ人がおこなっていることが原因なのか。キャンディやサッカーボールをもらって、アメリカ兵を殺したいと思うものだろうか。飲み水をタンカーで運び、下水設備を整え、ガソリンスタンドを機能させていて、彼らの中にいる殺し屋を検挙する以外に暴力的なことなどなにひとつしていないのに？

「平和と自由な生活を提供している相手と戦いたいのか？　上等だよ。じゃあ、そのまま肥溜めで生きてろ」カミングズはある日、カウズラリッチと原因を探るために話し合っている最中に、苛立ちが募ってきてそう吐き捨てた。

「つまりだ、奴らは俺がこれまで会った中で最低の野郎だよ」カウズラリッチはそう言いながらも、この八ヶ月のあいだ、週に五、六回ずっとしてきたように、ハンヴィーに乗り込んで、地元のイラク人指導者たちとの会合のために出ていった。

ルート・プルートに入ったところで、再び爆弾を食らいそうになった。今回は先頭のハンヴィーが通り過ぎた瞬間に爆発した。ふたりの兵士が、飛んできた爆弾の破片で傷を負った。しかし直撃は避けられた。カウズラリッチは結局その日の会合には出なかったが、次の会合のとき忍耐の限界を迎えそうになった。

彼を待っていたのは、この八ヶ月のあいだ相手をしてきた同じメンバーだった。彼らはなんでも請け合い、何も果たさず、すべてを求め、いつも不満をこぼした。

同じやりとりがその部屋の中で繰り返された。

学校が修復されていない。

約束した発電機が届いていない。

ルート・プルートにアメリカ軍はひどい柵を建てた。

その柵は安全柵で、そこに建てたのはルート・プルートでお前らが俺たちを殺し続けているからだよ、とカウズラリッチは思ったが、口には出さなかった。

停電ばかりしている。

下水工事がまだ終わらないのに、冬がやってくる。カマリヤはめちゃめちゃだ。

モスクにペンキを塗ってくれ。

どうして自分でペンキが塗れないんだ？　とカウズラリッチは思った。

われわれはアメリカ人からなんの恩恵も受けていない。

くそったれが、とカウズラリッチは思い、今度はそれを口に出した。

「くそったれだよ」しかし、それもカシム大佐だけに言ったのだった。カシム大佐はわかってるというように大きく頷いた。

カシムはわかっているのか。わかっているのかもしれない。ここでは、「くそったれ」は広く行き渡っている英単語のひとつだ。あるいはカシムは、自分のお気に入りのアメリカ人の気分が変化したことを察知したのかもしれない。カシムはカウズラリッチを「マカッダム・K」と呼んだ。ふたりは何時間もいっしょに過ごしてきた。ふたりは通訳がいなければ話ができなかったが、カウズラリッチがカシムに話したのは戦争のことだけではなかった。個人的なことを話すときもあった。妻のこと、子供のこと、休暇や誕生日や家族でピザを食べることなど。この会合の後も、ふたりはぶらぶら歩きながら、いつの間にか個人的な話をしていた。それでカウズラリッチがあと数週間で四十二歳になると言うと、カシムは、パーティを開きましょう、と言った。

「パーティ?」とカウズラリッチ。

パーティです、とカシムは言った。マカッダム・Kの誕生パーティを。ケーキで祝うパーティを。

カウズラリッチは心動かされた。破られるに決まっている約束だが、少なくともこの約束は好ましい、と思った。

カウズラリッチがこれまで出会ったイラク人の中で気に入っている人物を挙げるとすれば、カシムがその筆頭だろう。それから市長ミスター・ティミミ。この男はカッコー時計と大きな机のあるオフィスで毎日毎日、なにかしらやるべきことをやっていた。

そしてカウズラリッチ専任の通訳イジーとは、とても親しくなっていた。十一人の部下を殺されてもなお、カウズラリッチがイラク人の中に善良さがあると思えるのはイジーがいるからだった。カウズラリッチより六歳年上のイジーは痩身で、愁いを帯びた顔つきをしていた。人生とは何かを諦めることだと悟った者の顔つきだった。以前イジーは、国連のイラク代表団の一員として数年間ニューヨーク市で暮らしていた。そのときに英語が堪能になった。そしていまの仕事は、アラビア語で話されたことをすべてカウズラリッチに通訳することだった。そしてもちろん、カウズラリッチがイラク人に話すことを、どんなことであれイラク人に伝えることだった。コレラが流行したという噂がバグダッド中に広まり、カウズラリッチがピース106FMで「激しい下痢に見舞われたら、ただちに近くの診療所や病院に行ってください」と話したときに、イジーはそれを通訳した。カウズラリッチが「くそったれだよ」とカシムに向かって言ったときに、イジーが近くにいてその言葉を聞いていたら、それもきっと通訳していただろう。

イラクの人々はある時期、嫌悪感を剝き出しにした目つきでイジーを見ていた。まるでイジーがアメリカ人の都合のいい道具でしかないとでも言わんばかりに。しかし、イジーが自分の仕事を熱心にこなしたのは、アメリカ合衆国が好きだったせいでもあるが――十七歳になる長女はニューヨーク市生まれだった――夏のあいだに家族と数日過ごすためにバグダッド中央部の自宅に帰ったときに一家に降りかかった災難のせいでもあった。

その日の午後、イジーのアパートメントのすぐそばに爆弾が落ちた。バグダッドの常識から見ても、最悪の部類に入る規模の爆発だった。二十五人が亡くなり、百人以上が負傷した。十キロ以上離れていた作戦基地ではだれもそのことを知らなかったが、ブレント・カミングズの携帯電話が鳴った。慌てふためいたイジーからのものだった。

爆発が起きた、とイジーは言った。アパートメントがばらばらになり、建物が火に包まれた。飛んできた何かが、ふたりいる娘の片方の頭に突き刺さり、重傷を負った。病院に連れていったが、大勢の負傷者がいるのでできることはない、お嬢さんはここより充実した施設でなければ治療できない、と医者に言われた。それで、血を流して死にかけている娘といっしょに、いま通りに立ち尽くしている、と。

「アメリカ人専用の病院に連れていきたい？　望みはそれだけ？」とカミングズは、イジーの言葉を繰り返した。イジーがそれに応えようとした。通話が切れた。「イジー？」カミングズは言った。「イジー？」

この戦争で良識がどのように機能したか。

「イジー？」カミングズは電話をかけ直した。「ここに連れてこい」

こういうふうにだ。

「ああ、ありがとうございます、少佐。ありがとうございます」とイジーは言った。

このときから事態は極めて複雑になった。この戦争にも規則があった。そしてその規則の中には、アメリカ人専用の施設を使用できる者の規定があった。もちろん、アメリカ人は使えて、イラク人は使えない。ただし、アメリカ軍の攻撃によって負傷したイラクの民間人は別だったが、それも致命傷を負った者に限られた。そして車爆弾がイラク人の仕掛けた爆弾であった場合、イラク人の負傷者は誰ひとりとしてアメリカ軍の施設を使えなかった。これにイジーの娘は抵触していた。

しかしカミングズは、通訳になる前のイジーがどのような人生を歩んでいたか知っていた。負傷した娘がニューヨーク市で生まれたほうであれば、施設を使う資格があるのではないか。アメリカ生まれのイラク人がアメリカのものではない爆弾によって負傷した場合、アメリカ軍の医療施設で治療してもらえるのではないか。

その答えを知らなかったので、救護所の何人かの医師に電話したが、彼らにもわからなかった。基地にいる法定代理人に相談しても、はかばかしい答えは返ってこなかった。カミングズは負傷した娘がどちらか――ニューヨーク市で生まれた上の子か、バグダッドで生まれた下の八歳の子か――知らなかった。彼はイジーに電話をした。通話状態が悪かった。何度も何度も呼び出した。

「イジー……、いいか、アメリカで生まれた子はどこだ？」

電話は切れた。

再び呼び出した。電波は不安定で絶えず切れた。「アメリカで生まれた子か？　怪我をしているのは？　どっちの子が怪我した？　通りでいっしょにいるのはどっちだ？　なにができないって？　なんだって？」

再び接続が切れた。そしてそのときカミングズは、答えを確認するためだけにだれかに質問するのはやめる、と心に決めた。推測すればいいのだ。彼にはそれがわかった。しかし、カウズラリッチは追悼式に参加するために遠く離れた別の作戦基地にいて、ここには頼りにできる上官がいない。

カミングズは基地付近の警備を担当している別の大隊の下士官に電話をかけた。軍人ではない者がゲートを通過するにはその人物の許可が必要だった。許可がなければ追い返されるか、拘束されるか、銃撃される。「わかった」とカミングズは言った。「出生証明書を発行できるだろう」。証明書があったとしても、火事で燃えてしまったはずだ。何時だろう。太陽は沈みかけていた。夜間外出禁止令がじきに実施される。そうなると日の出までイジーと娘は外に出られなくなる。下士官は質問を続けていた。「証明書はなんとかなる」とカミングズはいらいらしながら言った。「いまは、とにかく、その男を救ってやりたいんだ」

次に彼が電話をかけたのは大隊専属の医師で、年齢不詳の女性の怪我の治療を至急頼むことになると言い、「合衆国の国民だ」と付け足し、それから「おそらくな」と付け足した。

次に彼はイジーにもう一度電話し、作戦基地の近くにいるのかどうか確認しようとした。イジーの声は前よりはるかに動転していた。近くに行けない、まだ通りにいる、まだ娘といっしょにタクシーを探していると訴えていた。「ありがとうございます」とイジーは何度も言った。「ありがとうございます。少佐、本当にありがとう」

待つ以外にすることがなかった。隊列を組んでイジーを迎えにいっているのとはわけが違った。イジーは独力でここまでやってこなければならなかった。太陽はほとんど沈んだ。別の大隊の下士官から電話があった。十六－二の兵士がどこかで死亡したという噂を聞いた、と。「違うんだ」とカミングズは言った。するとまた別の大隊の下士官から電話があり、アパートメントの爆発で兵士が負傷したということを聞いた、と言った。そして別の電話。噂では十六－二の兵士がＥＦＰの攻撃を受けて数人死んだということだった。

「違う。合同軍に負傷者はいない」カミングズは言い続けた。「負傷したのはイラク人――イラク系アメリカ人――だ。通訳の娘だ」

彼はイジーに電話をした。

まだタクシーを探していた。

医師から電話がかかってきた。「傷の程度はわからないんだ。……タクシーに乗っているのかどうかもまだわからない……。外出禁止令の前にここにたどり着けるかどうかもわからない」

別の電話。イジーからだった。タクシーに乗った。橋のところに来た。基地から二分のところだ。

カミングズはゲートに急いだ。暗くなっていた。基地の救急車が少女を引き取りに出ていった。五分が経過した。タクシーはどこにいる？　警備担当の兵士が、タクシーははるか遠くで停車していて、それ以上近づくことは許可できない、と言った。彼らの姿は見えなかった。「担架を出せ」とカミングズは救急車のスタッフに怒鳴った。そしてゲートの外に駆け出し、渦巻き状になった剃刀型鉄条網と防爆壁の向こう側へ急いだが、イジーがこちらに歩いてくるのが救急車のヘッドライトに照らされて見えたので、カミングズは動きを止めた。

イジーの衣類はどろどろだった。

彼の隣に妻がいて、泣いていた。

もう片側にはニューヨーク生まれの娘がいて、見たところ怪我はしていないようだった。

三人の前にはふらつきながら歩いている幼い女の子がいた。紫色のきらきらするサンダルを履き、ブルージーンズは血まみれになり、顔の左側に包帯が巻かれていた。

八歳の女の子だった。バグダッドで生まれたほうだった。規則によれば、治療のために作戦基地の施設に来てはならない者だった。「イジー」とカミングズは声をかけた。自分の思惑が外れたことがこの時点で理解できた。彼はイジーの家族のところに駆け寄った。ほかの兵士たちが少女に手を差し伸べた。そして彼女を抱き上げた。少女は泣いていた。兵士たちは少女をゲートの中に躊躇わずに入れた。そして救護所に向かって走った。救護所のスイングドアが閉まると、少女はアラビア語で父親に助けを求めた。父親はロビーにいるように言われた。

イジーはロビーの隅の椅子に座った。カミングズがそのそばに立った。「車爆弾は一発だったか？」しばらくして彼が訊いた。

「いいえ、二発」とイジーは答えた。

それから彼は固く口を閉ざし、医師のひとりがロビーに出てきてお嬢さんは大丈夫だろうと伝えるまで何も言わなかった。

「ありがとうございます」イジーはなんとかそう言った。ほかに言葉を口にすることができず、彼は頭を下げて目を拭った。それから医師の後について処置室へと向かい、そこでイラク生まれの娘がアメリカ人医師と衛生兵に囲まれているのを見た。

規則は何と言っていたか。

ともかく、その瞬間、そんな規則のことを気にしている者はひとりもいないようだった。医師も、家族も、カミングズも。カミングズはクロウが死んでいくのを見つめていた同じ場所で、またもやじっと見つめていた。

少女の怪我は重かった。頬が深々と切り裂かれていた。さらに悪いことに、こめかみに近い額の左側に何かが入り込み、骨の中に深く埋まっていた。医師が少女が両腕を動かさないようにシーツで彼女をくるんでいるとき、イジーは娘の手を握りしめていた。母親は目を閉じた。医師たちが処置にかかった。しばらく時間がかかり、たまりかねて少女がじっとしていられなくなった。が、やがて医師たちが引き抜いたものを彼女に見せた。五センチほどの長さの分厚いガラスの破片だった。

ガラスは、バグダッドの、いまはもう存在していないアパートメントのもので、その夜そのあたりから聞こえてくるのは悲嘆の声だけだった。

しかし基地の処置室で聞こえてくるのは、家を壊された母親が娘の顔にキスをしている音であり、家を壊された父親が娘の手にキスをしている音であり、家を壊された少女がアラビア語で何か言い、それで家族は笑みを浮かべ、カミングズが英語で「こんな地獄みたいなところに来てからこんないい気分になったのは初めてだよ」と言う言葉だった。

外出禁止令が出ているために、イジーの一家はその夜基地の敷地内の使われていないトレイラーに留《とど》まった。カミングズが一家のために探し出してきた場所だ。そして食堂で何か食べるように一家に勧めたが、長い時間何も食べていないにもかかわらず、空腹ではないと断った。「じゃあ、アイスクリームを食べないか。食べ物を持ってこよう」とカミングズが言ったが、イジーは丁重にその申し出を断った。イジーが受け入れたのはシーツだけだった。真夜中に気分の悪くなった娘が吐いてしまい、トレイラーをきれいにするために戸惑いながらシーツを使ったのだ。ドアを開けて出ていくまで彼らが受け入れたのはそれだけだった。カミングズが日の出の直後にトレイラーのドアをノックしたが、一家はすでに帰った後だった。

自分たちが何を失ったか、一刻も早くその目で確かめたかったからだ。そしてほとんどすべてのものを失ったことがわかった。衣類。家具。お祈り用の敷物。発電機。屋上のポンプから汲んだ飲み水を入れていたポリ・タンク。残ったものは、吹き飛ばされた窓ガラスと煤だらけの壁からなるアパートメントの瓦礫だった。しかしほかに行くあてもなかった。いまや打ち棄てられて人が住まなくなった建物で引き続き暮らすことにした。二十五人の死者のうち、六人がその建物の住人だった。中でもイジーの怪我をした娘と同い年の少年は、イジーとサッカーの話などをしてよくいっしょに過ごした。「マーヴィンという名だった」イジーは作戦基地に戻ってきたある日、そのときのことを思い出しながら言った。「あの子の母親はキリスト教徒だった。とても愛らしい男の子だった」マーヴィンは、爆弾が爆発したとき四階建ての建物の屋上にいた。おそらく水を汲みに行ったか、暑い日で涼を求めていたかしたのだろう。そして建物が激しく揺れ、彼は屋根の隅まで転がっていき、そのまま建物の玄関の前に落下した。彼の体を見た人々は、建物が燃えているにもかかわらず、そのまま素通りしようとしなかった。「どうか、どなたかマーヴィンを動かして」イジーは妻が泣き叫んでいたのを思い出した。「だれも動かそうとしなかった。みんなはマーヴィンを愛していたからだ」。ようやくマーヴィンの伯父が走ってきて死体に毛布をかけ、それで人々はその前を通って、急いで通りに出ていった。

　イラク人の生活とはどのようなものか。兵士たちはまったく知らなかった。家宅捜索中、壁にかかった十字架や、十代の娘のドレッサーの下に隠してあるハイヒールなどを目にして、どこも同じだなと思うことがちょくちょくあったが、たいていの場合、イラクといえば数珠を持った男性に黒い衣類に身を隠した女性、居間で仔牛を飼い、屋根で山羊を飼っているというイメージそのままだった。八ヶ月を過ごしたいまでも、この場所は、馴染みがないなどというものではなく、不可解極まりなかった。十月の夜、監視用暗視カメラが原野を歩いていた男をとらえた。手には何やら怪しげなものを持っていた。「あれはなんだ」とその映像を見ていた兵士が興味深げに言った。そして男の座標と共に警戒音が発せられ、スナイパーは万が一に備えて男に照準を合わせた。男は、自分の姿が暗闇に紛れていると思いこんでいるらしく、あたりを見回し、かがみ込んで浅い穴を掘り、ローブをたくし上げ、しゃがみこんで用を足した。そして手に持っていたものを使って土をすくいあげ、自分が出した物を隠した。この男は大丈夫なのか。家がないのか。夜間禁止令に近い状態で、外までわざわざ出てくるとは、どんな生活をしているんだ。イジーのように家が壊されてしまったのか。イラクではどのような行為も驚きの種であり、たくさんの疑問が頭に浮かんだ。しかし、兵士たちが笑ったり唸ったり目を覆ったり、その指のあいだから覗いたりするのをやめれば、疑問はありふれたものになる。一体全体、あの頭のおかしな野郎は、どうして原野のど真ん中で糞をしなくちゃならないんだ、というものに。

だから通訳が、言語だけでなく謎めいた行動を解釈し伝えるために控えていた。作戦基地には数十人の通訳がいた。そのうちの数人は、アメリカに住み、秘密情報にアクセスし、年収十万ドル以上を稼ぐイラク系アメリカ人だった。だが、大半はイジーのように、近くに住んでいてたまたま英語を喋れる失業したイラク人だった。彼らの月収は千五十ドルから千二百ドルだった。その金と引き替えに、兵士とともにＥＦＰに吹き飛ばされたり、スナイパーに狙われたり、ロケット弾や迫撃弾を撃ち込まれたりする危険を、さらに同胞のイラク人から「よそ者」と見なされる危険を、一身に引き受けていた。

「お前はスパイだ」イジーが兵士と同じ迷彩服を着てアメリカ人のハンヴィーに乗り込んだとき、イラク人たちからそうなじられた。

「お前は売国奴だ」兵士たちが家宅捜索をしているあいだ、イジーが大きなサングラスで顔を隠し、イジーという偽名の名札をつけて立っていたとき、イラク人たちからそう罵られた。

「お前はイラク人だ。お前が説明しろ」兵士たちがキャビネットやドレッサーをあさり、ときには乱暴に扱ったり、物を壊したりすると、イラク人たちはイジーにそう詰め寄った。

イジーは、ある家族の衣類を部屋の真ん中に積み上げている兵士に向かって言ったことがある。「だめです、いけません。どうしてこんなことをするんです」と。

「こいつは嘘をついてるんだよ」とその兵士は言い、その衣類を汚いブーツで踏みつけた。イジーは兵士の言い分が正しいかもしれないと思いつつも肩身の狭い思いをした。

肩身の狭さをいつも感じていた。通訳であることを不名誉に感じるときがあった。イジーだけでなく、すべての通訳がそう感じていた。

「おい、マイク、こいつにこう言ってくれ。これからお前のズボンを下ろすけど、下着を脱がせるつもりはない、って」ある日、新しく拘束したイラク人の医学的検査をしているとき、ひとりの兵士が十六－二の通訳担当のマイクに言った。その数時間前に、ＥＦＰにかかわった疑いがあるとして、フェダリヤの下水溝を逃げていく五人のイラク人を一斉検挙した。そしていま、目隠しをされプラスチック手錠をかけられた彼らは、ひとりひとり順番に、保護手袋をはめた兵士に調べられていた。ふたり目を調べているときだった。そのイラク人はひどく汚れていて、「アビダス」というロゴのある偽物の運動用シャツを着ていた。男は、兵士がズボンを引き下ろしているあいだ微動だにしなかった。そしてズボンが足首のところまで下ろされても、下着のままじっとしていたが、その下着の前に大きな染みが広がっていた。

「漏らしたのか、とこいつに訊いてくれ」と兵士は言った。そう言ったのは、無実の者は膀胱が緩んだり、排便したり、震えが止まらなくなったりするが、有罪の者はにやにや笑う傾向があるということを知っていたからだった。

「漏らす?」マイクはその言葉がわからずに訊き返した。

「失禁したのかと訊いてくれ」兵士は言った。「小便したのか、と」

マイクはその言葉を途方にくれながら相手に伝え、その答えを兵士に伝えた。「いいえ。顔を洗おうとして濡れてしまったのです」

「酒は飲むか?」兵士は次にこう訊いて、チェックリストにチェックしていった。

「飲みません」

「煙草は」

「吸いません」

「非合法のドラッグは?」

「やりません」

「寒いのかと訊いてくれ」兵士は言った。「どうして震えているのか、訊いてくれ」それから兵士は、こちらを見ることも、言葉を理解することもできないイラク人に向かって直接こう言った。「お前らを傷つけるつもりはないんだよ」。そしてマイクがそれをアラビア語にするのを待った。

マイクの本名はもちろんマイクではない。それはイジーの本名がイジーではなく、レイチェルの本名がレイチェルでないのと同じだ。通訳はアメリカ的な名と軍服、眠るための部屋、ベッド、食堂での無料の食事を与えられるが、兵士とは違って、基地に入る前に必ずボディチェックされ、金属探知棒で体を撫でられた。

リーヴズを救おうと彼の胸を押し続けて自分のブーツの中に血を溜めたレイチェルは、数少ない女性の通訳だった。いま二十五歳で、二〇〇三年から通訳として働き出した。当時、この戦争は長引かずに短期間で終わるかに見えた。「通訳を始めた頃は安全な仕事でした。だれもがアメリカ人を好きでした。だれもがアメリカ人といっしょに仕事をしたがっていました」レイチェルはある日、通訳になった経緯《いきさつ》を説明しながら、アメリカ人に見られないように涙を流した。顔を隠そうとした。兵士たちに見られたくなかったからだ。「わたしは英語を話します。アメリカが好きです。アメリカ人の役に立つことはとても嬉しいです。勝利を感じるために、彼らと仕事をしたいのです」

それ以来レイチェルは、彼女の計算によれば、車爆弾からEFPにいたるまで、リーヴズを殺したものも含め、四十回の爆発を経験した。火傷を負い、爆風で倒され、右耳はもうはっきりと聞こえず、左目はよく見えなくなっていた。「あなたがたはストレスをたくさん経験していても、大丈夫なんですね」彼女は、それぞれの爆発がもたらしたことを説明した。「あなたがたはそれをうまく処理する方法を知っている。わたしは、泣いてばかりで、幸せがやってくるのを考えるばかり。でも幸せなんてまだひとつもやってこない。だけどわたしは前向きでいます」

しかし大変だった。彼女の家族はいま、シリアの百万人のイラク人難民の中にいて、彼女の送金に頼りきっていた。家族はシリアにいて、彼女はイラクで月に千二百ドルを稼ぐ生活を送っていた。「親しい人はひとりもいない」と彼女は言った。「わたしの働いている部隊だけ」。そして現在の生活はかなりの部分、虚構から成り立っていた。アメリカ兵といっしょに行動するとき、イラク人たちに「わたしはシリア出身です」と言った。あるいは「わたしはレバノンの出身です」と。たいてい、結婚して子供がいることになっていた。婚約したばかりと言うこともあった。「身を守るための作り話です。だって、わたしがイラク人だと知れたら、きっとひどい目に遭わされるから」。イラク人の中にいても、兵士たちと共にいても、彼女が本当の姿になれることはなかった。別の大隊にいて、即製爆弾《IED》が爆発したとき、それまで友人のように振る舞っていた兵士たちが彼女をレイチェルと呼ばなくなり、「このアマ」と言うようになったときに学んだ教訓だった。あれほど傷ついたことはなかった、と彼女は言った。だからリーヴズが死んだ後、彼女はリーヴズの血にまみれた姿で小隊の前に立ち、「ごめんなさい」と謝った。それから「わたしは同胞みたいな悪い人間じゃありません」と言って、自分の部屋に行った。その部屋には、離れた家族が写っている十二枚の写真とイラクの国旗、星条旗、足を押すと喋る動物のぬいぐるみが飾ってあった。その日はぬいぐるみの足を何度も押した。そのたびにぬいぐるみは「あら、あなたっていたずらっ子ね」と言うのだった。

これがひとりのイラク人の生活だった。兵士たちにはそれがわからなかった。イジーの生活も彼らにはわからなかった。しかしイジーには兵士たちの感覚がわかっていた。彼は一九八九年から一九九二年までアメリカで暮らしていた。彼はアメリカを知っていた。たとえ十五年間もその国に行っていなくても、兵士たちの好きなものを知っていた。彼に与えられた部屋にある金属製のロッカーのドアに、兵士の好きなものが書いてあったからだ。「セックス、ポテト・スープ、ジョニー・キャッシュ〔訳註　アメリカを代表するミュージシャン〕」と。黒いマーカーで書かれたこの文字の真上に、小さな文字でだれかがこう書いていた。「イラクの男も女も子供も、アメリカ兵の血の一滴ほどの価値もない」

イジーはその部屋を与えられた日のことを覚えていた。彼のところに人はめったに訪ねてこなかった。ところがその日、十六－二に所属する兵士が立ち寄って、そのロッカーを見た。「いや、これは間違ってる」その兵士は申し訳なさそうに言い、濡れた雑巾を持ってくると、その二行の言葉が判読できなくなるまでごしごしと擦った。

だからイジーはよく知っていた。アメリカ兵がどれほど優しくなれるかということを。

いつもではなかったが。

「じいさん」ある朝、イジーが眠たげな目をして歯ブラシを片手に、外に出て便所へ向かう途中で、兵士のひとりが声をかけた。

「ホモ野郎」別の兵士が石を拾ってイジーに向かって放り投げながら言った。

「くそったれ」と別の兵士もやはり石を投げながら言った。

投げた石が地面にはねて左脚に当たりはしたがイジーは笑った。そして「ろくでなし」と、三人と同じように冗談めかして言い返した。

十月の終わり間近の金曜日だった。誕生日の二日前、カウズラリッチが基地の中にいたので、イジーはその日は自由に時間が使えた。とはいっても、選択肢はそう多くなかった。家族に会いに行くために一週間の休暇を取ることは叶わず、家族と連絡もできなかった。作戦基地に入るときはいつでも携帯電話を没収されたからだ。それだけでなく、カメラ、コンピュータ、MP3プレイヤーといった電気機器を持つことも許されなかった。ただし、作戦基地で三十ドルで買った中国製テレビは別だった。考えてみれば、アパートメントが崩壊し、娘が重傷を負ったときにたまたま家に帰っていたのは、僥倖としか言いようがなかった。家にいなかったら、何も知らずにいたはずだ。作戦基地にいるイジーに外から連絡できる者はひとりもいなかった。しかも、イジーが生活のためにどこでどんな仕事をしているか知る者もいなかった。ただ、妻とふたりの兄弟と数人の友人だけは別だったが、そんな彼らでも知っていることはわずかだった。たとえば、イジーの乗った車の隊列に六回もEFPの攻撃があったことや、作戦基地にひっきりなしにロケット弾が撃ち込まれていることを、妻は知らなかった。妻が知っていたのは、通訳として働いていること、その仕事については家族の身の安全のためにだれにも知られてはならないこと、数週間おきになんの前触れもなく帰宅することだけだった。

「わたしたち、ヨルダンで暮らすことはできない？」妻はこの頃、イジーが帰宅するたびにこう言うようになっていた。いつも基地に戻る前の夜に、ふたりのあいだに怪我をした娘が寝ているときに。こうして寝るのは、アパートメントが爆破されたときから続けている習慣だった。

「シリアで暮らせないの？　逃げられないの？　避難できないの？」

「お金が足りないよ」とイジーは言った。

「こんな生活、もうたくさん」と妻は言った。「こんなの、生活じゃない」

「我慢するしかない」と彼は言った。「俺が必死で働いているのを知っているだろう」

そして次に帰宅できるときまで彼はいなくなる。次に帰ってくるときには、その月に支払われた給料から土産代を引いた金額が届けられる。たいしたものではなかったが、イジーは家族にちょっとしたものを買うのが好きだった。何を買うにしてもバックパックにきちんと収まるものばかりだった。だからイラク人たちは、ルート・プルートを歩いているイジーの姿を、あるいは作戦基地から一キロ半ほど離れたところでタクシーに乗った姿を、そしてしばらくしてタクシーから降り、そのタクシーが見えなくなるまで靴紐を結んでいる姿を、次に二台目のタクシーを拾い、ときには三台目をつかまえて家のそばで降り、しばらくの間煙草を吸って尾行がいないことを確認しているイジーの姿を見ても、彼を疑う理由はないはずだった。

「家で過ごす夜は、眠れないんですよ。ドアがノックされるんじゃないかと思ってね。『さあ、来てください』と。でもともかく、これが私たちの生活だから、なんとか折り合いをつけていくしかない」とイジーは言った。いま彼は基地の売店に向かって歩いていた。次の帰宅に備えて買い物をするために。売店の入り口で立ち止まり、ボディチェックを受け、それからシャンプーのボトル三本、チューブ入りのココアバター・ローションを一本、チートスふた袋、ライフ・セイヴァーズ・グミをひと袋、スターバースト二箱、ハーシーのキスチョコふた袋、スキットルズひと袋、トゥウィックス・バー一本、M&Mひと袋を買って、二十五ドル十一セントを払った。

それを自分の部屋に持ち帰り、ロッカーを開け、前に買った鉛筆とヘアバンドと娘の傷口用ローションの隣に置いた。ロッカーの中にはファイルホルダーもあった。その中には、いつか彼と家族とを、次回は難民としてアメリカに連れていってくれるかもしれない推薦状が入っていた。有能な通訳者であることを証明する推薦状だった。少なくとも一年間通訳として働き、適切な推薦状があれば、難民として認定されるといわれていた。そのためには五通の推薦状が必要だった。イジーはこれまでに九通を手にしていた。そこには、たとえば、「われわれの作戦に必要な情報を集めるために彼は死ぬほど殴られ、入院していたときに生まれたアメリカへの忠誠心を保証する」と書かれていた。九通とも似たようなものだが、イジーはもっと手に入れたかった。それが助けになるのなら十二通は手に入れたかった。二十四通は手に入れたかった。妻が亡命先として考えているのはヨルダンかシリアだが、イジーはアメリカ合衆国に行きたかった。たとえ難民としてぎりぎりの生活しか送れないとしても。そんなことはどうでもよかった。ここバグダッドのこの地域はまさにぎりぎりの生活だが、アメリカは低賃金の外交官として三年間暮らした場所だ。それ以来ずっと心の中にある場所だ。

ふたりの娘にはアメリカ風の名前をつけた。

三十五州を訪れた。

いまでもパンアメリカン航空の優良搭乗者会員カードを持っていた。

もっと長くアメリカに滞在していたかったが、一九九二年にイラク任務について二週間の審査をするという名目でバグダッドに呼び戻された。そしてパスポートが失効し、彼は「とんでもない失敗作」と呼ばれ、家族がアメリカ合衆国に政治亡命をするならばお前を殺すと脅された。彼は「荷物をまとめてすぐに帰国してくれ」と電話でアメリカにいる妻に告げた。詳しいことは言わなかったが、妻にはその言葉の真意がわかり、帰国した。

七年が過ぎた。

一九九九年、後に車爆弾で重傷を負うことになる娘が生まれたばかりのとき、通りを歩いていたイジーは、イラク政府の情報部員に拉致された。イラク政府は彼がアメリカ合衆国に対してどんな感情を抱いているか知りたいと思ったのだ。地面に倒され、靴を脱がされ、ベルトを外され、両手を縛られ、目にテープを貼られ、電線で叩かれ、蹴られた。縛られ、目隠しをされ、血を流しながら食料も水も与えられず、その部屋にひとり放置された。イジーはさらに数日間殴られ続け、それから刑務所の独房に移された。そこで八ヶ月過ごし、家族が家と車と、ティグリス川にときどき浮かべては楽しんだ小さなボートを売って得た金で判事を買収し、ようやく釈放された。釈放後、眠れず、真夜中にやって来て、「さあ、来てください」と言う者を待った。イジーはシリアを通ってレバノンに向かった。家族も後に続こうとしたが、シリアの国境で取り押さえられ、バグダッドに連れ戻された。

四年が過ぎた。

二〇〇三年に、戦争が始まった。アメリカがバグダッドに侵攻してきた。イジーはレバノンでその様子を見て、これで帰れると思った。列車に乗ってイラクに入り、バスに乗ってバグダッドに入った。そこから歩いてアパートメントの建物を探した。電気は来ていなかった。建物が燃えていた。通りには銃声が響いていた。ようやく目当ての建物を見つけ、ドアをノックした。ドアが開くと、妻がそこにいた。蠟燭の明かりの中、暗い廊下を覗き込み、だれが来たのかを確かめようとし、夫の姿を目で捉えた。アメリカのバグダッド侵攻のおかげで、イジーは家に帰れた。

さらに四年が過ぎた。

いま二〇〇七年十月二十六日、イジーは、ドアが開いてからの様子を思い出していた。「私は何も言えなかった」イジーは作戦基地の自室でそう言った。「ただ妻を抱きしめ、キスをした」ニューヨークで生まれた上の娘が駆け寄ってきた。下の娘は嬰児だったとき以来父親を見ていなかったので、部屋の暗がりにいた。「さてさて、この子はだれかな」父親がそう言いながら近づいてきて、手を伸ばしたが、女の子は相手がだれかわからず、その声に含まれている優しさに気づかなかった。彼女は怯え、身をすくませた。父親に全面的な信頼を寄せるようになるのにだいぶ時間がかかった。でも父親を信頼していたからこそ、作戦基地の救護所で傷の手当をされていたときに父の手を握りしめていたのだ。いまイジーは娘の信頼を得ていた。少なくとも帰宅すると彼女に、キャンディやヘアバンドやアメリカ製のローションを手渡すことができた。

イジーはいつも不思議に思っていた。家宅捜索の任務を帯びたアメリカ兵が深夜に彼のアパートメントにやってきたらどう思うだろう、と。家具のない部屋。ペンキを塗ったばかりの煤だらけの壁、深いへこみのできた冷蔵庫を見るだろう。しかしそれを見ても、爆発で飛んできたガラスがぶつかった痕だとわからないだろう。額の横に傷のある幼い少女が両親のマットレスの真ん中に寝ているのを見るだろう。床の中央に積み上げた衣類の中に、紫色のサンダルを見て、つかの間、故郷のことを思い浮かべるかもしれない。五分で入り、五分で出る。ごく普通のイラク人家庭。彼らはそう考えているのかもしれない。そしてそれは正しいのだ。

「ひとりでいるのはたまらなくいやだな」とイジーは狭い部屋を見回して言った。「ここにいると、おかしくなるよ」

彼はテレビをつけ、映像が現れるまでアンテナの形に作ったワイヤを動かした。サッカーを見たいと思ったが、映ったのは、ディシュダシャスというローブを身につけ、長い髭を生やした四人の男が話しながら雪の中を歩いている風景だった。彼らは怒っているらしかった。声が大きくなっていった。聖戦《ジハード》をおこなう人々だとアラビア語のわからないアメリカ人なら思うかもしれないが、イジーが言うには、彼らは詩を朗唱しているに過ぎなかった。

「私の命は小麦粉の袋のようだ。風に飛ばされて茨の茂みにかかった」イジーは彼らの言葉を通訳した。

「いや、違うな。風の中の塵のようだ。私の命は風の中の塵のようだ」イジーは訂正した。

「望みをなくした男のようだね」イジーは説明した。

「知ってるか」カウズラリッチがイジーについて話していた。「片眼鏡《モノクル》をつけてシルクハットを被らせたら、あいつはミスター・ピーナッツにそっくりだぞ」

今日は十月二十八日。カウズラリッチの誕生日がやってきた。カウズラリッチとイジー、ブレント・カミングズは、大きな誕生パーティをすると約束したカシム大佐に会いに出かけるところだった。

「準備はいいか?」カウズラリッチは警護部隊の兵士に向かって言った。

「覚悟を決めよう」ひとりの兵士が言った。

「最近はあんまり爆発しない」バリー・キッチン二等軍曹が言った。この男はこれまでに、二回の派兵で二十五回のIEDの爆発と銃撃戦を体験してきた。いちばん新しい爆発によって腰をひねり、軽度の火傷を負った。

「黙ってろ」別の兵士が言った。

だれもがこの遠征を危ぶんでいた。

「誕生日のお楽しみがあるとは思えませんね」とひとりの兵士が言った。「むしろ不満だらけの訴えを聞かされるのが落ちですよ」

一方、カミングズが心配していたのは、入念に計画が立てられている点だった。時間、場所、ルート。向こうで待っているのはパーティか奇襲か。「あのカシムは立派な男だとは思うが」前夜にカミングズは不審に思いながら言った。

そしてイジーも不審に思っていた。イラクでは子供の誕生日は祝うが、大人の誕生日は祝わないからだ。少なくとも、彼の知っている大人たちはパーティなど開いたことはなかった。

「正直に言うと、自分の誕生パーティのことも思い出せないくらいだよ」イジーがそう言ったのは、カシムがカウズラリッチの誕生パーティを開く約束をしたことをほかの通訳と話しているときのことだった。

「二十歳を過ぎたらだれも誕生日のことなんか気にしないよな」別の通訳も同意した。

「子供のためなら、親は何かするさ」とイジーは言った。「しかし、結婚記念日だって祝ったりしないんだから」イジーは、自分の誕生日がいつなのかもわからない、と言った。書類には一九五九年七月一日と記されているが、同世代の男たちにとって生年月日というのは、政府が徴兵するうえで人口を分類するための手段以外のなにものでもなかった。だから、男の半数は誕生日が一月一日だった。そしてもう半数は七月一日だった。そしてイジーの誕生日が七月一日だということは、一年の前半に生まれたということしか意味しなかった。母親は、彼が生まれたのは春の収穫時期、畑で仕事をしていた頃だと言ったことがある。だからもう少し詳しく日を特定できるかもしれないが、それがなんだというのだろう。

　彼は死に対しても同じ考えだった。「神がある日命を与え、ある日その命を取っていくとわれわれは信じている。家にいようが仕事場にいようが、心臓発作であろうが病気や銃弾やＩＥＤであろうが、どうでもいいんだ。ある日生まれ、ある日死んでいく。何をしようと、それが運命。それだけのこと。自分の年齢や運命を超えることはできない」

　通訳でいることの危険について。「ああ、そうだね。いつ死んでもおかしくない。でも銃弾を頭に受けて殺されたら幸せだ。もっとひどいことがいくらでもあるから。たとえば、トラックの荷台に腹を空かせた二匹の猫といっしょに放り込まれ、そいつらに顔を引っ掻かれて、肉を食べられ、それから壁に吊され、イエス・キリストみたいに釘で固定されて、ドリルで頭に穴を開けられ、めった切りにされて、それから銃で撃たれて、炙り殺される。そのあとゴミ溜に捨てられて犬に食われる。そういうことが前にあったんだよ。だから殺されるときはあっさりと一発の銃弾で死なせてほしいと思う」

「それで中佐の誕生日はいつなんだ」もうひとりの通訳がカウズラリッチの誕生日のことをイジーに尋ねた。

「実は知らないんだ」とイジーは言った。

「それでどうやって祝うつもりなんだ」もうひとりの通訳が言った。

どうやって？　いつ？　なぜ？　イジーにはまるでわからなかった。しかしカウズラリッチは贈り物を受け取るのにふさわしいとイジーは思った。「正直な話、私はK中佐のように、自分のしていることをよく理解しているアメリカ人将校にこれまで会ったことがない」とイジーは言った。K中佐はアラビア語を学ぼうとした稀な人物だ、とイジーは言った。K中佐はキャンディやサッカーボールを子供たちに手渡したが、イラクの中佐はそんなことは絶対にしなかった。数週間前、議会の建物で、壊れた車椅子に乗っていた女性が助けを求めていた。K中佐は翌日新しい車椅子を用意してあげた。「ありがとう」と女性は驚愕を抑えて言った。そして通訳していたイジーは、気分爽快になった。

イジーが懸念していたのは、自分が何をすべきか理解している人がこの先現れるかということだった。

「アッサラム・アレイクム」カウズラリッチはカシムのオフィスに入りながら言った。「シャク・マク？」

カシムは立ち上がって挨拶した。そこにいるのは彼だけだった。オフィスは暗かった。これはソファの後ろに隠れているだれかが「びっくりしたでしょ」と叫んで現れるためではなく、停電していたからだった。

「さあ、どうぞ座ってください」カシムが努力して覚えようとしている英語で言った。

カウズラリッチは腰を下ろした。イジーが腰を下ろした。カミングズが腰を下ろした。護衛の兵士数人が腰を下ろした。そしてそれが合図のようだった。数分後に、カウズラリッチがよく会っているカマリヤとフェダリヤから来たふたりの人物がオフィスに入ってきて、腰を下ろした。イジーは通訳した。このふたりは、知り合いがＥＦＰの製造集団の一員だと疑われて前夜拘束されたと訴えた。

「わかりました。今日釈放しましょう」とカウズラリッチはひょうきんな口調で言った。

ふたりはびっくりした。

「びっくりするようなことですかね」カウズラリッチは言った。もうひょうきんな口調は消え去っていた。ふたりがさらに要求ばかり言いつのりだすと、カウズラリッチは急に寂しくなった。パーティがなかったからではない。根無し草のような感覚、やるせなさを感じる日が年に何度かある。

クリスマス。感謝祭。食堂に装飾が施されたすべての祝日。ボール紙でできた七面鳥の切り抜き。ボール紙でできた花火の切り抜き。もしかしたらボール紙の切り抜きがよくないのかもしれない。そして誕生日には、なんの装飾もなかった。帰り際、カウズラリッチは携帯電話のメールをチェックした。カンザスからは何の知らせもなかった。これが自分の誕生日だ。暗い部屋に、無関心な異国人。増派がなければ自分の人生には現れなかった人々。

ドアが開いた。入ってきたのは、またもやカシムの大隊のメンバーで、トレイの上に7UPの缶をたくさん載せていた。会議が重なるときに、7UPを運んでくることだけが彼の任務のようだった。彼は若くて臆病で、驚くほどうぶだったので、カウズラリッチの部下数人が彼をオトナにする計画を立て、ある日ネットで注文したプレゼントを贈った。「ポケット・プッシー」と呼ばれる「大人のおもちゃ」だった。彼はそれを不思議な顔つきで見てから戸惑った表情を浮かべたが、客からの贈り物だったので愛想良く受け取り、以来二度とそのことに触れることはなかった。いま彼は、やはり愛想良く、オフィスにいるそれぞれにソーダ缶を配り、配り終わると余った缶をオフィスの隅にある冷蔵庫に入れた。

ドアがまた開き、ミスター・ティミミがさらにふたりの不平屋とともに入ってきた。ふたりは椅子に座るとすぐに不平をこぼし始めた。部屋の向かい側に大きな窓があり、外に男たちが集まっている音が聞こえてきた。その男たちが被っている布を見たカミングズは、もしや手榴弾を隠しているのでは、と疑っていた。

ドアノブがカチャカチャ鳴ってカメラを構えた人物が現れると、カシムは部屋を横切って自分の机に戻った。

　ドアがまた開き、カシムのふたりの部下が、大きなテーブルをオフィスの中に入れようとして格闘した。次に、チキンやパンやサラダを載せた皿を持った男たちが続いた。カウズラリッチがここで何度も食べてきた料理とまったく同じだった。ナイフやフォークはなく、みな濡れた指でそれを食べ、最後の残り物は、閉じられたドアの向こう側で待機している警官のために持ち去られた。そして、次のことが始まって初めてカウズラリッチは、今回がいつもと違うことに気づいた。

　カシムが机の下に手を伸ばし、「クリスピー」と上に書かれた真四角の箱を取り出し、テーブルの上に置いた。そしてカウズラリッチに向かって完璧な英語で、まるでずっと練習していたかのように、言った。

「これはあなたのためのピザです」

　そう。それはピザだった。

　上にトマトとチーズとソーセージのようなものと、それからチキンが載ったピザだった。

「イラクのピザは食べたことがないなあ」カウズラリッチは言い、笑い出した。そしてふたつ目のピザが机の下から現れ、カシムが胸を張って言った。「イラクはあらゆるものの発祥の地です。反乱も、食べ物も」

　破られる約束も、ここが発祥のような気がした。しかしこの日、ひとつの約束は守られた。カウズラリッチの誕生パーティが開かれていた。

「これはささやかな物です」カシムは隅のほうに行き、満足そうな表情だった。余分の金などないような生活をしているにもかかわらず、この日のためにあえて自腹を切ったのだ。「K中佐はもっと多くの物に値する人です」

だれかが膨らませた三個の風船を、イジーが天井にテープで留めた。

贈り物がきた。ペン。腕時計。ナイフ。額に入った「バビロンの門」の訳文。ディシュダシャ〔訳註　男性用のローブ〕。

不平屋は不平をこぼすのをやめて祝いの言葉を述べた。

「K中佐。あなたはわれわれの最愛の友人です」とひとりが言った。

「アメリカとイラクはこの先もずっと協力していくと思いますか」ともうひとりが訊いた。

「われわれは永遠に友人だと思いますよ」とカウズラリッチは答えた。

「友人」ミスター・ティミミがカウズラリッチの頬にキスをした。

「友人」カウズラリッチが返した。

しかし、いちばん驚いたのは、ピザだけではなくケーキまであったことだ。三段のチョコレートケーキで、渦巻きと花の形を描いた糖衣に覆われていた。それぞれの段に蠟燭と小さな花火も置かれ、いちばん上に載っている大きなハート型のボール紙のカードには手書きの文字でこう書かれていた。

「たんじょうびおめでとう、Kちゅうちゃ!」と。

煙草用のライターで蠟燭と花火に火がともされ、蠟燭は燃え、花火はパチパチとはぜ、数人が「ハッピーバースデイ」を歌い始め、数人が人工雪を降らせるエアゾール缶を摑んで空中に向けて噴霧した。これで喜ばない者がいたらそれは皮肉屋だけだ。そして四十二歳になったカウズラリッチは、皮肉屋にはほど遠かった。

「信じられない」彼は人工の雪を頭に受けながら言った。ケーキを食べた。写真を撮るためにポーズを決めた。「私がイラクで祝ってもらった最高の誕生日としてきっといつまでも心に残るよ」と彼は言った。そして帰る時間になった。

カウズラリッチはカシムのところに行き、礼を述べ、両頰にキスをした。

「あなたの誕生日はいつ？」とカウズラリッチは訊いた。

「七月一日」とカシムは答えた。

防弾チョッキを身につけ、カウズラリッチは外に向かった。彼は贈り物と風船を持ち、建物の角を曲がると、いきなり大勢のイラク人たちと相対した。カミングズが窓の外に人が集まる音を聞いたのはこれだったのだ。数十人はいた。彼らはカシムの部下の兵士で、スンニ派もいればシーア派もいた。カシムが信頼を寄せる者もいれば、寄せられない者もいた。彼らはカウズラリッチと贈り物と風船を見ると、口々に叫び始めた。

カウズラリッチは歩き続けた。カミングズとほかの兵士も歩き続けた。

イジーも歩き続けた。またもやいつの間にか、自分が仕事をしている相手であるアメリカ人と、自分が生活の基盤を置くイラク人の真ん中にいた。

これが、戦争が彼に与えた生活だった。しかしこの日、人生で初めて、葛藤したり肩身の狭い思いをしたりしなかった。その代わり、兵士たちが口々に叫び続ける言葉に、声をあげて笑った。

「クリスマスだ！　クリスマスだ！」彼らはKちゅうちゃに向かってそう叫んでいた。

9章

二〇〇七年十二月十一日

今月は、われわれがイラクで望んでいた成功を収めて、さらに多くの兵士が帰郷するでしょう。兵士たちが帰ってくるのです。
——ジョージ・W・ブッシュ　二〇〇七年十二月三日

ジェフリー・サウアーは、十二月に帰郷できる兵士のひとりだった。彼のすべきことは、残りの数週間を過ごすことだけだった。

カウズラリッチと同階級の中佐であるサウアーは、作戦基地にいる別の大隊を指揮していた。この大隊は十六－二より数ヶ月早く基地に到着していたので、カウズラリッチと十六－二の兵士たちが経験するどんなことも一歩先に体験しているようだった。たとえば、ケイジマが四月に死んだとき、サウアー隊は九人を殺されている月のまっただ中にいた。九人目が死んだときにサウアーは、

アダム・シューマン

死んだ兵士ひとりひとりの写真を見ながら言った。「こいつらを見てくれ。立派な兵士だった……婚約者がいて……腕立て伏せ四百回、腹筋四百回できた奴だった……銀星章の受章者だった」「俺たちはもっといろいろなことを成し遂げられると思ってここに来たのに」サウアーは、カウズラリッチがまだ知らないことを知っていた。

十一月になり、できることには限りがあると骨身に沁みてわかるようになったサウアーには、帰国の日が迫っていた。「俺は帰国する日を指折り数えて待っているのか?」彼はある日そう言った。兵士はそうしたことはしないほうがいいとされていた。食堂で手にするトレイは茶色ではなく白いほうがいいとか、戸口から出るときは右足ではなく左足のほうがいいといったジンクスと同じだった。「数えている」そうせざるをえない、と彼は言った。帰国の日が近づいてくると、兵士はだれもがそう思っていた。「最後に死ぬ兵士にはなりたくない」。サウアーもそう言った。というのも、とうとう彼もイラクに来てから初めて自己鍛造弾《EFP》の悪夢を見るようになっていたからだ。自分めがけてすさまじい爆発が起き、何もかもが真っ白になっていく夢を。「くそ。それで目が覚めたんだよ」

その数日後、ルート・プレデターズを走行しているとき、実際に爆発が起きた。夢に見ていたとおりだった。左側で爆発し、ハンヴィーが土煙に包まれ、何も見えなくなった。後に彼はこう言った。自分が死ぬ瞬間の音は聞こえるか、という問いの答えがわかった。ノー、だ。

その数日後、また爆発に遭った。それは夢に見ていたとおりではなかった。今度は死ぬ瞬間の音をいやでも聞く羽目になった。

それは静かな日曜の朝、陽が上がった直後のことだった。作戦基地の建物すべてが震動した。ドアはその衝撃で前後に揺れた。窓は吹っ飛んで粉々になった。いつものロケット弾や迫撃弾よりはるかに音も威力も大きかった。空襲警報は鳴らなかった。世界の終わりが来たかのようにいきなり爆発したので、掩蔽壕に入ったりベッドの下にもぐり込んだりできないうちに、二発目が爆発し、三発目が爆発した。

この日は後に「爆弾投下の日」と呼ばれることになる。アパッチ攻撃ヘリから発射されたミサイルの爆音や自分の心臓の音を数に入れてしまった者もいたかもしれないが、兵士たちが数えた爆発の数は全部で十五回だった。実際の数はどうであれ、爆発は二十分間続き、静寂が戻ったときに初めて、爆弾の規模の凄まじさが明らかになった。

二台のロング・ボディのダンプカーだった。その二台は作戦基地の真向かいを延びるルート・プルートから脇にそれ、セメント工場の手前の無舗装の場所に入っていった。それぞれが、シリアで製造されたコンソメ味のポテトチップスのカラフルな袋を何千個と積んでいた。だがその袋の下には、プロパンのボンベの乗った発射レールが隠されていた。トラックの荷台が持ち上がり、ポテトチップスの袋が落下して初めてその姿が現れた。

ボンベは爆弾だった。中にはボールベアリングと爆薬が詰めてあった。ボンベの底に取り付けられた百七ミリメートルのロケット発射台には、作戦基地を取り囲む高い壁を越えてボンベを飛ばせられる威力があった。壁を越えた時点で、起爆装置のあるタンクの頭部が下向きになり、真っ逆さまに落ちて爆発し、五百ポンド爆弾相当の凄まじい音と破壊力を生み出し、爆弾の破片とボールベアリングが何百メートルにもわたってあらゆる方向へ飛び散っていった。発射台の役割を果たした二台のトラックがアパッチ・ヘリのミサイルで破壊されるまで、爆弾は恐ろしい勢いで次々に引きも切らず発射された。破壊されたトラックが冷えて調査できるようになったとき、一台のトラックに次のような文字が書いてあるのを発見した。「聖なるコーランからの声明。勝利は神からもたらされる。完全なる勝利は間近だ」。別の声明も携帯電話のメールという形で残されていた。「お前らに、小さなヒロシマを味わわせてやる」と。それから「今朝の気分は？　お楽しみは続くぞ」

イラクでこの武器が使われたのはこれが初めてだった。やがてこの武器はバグダッド全体に広まり、「多数の兵士」を一度に殺傷する力があるため、アメリカ軍は「われわれが直面している最大の脅威」と言うようになる。この最初の攻撃のときに重傷者がひとりも出なかったのは、喜ぶべきことだった。しかし作戦基地内の被害は甚大で、何百万ドルにも達した。攻撃がやんだあと、カウズラリッチはその被害の大きさを調べてまわった。壊れ果てた一台のトレイラーにたどり着くと、そのそばにジェフリー・サウアーが立っていた。

そのトレイラーはサウアーのものだった。次々に爆弾が近くに落ちてくると、サウアーはトレイラーの中で目を覚ました。トレイラーを取り囲む防爆壁は爆弾の破片を食い止めてくれたが、激しい震動が屋根と窓を襲った。トレイラーが破壊され、彼は頭を覆って死ぬのを待った。爆発に次ぐ爆発。今回サウアーはそのすべてを聞いた。ようやくトレイラーから這いだすと、壊れた建物と車が煙を上げている光景が広がっていた。カウズラリッチがやってきたとき、サウアーは呆然とした表情で立ち尽くし、地を這いずる何かを見つめていた。

「この虫が見えるか？」と彼はカウズラリッチに言った。

カウズラリッチは頷いた。

「一週間前なら、踏みつぶしてたよ。でも今日は日曜日だ。俺はなんとか殺されずにすんだから、こいつも生かしてやるよ」そう言いながらサウアーは虫を見つめ続け、カウズラリッチは、間もなく故郷に帰る男の顔を見つめ続けた。

故郷。それはひとつの場所というより、思いを馳せるものであり、実生活から切り離された領域だった。そう思わせる一因に時差があった――アメリカで夜が明けた頃、イラクは夕暮れになった――が、九ヶ月過ぎた後では、時差だけが原因ではなくなっていた。兵士たちはイラクのことを人に説明するのに苦労した。ハンヴィーに再び乗り込むときの恐怖を知らない者に、その怖さを説明することはできなかった。あるいは、ロケット弾が降り注ぐ中、薄っぺらな壁に囲まれた便所に入っていたときの恐怖。午前三時にイラク人の建物を家宅捜索した際に、血まみれの壁と血の染みのあるマットレス、ゴムホース、顔のような形に引っかいた痕のある壁と囓りかけのパンのある狭い拷問部屋を発見したときの恐怖。しかもそのパンを靴で突いてみたところ、まだ柔らかいことがわかったときのさらなる恐怖。あるいは、ブレント・カミングズのように、自分の部屋にいるとき、快適さを求めて買った安絨毯と床との境目に片足を置くことは二度と、**絶対に**しないという究極の誓いが増えていく恐怖。一度そこに足を置いた日に戦死者が出たからだ。

もしカミングズがそれを妻に話したら、理解する手がかりが妻にあるのだろうか。

もしこのことを兵士に話したら、理解しないですます手だてが兵士にあるのだろうか。

ここで九ヶ月を過ごしたいま、故郷とは**どこなのか**。カウズラリッチの誕生日のために妻ステファニーが子供たちのビデオを撮ってくれた向こう側なのか。それとも、その送られたビデオを観るために一日のリズムを乱されてしまうこちら側なのか。

「お誕生日おめでとう、チャ・チャ・チャ」と子供たちは歌った。

「俺の可愛い奴ら」と彼は言った。そしてもう一度ビデオを観た。そしてもう一度。三人の子供の背がとても高くなったことに驚きながら。

故郷とは、日々のなかで子供の成長過程を意識することのないあちら側なのか、それとも遠縁のおじさんのように段階的に成長していくことに驚くこちら側なのか。

音飛びのするビデオ、おざなりに書く電子メール、ときたまの電話、インターネットでのやりとり――そうしたものがこちら側とあちら側を、そしてあちら側とこちら側を繋ぎ止めるロープだった。そうやって遠く離れたまま時間が経つうちに、そのロープも擦り切れていった。

「この週末のお天気はとっても素晴らしかったのよ」カウズラリッチの母親は十月に息子に書き送った。「木の葉が色づき、風がなく、気温は十五度から二十一度くらいだった！　イラクには気温以外に秋の訪れを知らせるものがないのかしら。あなたの愛する父母より」

「お父さん、お母さん」カウズラリッチは返事を書いた。「ここでは三十七度の気温が続いています。葉はまだ色づいていません、ではまた。ラルフ」

「愛するあなた！　愛してる！　今日はね、休暇の過ごし方を夢中で調べていたの……」妻のステファニーが十二月初めに送った電子メールはこう始まっていた。彼女はそのときから、カウズラリッチの休暇をフロリダで過ごすいろいろな計画を書き送った。飛行機と、パックツアー、ホテル、リゾート地などを探し、料金を細かく書きこんだ。このホテルとあのホテルではどっちがいい？　スタンダードルーム、それともスイートルーム？　ホテル、それともコンドミニアム？　食事付き、それとも食事なし？　ディズニー、それともユニバーサル？　シーワールドはどう？

「どう思う？」

「ステファニー・コリーへ」彼は返事を書いた。「きみと子供たちといつでもいっしょにいられるなら、ひっくり返ったバンガローだって天国だよ。金の問題じゃない。温水プールはいいな。きみの決定に大賛成……抱擁《ハグ》。ラルフ・レスター」

「了解!!」彼女は返事を書いた。カウズラリッチは、「愛」という言葉が冒頭にないことに気づかないうちに、それに続く文章を読んでいた。「わたし、昨夜はいつもより寝るのが二時間も遅かったのよ。今回の旅行で少しでもあなたの希望が反映されるようにいろいろ調べていたから。そっちでは決定しなければならないことがたくさんあって、こんなことであなたを煩わせちゃいけないってわかってるけど。わたしだって十ヶ月間もひとりでいろいろなことを決めてきたわけだし……」

一方、ブレント・カミングズが家に電話をかけたところ、妻のローラが、スポーツバー〔訳註　スポーツ番組専門のケーブルテレビを見せるバー〕に娘ふたりと行って帰ってきたばかりだと言うのを聞き、笑えばいいのか泣けばいいのかわからなかった。故郷にいたとき、金曜日には必ずスポーツバーに家族で行くのが習慣となっていた。いまも妻がそれを続けていることに心動かされたが、ダウン症の四歳の下の娘がテーブル席で吐きまくり、八歳の上の娘は「きもい、きもい、きもい」と言い続け、ウェイトレスはおののき、ローラは拭き取るナプキンが足らず、それでも娘は吐き続け、スポーツバーの客は目を背け、漂ってきたのがフライドポテトではない臭いだとわかると口と鼻を塞いでいた、ということを聞くに至っては……。

一方、スナイパーの兵士は怒り狂っていた。アメリカ時間で午前一時に妻に電話をかけたがだれも出ず、**午前一時に俺の女房はいったいどこにいやがる？**　と思った。そして午前二時に電話したところやはり出なかったので、**俺の女房は午前二時にいったいどこにいやがる？**　と思った。

「多くの兵士にとって、いまでは故郷は最悪の場所ですよ」ある日、精神衛生の専門家ジェームズ・ティクザップが言った。彼は「戦闘ストレス」を担当している大尉だ。「壊れた関係、砕かれた関係、疑い深い関係がはびこっています。うまくいっている関係にもすれ違いが生じています」彼はさらに続けた。いけないのは、派兵の途中で休暇で帰郷する兵士たちが、以前より何もかもがよくなっていると思いこんでいる点だ、と。「兵士たちは怒りを抱えて帰っていきます。故郷に帰って普通の生活をしたいのです。ところが兵士のほうがまったく普通でなくなっている」彼はさらに言った。「休暇で帰郷するのは、派兵の中でも最悪のことなんです」

兵士たちは十八日間故郷に滞在する。迷彩服を身につけず、武器を持たず、手袋を取り、ゴーグルを外して、不審なゴミの山があそこにあるぞと思いながら車を運転しないで済む。それなのに、大半の兵士が目の前のゴミを怪しいと思いながら運転した。それを忘れ去るには十八日間はあまりにも短かった。カウズラリッチは、自分の休暇はいちばん最後に取らなければ男がすたると思っていた。そのために、部下たちがヘリコプターに乗っていっては三週間後に帰ってくるのをイラクにいて見守っていた。兵士たちはいろいろな土産話を持ち帰った。

ブライアン・エマーソンという特技兵は、二年間の交際を経た相手とラスベガスのスウィートハーツ・ウェディング・チャペルで結婚式を挙げることになった。彼女の母親は携帯電話で聞きながら式に参加した。イラクに戻ったブライアンは、五千ドルを使ってきたと言った。結婚指輪の値段はそこには含まれておらず、大半がホテル・ベラジオの宿泊料で消えた。「ペントハウス・スイートだったんだぜ」と彼は誇らしげに言った。「一泊五百ドル、プラス諸費用。そこに二泊した」そしてチェックアウトの時間になった。「あんな辛い思いをしたのは初めてだよ」

ジェイ・ハウエル軍曹は、ミズーリ州ブランソンのディナー・シアター「ディキシー・スタンピード」〔訳註　食事をしながら、動物が登場するアトラクションを見て楽しむ大規模なレストラン〕に行った。「食事してるあいだにアリーナではロデオが繰り広げられてるみたいな感じでさ。テーマは『南北戦争』なんだ」と彼は言った。「アリーナの中に入っていくと、南北のどちらかになる。歌ったり踊ったりするショーを見るんだ。競馬があったり、武器を取り合ったり、豚をつかまえたりする。それから観客の中から選ばれた子供たちが鶏を追いかけたりするんだ。南軍対北軍で。何度か行ったけど、たいてい引き分けで終わるんだ。子供はそこが大好きなんだよ」それからイラクに戻る日が来た。

ランディ・ワッデル上級曹長はまっすぐに帰宅し、滞在中を愉しく過ごした。気が気ではなかったのは、十七歳のひとり息子のジョーイが乗り回しているトラックが、走行距離二十五万キロでオイル漏れがあり、トランスミッションがゆるく、しかも割れた窓にビニールテープを貼り付けていたことだった。

「それで俺たちはちゃんとしたトラックを探しに行ったわけだ」と作戦基地に戻ってきたワッデルは、ブレント・カミングズに休暇中の出来事について話して聞かせた。「そしたら、なんてこった、どの車もえらく高くてな」いちばん気に入ったトラックはトヨタの店にあった。走行距離四万キロの中古の灰色のダッジだが、値段が一万七千ドルだった。**たった**一万七千ドルですよ、とエネルギーの塊のような小柄なセールスマンが言った。しかし少しも「たった」ではなかった。

　カミングズは、同情するよ、とばかりに首を横に振った。

「それである夜、俺はポーチにひとりで座ってそれについて考えた」ワッデルは続けた。「俺は自分にこう話しかけた。『いいか、ランディ、やり直しがきかなかったら、なんらかの事情でお前が帰れなかったらどうなる？　お前がイラクに戻る前に買ってやらなかったら、ジョーイはあのひでえトラックにずっと乗ってなくちゃならないんだ』って」ポーチでひとり、あれこれ考えていた、とワッデルはカミングズに話した。古いトラックを修理するか？　それならできる。「いやそれより、ちゃんとしたトラックを買って、この問題にけりをつけよう。そうすればイラクに戻ったときには少なくとも、帰郷したときに正しいことをしたんだと思える、と。

　それで俺は一万七千ドルのトラックを買ったんだ」

「ほおお」とカミングズが言った。

「どんなふうにやったか言わせてくれ」ワッデルは言った。「これがすごいんだ。俺があいつを驚かせたやり方ってのがな。俺たちはそのトラックを見て、転がしてみて、それから二日ほど間を置いて、あいつが学校に行ってるあいだに書類を全部そろえた。それですべての書類にサインをする準備ができた日に——電話でやりとりして段取りをつけた——俺はジョーイに『なあ、あのトヨタの店に行って、あのトラックがまだあるかどうか見てみようぜ』と言ったんだ。そしたらあいつは、『行く必要なんかないよ、パパ。買えないんだからさ。そのことはもう話したじゃないか。高すぎるって』。それで俺は、『まあともかく、話しに行ってみようじゃないか。一万七千じゃなくて一万五千にしてくれれば交渉するつもりなんだ』。それでふたりで店まで行くと、そのトラックが元の場所になかった。取りにくる俺のために店の者たちが動かしてくれたわけなんだ。俺はセールスマンのひとりに話しかけた。俺のことを何も知らない男だ。『あの灰色のダッジだが、どうかしたのかい?』と訊くと、『ああ、今朝人がやって来て、買っていきましたよ』。そのときのジョーイの顔といったら、**見せ**たかったよ。『ほらやっぱりそうじゃないか、パパ! だれかがとっくに買っちゃったよ、って言っただろ!』と大騒ぎだ。それで俺は『さてさて、中に入って担当者に聞いてみようじゃないか』と言って、俺たちは中に入った。すると小柄な男が駆け寄ってきた。そして、ミスター・ワッデル、お元気ですかとかなんとかいろいろ喋った。それで俺は、『お前さんが今朝あのトラックを売ったと聞いたんだが』と言った。『ええ、売りましたよ。**あなた**に売りましたとも!』その瞬間、ジョーイが振り返って俺を見た。それで俺はこう言った。『ああ、そうだ、向こうのトラックはお前のものだ』。

これがトラックを買ったいきさつさ」

「すごいじゃないか」カミングズが言った。

「うまいこといったよ」ワッデルが言った。


「俺は七千ドル使った」。休暇から帰ってきたばかりのジェイ・マーチは、死んだ蠅がたくさん入った毒の袋がかかっている木の陰にいた。

「つまんねえ冗談はやめろよ」いっしょに座っていた軍曹が言った。

「冗談じゃない」マーチはそう言うと、二十一歳になってからやったことを詳しく語った。ジェームズ・ハーレルソンの追悼式が終わって、頭の中でずっと消えないでいる映像を新しい映像で消したくてオハイオの自宅に行った。

「まず初めに俺は千五百ドルを取り出し、ふたりの兄弟をショッピングモールに連れ出した」とマーチは話し出した。それから、話をもっと前に戻し、いちばん最初にやったのは、空港の駐車場で軍服を脱いで、兄貴が持ってきてくれた下着とTシャツを着たことだな、と言った。それからショッピングモールに行った。そこで、セール品であろうとなかろうと、とにかく好きなものを好きなだけ買って三時間過ごした。貧しくなどないかのように。彼は新しいズボン、新しいシャツ、新しいスポーツシューズを買った。どれもこれも白、純白だった。爽快な気分になりたかったからだ。

　モールを出ると家に帰ってほかの家族に会った。そこでいろいろな質問をされた。「何をしているの？」と訊かれたので、「そうだな、パトロールしてる」と答えた。うまく説明できないので、写真を見せた。ハーレルソンのハンヴィーが火に包まれているところ。クレイグが死んだ直後のクレイグのハンヴィー。カマリヤにいる子供たち。「そこで俺のばあちゃんが泣き出した」とマーチは言った。「ばあちゃんは死というのを知ってた。でも、写真には人がどうやって生きているのかが写ってた。下水溝やなんやらがさ。俺はハンヴィーが糞溜めにはまりこんだ写真を見せた。そうしたらばあちゃんが、これは泥か、と訊いたので、これは糞だと答えた。湖のように見えるのは糞尿が溜まったものだ、って。そうしたらもう何も見たくない、とばあちゃんが言ったよ。立ち上がって別の部屋に行っちまった。それで俺の好きな料理を作り始めた。チキン・パルメザンだ」

俺の最初の日はここから始まった、とマーチは言った。うまいチキン・パルメザンを食べて、成人後初めて六缶パックのビールを買い、それから金曜の夜に『濡れTシャツコンテスト』〔訳註 美人コンテストの一種〕をやっている「ヤンキー・バー・アンド・グリル」という店に、兄貴と友人たちといっしょに行った。

彼は踊った。ビールを飲んだ。テキーラを飲んだ。クラウン・ロイヤルを飲んだ。またビールを飲んだ。フレイミング・ドクター・ペッパーを飲んだ〔訳註 アルコール度百五十一度のラムとビールで作ったもので、作るときに炎を上げるパフォーマンスをする〕。ほかにも飲んだ。「何だかわからないけど、みんなが火をつけたものをビールに入れてた」

マーチは女の子と踊り、イラクから休暇で帰ってきたと言った。別の女の子と踊り、同じことを話した。白い新品のシャツと、白いズボンと白い靴を身につけていたので、気分は最高だった。そしてそう、彼は酔っ払っていた。へべれけだった。しかし自分の名前が呼ばれてステージに上がるよう言われていることが聞こえないほどではなかった。
それで兄と一緒にステージに上がった。そして、ストリッパー・ポール〔訳註　ストリッパーが踊るときに使う柱〕を真ん中にして背中合わせに置かれた椅子に腰を下ろした。するとTシャツ姿の六人の女性が舞台に上がり、ふたりを囲んで踊り始めた。マーチは兄に怒鳴った。「兄貴、逃げられないぞ」ホースで水が撒かれ、女性たちはすぐに頭からつま先までずぶ濡れになり、水たまりで踊りながらシャツを脱いでいった。この瞬間に、彼の頭の中に、消えないショーを消してくれる新しい映像ができたのだろうか。それとも次の瞬間だろうか。というのも、ひとりの女性が彼の新品の靴の上に乗って、体を寄せ、自分の胸を彼の顔に押しつけたからだ。次にその女性は彼の膝の上に乗り、濡れて汚れた足で彼の太腿の上で立ち上がり、ストリッパー・ポールを摑んだ。そして今度は彼の肩に乗ろうとしていた。マーチは酔っていたので、こんなことしか考えられなかった。

俺の新しい白い靴が！

俺の新しい白いズボンが！

俺の新しい白いシャツが！

またもや、彼は汚れていた。
「でも、どうでもいいや、って思った」とマーチは言った。「金はたくさん持ってたからさ。明日になれば服はいくらでも買える」。それで彼は笑いだし、それから大声で叫んだ。だれかがマイクで「イラクから、お帰り」と怒鳴り、ひとりの女性が「今夜はあたしが家まで車で送ったげる」と言い、それでふたりは家の前でキスを交わし、彼女がブラウスを脱いでいるときにマーチは「彼女の胸の上で気を失った。酔っ払って。終わった。彼女に起こされた。『別の夜にしたほうがいいみたいね』『そうだね』」

それでマーチは家の中に入り、また気を失った。そして爆弾が爆発する夢を見た。

「おい、大丈夫か？」と兄に言われて、マーチは目を見開いて体を起こした。

そしてまた気を失った。電話が鳴り始めた。

「俺を呼んでる！　俺を呼んでる！」彼は叫び出した。それから煙草を吸った。また気を失った。そして朝になると祖母が彼を覗き込んでいて、「ほら、オレンジジュースだよ」と言った。そして彼はこう考えていた。

あと十七日もあるんだぞ。


休暇で帰郷した最初の数時間、ネイト・ショーマンはアトランタ空港の中を歩きながら、人の目を見られないでいた。携帯電話をかけているビジネスマン、休暇中の家族――あまりにも違和感があった。「いつもどおりの異常」とカミングズはイラクで言っていたが、これはその反対だった。「異常ないつもどおり」だった。感情を見られないように、目を伏せて、地元に向かう便に乗り換えようとしていた。地元ではガールフレンドが待っていたが、何を話せばいいのかわからなかった。

そして帰郷が終わるときには結婚していた。帰郷中にいちばんしたくなかったことをしたのだ。ショーマンは二十四歳の少尉で、楽観的にひたむきに戦争に取り組んでいた。そんな彼を人々はカウズラリッチの若者版と見ていた。しかし、故郷に向かっているときには、その楽観的な面が薄れていた。派兵されて最初の数ヶ月の間はカウズラリッチの護衛部隊の責任者になったが、その後アルファ中隊の小隊長——つまり二十四人の兵士の命に責任を持つ立場——に出世していた。恐ろしい六月、恐ろしい七月、恐ろしい八月、恐ろしい九月を過ごした兵士たちは、カウズラリッチの「申し分なし」という発言にうんざりしていた。しだいにショーマンは部下の言い分に理解を示すようになった。「奴らにとっては、もちろん俺にとっても、いまやってることや果たしている任務についての意見に耳を傾けるのは難しいことだと思うよ。二月にここに来てからというもの、この場所は何ひとつ変わってない、ということを全員が、何よりも俺自身が知っているわけだから」ある日、彼が言った。

八月中旬は最悪だった。部下のふたりがＥＦＰで重傷を負った。その二日後に、残りの部下たちはもううんざりだと思った。吹き飛ばされるのを待つのに飽き飽きした。毎日前哨基地で迫撃弾の攻撃を受けるのに飽き飽きした。勝利してはいないことを知っているのに、われわれは勝利しているると言われ続けることに飽き飽きした。兵士の中で、明日は基地の外に出ていくつもりはないと心に決めた者たちがいた。その者たちはハンヴィーに妨害工作をするつもりかもしれなかった。あるいは、不服従の罪に問われるのを覚悟で、命令を拒否するつもりかもしれなかった。いずれにしても、その噂を耳にしたときショーマンは、部下が反抗しようとしていることを知って、カウズラリッチに助言を求めた。

「解決しろ」とカウズラリッチは言った。

そしてショーマンは解決した。小隊のふたりの軍曹と共に、深夜に兵士たちを起こすという計画を立てた。意識が朦朧としていれば、命令を聞いて外に出ていくのではないか、と。これはもっとも洗練された計画として陸軍の歴史に残るようなものではなかったが、ショーマンがほっとしたことに、功を奏した。眠たげなひとりの兵士がハンヴィーに向かっていき、もうひとりがそれに続き、別の兵士がまた続いた。問題は解決した。しかし、もちろん、問題なのはこれではなかった。

ショーマンが九月の下旬に合衆国に飛ぶ頃には、熱烈な手紙——「ここで、蛇の尻尾を摑みかけてるんだ……信念を貫く……この戦いを俺たちが終わらせてみせる」——を故郷に送るような若い情熱的な思いは、すっかり影を潜めていた。彼とガールフレンドは、森の奥にあるキャビンに向かって歩いていた。しかし安全で他人の来ないそのキャビンでも、彼は話す気持ちになれなかった。しかしある日、戦争のことを話した。話しだしたら止まらなくなっていた。まるで自分が大きな止血帯で止めなければならない大きな傷になったかのように。そのときある計画を思いついた。入念に立てられた計画を。

その計画には、リムジンに乗ってレストランに行き、そこの椅子に薔薇の花束が置かれているのを見つけることも含まれていた。ボトルに入ったワインとグラスがふたつ。ひとつのグラスには「結婚してくれますか?」という言葉が、もうひとつのグラスには「イエスと言って」という言葉が彫ってあった。

「イエス」と彼女は言った。「イエスよ」

「いま結婚するってのはどうかな?」と彼は言った。

「いま結婚するってのはどうかな？」彼女は同じ言葉を繰り返した。それで休暇の十七日目に、彼女の家の裏庭で、ふたりの家族と友人数人が見守る中、ネイト・ショーマンの楽天的な性格が戻ってきた。

ふたりは一晩だけいっしょに過ごし、それから空港へ向かい、さよならを告げた。次に会えるのは半年先のことだった。そして彼はその半年のあいだ心の中に留まるような言葉を、あるいはもっと長く留まるしっかりした言葉を見つけて言いたかった。

「ぼくの奥さん」彼はようやく、その言葉を初めて口にした。

彼女は愉しそうに笑った。

「わたしの旦那さん」と彼女は言った。

そして彼は戻ってきた。

アダム・シューマンも故郷に向かっていた。しかしほかの兵士たちとは違い、彼がイラクに戻ってくる予定はなかった。カマリヤでエモリー軍曹を背負って階段を降りてから五ヶ月が経ち、デイヴィッド・ペトレイアスならこう言うだろうが、不運な出来事の入った器が空っぽになることはなかった。

アダム・シューマンがイラクに派兵されたのはこれで三回目だった。彼の計算ではイラクに三十四ヶ月いた。一千日以上だ。そしてもはや、第十六連隊第二大隊の最高の兵士のひとりであることなどどうでもよくなっていた。彼の戦争は耐えられないものになっていた。繰り返し何度も脳裏に浮かんでくるのは、初めて殺した相手が泥水の中に沈みながらじっと自分を見ていた姿だった。銃撃戦で破壊されたばかりの家、ゆっくりと開いてゆく門、その門から怯えた目でこちらを見ている、自分の娘くらいの年の女の子の姿だった。もうひとつの門、もうひとりの女の子の姿も浮かんできた。今度は兵士が銃撃している姿だった。その兵士はそのあとで、次々に血煙をあげていく頭を拡大スコープから見ていたことを話すうちに吐いた。その吐いている兵士を見ながらチキン・アンド・サルサ携行食を平気な顔で食べていた自分の姿も脳裏にたびたび浮かんできた。

いまもその携行食の味がしていた。

いまもエモリーの血の味がしていた。

きみは帰郷しなければならない。「戦闘ストレス」担当の医師がそう言ったのは、シューマンがようやくそこに行き、気づくと自殺することを考えていると打ち明けたからだった。作戦基地に一週間のうち数日滞在する巡回精神科医がシューマンを、鬱状態にあり、心的外傷後ストレス障害（PTSD）だと診断した。この診断結果は、戦争ではもっとも一般的なものだった。内部調査では、イラクに派兵された兵士のうち二十パーセントが、悪夢を見ることから、不眠、過呼吸、激しい動悸、鬱状態、自殺願望にいたるまでのPTSDの症状を示していた。この調査はさらに、こうした症状は何度も派兵された兵士に多く現れることや、こうした症状に苦しむ何十万人もの兵士の治療費のほうが、戦争自体で使われる費用より大きくなりかねないということも指摘していた。

これまでおこなわれてきたどの調査においても、この問題の深刻さは指摘されていた。しかし、精神的な病になるのは弱いからだとするのが軍隊の伝統的な考え方であるように、目に見えない症状に対する診断は疑ってかかるというのが伝統的な態度だった。たとえば、脚を失った兵士はだれが見ても脚を失った兵士だ。脚を失ったことをごまかすことはできない。銃で撃たれたり、投下爆弾の破片に貫かれたり、ＥＦＰで火傷を負ったりした兵士も同じことが言えた。こうした負傷は正当な負傷だった。しかし心を失うことは？　イラク派兵の初期の頃に、ひとりの兵士がイラクの警察署の屋根に上り、そこで服を全部脱ぎ、それから梯子を上って見張り塔のてっぺんまで行ったことがあった。ニュー・バグダッドの大賑わいの地区が一望できるその場所で、その兵士は声を限りに叫んでマスターベーションをした。これは、ある人々が思ったように、本当に精神がおかしくなってしでかしたことなのか、兵士が帰郷したい一心で狂人のふりをしたのか。カウズラリッチは後者ではないかと疑った。それをはっきりさせるために、事実に何度も舞い戻って検証した。つまり、その兵士が精神的におかしくなっているというのに、約三十キロの装備を下ろしてから梯子を上り軍服を脱いだとすれば、周到に計画したものと疑われた。その兵士はそれほど心神喪失していたわけではなかったのだろう。卑しく不誠実な兵士にすぎなかったのかもしれない。結局、その兵士は帰郷させられたが、それは、治療に専念させるためではなく、軍法会議にかけて投獄するためだった。

カウズラリッチ自身も、精神にまつわることに対して軍隊が矛盾した態度を取っているという例のひとつだった。カウズラリッチは、精神的に参るようなものを目撃した兵士が、基地の戦闘ストレス班から聞き取り調査を受けるのはいいことだと思っていた。ところが、九月四日に部下の三人が爆弾でばらばらにされたのを見た後で、いざ自分がその辛い体験を話さなければならなくなると、そんな支援は一切必要ない、と言い放った。「そんなくだらんことは、俺には必要ない」とカミングズに言った。それで、こうした事情に詳しいカミングズは、戦闘ストレス班の医師がカウズラリッチのオフィスに何気なく立ち寄るように慎重に段取りをつけた。一時間後に、まだ医師はカウズラリッチのオフィスの戸口に寄りかかって、いろいろな質問を投げかけていた。そしてそのあとで、カウズラリッチはカミングズに、気分がとてもよくなったと言った。何が起きたのかが理解できたのは嬉しかった、とも言った。しかし、救護所に行って、「戦闘ストレス」と書かれたドアに入っていく自分の姿を人に見られるのはごめんだった。それに、精神的問題を抱えているとされる兵士の報告書が彼の手元に届くと、その中のいくつかは、歩兵隊が長い間好んできた分類——「女々しい奴」——に収めるのが常だった。

しかし、アダム・シューマンに関しては、邪推は無用だった。立派な兵士に超えられない限界が来た、ということが明らかだったからだ。「彼は戦争の本当の犠牲者だ」と、大隊付属の医師助手ロン・ブロックは、アダム・シューマンがラスタミヤを永遠に去るための準備をしている日に言った。「肉体的な傷はどこにもない。しかし彼の心を、頭の中をよく見てくれ。たくさんの傷ができている」

彼の不安そうな目を見ればだれにでもわかった。震える手を見ればわかった。部屋にある処方された三本の薬瓶を見ればわかった。激しい動悸を抑える薬と不安を和らげる薬と悪夢を最小限に抑える薬だ。ノートパソコンのスクリーンセーバーを見ればわかった。原子爆弾の火の球と「イラクなんてクソ食らえ」の文字だ。そして、ここに来てからずっと書きつづけてきた日記を見ればわかった。

最初は二月二十二日。

今日はすることがあまりない。洗濯物を取り込んだ。俺たち全員にＴＡＴボックス〔訳註　戦闘服、破壊用の道具、武器などの装備一式が入った箱〕が配られている。昨日は、午前二時に迫撃砲の攻撃を受けた。近くに落ちたものはひとつもなかった。俺たちはイラクのラスタミヤ作戦基地にいる。いい食堂にいい設備。とても過ごしやすい。しかし、くだらないことをいろいろやらなくちゃならなかった。今日はそんなところだ。

そして最後は十月十八日。

希望をすべて失くした。もうじき終わりが来る気がする。もうすぐ、いまにも。日ごとに、俺の苦しみは嵐のように大きくなり、いまにも俺を飲み込んで、見知らぬところに連れ去ろうとしている。見知らぬ場所が恐い。どうしてそいつに飲み込まれるままでいられないのか。どうして俺はこんなにも必死に、思い出せないようなもののために自分を繰り返し罰しようとして戦うのだろう。俺が何をしたというんだ？　この邪悪なゲームにはもうこれ以上つきあえない。

もう暗闇しか見えない。

そうやって彼は再起不能になった。残された数時間で彼は荷物をまとめ、武器を返し、護衛され、彼を待つ妻のもとへ送り届けてくれるヘリコプターを待った。妻は電話で、「あなたに何かされるんじゃないかと思うと怖い」と言った。

「お前に暴力をふるったことなんかないだろ」と彼は言った。そして電話を切り、基地内を歩き回り、髪を切ってもらい、自分の部屋に戻った。そしてこう思った。「しかし、女房の言うとおりだったらどうする？　いつか頭がおかしくなったりしたら？」

そう考えたとたんに気分が悪くなった。いまではどんなことを考えても気分が悪くなる。「一千日、過ごした。聖燭節《グラウンドホッグ・デイ》〔訳註　アメリカとカナダでは二月二日に、リス科の動物グラウンドホッグの冬眠後の動きで春の訪れを占う〕まで何とかこぎつけた。毎日がずっと同じだ。暑さ。悪臭。外国語。気分のいいものなどひとつもない。何もかもが苦しい」と彼は語った。初期の侵攻のときはこんなふうではなかった。「これまででいちばんすごい映画を最前列で観ているみたいだった」。二度目の派兵のときの銃撃戦もこんなではなかった。「とても気に入ったね。銃撃戦でいつ撃たれるかわからない状態ってのは、最高の性的興奮を覚えるんだ」。三回目の派兵の早い段階で、気分が悪くなりだした。「俺はハンヴィーに乗って、道路を走ってた。喉元で、心臓が激しくどきどきしてきたんだ」。それが始まりだった、と彼は言った。それからエモリーがあんなことになって、クロウの身にあんなことが起きて、続けざまに爆音がして、銃弾が太腿をかすめて飛んでいき、ドスターがあんな目に遭った。そして目が覚めるとこう考えていた。「なんてことだ。俺はまだここにいる。ひでえよ。たまらねえよ」。それが次には、「あいつら、今日俺を殺すつもりなのか?」と考え、次には「だったらこっちがやってやろうじゃねえか」と考えた。「そうしなくちゃならない。できるかぎりあいつらを殺してやる。こっちが殺されないうちにな。

どうでもよかったんだ。むしろ殺されたいと思っていた。要するに――できるだけ早く終わらせたかったんだ。奴らの手でか、自分の手でか」

驚くべきは、だれもそのことを知らなかったことだ。動悸が激しくなり、呼吸困難に陥り、掌から汗が噴き出し、目がちかちかするといったことが起きているのに、だれもが彼のことを、これまでどおりの立派な兵士だと思っていた。不満を一度も口にしたことがなく、大怪我をした部下を背負って歩いた立派な兵士だ、と。彼が突然、どの任務時にも先頭のハンヴィーの助手席に座るようになったのは、死にたいからではなく、無欲のリーダーとはそうするものだからだとみんなは思っていた。

彼は立派なシューマン軍曹だった。ある日、応急救護所に行き、「**戦闘ストレス**」という文字のあるドアを開けてジェームズ・ティクザップに助けを求め、それで帰還の途につくことになった。

帰国当日彼は、そのときにティクザップの言った言葉を思い出していた。「きみの声望を考えると、きみがこの部屋の扉を開けたおかげで、多くの兵士が救われることになるかもしれない」

「その言葉で俺の気分は本当によくなった」と彼は言った。しかしその前日、班長のひとりに、分隊の全員を集めてくれと伝えたとき、彼の体調は最悪だった。

「何かまずいことでも?」と班長は言った。

「いやなにも。集まってもらいたいだけだ」

分隊の兵士全員が彼の部屋に集まると、彼はドアを閉め、明日自分はここを去ることになった、と告げた。辛い事実を話した。精神衛生上の問題による撤退だ、と。「自分でも何が起きているのかわからない。わかってるのは、感覚が狂ってるってことだけだ」と言った。

「いつまで本国に？」とひとりの兵士が沈黙を破って訊いた。

「わからない」と彼は答えた。「戻ってこない可能性もある」

彼のまわりに集まっていた兵士たちは、かわるがわる彼と握手をし、彼の腕をぎゅっと摑み、背中を軽く叩き、十九歳と二十歳の若い兵士が言いそうなことを口々に言った。

「どうぞお大事に」とひとりの兵士は言った。

「ぼくの代わりにビールを飲んでください」別のひとりが言った。

これほどの後ろめたさを感じたのは生まれて初めてだった。

その日朝早く、分隊の兵士たちは任務に出発し、彼だけが残された。みながいなくなると、何もすることがなかった。しばらくひとりでその場に佇んでいた。結局、自分の部屋に戻った。エアコンの温度を上げた。それでも震えがくるほど寒かったので、暖かい服を着て温風孔の下にいた。コンピュータで『地獄の黙示録』を見始め、マーティン・シーンが「ここにいたとき、あっちにいたいと思った。あっちにいたとき、ジャングルに戻っていくことしか考えていなかった」と言っている場面で止めた。少し戻してからまたそこを観た。薬を荷物に入れた。ここに残る部下のために、ビーフジャーキーとマカロニ・アンド・チーズとカキの燻製の箱をテーブルに積み上げ（持ち帰ることなどできなかった)、「食べてくれ」と書いたメモを残した。

ようやくヘリコプターの到着時刻になり、彼は廊下を歩いていった。噂はいまでは中隊全体に広まっていて、ひとりの兵士が彼の姿を見て近づいてきた。「やあ、便所のところまでいっしょに行くよ。用を足しに行かなくちゃならないんでね」とその兵士が言った。これが最後の言葉になる。彼が戦場を去るときに、十六-二の兵士から聞いた最後の言葉がこれだった。

作戦基地の中を横切っていくあいだ、胃がきりきりと痛んだ。吐き気がしてきた。離着陸場へ行くと、ほかの大隊の兵士たちが整列していた。そしてヘリコプターが到着し、全員が乗り込んだが、彼だけは搭乗を許されなかった。理解できなかった。

「お前のは次に来る」と言われた。そして数分後、別のヘリコプターがやってきて、自分が待たされた理由を知った。側面に大きな赤十字がついていた。死傷者専用のヘリコプターだった。

死傷者——それが彼、アダム・シューマンだった。

負傷者だった。死者だった。終わっていた。


「大丈夫?」

ローラ・カミングズはそう尋ねた。

「ああ。嵐を見ていただけだ」とカミングズは言った。彼も帰郷していた。深夜に爆発音で目が覚めてからずっと、玄関のポーチに座っていた。雷の音だ、とわかった。だから久しぶりに暴風雨を見たいと思ってポーチに出た。稲妻が近づいてくるのを見た。大気が湿ってくるのを感じた。屋根に降り注いだ雨は、雨樋を通り、庭の芝生を潤し、通りに沿って流れていった。それが音楽のようだった。彼はそれに耳を澄ましながら、イラクでは何時頃だろう、と思った。午後の二時か。三時か。何か起きたか。わからない。悪いことか。いいことか。

「娘たちの傘を買いにいかなくちゃならないの」ローラが言っていた。カミングズは、傘はいまでも自分が出兵したときと同じ場所にあるのだろうか、と思った。

彼が好んで行くコーヒーショップ「ラディィナ」で、常連客のひとりが彼の背中を叩いて、そばにいる友人に言った。「この人がブレント・カミングズだ、紹介するよ。イラクから戻ってきたばかりだ。英雄だよ」と。

カンザス州立大学のフットボールの試合が始まる前、カミングズはいつものようにスクールカラーに身を包んで競技場の駐車場にいた。俺はフットボールの試合を以前のように生き死にの問題と見るのだろうか、と彼が考えていると、人々が質問をしてきた。

「イラクの様子は?」

「なかなか難しいな——でもわれわれは最善を尽くしているよ」と彼は言った。

「この戦争は、する価値があるもの?」

「ああ。そう思っている」と彼は答えた。

「きみも何か訊けよ」ある男が女性にそう言っているのをカミングズは耳にした。その女性は「ブッシュはいい人?」と言った。

自分の娘たちを見ると、イラクで彼に手を振った幼い女の子のことを思い出すときがあった。横にいた男がそれを見て、女の子の顔を強く叩いたので、彼はその男の胸ぐらを摑んで「卑怯者」と言い、今度子供を殴ったらお前を逮捕するか殺すかするぞ、と言った。その日、その後で彼は説明した。「そう言うのは気分がよかった。人々が見ているところで胸ぐらを摑んだのは気分がよかった。男の目に恐怖の色が浮かぶのを見るのはいい気分だった。いい気分だったよ」

彼は玄関ポーチで、芝生の自動スプリンクラーの音を聴いていた。ローラが電子メールで、設置しているところなの、と書いていたスプリンクラーだった。

彼は居間で、娘が弾くピアノを聴いていた。ローラが、買おうと思っているところなの、と書いていたピアノだった。

ラディナの店でだれかが言った。「新聞で兵士の記事を読んだよ」。それがどういう記事か彼にはわかったので、話題を変えてくれないものか、と思った。そして間もなく話題が変わった。会話はまたフットボールと休暇と天候のことになり、何千回目かわからないが、ここのコーヒーは最高だという話になって、カミングズはありがたく思った。

ある日彼はローラに言った。「どれくらい知りたい?」

ふたりは寝室にいた。フォート・ライリーの礼拝堂でおこなわれた追悼式から帰ってきたばかりだった。追悼式でカミングズはドスターのために弔辞を述べた。ドスターは、カミングズが初めての休暇でラスタミヤを去ってから数時間後に亡くなった。「立ち上がってスピーチを始めたら、とにかく遺族の顔だけは見てはいけない」以前従軍牧師が、冷静さを失わない方法としてそう助言してくれた。それで彼は遺族の顔を見なかった。しかし遺族の声は聞こえてきた。その声は礼拝堂に集まった全員が聞いていた。その中に負傷してカンザスに戻された十六－二の兵士もいた。ガソリンスタンドで胸を撃たれ、そばにいた通訳のレイチェルに安全な場所まで引きずられていった兵士が来ていた。喉を撃たれ、終わりのないフラッシュバックにいまも悩まされているように見える兵士が来ていた。ケイジマのハンヴィーの同乗者で、いまは自分の片腕が次第に萎えていくのを見つめながら日々を過ごしている兵士が来ていた。十六－二の兵士は全部で五人いた。それでカミングズは改めて五人に会う計画を追悼式の後で立てた。昼飯でもいっしょに食おう。そしてローラと共に自宅に帰ってきた。いちばん心安らぐ場所に。床と絨毯の境に足を置くべきかと心配せずに済む場所に。「弔辞、どうだった？」彼は軍服をハンガーにかけながらローラに尋ねた。「よかったわ」とローラは言い、ベッドの隅に腰を下ろして彼を見つめた。そのとき突然、カミングズは泣きだした。「最低だよ、ローラ。こんなこと最低だ、最低だよ」。最初の夜に眺めていた暴風雨が自分の中に押し寄せてくるような気がした。

その後で気持ちが楽になった。彼はサイクリングに行った。娘たちの進級の準備をした。これまで味わった中で最高のビールを飲んだ。ローラとジムに行った。犬といっしょにポーチに座った。ラディナに行き、店の奥にいつも座って小説を読んでいる顎髭をたくわえた男を見た。この世には心配事などひとつもないかのように、男はいつもそこにいた。

「ああ、本当に、帰郷ってのは素晴らしいな」バグダッドに戻ったカミングズは、よく眠れるように睡眠薬を飲もうとしながら言った。「人生で最高の日々だった」

彼は負傷した五人の兵士にまた会うつもりでいたが、結局二度と会わなかった。

フォート・ライリーの墓地にも行き、そこに埋葬されている十六－二大隊唯一の兵士の墓を訪れるつもりだった。戦場に戻ってきた彼は、どうして墓に行かなかったのだろう、と思った。

しかし、彼は行かなかった。


それは、九月四日に死んだ三人の兵士のひとりジョン・マレーの墓だった。いまやマレーの住まいは、六つの戦争で死んだ兵士たちの墓がびっしりと並ぶ古い墓地だった。十二月十一日に、マレーの墓のあるその墓地は、大草原地帯からカンザスを通って中西部に吹きつける大嵐がもたらした氷で覆われていた。これまでこの嵐で十七人が亡くなった。数万世帯が停電した。木々はいたるところで倒れていた。墓地にある巨大な木の枝が折れ、並んだ墓石をなぎ倒し、マレーの墓石もなくなっていた。大枝はフォート・ライリーでもたくさん落ち、墓地の近くにある一軒の家の庭も荒らされた。その家の表札にはカウズラリッチ中佐とあった。その朝に届けられた新聞には、イラクでの最近の戦死者ふたりが凍った地面の下に埋葬されたことが書いてあった。

ステファニー・カウズラリッチはまだ新聞を取りに出られなかった。この時間にはやるべきことがたくさんあってそれどころではなかった。

「次のときはジャングル・パンケーキを買ってくるわね」ステファニーは、八歳になる娘アリーにそう言っていた。アリーはエゴ〔訳註　冷凍ワッフル〕にうんざりしていた。

「シロップをもっとかける?」ステファニーは六歳になるジェイコブにそう言っていた。

「朝ご飯、食べないの?」ステファニーは四歳になるギャレットにそう言っていた。ギャレットはいま、Tシャツに下着だけの姿で、「**走るのがとまんない！**」と叫びながら家中を走り回っていた。

昨夜食べたピザの残りがまだ流し台に置いてあった。フラッシュ・カード〔訳註　絵や数字などが描かれた教材用のカード〕がカウンターの上にあった。レゴのピースがいたるところにちらばっていた。ステファニーが冷蔵庫を開けると、オレンジジュースが転がり落ちてきた。そのせいでエゴがいくつも箱からこぼれ、床をすべっていった。「ワッフルが降ってきた」とジェイコブが叫び、増派が決まった後で四十歳になったステファニーは、エゴを追いかけた。

ここには、兵士が玄関のポーチで嵐を眺めていないときの、故郷の真の姿があった。あるいは兵士がプロポーズしていないときの、ソファで意識を失っていないときの、トラックを購入していないときの、故郷のありのままの姿があった。カウズラリッチが帰郷している十八日間の姿ではなく、彼が留守をしているあいだの四百日の日常の姿があった。

ステファニーが屋根裏部屋から引きずり下ろしてきた箱の中には、飾られるのを待つクリスマス飾りがあった。歩道と階段は分厚い氷で覆われていた。去年買った大きな袋入りの融雪剤はいったいどこにやったのだろう。嵐で明かりがちらちらと不安定に揺れた。停電した場合に備えて、懐中電灯の単三電池を探さなくては。単二電池はここにある。単四もある。でも単三はどこ？　冷蔵庫の上に飾ってあるラルフの写真立てにも電池を入れなければ。この写真立てにはセンサーがついていて、人の姿を感知すると、父親の声を子供たちが忘れないようにと彼が声を録音したメモリーチップを起動させた。チップには、「やあ、そこで何してるんだい？　パパはここだよ」という言葉が吹き込まれていた。最初に録音した、会えなくて寂しいといった言葉は悲しくなる、とステファニーが言ったので、おかしな言い方をしてみたのだった。それはうまくいった。カウズラリッチが飛行機に乗ってイラクに向かい、子供たちが自宅に戻り、キッチンに入っていくと、「パパはここだよおお」という声が聞こえた。子供たちが外に出て戻ってくると、「パパはここだよおお」。翌日目が覚めてキッチンに朝食をとりにいくと、「パパはここだよおお」。毎朝、ステファニーがコーヒーを飲む前から彼はそこにいて、「パパはここだよおお」。彼女が二階で着替えて戻ってくると、「パパはここだよおお」。郵便物を取りに行って戻ってくると、「パパはここだよおお」。彼女はキッチンに入るときにかがむようになった。「パパはここだよおお」。でもどうすればいいの。写真を伏せるようなことはできなかった。電池を取り出したり、センサー部分を隠したりはできなかった。写真立てを買ってきて声を吹き込むことになった状況を侮辱するようなことはできなかった。「パパはここだよおお」。「パパはここだよおお」。「パパはここだよおお」。「パパはここだよおお」。するとある日、電池が切れた。彼女は電池を入れ替えるつもりでいたが、数ヶ月が経った。電池は単三だったはずだが、もし単三の電池が見つかったら、懐中電灯に入れたほうがいい。嵐はどんどん激しくなっていた。木の枝が地面にどさりと落ちた。「車を動かしたほうがいいかしら」と彼女は言った。でも外はひどい状態だ。木の小枝がばらばらと落ちた。「車を動かさないとだめね」と彼女は言った。

彼の戦争、彼女の戦争。ふたつの戦争はまったく異なり、共有し合うことができなかった。

四月、彼はジェイ・ケイジマの死を彼女に伝えはしたが、ＥＦＰがどんな破壊力を示したかについては一切書かなかったし、彼女の返信には、イースター・エッグを子供たちとどんなふうに塗ったのかについては一切書かれていなかった。

七月、十六－二が一日に何度も攻撃されていたとき、彼女は自分の身に起きたことについてくよくよ考えることはしなかった。その日、子供たちといっしょに州外から帰ってくる際に、バッテリーがあがってしまい、ジャンプスタートさせ〔訳註　別のバッテリーをつないで車を後押ししてエンジンをかけること〕、それから「ウェンディーズ」に向かった。子供たちをトイレに行かせなければならなかったが、またバッテリーがあがるのを恐れてエンジンを止められなかった。しかも子供たちだけでトイレに行かせることもできなかった……。

九月、彼女は近寄ってきて質問した大佐夫人のことを夫に知らせなかった。夫人は「お元気？」と言った。彼女は「ええ、元気です」。「本当？」。「はい」。「本当に大丈夫？」。「はい、大丈夫です」。「いいえ、大丈夫**じゃない**わ。大丈夫で**あるもんですか**」。いつ交わされても気分のよくない会話であることに変わりはないが、この場合は状況が悪かった。戦死した三人の兵士の追悼式だった。「何て言えばよかったわけ」いまステファニーは自宅のキッチンで言った。「シングルマザーになるのはたまらないことです、って？　セックスができなくなるのはいやです、って？　そう言えばよかったの？　人生っていいことなんてありませんよね、って？」

彼女はそうした言葉を胸に秘めた。大佐夫人にそんなことを言うつもりはなかったし、夫にも言うつもりはなかった。夫に必要なのは陽気で楽天的な妻だけだと思った。

「お誕生日おめでとう、チャ・チャ・チャ」子供たちが歌った。このビデオを制作する上でどれほど苦労したか、夫に話すつもりはなかった。だから、男の子ふたりはテレビを見たり友達と遊んだりするほうが好きで、何も言おうとしないので彼女が言う言葉をこっそり伝えた、といったことは黙っていた。

「こんにちは、愛するあなた！　さて、だれがあなたを愛しているか当ててみて！　わたしとAとJとGよ!!!　わたしの送る画像を気に入ってくれると嬉しい。……こっちはものすごい嵐なの！」。これが、嵐の夜、子供たちが寝静まってから夫に送った電子メールの冒頭だった。

落ちてきた大枝が危うく車を直撃しそうになったことや、融雪剤が見つからなかったのでハンマーとナイフを使って歩道の氷を粉砕したことなどは書かなかった。そして画像を送るとき、冬が来るのに庭のホースをしまい忘れたことに夫が気づくはずだと思ったことも書かなかった。

その夜は子供たちの足音とトイレの水洗音と咳のオンパレードで、嵐を怖がる幼い男の子たちに「おやすみ、わたしのハンサムさんたち」と言ってなだめて、へとへとになってようやく夫にメールを書く時間ができたことなども、一切書かなかった。

彼女は一階に戻ってきた。冷蔵庫の上にある何も喋らない写真を見上げた。夫は白いシャツを着ていた。この日、写真を撮りにデパートに出かけていったとき、一家全員が白いシャツを着ていた。派兵される直前のことだ。それから十一ヶ月が過ぎ、もちろん夫が恋しかった。恋しいどころではなかった。「とても苦しいの。心の奥はひりひりしてる。恨みがましくもなるわよ。十五ヶ月に延期されて。ひとりで育児してるんだもの。ひとりで生活してるんだもの」と彼女は言った。

「戦争が憎いわ。戦争がわたしの人生に与えたものが憎い」

そのことも夫には言わなかった。自分がいかに疲れているかを悟らせないようにしたが、メールを送信した午前十二時四十四分という表示をごまかすことはできなかった。彼女は書いた。「明日また休校よ。雪がもっと降れば、もしかしたら坂道ではそり遊びができるかもしれない！　すごい！　そうなったら愉しいでしょうね。最高の条件で、アドレナリンがどっと出る極限のスポーツを子供たちに体験させてあげられる。危険と隣り合わせの人生を送るチャンスを待ってたんだもの！　はっはっは！　あなたがいないから、とっても愉しいとは言えないけど、危険と隣り合わせを体験できる。一月にはきっと、そり遊びが上手になってるわ！」

予定では夫は一月に帰ってくる。そして故郷で十六日間を過ごす。

「一月のことを考えると不安になるの」と彼女は言った。「夫がどんな人になってるか」

「あなたを誇りに思ってる！」と彼女は夫に書き送った。「あなたの妻、ステファニー」

そして彼の番がきた。

帰郷。

待ち切れなかった。

十二月二十七日午前一時に飛び立った。まずはフォート・ライリーに行き、それからオーランドに行き、またフォート・ライリーに戻り、バグダッドに戻ってくるのだが、その前にサンフランシスコのブルック陸軍治療センターに立ち寄り、彼の部下の中でも重傷を負った兵士を見舞うことになっていた。家族と会うことの次に待ち遠しかったのは、部下を見舞うことだった。

大隊所属の兵士が数人、すでにこの医療センターにいる兵士を見舞い、そこで目にしたことに衝撃を受けてイラクに帰ってきていた。そのひとりが特技兵のマイケル・アンダーソンだった。彼は九月四日、爆破されたハンヴィーの三台後ろにいた。ひと月後、休暇に入った彼はサンフランシスコの医療センターに行き、ダンカン・クルックストンを見舞った。爆破されたハンヴィーから生還したふたりの兵士のひとりだった。「心が粉々になった」とアンダーソンは後に語った。「だって、俺の知ってるクルックストンは大男だった。あいつがどんな体形だったかよく覚えている。それなのに、あいつを見たとき、正直に言えば、子供みたいだと思った。彼が以前は大男だったなんてとても言えないような感じだった。両脚がなかった。右腕がなかった。残ったほうの腕には手がなかった。すっかり包み込まれていた。ゴーグルをかけていた。体はそんなひどい状態だった。正直なところ、気味が悪いなんて言いたくないけど、本当に気味が悪かった。あんな姿になった仲間を見るなんて。あってはならないことだ。九月四日が蘇った」

カウズラリッチが見舞いたいと思っていた兵士のひとりがクルックストンだった。見舞いたい兵士は十四人いた。その中に、休暇に入ったネイト・ショーマンがある午後医療センターで見舞った六人が含まれていた。ひとりは両脚の膝から下を失っていた。ひとりは片目を失明していた。ひとりは左足の大半を失っていた。ひとりは右足の大半を失っていた。ひとりは右の腕を失っていた。ひとりは右手を失っていた。ショーマンはその六人とカフェテリアで昼食をとった。話の途中でカウズラリッチの名前が出た。

「あの最低のくそ野郎には二度と会いたくない」とその中のひとりは言った。

10章

二〇〇八年一月二十五日

みなさんに言いたいことがあります。アメリカにいる人々に言いたいのです。イラクの母親も、アメリカの母親が望むことを子供に与えたいのです。子供に平和の中で成長し、夢を実現するチャンスを、外で何も恐れずに遊ぶチャンスを与えたいのです。

——ジョージ・W・ブッシュ　二〇〇八年一月四日

「あの人たちはあなたに会うのをとても楽しみにしてますよ」陸軍医療センターの案内人がカウズラリッチに言った。

その日は風が強く、霧雨が降り、身を切るような寒さだった。とりわけイラクで十ヶ月過ごし、その後フロリダで十日過ごした身には、寒さが堪《こた》えた。休暇のあいだステファニーは、戦争に対する自分の意見を胸に納めていたし、カウズラリッチも同じだった。ただ、休暇の最後の夜にカウズラリッチは妻に、オーランドを車で走っているときに数回、急にハンヴィーに乗っている気がし、そのときに閃光が走り轟音が聞こえ埃が舞うのが見えた、と打ち明けた。ほんの数回だけで、しかも瞬く間にそれは消え、レンタカーに家族と乗っている現実に戻った。「調子はどう?」とふたりは尋ね合った。そして実際に、ふたりとも調子はよかった。彼が家に帰ったことでふたりは若返り、ディズニー・ワールドでの悲惨極まりない出来事のときでも、華やかな気持ちは続いた。その出来事とは、カウズラリッチがレンタカーを「ドーピー」の駐車場に入れているとき、ギャレットがアリーの鼻を強くぶってしまい、アリーは悲鳴を上げた。鼻血が出て服が汚れた。ステファニーはティッシュを見つけられなかった。カウズラリッチはギャレットの服でその血を拭い始めた。そうすることでギャレットになんらかの教訓を与えられると思ったからだ。騒然とした車の中ではそうするのがいいアイデアに思えたが、ギャレットのものだと思って摑んだ上着がジェイコブのものだったために、ジェイコブが騒ぎだし、ギャレットが喚きだし、アリーが喚きだし、ステファニーが慌てふためき、カウズラリッチが「女の子をぶってはいけない。絶対にだめだ」と言っている最中に、アリーの息が詰まって血を吐き出し、それでギャレットの上着がべとべとに汚れた。

戦争?　戦争って?

しかし間もなく戦争は、カウズラリッチがサンアントニオに飛行機で行き、医療センター内にある病院の四階に案内されたときにまた戻ってきた。そこには「アメリカ合衆国陸軍熱傷外科研究センター」という看板があった。

ジョシュア・アチリー

最初にダンカン・クルックストンに会うことにした。

保護衣を身につけ、保護ブーツを履き、保護手袋をはめて、十九歳の兵士のところへ歩いていった。左脚を失い、右脚を失い、右腕を失い、左の前腕を失い、両耳をなくし、鼻をなくし、まぶたをなくし、わずかに残ったところすべてに火傷を負った兵士のところへ。

マイケル・アンダーソンは正しかった。九月四日がまざまざと蘇った。

「ああ」カウズラリッチは小声で呟いた。そして息をのんだ。「なんてことだ」

ともかくここにあったのは、戦争の行き止まりの風景だった。初めて見るダンカン・クルックストンの衝撃的な姿の中にだけでなく、カウズラリッチがこの医療センターの複合施設の中で見ることになる姿の中にも、その風景はあった。これまで戦争で負傷した兵士は三万人以上にのぼり、中でも重傷を負った数千人は治療のためにテキサスの病院に送られたが、死亡する者も多かった。このセンターには重度の熱傷を負った者が来た。四肢を切断した者が来た。そしてここでの滞在が何週間、何ヶ月間、一年と、いくら長引いてもよかったし、素晴らしい医療ケアを受けられた。

ここの医療を支える文化は素晴らしいもので、それはカウズラリッチが休暇中に訪れたほかの場所、つまりディズニー・ワールドと同じように、確固たる希望に満ちていた。負傷した兵士は負傷兵と呼ばれず、「傷ついた戦士」と呼ばれた。彼らがここに到着すると「戦士歓迎箱」と「英雄ハンドブック」を渡された。戦士とその家族は、「戦士家族支援センター」から支援してもらえた。「帰還した英雄の家」は建設中で、四肢切断手術を受けた人々は「勇者のセンター」と呼ばれる新しい施設で特別な看護を受けていた。前年の一月に「勇者のセンター」が開設した日は、偶然にも、ダンカン・クルックストンがフォート・ライリーの狭いアパートメントで、電話に向かって「土葬で」「『リパブリック賛歌』」と言い、彼の両親と十九歳の新妻がその言葉に耳を傾けていた日だった。受話器を置くと彼は、「葬式の計画を話していただけだよ」とけろりとした顔で三人に言った。一方、「勇者のセンター」では、統合参謀本部議長が落成式のスピーチをしていた。「みなさんについて、こう言う人がいるでしょう。『彼は腕をなくした、彼は脚をなくした、彼女は失明した』と。でもそれは違うのです。あなたがたはその腕を**捧げた**のです。その脚を**捧げた**のです。目を**捧げた**のです。国への贈り物として。そのおかげで私たちは自由の中で生きていられるのかもしれません。みなさんに心からお礼を言います」

そして簡単に言えば、それこそがこの医療センターのおこなっていることだ――同情はなし、陽気な受け答えと感謝の言葉。カウズラリッチは二日をかけてこの医療センターのいろいろな場所を巡り、新しい火傷の犠牲者や四肢を切断した若い兵士のためにどれだけのことができるのか知ろうとした。勇者のセンターでは、人工装具の研究室、波のプール、クライミング用の壁、運転シミュレーター、射撃練習場を見た。中でもいちばん印象的だったのは、兵士が平衡感覚を取り戻すために使われる部屋で、コンピュータ制御で床が傾くようになっていた。この床は重さの変化にとても敏感で、動きにすぐに適応できるので、付添人の説明によれば、立てた鉛筆のバランスを取ることもできるということだった。

しかし、この見学コースには入っていないが、是非とも見るべき重要な場所がふたつあった。

ひとつはガゼボ〔訳註　庭園にある東屋〕だった。カウズラリッチが朝そのそばを通ったときに人はいなかったが、夜になると、たとえ明け方の四時であろうと、眠れない妻や母親たちでそこがいっぱいになる。このことをカウズラリッチに教えたのは、戦士家族支援センターのプログラム・マネージャーをしているジュディス・マルケルスだった。季節や天候に関係なく、ガゼボにはたいてい二十人はいますよ、と。「子供に平和の中で成長し、夢を実現するチャンスを与える」というのが、「どの母親も求めているもの」だとブッシュ大統領は言っているが、ガゼボの中にいる女性たちの求めているものは、だいぶ前から違うものになっていた。煙草を吸ったり、酒を飲んだり、胃薬を服用したりしている女性の、その大半は抗鬱剤を服用していた。「熱傷ユニットで一日二十時間ずっと、自分の息子が悲鳴をあげているのを見ている母親には、それがどうしても必要なんです」マルケルスは説明した。

是非とも見るべきふたつ目の場所は、熱傷ユニットの外に設けられた待機エリアだった。カウズラリッチがそこでダンカン・クルックストンを見舞うために待っていると、苦しんでいる母親のひとり、リー・クルックストンと、苦しんでいる妻のひとり、ミーガン・クルックストンに会った。ふたりは、ダンカンが運ばれてきた九月六日からずっとここで暮らしていた。あれから四ヶ月半が経ち、ふたりの女性はここでのあらゆることに慣れ、ダンカンを初めて見る人にとってそれがどれほど衝撃的なことかよくわかっていた。それでカウズラリッチにあらかじめ心の準備をしてもらいたかったのだ。

「たいていの場合彼が何を言っているのかおわかりにならないと思います」とミーガンが言った。

二十歳の彼女は、ダンカンが派兵される数ヶ月前に結婚した。「まだ唇を閉じられないんですよ」「でも、一所懸命話そうとしています」母親のリーが言った。

「私が最後にダンカンに会ったのは、ちょうど、そのつまり、ちょうど……」そう話し始めたカウズラリッチは、同じ病棟の患者が廊下を移動しているのを見て、言葉を呑み込んだ。その患者の顔は跡形もなく焼き尽くされているように見えた。非常にゆっくりと移動していて、まるで皮膚に触れる空気のほんのかすかな動きにも痛みを感じるかのようだった。「大丈夫ですか?」カウズラリッチの案内人が、こちらにゆっくりと近づいてくるその男性に向かって言った。「大丈夫」と彼は答えて通り過ぎていった。リー・クルックストンは、やがて自分の息子が到達するはずの姿に微笑みかけた。「あの人は本当に素晴らしい成功を収めたんです」とリーは囁いた。自分が望むとおりの形になっていく希望——それが待機エリアだった。そこでいまリーとミーガンがカウズラリッチに話しているのは、ダンカンがこれまでに外科手術をどんなにたくさん受けてきたか、何度彼の死を覚悟してきたか、ということだった。

「お医者さまは、『今後のことは何もわかりません。おふたりに言えることはありません』という感じなんです」ミーガンが言った。

「お医者さまは、『ダンカンに何が起きるか、だれにもわかりません。彼はいつもわれわれの予想を覆してきたんですからね』と言ってます」リーが言った。

「私が聞いたのは、死んでもおかしくないほどの傷を負って生き延びたのは三人だけで、そのひとりがダンカンだということです」カウズラリッチが言った。

「ええ、わたしたちもそう言われました」リーが言った。

「奇跡としか言いようがありませんね」カウズラリッチが言った。「よほどお祈りなさったんでしょう」

「ええ」

「いつも祈ってます」

「あの人はまさに戦士です」ミーガンが言った。

「九回生まれ変われる猫みたいですよ」リーが言った。「それがあと何回残っているのかがわからないんですけど」

「そうですね」とカウズラリッチ。

「でも、かなりよくなっています。三、四週間前のあの子より、ずっとよくなってるように見えます」リーが言った。

「最初にここに来たとき、話しかける内容には十分注意してくださいって言われました。何か話しても、彼が眠ってしまえばすっかり忘れてしまうので、またわたしたちは同じ話を繰り返さなければならなくなるから、って」ミーガンが言った。「そうしたらある日、十月の初めにあの人がいろいろな質問をし始めたんです。だから、わたし、話さなくちゃ**ならなかった**。それでわたしたちいっしょに、彼に話していたときには大声で叫んで」

「わたしたちふたりとも、とても混乱して」とリー。

「それで、ふたりで説明したんです。『あなたは両脚を切断したの』って。そしたら彼が『両脚?』って。『そうよ。それから右腕と左手』そうしたら彼が『わかった。それを詳しく話して』って。それで知ってることをみんな伝えた。あの人は、医者がどんな説明をしたのか、どうやってわたしたちがここに来たのかといったことを全部知りたがった。それから、彼の友達が亡くなったことを話した。お母さんが彼に、罪悪感を抱かないでほしいって言って」

「あの子はここにいるのに、友達はもう」とリーが言った。

「そうしたら彼は、俺はそんなふうに死をとらえていないって。彼らは名誉の死を遂げたんだって。それでお母さんが『そうね、お前は名誉の負傷をしたのよ』って言った。そうしたら彼は『そう、そのとおりだ』って言ったわ」

「あの子、自分が大怪我をしたことがわかっていると思う。でもいつも薬でぼうっとなっているから」

「わたしたち、彼が怪我のことでもっとショックを受けるだろうって思ってた」とミーガンが言った。

「わたしたちのほうがあの子よりはるかにショックが大きくて」

「彼、ときどきひどく落ち込むけど、乗り越えるって言ってた。しばらくは目が覚めてこれが現実だと知るのが辛かったって。目が覚めたらイラクだといいのにってときどき言うのよ。向こうなら両腕と両脚がちゃんとあるからって」

「あの子はこう言ったんですよ、『もしイラクに戻っていたら、こんなことが俺の身に起こらなかったことになるのに』って」リーは言った。「それでわたしはこう言ったの。『そうね、でもこうなってしまった。お前なら乗り越えていけるよ。お前は強い子だもの。これまでだって何度も乗り越えてきたんだから』。それから『どんなことがあってもお前を支えていくつもりだから』って言ったんです」

「はい」とカウズラリッチは言った。そしてまた火傷の犠牲者がゆっくりと廊下を歩いてきたので、言葉を途切れさせた。その患者は頭全体が包帯に覆われ、目の穴だけが開いていた。

「だから彼は、なんていうか……」ミーガンは、通り過ぎていく患者を見ながら言った。

「陸軍の人たちが来て話してくれましたよ、どんな爆弾だったのか。とても大きなものだそうですね」リーが言った。「とても大きな爆発だったって」

「ええ。爆弾は二十五センチの銅板で、凹型をしています。その後ろにある二十三キロの爆薬が爆発して、その銅板がこんな格好で飛んできて、車を貫いていきます」カウズラリッチが言った。

「貫通するのね」リーが言った。

「貫通するんです」カウズラリッチは頷きながら言った。「車を貫通し、すぐにマレーが殺されました。マレーは自分に何がぶつかってきたのかすらわからなかったでしょう。シェルトンは自分に何がぶつかってきたのかわからなかった。それは次にダンカンの両脚を切断し、デイヴィッド・レーンの背中を貫通していった。それでレーンはすぐに失血した」

「みんなで彼を車から引っ張り出した、と言ってました」ミーガンが言った。

「彼を引っ張り出しました。そのときには――大丈夫そうに見えたんです。でも、傷が背中にあったので、救い出した者たちには見えなかった」カウズラリッチが言った。「しかもその板は、身長百九十五センチのジョー・ミクソンを、車の外に吹き飛ばした。それで地面に倒れて、転がって。これはいったいどういうことだという感じでした。一発のEFPが爆発しただけで、まるで六人がそこに一列に整列していたかのように。この一発で正確に」

「いちばんダメージを被る場所を」リーが言った。

「貫いていきました」とカウズラリッチ。

三人は廊下を歩いてダンカンの病室に向かった。あれから四ヶ月半が経っていたが、リーとミーガンの知らない九月四日がいまも鮮やかにそこにあった。

ダンカンの小隊は任務に出かける前に円陣を組んで祈りをあげた。爆発後にダンカンの体をハンヴィーに乗せたとき、彼の防護服はまだ炎に包まれていた。両手は真っ黒で、それを見たマイケル・アンダーソンは、ダンカンがまだ手袋をしているものと思った。ハンヴィーの後部座席でアンダーソンがダンカンの頭を抱きかかえていると、髪も眉もほかの部分もすっかりなくなったダンカンがいきなりこう言った。

「だれだ？」

「アンダーソンだ。聞こえるか？」

「俺の顔は？」

「心配するな。大丈夫だ」

「ああ、痛い。痛い。燃えてる。脚が痛い」

「心配するな。大丈夫だ。俺がいる。俺がお前の頭を抱えてる。大丈夫だ、大丈夫」

「モルヒネをくれ」

「わかった」

「モルヒネ」

「わかった」

「眠りたい」

「だめだ。起きてろ。目を閉じるな」

「眠りたい」

「俺に話してくれ。なあ、お前は女房を愛してるだろ？」

「愛してる」

「そうだ、心配ない。奥さんがお前の帰りを待ってる」

「**俺は妻を愛してる**」

「大丈夫だ。お前はここに俺たちといる。俺たちといっしょだ」

「**妻を愛してる。愛してる**」

「お前の身には何も起きない。お前は無事だ。元気だ」

「**妻を愛してる。愛してる**」

　彼は救護所に行くあいだずっと、何度も何度もそう叫んでいた。母親も妻もそのことは知らなかったが、ダンカンが医療センターに到着した瞬間から後のことは何もかも知っていた。それが彼女たちの生活になっているからだ。ダンカンの感染症。発熱。床ずれ。肺炎。腸穿孔。腎不全。透析。人工呼吸器のための気管切開。一時的に縫合されなければならなかった目。到着したときにはカリカリになっていて結局崩れ落ちてしまった耳。三十回に及ぶ手術。質問。絶望。まだ脚と腕がそこにあるかのように痛む幻肢痛。

「わたしたち、結婚して一年も経ってないの」病室に近づいたときにミーガンが言った。

「そうですね」カウズラリッチは言った。そして窓の向こうの、アンダーソンが正直に「気味が悪い」と言った光景を見た。しかし、目にしたものを伝えるのにそんな言葉では到底足りなかった。たくさんのものを失ったダンカン・クロックストンの姿には現実味がまったくなかった。フルサイズのベッドの上に、彼の半身が載っていた。そこに固定されたかのように。自分の体を動かすための手足が——包帯でぐるぐる巻きにされて固定されたわずかに残った片腕はあるものの——残っていなかったので動けなかった。気管切開チューブが喉の中に挿入されているので喋れなかった。火傷と感染症のせいで体のどの部分も包帯が巻かれ、テープで留められていた。ただ、赤くただれた頬と、開いたままのいびつな形をした口と、潤いを失わないようにゴーグルで守られた目のところは開いていた。ゴーグルの内側に水滴がこびりついているので、何を見るにしろその水滴に邪魔されていた。「なんてことだ」カウズラリッチが小声で言った。ミーガンの姿がゴーグルに映った。

「音楽をかけてほしい？　それともやめる？」とミーガンが言った。そしてダンカンから何の反応もなかったので、辛抱強くもう一度言った。

「音楽はやめる？」

反応なし。

「やめる？」

反応なし。

部屋の中は暑かった。人工呼吸器、鎮痛剤の点滴、モニター装置の音がし、モニター装置の警報と数字を読み上げる音が唯一、包帯の内側に生命があることを知らせていた。

リーがダンカンの視界の中に入った。

「このほうがいい？」リーは、息子の残った腕を支えている板に枕をあてがった。

反応なし。

「どう？」リーは枕を軽く叩いて形を整えた。

反応なし。

そしてカウズラリッチが彼の視界に入った。

「やあ、レンジャー。カウズラリッチ中佐だ。具合はどうだ？」ベッド脇に立って彼は言った。

反応なし。

「生きてるな？」

反応なし。

「中佐の声が聞こえる？　聞こえない？」ミーガンが言った。

反応なし。

「イラクのみんながきみに知らせてほしいそうだ。きみが取り組んでいることを大変立派に思っていいる、と」カウズラリッチが言った。「きみが生きていることを私はありがたく思っている」

反応なし。

「われわれはうまくいっている。勝利している」と彼は言った。それから彼はミーガンの話――ダンカンの二十歳の誕生日が近づいてきていることや、いつかイタリアでふたりで暮らす計画を立てていること――に耳を傾け、ダンカンの口からミーガンが唾液を吸引する音を聞いた後で、また来ることを約束して病室を出た。


その翌日の一月十八日、カウズラリッチは医療センターにいるほかの部下たちに会いに行った。その中にはカウズラリッチについて「あの最低のくそ野郎には二度と会いたくない」とネイト・ショーマンに言った兵士も含まれていた。

実際のところ、兵士たちは仲間うちで、ひどく腹が立っているからカウズラリッチが見舞いに来ても会わないことにしようと話し合っていた。しかし結局は全員が、車椅子に乗って、あるいは義足で歩いて、彼に会いにやってきて、病院のカフェテリアの長いテーブルにカウズラリッチといっしょに座って昼食をとった。彼らひとりひとりが、これまで十六－二が戦場で受けてきた損害がどれほど凄まじかったかを表す存在だった。

ジョー・ミクソンがいた――九月四日に爆破されたハンヴィーに乗っていた五人の中のひとりだった。そしていま、両脚を膝下から切断された状態で、生活に順応しようと努力していた。

マイケル・フラデラがいた――八月に両脚を膝下から切断した。

ジョシュア・アチリーがいた――六月にギーツ軍曹に向かって「目を撃ちやがった」と叫んだ兵

士だった。

ジョン・カービーがいた――四月にケイジマが死んだとき、その隣に座っていた。そして五月に、腕に銃弾を撃ち込まれた。

そしてテーブルに沿って兵士がふたり続き――片足を失い（片足を**捧げ**）、太腿に爆弾の破片が入っている（太腿を**捧げた**）兵士と、やはり片足を失った兵士――いちばん離れたところにいびつな頭をした兵士が車椅子に斜めに静かに座っていた。それがエモリー軍曹だった。後頭部を狙撃されてから九ヶ月が経った、エモリーは、陸軍医療センターにいた。カウズラリッチはこの前、イラクからの帰還兵が家族と長期間過ごせる施設を見学している際、偶然エモリーに出会った。「きみを大切に思ってるよ、エモリー軍曹」カウズラリッチは素早く会話を交わし、昼食後にカマリヤであの日なにがあったのか詳しいことを話す約束をした。それでエモリーはここに来ていた。彼の右脚は絶えず小刻みに震えていた。そしてあの屋上で起きたことを聞くのを待っていた。

エモリーの脚は震え、アンドリュー・ルーニーは自分の指をしゃぶり、カービーはまだ不安そうな目をしていた。リーランド・トンプソンは戦闘歩兵記章をつけていた。ここにいる全員は砲火を浴びたことでその記章を授与されていた。アチリーは義眼をつけてやってきた。普通の目ではなくライフルの照準器を覗いたときに見える十文字のデザインになっていた。彼らはフォート・ライリーから出兵したときと同じ姿ではなくなっていたが、カウズラリッチに彼らの名前を教える必要はなかった。彼にはすぐに相手がだれかわかった。戦闘に参加する兵士のことを知るのは指揮官の仕事の一部だが、兵士が負傷すれば、その兵士を忘れることなど不可能だった。氏名、怪我の程度、日付。カウズラリッチは、救護所で騒いだ者や、静まり返っていた者のことをよく覚えていた。彼らの血の色、体内の様子、目の動きなどが心に深く刻みつけられていた。兵士が死亡し、それを知らせる電話をし、「即死でした」と言ったときの電話の向こうの妻や母親、父親の声をはっきり覚えていた。彼らの損傷は、彼の一部となり、ペトレイアス大将に見せた円と線で構成された図表のように彼の心にくっきりと明記されたが、これは「われらの戦い」の戦略的図表ではなく、別種のもの、彼個人の戦いの図表だった。イラク戦争が終わり、戦争のことを忘れられたあとに、自分に残される戦争がこれなのだ、と思うようになっていた。そしていま、新しい円と線で構成された図表が加わり、彼はテーブルを見渡した。

「意外な集まりになったな」カウズラリッチは穏やかな声で言った。

彼はカービーを見て、具合はどうだと尋ねた。カービーはそれに答えて、腕のブレース（装具）を取り外し、自分の手がいかに力が入らず使いものにならないかを見せた。「食事が終わったら、傷を見せますよ」と言った。

彼はジョシュア・ウォルドに話しかけた。「医者が判断したんだな。半分は切断すべきだと？」

「はい、中佐」ウォルドが言った。

「それで義足をつけてる？」

「はい、そうです」

彼はフラデラに向かった。「もう両手で歩いてるのか？」

「何度も」フラデラが言った。「二回ほど手で歩いてトイレまで行こうとしました」

言った。

「脚を切断された人たちが腕立て伏せを練習しているのを見るのは、変な感じがする」ルーニーが言った。

「ああ。腕立て伏せを練習してるな。逆立ちできるんだ」フラデラが言った。「膝下を切断された者には簡単なことさ」

「しないほうがよかったな」カウズラリッチは笑った。

「しないほうがよかった」とフラデラ。

「ほほう?」とカウズラリッチ。

「俺にはできないな」ミクソンが言った。

「少し時間がかかる」フラデラが言った。「いつからここにいるんだ?」

「九月からだ」ミクソンが言った。

「九月か。もう少し時間がかかる。そのうちちゃれるようになるさ」フラデラが言った。

ここにいる兵士たち全員が医療センターで暮らしていたが、顔を合わせることはめったになかった。こうして一堂に会したのは初めてだった。リハビリテーションはひとりで黙々とこなさなければならない。お互いの情報を交換したり、怪我を比べたりして話している彼らは、怒りや苦痛を抱いているようには少しも見えなかった。しかし、この場から離れると事情は違った。たとえばアチリーの部屋には、爆弾の破片の入ったカップが置いてあり、その中身はどんどん増えていた。プラスチック片もあれば鉛片もあって、すべてアチリーが自分で体から取り出したものだった。まだ体内に破片は残っているが、医師はそれを徹底して取り出そうとは思っていないようだった。だからアチリーはしょっちゅう、いちばん明るい照明のあるバスルームで、ナイフで皮膚を切り裂いてはピンセットで破片を引き抜いていた。まだまだたくさんの破片が右腕と右脚にあり、つい最近左手にもあることを発見した。最近引き抜いたものは、手の指と指のあいだにめりこんでいた鉛片だった。「やり始めたら、痛くない」と彼は言い張ったが、痛かったとしても、おかまいなくやっただろう。「俺が破片を取り出すのは、体の中にイラクの小汚い破片を一個たりとも入れておきたくないからだ」と彼は言った。その態度は、右腕に無残な傷跡があるのにいつも半袖のシャツを着ている理由の説明にもなる。「戦争の代償をみんなに見てもらいたいんだ」。そして照準器の十文字の義眼を入れている理由の説明にもなる。「目があるふりなんかしたくないからだ」

しかしカフェテリアでは、そうした苛立たしさは窺えない。その代わりアチリーは非常に真面目な顔でカウズラリッチに、義眼を全部で四個持っている、と語った。二個は普通の目で、一個は闇の中で光る目。それからいま装着している目。彼は手を伸ばしてその義眼を取り出した。それをカウズラリッチに向けて差し出した。テーブルにいる全員が大笑いし始めた。

「戻しとけ!」とカウズラリッチも笑いながら言った。そして短いスピーチをすることにした。兵士がときどき、カウズラリッチのいないところで彼を物笑いの種にするときにするようなスピーチだ。しかし、今回はそんなことはしない。彼らは、その言葉すべてを吸収した。

「きみたちがしてくれたことで無駄なものは何ひとつない。私の人生の唯一の目的は、戦い続け、勝ち続けることだ。しかし、きみたちひとりひとりの人生の唯一の任務は、回復していくことだ。私はきみたちのチームの一員であり、この先も一員だ。われわれは家族だ。きみたちは私のために戦ってくれた。これからは私が一生を賭けてきみたちのために戦っていく。いいな。わかったか」

彼らは頷いた。

「日曜日に私といっしょに戻りたい者は？」カウズラリッチは訊いた。

ウォルドが手を挙げた。

膝下を切断したミクソンも挙げた。「戻りたい。本当に。心から。絶対」とミクソンは言った。

カウズラリッチは立ち上がって、部下のひとりひとりに礼を述べた。そしてテーブルを一巡すると、「申し分なし」と彼は言い、それから約束どおり、エモリー軍曹と妻マリアのところに行った。カウズラリッチが知っている限りのカマリヤでの出来事を話すために。狙撃された瞬間から先のことを、ふたりが望むとおりに事細かく話すために。

「きみたちは屋上にいた」とカウズラリッチは話し始めた。

そしてすべてを話し終えると、「これできみたちの気持ちが楽になるかはわからないが」と言った。

マリア・エモリーは泣きながら首を横に振った。

「それでわたしたちの人生が永遠に変わってしまった」彼女は言った。

「みんなの人生を永遠に変えていくんです。それが戦争というものなんです」カウズラリッチはさらに、あの日はカマリヤの人々が希望を見出した日だったと話した。マリア・エモリーの思いはふらふらと過去に遡り、ブッシュ大統領に会ったときの自分になったような気がした。

マリアは考えていた。**自分の**知っていることをこの人に話すべきだろうか。

夫がどれほどの絶望を抱えているかを。

ある日、夫が固いタイル敷きの床に自分を投げ出していて、それを発見した彼女に向かって夫が、床に頭を打ちつけて死にたかった、と言ったことを。

別の日、夫がナイフを取ってくれと頼んできたことを。

別の日、ペンを取ってくれ、そうしたら首をそれで突き刺せるから、と言ったことを。

別の日、ナイフやペンを取ってくれと頼む代わりに、夫がいきなり手首を嚙み切ろうとしたことを。

いま夫はカウズラリッチに何か話していたが、そのあいだマリアは泣き続けた。夫の声は落ち着いているが、少しくぐもっていた。

「いま何て言った?」カウズラリッチが、言葉を聞き取れずに訊いた。

「よい旅を」とエモリーはもう一度言った。

外に出るとカウズラリッチは、「ここの連中は大きな刺激を与えてくれる」と呟いた。彼が言ったのはエモリーのことだった。ミクソンとアチリーのことだった。ダンカン・クロックストンを含む、ここにいるみんなのことだった。そのダンカンには昼食の前に会っていた。

カウズラリッチが二度目の見舞いにクロックストンの病室に行くと、母親のリーと妻のミーガンは日々の雑用に追われていた。リーは必ずだれよりも早起きだった。目が覚め、自分がいるのが医療センターで、夫とほかの五人の息子と暮らすデンヴァーの自宅ではないことが飲み込めると、ベッドを出て病院に向かい、ロビーを通り抜け、ジョージ・W・ブッシュが星条旗の前で笑っている写真の前を通り過ぎる。

ダンカンにももちろん、星条旗の前で撮った写真があった。兵士はだれもがその写真を撮る。フォート・ライリーで撮る者もいれば、ラスタミヤで撮る者もいたが、その手順はどこでも同じだった。だれかが背景として星条旗を壁に取り付け、ひとりまたひとりと兵士がその旗の前に立ち、別の兵士が適当なデジタル・カメラで写真を撮った。この写真の使われ方について勘違いをしている者はひとりもいなかった。「俺は死ぬつもりはないよ。だから写真は撮らなくていい」と言い張る兵士はいた。「死んだ後なんだから、どんな顔してようが関係ねえだろ」と言い、笑いながらおかしな顔をしてみせる兵士もいた。

その兵士やブッシュとは違い、ダンカンは厳かな表情で写真に写っていた。星条旗の前に立つと、ひたりとカメラを見据えた。彼の鼻梁はまっすぐで形がよく、耳は少し横に飛び出し、髪は切ったばかりで、口はしっかりと結ばれ、きまじめな表情だった。若くハンサムな青年で、その繊細な顔つきは母親から受け継いでいた。そのことに、カウズラリッチは前日ダンカンのベッド脇に立ったとき気づいた。「お母さんにそっくりだ」と彼は言った。それは本当だった。ダンカンは底抜けのお母さん子だった。

エレベーターで熱傷科へ向かいながらリーは、ベッド脇で迎える百三十四日目の心の準備をしていた。「わたしはここよ。いつもここにいるからね」彼女は九月六日に息子に再会したときにそう約束した。ダンカンは鎮静剤を打たれて何も聞こえてはいなかったが、リーは大声でそう言った。

そしてミーガンが同じ約束をしたとき、リーはこの十九歳の女性が誓ったことに不安を覚えた。ミーガンは中年の子持ちの女性ではなく十代の娘だった。十ヶ月半前に息子と結婚したのは、息子がイラクに行くことになったからだった。ある日、ダンカンがそのことを打ち明け、その翌日に結婚し、「レッド・ロブスター」でお祝いをした。その後彼は派兵され、そして九月四日、妻の電話が鳴った。そして妻は夫の真っ黒になった耳に約束の言葉を囁いた。「わたしはここにいる。あなたを愛してる。ずっとここにいるから」彼女はそう言った。決心が揺らいだのは一度だけだった。そのとき彼女はリーに向かって打ちひしがれたような声で言った。「いつになったら諦めるの？」

「お医者さまが、もう打つ手はありません、と言うときまでは諦めないわ」とリーは答えた。

それでダンカンの母親と妻はここにいた。ほかの患者の家族は、医療センターに来られるときに来ていたが、このふたりは何ヶ月にもわたってここに滞在していた。ふたりは毎日ダンカンのそばにいて、夜になると家族に電話して新しい情報を伝えた。ミーガンの両親は、ダンカンの状態に関心を抱くようになった人々のために、ウェブサイトに時折記事を載せるようになった。その輪は、家族、友人、友人の友人、さらにはコロラドにある少年フットボール・チームの子供たちにまで広がった。子供たちはダンカンの話を聞き、そのシーズンをダンカンに捧げることにした。ダンカンの名前をヘルメットにつけて試合をした。ダンカンがやがて見るかもしれないと思ってチームの写真を撮った。シャッターが降りる瞬間、子供たちは「自由を！」と叫んでいた。この写真もサイトに掲載された。これを見ると、戦争が国民をいかに強く固く結びつけるかということを考えないわけにはいかなかった。さまざまな地域に暮らす三万人もの人々が、カメラに向かって「自由を！」

と叫んだのは、イラクで負傷した兵士が彼らの知り合いに、あるいは知り合いの知り合いにいたからだった。

九月十九日。「親愛なるみなさま」とミーガンの両親はサイトに書いた。「私たちの兵士は戦いに負けそうです。体全体に感染が広がっているのです」

十月十一日。「昨日ダンカンが手術しました。医師は**素晴らしい**ニュースを伝えてくれました。先月に発生し、ダンカンの命を蝕んできた毛黴《けかび》の感染が『**心配しなくてもいい状態**』になったと医師から言われました」とサイトに書かれた。「ホワイト先生が診てきた患者で、この種の感染から生き延びたのはふたりしかいないということです。ダンカンがふたり目！」

十一月五日。「ダンカンは本当にすごい、すごい、すごい！　本物の兵士そのものです」

十二月十日。「どうかどうか、ダンカンのために祈ってください。昨夜は最悪な状態になりました……」

「良くなったり悪くなったり」。ダンカンの日々はその繰り返しだった。十月初旬にはダンカンが初めて口を利いた最良の日があり、十二月十日は、「わたしたちの目の前で死にそうになった」とリーが書いた最悪の日だった。その前夜、ダンカンの血圧が下がり、翌日の早朝にリーとミーガンは病室に呼ばれた。彼の臓器の活動が停止しかかり、意識がなく、敗血症性ショックに陥っていた。それを見たミーガンは吐き気を催し、気を失いかけた。リーはついに最期が来たかと思って泣き始めた。そのとき抗生物質を持って医師が駆け込んできた。その薬は感染症からダンカンを救うかもしれないが、血液を薄くして脳出血を起こして死なせるかもしれない、ということだった。

「その薬を与えなかった場合、この子が生き延びるチャンスは？」リーが尋ねた。「ゼロです」と医師は答えた。それでダンカンに薬が投与され、彼は死を免れた。それがダンカンのすごいところだった。リーはこう言った。あの子は死から逸れる道を探し続けています。

ダンカンの仲間の兵士はイラクでその様子を確認しながら、ダンカンがいますぐ死ぬのならそのほうがいいのではないか、と考えていた。マイケル・アンダーソンはかつて、ダンカンを見舞った後こう言った。「彼にできることといえば、考えることだけだ。何もできずにベッドに横たわっているしかない」

しかしリーはこう言った。ダンカンは死んだほうがましだと考えているのは、わたしやミーガンのように毎日ダンカンといっしょに過ごしてはいない人たちなんです、と。「そういう人たちはこの場と、彼が成し遂げたことを見ていませんが、わたしたちはよく知っているのです」。そんな彼女にとって、ダンカンの将来を想像するのは難しいことではなかった。

まず人工義手を左腕に着け、それの操作を学ぶ。

次に両脚。

それから右腕。

そしてリハビリをおこなっていけば、ゆっくりと廊下を移動していける兵士になって、人々は「あの人は本当に素晴らしい成功を収めたんです」と囁くだろう。

そして五年くらい、あるいは十年経ったら、子供を育てる場所と決めたイタリアで、あるいはデンヴァーかどこかで、夫婦で暮らしているのだ。

「そういう希望があるんですよ」とリーは言ってまた別の一日を忙《せわ》しなく送った。

彼女は保護衣を身につけた。テレビをつけ、そこに流れていく文章をダンカンに読んでやった。デンヴァーの天気の様子を話した。強制収容所から生還した人が書いた本『夜と霧』を読んで聞かせた。ミーガンがやってきて、やはりダンカンに読んで聞かせた。そしてふたりで、八日後に迫ったダンカンの二十歳の誕生日の計画を話し合った。そのときにカウズラリッチが到着した。

彼はダンカンに勲章を与えるために戻ってきたのだった。彼がベッドに向かうと、リーが叫んだ。「起きてる？　ダンカン？　聞こえる？　ダンカン、わたしたちの声が聞こえる？」リーはカウズラリッチのほうを向いて、「まだちょっと――」と言った。

「いいんですよ」彼はそう言うと、ベッドの脇に立ち、ダンカンを見下ろした。昨日とまったく同じように見えた。微動だにしなかった。現実味がなかった。「調子はどうだ、レンジャー隊員？」と彼は言った。「おはよう。とはいってももうすぐ午後になる時刻じゃないかな」

前日と同じようになんの反応もなかったが、カウズラリッチは先を続けた。ダンカンのゴーグルの前に勲章のひとつを差し出した。「いいか、ダンカン、いま私が持っているのは、歩兵ならだれもが欲しがるものだ。戦闘歩兵勲章だ。わかるか？　ほら、ここにある。これはきみのものだ。ここから出るときには、これをきみの戦闘服に着けるんだぞ。わかったか？」

カウズラリッチはメダルをゴーグルに近づけた。しかしその奥の目はメダルにも、カウズラリッチにも、どんなものにも、焦点があっていないようだった。

「受章理由を述べるぞ。『地上戦闘作戦に参加し、「イラクの自由作戦」を支援しイラクを解放するために、敵の銃撃の中で戦ったことを讃える』」カウズラリッチはさらに続けた。「昨日話したように、『タスク・フォース・レンジャー』がすべきことをおこない、われわれが勝利をおさめているのはきみの努力のおかげだ。きみは毎日われわれに力を与えてくれる。きみの負傷は決して無駄ではない」

彼はふたつ目のメダルを手にした。

「次にきみに与えるのは陸軍称揚章だ。どんな形をしているか知っているな。これがそうだ。これはきみが受け取るべきものだ。それから海外従軍リボンとイラク従軍記章だ。きみはメダルをすでに一列持っていたから、これで二列になる。Aクラスだ。それで今日きみのためにわれわれができるささやかなことだが、ご家族の前できみにこれを授章する。きみの妻ミーガンとお母さんのリーに私から授けよう。そしてみんなで写真を撮ろうと思う。写真があれば、きみがよくなって目が見えるようになったら、見ることができるだろう。いいな?」

微動だにしなかった。水滴の向こうに見える目にも動きはなかった。

「きみのしてくれたすべてのことに感謝している」とカウズラリッチは続けた。「そしてきみのことをわれわれはいつも祈り、考えている。しかし今日はもう失礼してジョー・ミクソンに会いに行かなければならないんだ。ミクソンはあの日きみといっしょにいた男だ。ほかにも十三人の仲間がこのセンターに入院している。きみをここから連れ出せたらいいんだが。そうしたら、みんなで協力して健康になるための任務を続けていける。それがいまのきみたちの第一の任務だからな。健康になることが。わかるな? それが私からの、きみの指揮官からの直接命令だ。私の命令がわかるな？」

　頷いたのか？

「いいぞ」カウズラリッチは言った。

　そうだ。ダンカンが頷いている。

「いいぞ！」カウズラリッチはもう一度言った。

　彼は頷いていた。そしてカウズラリッチの顔をしっかりと見据えているようだった。

　リーの言うとおりだった。彼は**動ける。聞こえる。わかっていた。**

「よし、ブラザー」カウズラリッチが言った。「きみに会えてよかった。元気そうでよかった。きみは毎日よくなっている。それを続けることだ。きみのことをいつも祈っているぞ、大将、いいな？」

　また頷いた。

　ダンカンは何もかもわかっていたのだ。

　カウズラリッチは一瞬振り返ってリーとミーガンにメダルを渡した。

「ありがとうございます」ミーガンが言った。

「こちらこそ、光栄です」彼はそう言ってダンカンのほうに向き直った。そして手を伸ばし、触れられる場所を探した。

　彼は手を下ろしたが、それは一瞬のことで、すぐに手を挙げ、部屋を辞した。そして病院を出て、空港に向かい、イラクに戻り、その一週間後の一月二十五日、ラスタミヤのオフィスにいた。

子供を持つイラクの母親も、アメリカの母親が望むことを子供に与えたいと望み、子供に平和の中で成長し、夢を実現するチャンスを与えたいと望む場所、その前線に戻ってきた。そこにリーからの電子メールが届いた。

「親愛なるみなさま」と始まっていた。

「今日みなさまにこのことをお伝えするのは痛恨の極みです。本日午後三時四十六分にダンカンが他界しました。これまでおこなってきた処置を停止するという決断を下したのです。ダンカンはこの二日間いままでとは違う感染症にかかり、その結果多大な苦痛を受け、しかも体温が四十二度二分に上昇し、一晩中下がりませんでした。ダンカンの担当医が、これほどの高熱で生き延びた人はひとりもいない、普通なら十五分も続けば体の組織がもたない、ましてやダンカンは二時間も高熱が続いた、と言いました。これは体温調節を司る脳の視床下部が損傷を受けたためだそうです。

ダンカンがたとえ生き抜いたとしても、恒久的な広範囲に及ぶ脳損傷を受けているので、臓器の機能が損なわれるだろう、すでに腎臓は透析に頼っている、すぐにも人工呼吸器のみで生きていくことになる、と医師に言われました。そしてミーガンとわたしは決断をするように言われたのです。わたしたちはダンカンが尊厳ある穏やかな死を迎えるのが最良のことだと決意しました。それでダンカンはモルヒネを投与され、人工呼吸器を外されました。およそ四十五分後に、ダンカンは美しい妻と母親と、戦友ミクソンと病院の牧師さまに見守られて亡くなりました。激しく長い戦闘を戦いながら、その肉体の限界のために斃れなければならなかった若者に望まれる『安らかな死』に近いものでした。生活の質を向上させることがこれ以上できないと知ったわたしたちは、これまで全力で生きてきたこの勇敢な若者に、残りの日々を回復の見込みのないまま生命維持装置に繋がれて過ごしてくれ、とはどうしても頼めませんでした。
この五ヶ月のあいだ、ダンカンと家族を支援し、祈りを捧げてくださった大勢のみなさまにわたしたちがどれほど感謝しているか、とても言葉では言い尽くせません。わたしたちはこの度の経験から多くのことを学びました。この世には善良な人々がいらっしゃるということを、悪とはなんとしても戦わなければいけないということを、そしてダンカンは、悪がはびこるのを手をこまねいて見ることのなかった善良な人間の好例であることを学んだのです。ダンカンは明日二十歳になる予定でした。彼は永遠に十九歳のままで、永遠に二十歳にはなりません。

愛を込めて　　リー・クロックストン」

十二人目の死者だった。
「くそっ」とカウズラリッチは言った。
派兵の終了まであと三ヶ月だった。

11章　二〇〇八年二月二十八日

それで私は決断した。軍の撤退という負けを受け入れるべきか、あるいは指揮官たちの意見、軍事専門家の判断を受け入れて、イラクに勝利をもたらす方法を探るべきか。私は後者を選んだ。撤収するのではなく、三万人の軍人をイラクに派遣する。そうすれば増派は成功する。

――ジョージ・W・ブッシュ　二〇〇八年二月二十五日

増派が発表され始めた二〇〇七年一月のイラクにおけるアメリカ兵の死者の数は八十三人だった。二〇〇八年一月にはそれが四十人になった。

二〇〇七年一月のイラクにおけるアメリカ兵の負傷者の数は六百四十七人だった。二〇〇八年一月にはそれが二百三十四人だった。

二〇〇七年一月だけで軍隊は五千回の攻撃を受けた。二〇〇八年一月にはその数字は二千回だった。

二〇〇七年一月のイラク市民の死者の数は推定二千八百人以上だった。二〇〇八年一月にはその数字は多く見積って七百五十人だった。

二〇〇七年一月にシリア、ヨルダン、イラクの別の地域へと逃げたイラク市民は九万人で、すでに逃げていた四百万人に加わった。二〇〇八年一月には難民の数は五百万人近くになっていたが、その後故郷を離れた人数は一万人に及んだ。

「……そうすれば増派は成功する」とジョージ・W・ブッシュが言ったのは、四十人の兵士が死亡し、二百三十四人が負傷し、二千回攻撃され、少なくとも七百五十人のイラク人が死亡し、一万人が故郷を棄てた月が終わった後だった。その一方で、ラスタミヤでは近頃はだいぶ静かになり、兵士たちもブッシュと同じことを考え始めていたちょうどそのとき、二月十九日午後五時四十五分になろうとしたとき、二度目の爆弾攻撃が始まった。

「攻撃されてるのか？」ほかの作戦基地から、十六－二の作戦センターに電話が入った。

「ああ」と受話器を摑んだ軍曹が言った。

「そのことで何か報告はあるか？」

「ああ。最低だよ」軍曹はそう言い、そのときにまた爆発が起きて壁が震え、受話器を叩きつけるように置いた。

十五人の兵士が部屋に押し寄せた。電話をかけたり無線で送信したりしている者がいたが、ほか

ジェイ・マーチ

の兵士は壁際に立ち、この壁が、爆弾の破片やボール・ベアリングが突き抜けないくらい分厚いことを祈っていた。

大尉が駆け込んできた。彼は駐車場のそばにいたが、そこの十二台の車が火に包まれていると言った。一台は燃料タンカーで、爆弾の破片で穴が空き、ガソリンが漏れ出していた。いたるところから火が出ていた。暗い貯蔵庫に入り込んだら、基地で働いている三人の建築業者を発見した。ひとりは脚が血まみれだった。ひとりは右腕がなかった。もうひとりは後頭部が削られて、すでに死んでいた。「どうすることもできなかった」と大尉は言った。

またもや爆発が起きた。これまで八発が爆発していた。

「ドカーン」とひとりの兵士がそう言って爆発音を真似、不安そうに笑った。

「ドドーン……ブーン」別の兵士も言って笑った。

また爆発。天候が悪くヘリコプターは一機も飛んでいなかった。それはつまり、短距離空対地《ヘルファイア》ミサイルの攻撃ができないということだった。爆発はしばらく続くはずで、次の爆弾が来るのを待つほかなかった。兵舎が崩壊したという報告が来た。基地を囲む壁の破損箇所の報告が来た。北に数キロ行ったところに第二の攻撃があり、トラックに仕掛けられた爆弾を解除しようとしていたイラクの警察官二十人が死亡したという報告が来た。ブレント・カミングズが走り込んできた。駐車場にいた彼も、トラックの下に入り込んで、顔を砂利に押しつけて攻撃に耐えていた。土が口の中に入り、体中が震動によって激しく揺れた。そうするうちに火のついたガソリンが自分のほうに流れてくるのを見て、そこから走り出た。「俺たちが勝っててよかったよ」カミングズは息を切らして言った。いまや兵士の中には、奥の壁に沿って床にかがみ込み、身を丸めている者もいた。「何度攻撃を受けても、怖いものは怖い」とひとりが言った。ほかの兵士たちは、その兵士を見た。その言葉を口に出そうとする者はひとりもいなかった。たとえ全員が心の中でそう思っていたとしても。

「怖い」彼はもう一度言った。

だれもが目をそらし、静まり返った。

「こんなことはもうごめんだ」と彼はなおも言ったが、その後は警報解除の合図が鳴るまで口を開かなかった。警報が解除され、防空壕から人がいなくなり、火が燃え尽き、損壊した建物が修復され、軽傷者を救護所で手当し、重傷者をヘリコプターで病院に搬送し、建築業者の遺体を帰国させるために袋に入れるころには、兵士たちは次第にブッシュ大統領の言うことは正しいと思うようになった。

二〇〇八年一月、イラクで死亡した兵士の数は四十人だった。二月は二十九人だった。

二〇〇八年一月、負傷した兵士の数は二百三十四人だった。二月は二百十六人だった。

「中佐、最近の作戦について少しお話ししてくれませんか」ピース106FMで、モハメッドはアラビア語でイジーに言い、イジーが英語に通訳してカウズラリッチに伝えた。

「イラクの治安、とりわけバグダッドの治安は、サッダーム・フセインが倒れて以来かつてないほど安定しています」カウズラリッチは言った。

実際、あの連続攻撃以来、すっかり静かになったので、二月の下旬にはその月の最優秀兵士を選ぶコンテストを始めることにした。それはこれまでも大隊が時折おこなっていたことだった。

三十人の兵士がこのコンテストのために選ばれる。居並ぶ軍曹たちの前で兵士は順番に軍曹の質問に答える。質問は、武器、時事、応急手当、軍隊の歴史にまで及ぶ。これはかなり威圧的で、ストレスに耐えられなくなり、部屋に入ってくるなり武器を取り出し、それで自分の頭を殴りつける兵士が現れたりする。

こういう兵士はいい成績を残せない。

地図の等高線の種類を訊かれて、「透明線?」と答えた兵士も合格の見込みはない。

ではだれが勝つのか。

「脈拍を見るのに用いる一般的な部位を四つ挙げよ」という質問に、顔から汗を流しながら答えた兵士だろうか。

「手首、首、足首、肛門」とその兵士は言った。

「ほんとに肛門と言ったのか?」と軍曹のひとりは隣の軍曹に囁いた。

「よし、いいか?」コンテストの四日前に、三十人のひとりに選ばれたジェイ・マーチとジョン・スウェールズは、共に勉強していた。

「AFAPってなんだ?」とマーチが言った。彼の手にしているのは、『合衆国陸軍資格試験対策』という二百六十二ページの本だった。

「陸軍家族意識プログラム」とスウェールズが言った。彼の手にしているのは、栄養補助飲料の入った大きなグラスだった。

「陸軍家族**行動プログラムだよ**」マーチは言った。「健康状態を表す三つの言葉は？」

「え？　何？」とスウェールズ。

「AT4の最大射程距離は？」マーチは武器の問題に移った。

「千三百メートル」

「二千百メートルだ」

四日間。大丈夫だ。それだけあれば十分だ。スウェールズは大学の学位を持った二十四歳の特技兵だった。かつて会計士として働いていたが、退屈して陸軍に入隊し、イラクに来ることになった。そして月間最優秀兵士になるためにこれまでに二度挑戦していた。「前回はとてもリラックスしていた」とスウェールズは言った。しかし今回は、軍曹の顔ぶれも違い、何が期待されているのかわからなかった。「とんでもない人たちだって聞いてるよ」

ジェイ・マーチは彼らのとんでもなさを**知っていた**。マーチは二度このコンテストに出て、二度ともコンテスト前の服装検査すら通過できなかった。規定通りフル装備の戦闘服を身につけて検査されるのだが、ひとりの軍曹に不備を指摘された。一回目のときは、圧縮包帯に緑色の帯封が巻いてなかったので追い返された。しかし、彼の小隊ではそういう巻き方をしていたので――包帯はいつも取り出せるようにしておけば時間の無駄にならない――そのことを説明しようとしたが、その前に部屋から出された。「ふざけんなよな！」マーチは立ち去りながら言った。二度目はもっとひどかった。早めに来たので、部屋の外で数人の兵士といっしょに待っていると、試験担当の軍曹がやって来た。部屋のドアに鍵がかかっていたために激怒した。「なんで鍵がかかってる?」と軍曹は叫んだ。ほかの軍曹たちに鍵をあけてもらい部屋に入れたのだが、彼の怒鳴り声はやまなかった。「聞こえてきたのは、『くそったれ』とか『最低のくそ』という言葉ばかりで、廊下で待っていた俺たちは『くそはそっちだ』と言っていた」とマーチは当時を振り返って言った。ついてなかったのは、前回の検査で、飲み水を入れるビニール製のポーチを正しい位置につけていないという理由で彼を部屋から追い出したのがその軍曹だったこと。さらについてなかったのは、その軍曹が今回も試験官にいるということだった。

「合格したい。選ばれたら、昇級委員会に諮《はか》られる立場になれるから」マーチはスウェールズに言った。このコンテストの最終目標はそこにあった。体が震えかねない下級兵士でも、いつか軍曹になるための委員会に推薦されるのだ。しかしマーチは、スウェールズのような自信がなく、大学の学位もなく、家庭の事情で高校も満足に出ておらず、すぐに震えが来るようなタイプだった。「教室の前に出て読書感想文を読むことすらできなかった」と彼は言った。「『感想文は提出しますけど、読むのはいやです。Dでもなんでもつけてください』って先生に言ってた」それで、月間優秀兵士へのこれまで二回のチャレンジではひどく不安になり、装備検査をしに軍曹が近づいてくるまで、両手がぶるぶる震えるのをなんとかこらえるのに必死だった。

「選ばれたいんだよ」と彼は言った。そのために彼は予定表を作り、遺漏がないようにした。コンテストの二日前、三時間をかけて武器の手入れをした。検査官は必ず銃を分解して調べるはずだった。前日には髪を短くし、もう一度武器の手入れをした。コンテストの当日は、六時に起き、髭を剃り、武器の埃を拭き、いちばん清潔な軍服を着た。ヘルメットも洗剤でごしごし洗ってきれいにした。ズボンをブーツの中に入れ、上から三番目の靴紐の小穴のところでズボンがたるまないようにした。兄から幸運のお守りとしてもらったビーズのブレスレットを外した。絶対に外さないと誓ったものだったが。面接の番が来たら、ドアを三回叩く。それ以外の回数ではだめだ。それから中に入り、居並ぶ軍曹たちに向かってゆっくり、はっきりと話す。マーチは目標を控えめに設定していた。上位五十パーセント内に入りたい、と。そのために寸暇を惜しんで、自分ひとりで、ときには仲間のスウェールズと共に勉強してきた。

「カウンセリング」と彼はいま、参考書の別のところをぱらぱらとめくりながら言った。「人間の欲求はいくつある？」

「十」とスウェールズが言った。

「違う」

「七」

「違う」

「三」

「違う」

「五」

「違う、四つだよ」とマーチ。「それがなんだかわかるか？」

スウェールズはマーチの手から本を奪った。「わかったよ。じゃあ、陸軍の書式３３４９は？」

「身体プロフィール」
「そうだ。2442は?」
「2442?」マーチは言った。
「それほど利口ってわけじゃねえな」とスウェールズが言った。

二十六歳の衛生兵チャールズ・ホワイト特技兵も、三十人のひとりに選ばれた。ジェイ・マーチと同じく、事前の服装検査を通過すればこれが三度目の挑戦になる。

一回目のときには肘当てを忘れてしまった。検査をする軍曹が近づいてきたときにそれに気づいた。

「何を忘れたんだ?　ホワイト隊員」
「肘当てです、曹長」
「それでどうする?」
「出直します、曹長」

二回目のときには、彼の小隊の軍曹が面接の時間を伝えてくれたが、後にその時間が変更された。ところがその時間変更を伝えるはずの人物が、彼に伝えなかった。興味深いことにその人物もコンテスト参加者だった。それで「俺は二十分の遅刻になったわけだ」

そして今度が三回目だった。

マーチと違い、ホワイトの目的は優勝することだった。「準優勝者ってのは敗者第一位ってことだろ」とホワイトは言った。そして鍵をかけた自室で勉強し、任務の場合を除き、だれがドアを叩こうが開けなかった。「俺はひとりが好きでね。人が入ってきたら、みんなの前では勉強できない。ここじゃあ無理だ」彼は声を低めた。「これは極秘の分野だから」。彼はモータウンの音楽を流し、参考書を開き、それをすべて暗記しようとしていた。いま覚えているのは百二十一語ある兵士の信条で、ほかの兵士とどこかに行くときでも大声で暗誦した。「食堂に行くには五分かかる。そのあいだに兵士の信条が四回か五回暗誦できる」とホワイトは言った。もしほかの兵士たちに変な奴だと思われても、やめるわけにはいかない。「俺はもう二十六だ。あいつらはまだ十八か十九だ。くだらねえことをよくくっちゃべってる。『あの女のおっぱい、見ろよ』とかな。そういうのはもういいよ。独り言を言うほうがいい」

コンテストの三日前にホワイトは、自己紹介しろと言われたときに言う言葉を考えていた。中に入るように言われ、名前と出身地、出身校、陸軍での目的――最大でも五行の文章――だけを言うことになっているが、ホワイトは思慮深い兵士なので、ほかにもっと言うことを探したいと思った。

「ほら、変なんだけど」と彼は言った。「パトロールに出ていって、ひでえことが起きているときには、手は震えないんだ。その後で、その現場から離れると震えてくる。でも、いつそうなるのか？　自分の体が何から作られているのかわかるときなんだよ」

正確に五行の文章を期待している軍曹たちを前にしてそんなことを言えるだろうか。それで検査を通過できるだろうか。優勝したいというより、想像するのが愉しいことに彼は気づいた。「きみのことを少し話してくれ」と軍曹に言われたら、こう言うつもりだ。「イラクで、自分の体がどんなふうに作られているかわかりました」そして彼は三つの例を挙げる。

ひとつ目は六月十一日。彼の隊列がモスクの前を通ったとき、彼の二台前のハンヴィーの砲塔で自己鍛造弾《EFP》が爆発した。午後の一時五十五分。ハンヴィーに乗りながら、みなと同じようにずっとこう考えていた。「**いつ来るんだ、いつ来るんだ**」そして次の瞬間に爆発した。「どけ、どけ、どけ！」彼は銃弾が来る中、兵士たちを追い抜きながらそう叫んでいたのを覚えていた。そして気がつくと死にかけているキャメロン・ペインのそばで、ペインの傷の具合を確認していた。目——まぶたの一部が欠損。口——左端が欠損。耳——左耳の後ろに、脳にまで届く穴。「脚を少し動かしてくれたら、ドアが閉められる」とホワイトは言い、ペインは言うとおりにした。それでホワイトはドアを閉め、念入りに傷の手当にとりかかった。大量の血で両手がぬるぬるしていたので、圧縮包帯を包んでいる袋を噛み破って、包帯を傷口に押し当て、救護所にたどり着くまでずっとペインを抱きかかえていた。そして後になって震え始めたが、救護所にたどり着くまでのあいだまったく震えていなかったことに気づいた。

ジョシュア・リーヴズ——九月のラスタミヤのガソリン・スタンドで——がふたつ目の例だった。「死者二名、一名は呼吸停止。致命的な傷」ホワイトがリーヴズの脈を取っているあいだ、もうひとりの兵士が無線に向かって怒鳴っていた。ホワイトがリーヴズにかぶさり、口移し法の人工呼吸をしているあいだ、通訳のレイチェルはリーヴズの胸を押し続けた。三十回の胸部圧迫と二回の人工呼吸。脈はゼロ。三十回の胸部圧迫と二回の人工呼吸。脈はゼロ。救護所に着くまでやり続けた。そしてリーヴスは中に運びこまれ、レイチェルはブーツの中に血を溜めたまま佇み、自分の仕事が終わったホワイトは震え始めていた。それまではまったく震えていなかったのに。

三つ目の例は、アウター・バーン・ロードで死んだジェームズ・ハーレルソンがかかわっていた。ホワイトはある女性と出会い、派兵される直前に結婚した。そのとき二十五歳で、彼女は十九歳だった。ふたりはカンザス北部の小さな教会で式を挙げた。彼の母親がそこの牧師だった。その五日後に彼は、新妻とこよなく愛する銀色の２００６ポンティアック・グランダムを故郷に残し、イラクにやって来た。ラスタミヤに到着して、無事を知らせる電話をカンザスにかけたとき、妻が「ぺちゃくちゃぺちゃくちゃ、あたし、あんたの車、おしゃかにしちゃった。ぺちゃくちゃ」と言っていたことを覚えていた。「くだらないお喋りを全部聞いてからこう言った。『そりゃあすごいな。ところで、**お前が俺の車をおしゃかにした**ところまで話を戻していいか?』って」

そこから始まったんだ、と彼は言った。「彼女はもっと電話をしてもらいたかったんだ。俺たちがここに着いたときはそうだった。どんどんおかしくなっていった。俺は週に一度、彼女に電話した。でも彼女はもっとしてほしかったんだ。そのうちひどい状態になった。『あんたはぜんぜん電話してくれない。話すのはあたしばっかり。あたしのことなんてどうでもいいんだ。あたしのことなんか愛してないんだ』そんなこんなで、うまくいかなかった」とホワイトは言った。

結婚式から四ヶ月後に結婚を解消し、いくつかの辛い思い出と、思い出すたびに涙が浮かんでくるいい思い出がひとつ残った。結婚式でジェームズ・ハーレルソンが付添人になってくれたことだ。ハーレルソンはホワイトがフォート・ライリーに来て初めてできた友達だった。部屋がいっしょだった。いっしょに車で出かけ、いっしょに踊りに出かけ、女の子を引っかけた。そしてハーレルソンが焼け死んだ後、追悼式で「兵士への賛辞」を読むよう依頼された。そのスピーチは内々では親友がおこなうものということになっていた。「彼のことを友人として、愛するもののために死んだ戦友として思い出すことにします。それが陸軍でありアメリカなのです」とスピーチでホワイトは述べた。その言葉が、彼を見つめ彼の言葉に耳を澄ましている兵士で溢れ返った礼拝堂の中に響き渡っていくときも、彼は震えてはいなかった。

彼の考えでは、月間最優秀兵士になるにふさわしい兵士は、そうした事例を話せる者だった。「きみのことを少し話してくれ」と軍曹たちに言われたら、彼は話すつもりでいた。自分が以前はまったく震えなかった兵士であるということだけでなく、戦争の真実も話すつもりでいた。「ひどえ日がある」と。「猜疑心を持つのはいいことだ。どこにいたって撃たれるんだから。猜疑心を持つと怯えるようになる。怯えるのはいいことなんだ。ずっと神経を尖らせていられるから」と。ところが実際は、軍曹たちはそうしたことに関心を抱かない。「兵士の信条の第七条はなんだ?」と訊くくらいのものだ。もしそう訊かれたら、ホワイトは完璧にその文章を暗誦でき、きっと優勝する。彼はそう確信していた。最終的に勝つのは自分なのだと。

メイズ軍曹はジェイ・マーチの洗い立てのヘルメットを手にして、鼻先に持って行き、深くにおいを吸い込んだ。

「タイドだ」一瞬後、軍曹は嬉しそうにそう言った〔訳注　タイドはアメリカの洗濯洗剤の銘柄〕。

軍曹はスウェールズのヘルメットを手に取ると、擦り切れた紐を指さして、検査に受かりたければ紐を新しいのに替えろ、と言った。それからスウェールズの弾倉を見て、首を横に振った。「お前はやるべきことが山ほどあるな」と言った。そしてスウェールズはその言葉が真実であることがわかっていた。メイズ軍曹は月間最優秀兵士になるにはどうすればいいか、あらゆることを知っていた。

小隊の軍曹として、メイズは推薦人の立場であり、彼がそれに真剣に取り組んでいることを知らない兵士はいなかった。「推薦するのはだれでもいいってわけじゃない」とメイズは言った。「二等兵の気持ちになって考えてみるんだ。俺はこの男の下で働きたいか、ってな。この男は俺を鼓舞してくれるか。情熱を持ってるか。知識は豊富か、と考えてみるんだよ」

マーチとスウェールズ――このふたりは、今度こそは期待できる。いよいよ助言すべき頃合いだ。

ドアをどうやってノックして中に入るか。「三回だ。大きな音で。堂々と」

歩き方。「まっすぐにデスクのところに行き、デスクから三メートル離れたところで止まる」

次に。「上級曹長に敬礼。自分の名前を告げ、『指示どおりに委員長に報告書を提出します』と言い、委員長が敬礼をするまでずっと敬礼し続ける」

それから。「自信がものを言うんだ。委員会に自分を売り込むにはそれしかない。質疑応答はその一部にすぎない」

質疑応答は実際にばかばかしいものだ、と彼は言った。少なくともこの審査員たちのやり方は。

「リーダーシップを見るものであって、記憶力を見るものじゃない」。しかし、委員会がそう力説していても、軍曹はマーチとスウェールズに、勉強はしっかりしておけと言った。「あのふたりが外れたら、そうはならないだろうが、最低だな」とメイズは言っていた。それから声を和らげた。「もちろん、あのふたりには勝利を手にしてほしいが、そうならなくても、ふたりがこの大隊の立派なチームリーダーであることに変わりはない」

「そわそわするな」彼はふたりに助言した。

「頭を動かすな」

「目を動かすな」

「鼻に蠅が止まっても、叩くな」


コンテストまであと二日となり、三十人の中のひとりアイヴァン・ディアスが、一回目にしくじったことについて話していた。「俺が入っていくと、神経がすり減りそうな雰囲気だった」。フォート・ライリーでのことだった。派兵が間近に迫っていて、これから先のことを不安に思っていた。「一日中ずっと外にいるのか」「毎日攻撃を受けるのか」「戦う心構えがあるのか」

そして四月六日、ジェイ・ケイジマが運転するハンヴィーの砲手となり、いまはこう言った。「心構えはできてたよ」

あれから十ヶ月が経ち、ディアスはいまも脚に爆弾の破片があり、毎朝鈍い痛みで目が覚めるたびに、その身に起きた出来事を思い起こした。「お前をできるだけ早く戦闘に引っ張り出すからな」

とカウズラリッチがケイジマの追悼式でディアスに言ったが、「できるだけ早く」というわけにはいかなかった。最初の一ヶ月、ディアスは歩けなかった。その後の数ヶ月は精神的な問題で苦しんだ。「しばらく不安で仕方がなかった」と彼は言った。「迫撃弾の攻撃が続いていて。その音が何より耐えられなかった。眠れなかった」

目が冴えて眠れないのはディアスだけではなかった。アダム・シューマンが助けを求めて「戦闘ストレス」に行った原因のひとつが不眠だった。メイズ軍曹がジェームズ・ハーレルソンの死後、服用する睡眠薬《アンビエン》が夜ごとに増えていったのも、不眠のせいだった。ディアスの場合、不眠を克服するために使ったのは、ジェイ・マーチが両手の震えを止めようとして使った方法と同じだった。つまり意志の力だ。「これはずっと続くんだ」彼はある日、またもやロケット弾攻撃によって不安が高じた後で自分に言い聞かせた。「ここでは怖いもの知らずにならなければ」と。「それで怖いもの知らずになった」

彼の場合の怖いもの知らずは、びくともしない、というふうに解釈された。彼は自分を立て直し、傷を負った兵士からチームリーダーになった。あの四月六日の数秒間が今後の歩みを規定することになるにしても、その数秒間のことでだれにも彼の人格を云々させはしないほどのリーダーになった。彼はその数秒間のことをめったに話さなかったが、それを葬り去ったと述べるほど愚かではなかった。むしろ、それは沈黙と夢のはざまにあると言うほうが正しかった。ディアスは砲塔にいたことを覚えていた。救急車が近づいてくるのを見て、「止まれ！」と叫ぶジョン・カービーの声を聞いたのを覚えていた。自分の頭を右に動かしたのを覚えていた。閃光を覚えていた。ドーンという音を覚えていた。衝撃を覚えていた。砲塔から背中を下にして落ちたのを覚えていた。走り出そうとして靴を見ると、穴が開いていたので、足がなくなったと思ったことを覚えていた。カービーが「消火器を持ってこい！」と怒鳴って、あたりを探してぴょんぴょん跳ね回っていたことを覚えていた。燃え続けるハンヴィーの中にまだジェイ・ケイジマがいるのを知っていたことを覚えていた。その夜のすべてを、それ以降のすべてを、この瞬間にいたるまで、覚えていた。いまこの瞬間、彼は、死から少しばかり離れて、かなり前の爆発で出来たヘルメットの黒い染みを擦り落とさなければ、月間最優秀兵士になれないと考えていた。

することが山ほどあった。

参考書としてほかの兵士からもらったインデックス・カードに書かれたものを覚えなければならないし、軍曹たちに経歴について質問されたときどう答えればいいか考えなければならなかった。たぶん、結婚する約束をしていることを話すだろう。男の子の赤ん坊がいることを話すだろう。四月六日のことを話すつもりはなかった。話すなどありえない。ただし、心構えがあるかどうか疑問に思っていた日から自分自身について学んだことがある、ということは話すかもしれない。「いまの俺を傷つけられるものはひとつもない」と彼は言った。

コンテストの前夜、メイズ軍曹は、マーチの頭からつま先までチェックすることにした。「よし。その軍服を着ろ」と軍曹は命じた。

清潔な軍服を身につけた。防弾チョッキとオプションの股間プロテクターを身につけた。ゴーグル、肘当て、膝当て、喉プロテクター、水、M－4ライフル、弾倉八本、ナイフ、懐中電灯、圧縮包帯、止血帯、耳栓、手袋、ブーツ。このブーツは友人から借りてきた新品で、二サイズほど大きかった。しかし、清潔そのものだ。

これを見ていたひとりの軍曹がマーチのところにやってきて、脚の付け根の、ちょうどオプションの股間プロテクターのところをぴしゃりと叩き、正しい場所にあるかどうか確認した。正しい場所にあった。股間プロテクターから、下は大きすぎるブーツまで、上は突然赤みを増した顔まで、マーチは検査を受ける心構えができていた。

あまりよく眠れなかった。コンテストが始まるのは二時間後だったが、マーチは六時に起きて軍服を着た。煙草を吸うために外に出た。一晩中雨が降っていたので、ブーツが泥で汚れないように気をつけながら、蠅取りが吊り下がっている木の下に座った。一本吸い、二本目を吸った。M－4ライフルを使えるようにするための八つの手段はなにか。名誉賞に刻まれているのはだれの横顔か。火傷の四段階とは。

ディアスも同じように早く起き出した。スウェールズも同じだった。スウェールズは肩をすくめて言った。「さあ、どうなるかな」。たとえ結果が出なくとも、これまで自分や親友を生かしてくれていた日々の習慣から離れて、いつもと違う日を始められたことが嬉しかった。「外に行く前に、愛してるぜって言い合っていた」とディアスは言った。「それからあのくそいまいましいトラックに飛び乗った」。ホワイトは、テキサスにいる新しいガールフレンドからコンピュータにメールが来て目を覚ました。「ベイビー、きっとうまくいくわ」彼が眠っているあいだに彼女はそう書いていた。「やあ、これから出かける」ホワイトは返事を送った。すると彼女はテキサスで返事を待っていたらしく、すぐに返事が来た。「幸運を祈ってる」。「幸運は準備不足の奴にくれてやるさ」と彼は書いた。そして泥だらけの敷地を歩いてメイズ軍曹のいる建物に向かった。メイズは優しさの最後の仕上げとして、マーチとスウェールズのゴーグルを曇り止めの布で拭いていた。「汗をかくだろうからな」とメイズは言った。

三十人の兵士たちが廊下に集まっていた。戦争に深くかかわったいまとなっては、どの兵士にも語るべき物語があった。彼らが見てきたもの。彼らが抱きかかえた者。彼らがしたこと。しなかったこと。しかし何はともあれ、彼らはここにいた。それが大事な点だった。そしてマッコイ部隊最先任上級曹長が現れると、水を打ったように静まり返った。「準備はいいか？」とマッコイが吠え、その応答を待たずに部下たちの前を通ってコンテストの部屋に入っていき、ドアをぴしゃりと閉めた。彼が今回の委員長なのだろう。ほかの三人の軍曹はすでに部屋の中にいた。兵士たちはドアの向こう側の気配に耳を澄ました。いい兆候だ。向こう側ではだれも「くそったれ」と怒鳴っていなかった。

数分後にドアが開き、中に入るよう合図があった。時間が来たのだ。兵士たちは無言で列を作った。「いいか、諸君、装備検査を通過しなければ委員会に進むことはできない」マッコイが言った。そしてマッコイと三人の軍曹は広がって、それぞれ兵士を検査するために歩き出した。

軍曹のひとりがマーチのそばに近づき、「不安か？」と訊いた。

「はい、軍曹。少しだけ」とマーチは言った。

「まだ質問を始めてはいない。落ち着け」と軍曹は言い、マーチの弾倉を点検し始めた。マーチの両手が震え始めた。

一方マッコイはホワイトのところにやってきた。「ＩＢＡを洗濯したのはいつだ？」とホワイトの防護服を見て尋ねた。

「だいぶ前です、上級曹長」ホワイトは言った。

マッコイはホワイトのヘルメットを見た。名札がなくなっていた。次にホワイトの圧縮包帯を見た。緑色の帯封が外れていた。

「もういい」とマッコイは言い、すぐにホワイトは首を横に振りながらドアを開けて出ていった。

マッコイが次に近づいた兵士の圧縮包帯の帯封には小さな穴が開いていた。ふたりがいなくなった。

三人目。その兵士はポケットの中に手榴弾を入れていた。「それはどこにあるべきだ？」マッコイが訊いても、兵士は答えられなかった。それでマッコイはその兵士の隣にいる兵士を見た。マーチだった。「車の中です、上級曹長」とマーチは代わりに答えた。両手は相変わらず震えていた。

四人目。マッコイが小指を出し、兵士の銃身の中に突っ込んだ。指が黒くなった。「お前もだ、色男」とマッコイは言った。

マッコイはディアスのところに近づき、ヘルメットを見た。前日にきれいに洗ったにもかかわらず表面に汚れの筋がついていた。

「掃除したのならどうしてこんなモノがついてるか説明できるか?」マッコイが訊いた。

落ち着いた声でディアスはその汚れの原因について話し始めようとしたが、マッコイはディアスを外した。

それでディアスも終わった。彼がドアを出ていくとき、マッコイが残った者たちに向かって言った。「防護服には染みひとつあってはならないと言ってるわけではない。わかってる。しかし、ここに来てから一度も洗っていないように見えるのはどういうことか。私だって、昨夜ブーツを洗ってからこのいまいましい委員会に来たんだ」

マッコイは検査を続け、兵士を外し続けた。「わずかな差だ」マッコイは言った。「『並』と『並外れ』の差なんて大したものじゃないんだよ」

彼はスウェールズのところに来て、その膝を興味深げに見つめた。

「スウェールズ、それは膝当てか、それとも肘当てか?」

「膝当てです、上級曹長」スウェールズは、マッコイがそれを調べて確かに膝当てだと確認するあいだ微動だにしなかった。次にマッコイは彼の髪の長さを見たが、問題のない長さだった。次にマーチのところに進んだ。マーチは理容師が激安店みたいな雑な仕事をしたことに激怒して、チップを払わずに出てきたのだった。

その髪も問題なかった。大きなブーツも大丈夫だった。そして、マッコイがマーチの軍服についている両面ファスナーのポケットの内側をすべて調べているあいだ、マーチはひそかに「両手よ震えるな」と念じていた。それも大丈夫だった。

「よし。お前たちが通過したメンバーだ」マッコイは部屋に残っている兵士に向かって言った。それでマーチは自分が十一人の中に残ったことを知った。震えが止まり、はっきりと顔が紅潮した。

スウェールズも通過し、笑みを浮かべて眉をくいっと上げた。

しかしホワイトは自分の部屋に戻り、怒りを覚えていた。「両手が血まみれのときに包帯を開けたことがありますか」とマッコイに向かって言っている自分を思い描いていた。「自分はあります。歯で包帯を切り裂いたことがありますか」

ディアスも自分の兵舎に戻り、洗剤とブラシでヘルメットをもう一度洗いながらこう思っていた。「爆発でついた染みを完全に洗い落とすにはどうすればいいんだ?」

そしてマーチはいまほかの兵士と共に廊下にいて、最初のメンバーがドアをノックし、質問を受けるために部屋の中に入り、数分後にため息をつきながら出てきて、また別の兵士がノックするのを静かに見つめていた。

「なあ」マーチはスウェールズに向かって言った。ふたりが部屋に入る順番が近づいてきた。「AT4の最大射程距離はいくつだった? 三百メートルだっけ?」

スウェールズはしばらく考えてから頷いた。

マーチが行ったり来たりし始めた。

「落ち着け」ひとりの軍曹がマーチに言った。

「無理ですよ」と彼は赤くなりながら言った。

コン、コン、コン。

「入れ」とマッコイが言った。

「マーチ特技兵が委員長に報告書を提出します、上級曹長」

いよいよだ——未知の領域。ここまで来たことがなかった。ノックする前に「知ってることは全部出せ」とメイズに言われた。そしていま、テーブルについている四人の軍曹に自分を全部出そうとしていた。四人のうち三人はプラスチックのカップに嚙み煙草の汁を吐き捨てていた。マーチは敬礼をし、そのままの姿勢を保った。彼はM－4を差し出したが、彼の前の神経過敏な兵士のように自分の頭をそれで殴ったりしなかった。マーチはいいスタートを切った。

「よし、マーチ。きみの後ろに椅子がある。そこに座れ」マッコイが言った。「そこでしばらく考えて、きみのことをわれわれに説明しなさい」

「名前はジェイ・マーチです」と彼は口を開いた。ゴーグルが曇り始めたのはそのときからだった。「一九八六年七月二十三日に、オハイオ州アシュタブラで生まれました……」汗の球が額に浮かんできた。「……短期の目標は、兵士のリーダーになることです……」ゴーグルはすっかり曇ってしまったが、それを気にせずに続けた。「……長期の目標は、上級曹長になることです」

「きみが陸軍称揚章と陸軍任務完遂勲章を二個受章しているのは知っている」マッコイがマーチの個人情報の資料を見ながら言った。「陸軍に入ってどのくらいだ?」

「二年と少しです、上級曹長」とマーチは言った。

「それは素晴らしいな。本当に素晴らしい。二年以上陸軍にいることを聞けて嬉しいよ」マッコイは言った。「さて、じゃあ、部隊の歴史から始めようか。第十六連隊第二大隊には戦闘飾りリボンはいくつあるか」

「二十二本です、上級曹長」マーチが言った。その答えは素早く、自信に満ちていたので、彼が十六－二に何本の飾りリボンがあるのかまったく知らないという事実が暴かれることはなかった。

「**第二大隊**で？」しかし正確な本数を知っているマッコイは、そう言った。

「はい、上級曹長」とマーチは言った。

「よし」マッコイはリストにある次の質問に移った。それは明らかになってきた二〇〇八年の大統領選についての質問だった。「時事問題だ。いま現在の政治レースはどうなっているか説明せよ」

「いま現在は、オバマとヒラリー・クリントンの両陣営ともが、相手陣営が偽情報を流して宣伝していると訴えています。それからマケイン大統領、いや、違う、マケインはいまのところ民主党の唯一の候補者です」とマーチは言った。

再び、自信に満ちて。

「わかった。方針について」マッコイはさらに進めた。「運動する際に着用する運動着の標準は？」

「シャツは短パンの中にたくし込む、体育館の中に武器を持ち込まない、体育館に入るときは上下ともに運動ウェアでなければならない、いったん中に入ったらシャツと短パンになってもいい、です」マーチは集中して言った。

「よし」マッコイはそう言うと、次の質問は別の軍曹に譲った。点検のときにマーチに落ち着けと言った軍曹だった。

「まだ少し落ち着きがないな。傍目からもわかる」軍曹はマーチのゴーグルと額と、いまでは汗がしたたっている首を見ながら言った。

「少しです」

「力を抜け。お前が知っていることを確認するだけだ。いいか。では軍服のことから始める。推薦や授章を依頼するときに使われるＤＡ書式はなにか」

「わかりません」

「よし。劇場で、兵士がフリースのキャップを被っていいとなったのはいつからか」

マーチはそれもわからなかった。しかしそれ以降はうまく答えられるようになった。

「チーム作りの段階は？」

「基礎、強化、維持です」

「脈を確認するときの一般的な四つの場所は？」

「喉、鼠蹊部、手首、足首です」

隣の軍曹。

「Ｍ－４ライフルの銃弾には七種類あるが、四つ挙げてくれ」

マーチは五種類挙げた。

「よし」

次の軍曹。

「さて、陸軍のプログラムについてだ。ＡＣＳのモットーはなにか」

「自助、サービス、信頼です」

「やるね。BOSSはなんの略だ?」

「独身兵士のための良い機会《ベター・オポチュニティ・フォー・シングル・ソルジャーズ》です、曹長」

「素晴らしいぞ。補給経済について訊こう。手書きの仮領収証の有効期限は?」

「わかりません」

「そうか。補給経済とはなんだ?」

「補給経済とは、すべての兵士が使うものです。軍の備品については乱暴に扱ったり浪費したりしてはなりません」

「よし。こちらの質問は以上です、上級曹長」

「わかった」マッコイがマーチに言った。「これで終わりだ」。それだけだった。十四分のあいだに、マーチは三十七個の質問を受けた。汗をかき、震え、ゴーグルを曇らせた。しかしマーチが部屋から出ると、マッコイは感銘を受けた、という表情でほかの軍曹に言った。「彼はとてもよくやった」

マーチにはその言葉は届かなかった。すでに兵舎に向かって歩いていた。そこではほかの兵士たちが何人か、苦戦してきたばかりのことについて不満を漏らしていた。

「手榴弾のせいで追っ払われちまったよ」とひとりが言った。

「最低だよ」別の兵士が言った。汚れた銃身でマッコイの小指を黒くしてしまったのだ。「油だ。油だったんだ」

「曹長たちはみんながコケにされるのを見てるだけだったな」

「終わってよかったよ。まったく。終わってマジで嬉しいよ」マーチはそう言って、スウェールズが戻ってくるのを見て、駆け寄った。

「ジョン！　ジョン！　どうだった？」

「終わってほっとした」スウェールズはため息をついた。「うんざりだ」

「なあ、ゴーグル、曇ったか？」

「いいや」

「俺の、曇った」

「びびったよ。いろいろ思い出せなかった」スウェールズが言った。「妻のことを言うの、忘れた。結婚したことも、言うの、忘れた」

何度も何度もスウェールズは右手を握り拳にして左掌をパンチしたので、ようやく力の抜けたマーチは笑い出した。「終わったな」とマーチは言い続け、スウェールズも次第に落ち着いてきた。

結果が知らされるのは翌日のことだ。ふたりともまたもや優勝を逃したものの、ビリではない。十一人中でスウェールズは五位、とびぬけて利口ではないマーチは四位に終わる。とびぬけて利口ではないが、とびぬけて馬鹿でもないということだ。いずれにしても、そんなことは少しも気にしなくなる。それは、いま兵舎の廊下でもちあがっていることのせいだ。彼は小隊の者たちの前で右手を高々と挙げていた。
二、三日前にマーチは、一万三千五百ドルのボーナスを受け取れるということを知ってすぐに契約書にサインをした。志願兵が兵役期間を延長するとその金額をもらえることになっていた。彼の家族は期間延長に不安を抱いていたが、確かに彼の言うとおり、オハイオに戻ったところで選択肢はたいしてなかった。「私、ジェイ・マーチは、兵役中にあと少なくとも三回はイラクに戻ることを厳粛に誓います」と、彼はそのとき冗談でそう言った。その言葉は、オハイオを出てフォート・ライリーに行く前に、そしてイラクに増派の兵士として来る前に言った言葉と同じだった。

「おめでとう」と宣誓をおこなった中尉が言った。

「俺、再入隊しちまったんだ」とマーチは言った。まるで二〇一四年まで陸軍に従事することを選択したことをまったく信じていないかのように。彼は震えてもいなければ、顔を赤らめてもいなかった。ただ微笑んでいた。自殺した新兵応募係フィリップ・カントゥーがかつて言ったように、派兵されたら同志愛ほど大事なものはない、ということだった。

同志たちは彼のために拍手した。そしてみなは彼のまわりに集まり、彼はその真ん中で一瞬、目を閉じた。

ハーレルソンが燃えていた。

イラク人の頭に開いた穴から血が流れていた。

幼い女の子が彼を見つめていた。

そしてこのスライド・ショーに新しい映像が加わった。いまこの瞬間兵士でいて、人生で一番幸せに感じている自分の姿だ。

彼だけではなかった。二月が終わり、派兵が最後の段階へと進んでいくにつれ、ほとんどの者たちは幸せだった。終わりを実感することができた。

ここはイラクだから、すべてに満足のいくはずもない。大気はひりひりしていた。不安をあおるブーンという音がまだ続いていた。最初に伝えられていたとおり派兵期間が十二ヶ月だったら、今頃はもう故郷に向かっているか、自宅にいるだろう、と兵士たちはハンヴィーに乗り込むたびに考えた。死ぬのは最悪なことだが、これで無事に故郷に帰れる、もう死ぬことはない、と思ったときに死ぬのはどんなだろう？　ある日従軍牧師がブレント・カミングズのところに立ち寄ってこう言った。この数日間に六人の兵士が自分のところにやってきて、すっかり疲れ果てて、なにもやる気が起きないと訴えた、と。病院では内科医助手が、故郷に帰ったら結婚生活が破局を迎え、銀行預金がすべて引き出されていたという話を何人もの兵士から聞いていた。礼拝堂では、数ヶ月先にどんなことが起きるか、というセミナーを強制的に開いていた。フラッシュバックが起きるのは普通のことだ、と兵士たちは教えられた。睡眠障害は普通のこと、怒りっぽくなるのは普通のこと、びくびくするのは普通のこと――しかし、そう言われてもいっこうに気分はよくならなかった。しかも、戦争は続いていた。二〇〇八年二月に、アメリカ軍兵士の死者は二十九人、三月にはその数が三十九になる。二月の負傷者は二百十六人、三月には三百二十七人になる。三月二十三日に、アメリカ兵士の死者の総数が四千人を超えた。

だが、それでも。

残り数週間。交代する大隊がイラクに向かっているところだった。兵士たちは任務の合間を縫って荷造りし、帰国する日を指折り数えていた。もちろん、数えたりすると悪いことが起きるというのはだれもが知ってはいたが。残り三十日。二十五日。十八日。

「なにもかも申し分なし」ある夜、カウズラリッチは静まり返った基地の敷地を歩きながら言った。空にはロケット弾の気配もなく、大気にはゴミや汚水ではなく、大気そのもののにおいがし、この瞬間は確かに彼の言うとおりだった。増派の対反乱作戦は、十六－二のおかげでようやく成果をあげつつあった。一年に及ぶ一掃作戦、街中のパトロール、反乱者の逮捕、前哨基地の設営、市場の開設、大人の読み書き教室、イラク警察との協力は大いなる成果をあげた。カマリヤの下水工事は再度着工された。ニュー・バグダッドの別の地域では、イラクの人々が夏の暑さを凌《しの》ぐためのスイミング・プールが作られていた。多くの警察官が爆弾によって殺された後も、イラク警察は必死で成果をあげようとしているようだった。ガソリンスタンドでは、待ち時間が十五分にまで縮まったが、もっと短くなる日もあった。そしてルート・プレデターズの南側では新しい監視塔が作られていた。具体的かつ象徴的に空へと延びていくその塔は、寺院の尖塔くらいの高さがあった。

バグダッド東部の十六－二の担当地区全域では、人々が安心感を抱いているように見えた。ここに送られた兵士たちが完遂すべき目標がそれだった。

「宗派間の抗争は、私の実感では、すでに過去のものになりつつあります。そしてイラクの人々は未来の平和と繁栄を待ち望んでいます」ピース106FMでカウズラリッチは訴えた。彼の声が夜の中へ漂っていった。「さまざまな集団が混沌を作り出そうとしていますが、そうした集団が二度と混沌を作り出せはしないことはいまや明らかなことであります」

決断。ブッシュは彼の決断を下し、軍曹たちはそれぞれの決断を下し、ジェイ・マーチは自分の決断を下した。十四ヶ月のあいだ、カウズラリッチは自分なりに決断を下してきた。そして三月二十四日に、帰郷まで残り十七日となったところで、反乱軍もまた、自分たちの決断を下したようだった。

12章

二〇〇八年三月二十九日

そうです、暴力がいまも続いている、それは悲しむべきことです。しかし、この状況に対処しなければなりません。そしていままさに、対処しているところなのです。

——ジョージ・W・ブッシュ　二〇〇八年三月二十八日

そして、第十六連隊第二大隊の派兵期間終了が二週間後に迫った三月二十五日に、あらゆるものがばらばらになった。

「ひでえ」ある兵士が、ルート・プレデターズの監視カメラの映像を見ながら言った。燃えるタイヤから上がる黒煙で、道路が包まれていた。

「くそったれ、くそったれ、くそったれ」ブレント・カミングズが、自己鍛造弾《EFP》、即製爆弾《IED》の爆発、銃撃、そしてラスタミヤに向けてどこかから発射された百四十発ものロケット弾攻撃の、引きも切らず入ってくる報告を受けて言った。

「これがうまくいかなかったら、第三段階にいくと奴らは言っている」カウズラリッチは、反乱者たちの会話を傍受した最新の情報を指揮系統のスタッフに伝えたが、首を横に振って、「その第三段階というのが何なのか、俺にはまったくわからんがね」と言った。

ブッシュ大統領が「対処しなければならない」と言った状況。

それがいまの状況だった。

「増派が機能しているのはいいことだ」ある兵士は苦々しい口調で言った。

しかし、カウズラリッチは別の見方をしていた。

「こいつは戦争だ」彼は、十四ヶ月に及ぶ対反乱作戦が移行したもののことをそう言った。そう願っているかのような口調で。「俺がいちばん得意とするものじゃないか。すごいことになったぞ」

戦争は、その朝、シーア派教徒の都市バスラの南側の道路で始まったのだ。五年と五日前にアメリカが侵攻してからというもの、バスラは聖職者ムクタダ・サドルの私設軍団マフディ軍の者たちが処刑と誘拐と、イラクにおけるもっとも厳しいイスラム教の解釈をおこなう恐ろしい場所になっていた。ムクタダ・サドルが二〇〇七年八月に信奉者たちに命じて停戦状態に入ったときですら、バスラの治安は悪化し続けた。イラク南部を制圧していたイギリス軍が十二月にバスラの外れまで撤退していってからはさらにひどくなった。結局、イラクの首相ヌーリー・マーリキーは、もうた

ネイト・ショーマン

くさんだ、と結論づけた。比較的落ち着きを取り戻したイラクの地域を刺激するような言動は慎んだほうがいい、とするアメリカの当局者の忠告を受け入れず、マーリキー首相は制圧するためにバスラまで出向いていき、イラクは自らの力で治安統治できることを世界に示そうとした。

事態はそんなふうにはうまく運ばなかった。六日にわたる戦闘で千人の犠牲者を出したが、マフディ軍の戦士は停戦を拒否した。水不足、食糧難が生じ、そしてイラク軍からの脱走兵が逃げる途中で店に群がり、略奪し、火を放った。ようやくアメリカ軍とイギリス軍が長距離迫撃砲による集中砲火をおこない、戦闘が下火になってから、サドルが停戦を復活させ両者ともに勝利宣言をし、千人の葬儀がおこなわれ、攻撃は次第にやんで、結論が出ないまま終わりを迎えた。

以上の経緯はさまざまなメディアが報じたが、バグダッド東部で起きたことについては報じられることはなかった。その端緒となるルート・プレデターズでの巨大な爆発が起きたのは、三月二十四日の夜遅くのことだ。

「なんだ、これは」ひとりの兵士が、監視映像を見ながらそう言った。新しく完成したばかりの巨大な監視塔が立っているはずの場所には、みじめな瓦礫の山しかなかった。

塔がなくなっていた。十六－二の担当地区すべてが、前日まではとても活気があったのに、夜明けまでに店はシャッターを下ろして無人となり、通りには人っ子ひとりいなくなり、外を歩いているのは銃を構え、爆弾を仕掛け、火をつけて大声をあげている男の集団ばかりだった。バスラの突然の暴走は北へ伝わり、十六－二の前哨基地にまっすぐに飛び火し、サドルが停戦を決めたときには、まるでカマリヤとフェダリアとマシュタルとアル・アミンの住人たちや、十六－二が救い出そうとしてきた崩壊した街に住む人々が、閉ざされたドアの向こう側で、片手に拳銃を、片手にＥＦＰを持ち、襲いかかるチャンスを狙って潜んでいるかのようだった。

ルート・プレデターズ沿いには五メートルおきにＥＦＰが仕掛けられているという報告が届いた。

反乱軍のメンバーが、警察官の制服を着て、検問所を制圧したという報告が届いた。警報が鳴った。七発のロケット弾が飛んできて、七個の爆発が起きた。作戦基地の南壁の向こう側だった。

「大事なのは主導権を握ることだ」とカウズラリッチは、オフィスの中に集まった中隊の指揮官たちに話していた。「あと何日で国に帰れるということは考えるな」

中隊の指揮官たちは頷いたが、みな、考えてしまうことがよくわかっていた。予定はもう整い、どの兵士もそれを知っていた。作戦の最終実行日は三月三十日で、それはわずか五日後に迫っていた。五日後には最後の在庫調べがあり、最後の荷造りをし、最後の掃除をし、そして出ていく。出発便は手配されていた。第一陣が四月四日に発ち、四月十日にはひとり残らず去っているはずなのだ。

「お前たちは何を考えてる？　どう思ってる？」カウズラリッチが尋ねた。しかしだれもそれに答えないうちに、ブレント・カミングズが飛び込んできて、別の大隊に所属する暴動一掃作戦の隊列がプレデターズでＥＦＰにやられた、と言った。

「怪我人は？」カウズラリッチが訊いた。

「未確認」カミングズは言った。

「俺が**気にくわない**のはな、奴らが好きなときに好きなことを好きなだけやれるって思ってることだ」カウズラリッチはしばらくするとそう言った。「よし。明日、プレデターズに行くぞ」

もちろん、すでにプレデターズに危険なパトロールをしに行っている兵士や、時折一斉射撃があったりロケット弾が飛んできたりする前哨基地のバンカーに隠れている兵士もいた。その日の時間が過ぎていくにつれて、兵士に対する脅威はどんどん増していき、いつ自分がやられてもおかしくないと感じるまでになった。

十六－二が大人のための読み書き教室を開こうとしていた学校は、報告によれば、いまではカマリヤの前哨基地を攻撃するための武器庫になっていた。

ニュー・バグダッドに作られたスイミング・プールは、報告によれば、いまその中にあるのは水ではなく、車に爆弾を積んでやってきた二十人の武装した男たちだった。

ある前哨基地のそばに監視カメラがあった。そのカメラはかつて、草原に出てきてそこで排便をした不審な男を追跡したことがあったが、いま別の不審な男を追跡していた。男は武器を手に壁のそばにしゃがみこみ、銃を撃ち始めた。「で、撃ってるのか？　クソしてるんじゃなく？」と兵士は言った。

その答えは、全員一致で、銃で撃っているというものだった。

「こいつらに下水設備を与えられて俺はうれしいね」とカミングズが言ったのは、ＥＦＰの爆発が隊列をそれたものの、水道本管を直撃して巨大な水柱が噴き上がったときだった。間もなくカマリヤの一部は水に漬かり、水不足をもたらし、地面がぬかるんで新しい下水管は壊れてしまうだろう。一年前、カミングズは初めてカマリヤに行き、地面に空いた穴を覗き込んでボブという死体を見たとき、人間としての品格と、倫理的な行動をする必要について話した。「じゃなければ、俺たちは人間じゃない」と彼は言った。八ヶ月前、規則を曲げてイジーの怪我した娘を救護所に連れていき、イジーにキスされた女の子の笑顔を目にしたとき、彼は「この地獄に来てからこんなにいい気分になったのは初めてだ」と言った。そしていま、水柱を見ながら、カミングズはこう言っていた。「まったく馬鹿な奴らだよ。たまらねえな。頭の腐ったゴミ野郎どもだよ」

「これは民主主義が根づくために必要なことなんだ。いま起きているのはそれなんだ」カウズラリッチは理に適った解釈を探してその夜遅く、そして翌朝にも、そう言った。部下の兵士たちと暴徒制圧の出発準備をしながら、自分の解釈が正しいと思っていた。「これは起こらなければならなかった。この暴動は起きなければならなかった。だから起きているんだ」服を着ながら言った。一年前カウズラリッチは、一年後のイラクの姿についてこう予想した。「われわれがここを立ち去るまでに、大隊がランニングできるようにする。殊特部隊がランニングするんだ。短パンにTシャツという格好で」彼は、オフィスの壁に掛かっている地図の、ルート・プルートからルート・プレデターズを通って作戦基地に戻ってくる道順をなぞりながらそう言ったのだ。ところが一年後の今日、治安回復のためにこのルートをたどることになった彼とその部下は、防護服に身を包み、銃弾を二重にチェックしているのだった。そしてこう言った。「シーア派の最後の抵抗だ。そうだ。これがマフディ軍の最後の抵抗で、だからわれわれは彼らを制圧する。いまがそのときだ。だれもが最後の戦いをする。日本は最後の戦いをした。ドイツは最後の戦いをした。だれもが最後の戦いをする。そしていま、奴らが最後の戦いで死んでいくのだ」

彼はトレイラーから外に出て、埃が舞う道路を歩いて作戦センターに向かった。そこでは彼の私設護衛団の数人が、ルート・プレデターズで繰り広げられているギャングたちの狼藉とタイヤの放火の映像を見ていた。「ここにこれから行くのかよ?」とひとりが呟いた。「冗談じゃねえよ。こんなところを車で通るなんてよ」

「試合開始だ」カウズラリッチは彼らに近づきながら言った。それからイジーのほうを見た。これから共にハンヴィーに乗るイジーも、隅のほうに立ち、フィルターのところまで煙草を吸っていた。

「イジー、今日はどうだ?　アッサラーム・アライクム?　シャク・マク?」

「どうしてこんなことになっているのか私にはわかりませんよ」イジーは言った。

「まったくひでえな。お前たちイラク人はどうかしちまったのか?　めちゃくちゃだ」カウズラリッチはイジーが途方に暮れたような笑みを浮かべて見返すのを見て、気持ちを抑えようとした。

「今日はいい日になるぞ」カウズラリッチは言った。「耳栓は持ってるか?」

イジーが首を横に振った。

「要《い》るか?」カウズラリッチは言った。「聞きたくない言葉が飛び交うぞ。必要になるかもしれん」

彼は笑って、余分に持っていた耳栓をイジーに渡した。その様子をバリー・キッチン軍曹が遠くから眺めていた。

「中佐はこの国を変えようと思っている。このすべてを変えるつもりでいる。でも出来やしないんだ」キッチンが言った。「俺が言いたいのは、信じるのはいいことだよ、あるところまではな。しかしこんなふうになっちまったら？　こんなに国中がめちゃめちゃになっちまったら？　ひとりの男の力で直すなんて無理な話だ」

そして彼らは基地から出ていった。

ルート・プルートを北上した。

「小火器による攻撃とEFPが待ち構えているはずだ」カウズラリッチが無線を通して伝えた。

ルート・プレデターズを進み、燃えるタイヤに向かっていった。

「小便をひっかけて俺が消してやる」と彼は言った。

燃えるタイヤを迂回して銃撃戦の中に突っ込んでいった。

「まっすぐに行って引き返す。小火器攻撃をだいぶ受けたな」

別の道路に入ると、EFPが二台の車のあいだで爆発した。

「大丈夫だ。進み続けろ」

別の道路に入ると、二発目のEFPがカウズラリッチの前のハンヴィーの後部を直撃し、車は大破したが、後部に座っていた兵士は無事だった。

「死者なし。ハンヴィーをジャッキで上げろ。牽引して進む」

こうしたことが起きているのはカウズラリッチの隊列だけではなかった。どの隊列でも、どの前哨基地でも起きていた。銃撃、迫撃弾、対戦車手榴弾、EFP。「最悪の悪夢が現実になった。ふたつの小隊が激しく交戦中」カミングズが、銃撃戦のためにときどき聞き取れなくなる無線伝送を確認しながら言った。彼はアパッチ戦闘ヘリに応援を求めようとした。しかし運が悪かった。十六―二の兵士だけで戦うしかなかった。彼らは道路を北上し、南下した。銃弾の攻撃を受け、銃弾で反撃した。「ゆっくり行け。ゆっくりだ。武器を持った奴を見たら、撃て。誰何《すいか》しなくていい」これがカウズラリッチの指示だった。それで彼らはその通りにした。屋上から、道路から、建物の陰から撃った。しかしイラク人たちは次々に押し寄せてきた。車列に向かって銃撃し、ラスタミヤに向けてロケット弾を撃ち込んだ。イラク陸軍のハンヴィーが撃たれ、燃え上がったとき、イラク人たちは一斉にそのハンヴィーに群がり、炎の中に入り込み、できるかぎりものを手にして逃げていった。折りたたみ式の担架まで持っていった。

「とんでもねえな」カウズラリッチは日没にようやく帰途につき、作戦センターに向かいながらカミングズに言った。彼は首を横に振り、それ以上何も言えなかった。怒り心頭に発していた。彼と部下たちは二回の銃撃戦、二回のEFPの爆発をくぐり抜けた。二回目の爆発で動かなくなったハンヴィーに乗っていた兵士たちは、キッチン軍曹もその中にいたが、救護所で難聴と脳震盪の徴候の有無を調べられていた。イジーもそこにいた。ひどい頭痛に苦しんでいて、悲しそうで、ぐっと老けたように見えた。それでカウズラリッチは別の通訳を探し出してきて、カマリヤにいる権力者のひとりである族長に電話させた。「奴に伝えろ、これから俺はすべてのガソリンスタンドを爆破する、と。そして下水道設備はこれでおしまいだ、と」

「冗談でしょう?」通訳は言った。

「いいや。俺は本気だ。奴に伝えろ。暴動が鎮まらないのなら、俺がカマリヤの下水設備計画をオシャカにする、と。お前のプロジェクトを爆破するから、一生肥溜めの中で生きていけ、と」

カウズラリッチはさらに言葉を継ごうとしたが、警報装置がいきなり鳴り出して、それ以上言えなかった。

三発のロケット弾。三回の爆発。

「なんとしてもニーダウンしなければ」と彼は言った〔訳注　ニーダウンとはフットボール用語で、プレーを終了させるための行為〕。

それで三月二十七日、彼らはニーダウンし、作戦基地か前哨基地に留まり、「対反乱作戦は高強度戦闘作戦へと移行」した。つまりそれが、これまで起きたこととこれから起きることのすべてが終わって提出される正式な書類で使われる言葉になる。この長大な書類は感情をすべて排し――たとえば、自室の入り口に土嚢を二重に積み上げながら「こんな場所、もういやだ」と、祈りの言葉を暗誦するかのように何度も言っていた兵士のことには一切触れていなかった――次のように要約していた。彼らはいつかは制圧されるはずだが、いまのところはまだ制圧されていない。もっとやることがある、と。

二十七日、アメリカ人の大半が外へ出なくなっていたために、反乱軍の攻撃の対象となったのは、そのアメリカ人と親しく仕事をしてきて、いまではそのことが消せない汚点となったイラク人だった。政府高官ミスター・ティミミの現状を知らせる電話が来た。「マフディ軍が彼の家を燃やそうとしていて、彼が助けを求めている」通訳がカウズラリッチに内容を伝えた。

「こちらは彼の家を守るつもりはない。家は守れない」カウズラリッチは言った。

別の電話がかかってきて、イラク警察のカシム大佐からの伝言を伝えてきた。一－四－一として知られる彼の大隊五百五十人の大半が、武器を捨て、制服を脱ぎ、逃亡してしまった。助けを求めている、と。

「一－四－一が降伏するつもりなら、わざわざ行って救い出す必要はない」とカウズラリッチは言った。

別の電話。再びティミミ。「ミスター・ティミミはお礼を言いたいそうです」と通訳がカウズラリッチに言った。

「何の礼を？」

「マフディ軍に家を燃やさせてくれてありがとう、と」

カシムからまた電話。暴徒が、彼のオフィスのある地方議会の建物に向かって押し寄せてきて、恐怖を感じている、と。「暴徒がフェンスのところまで来ていて、彼らに殺されるだろう、と言っています」

「いや。彼らに殺されることはない。自分で身を守れと伝えてくれ」カウズラリッチは言った。それから無線で、アルファ中隊の指揮官リッキー・テイラーに連絡し、地方議会の建物に行って、友人である男を救えと命じた。その男は誕生パーティを開いてくれたのだ。アルファ中隊の兵士たちがカシムのところへ向かっているあいだ、カウズラリッチは新たに予想を立てた。「明日このいまいましい街全体で暴動が勃発するぞ」

ところが、暴動が続いたのは、バグダッドのシーア派のいる地区だけだった。三月二十八日の朝は、さらなる放火と爆発で迎えられ、四百日以上をここで過ごした後で、兵士たちの心に戸惑いが生じていた。いま起きていることをどうとらえればいいのだろう。これを理解するにはどうすればいいのか。どうしたらこのことをわかりやすいものにできるのか。数字で表せるはずではないか。もし表せるなら、その数字は結局のところ、これまで受けてきた攻撃回数の合計になる。いまあらゆる隊列が攻撃を受けている。六月と同じだ。しかし数は二倍になっている。いくつもの例でそれが表せるはずだ。その例として、こんなことがあった。たったいま届いた報告に、増派のときのイラク人の広報官、よく合衆国の役人といっしょに記者会見に臨み、事態がよくなっていて嬉しいと言っていた気のいい男が、かなり前に反乱軍に誘拐されたというものがあった。反乱軍は彼のボディガードを殺害し、彼の家を燃やした。おそらく彼は道路脇のゴミ山の中か、フェダリアの水牛の群れの中に埋められているだろう。

フェダリヤ。そこはかつての糞溜めで、いまも糞溜めだ。いま中隊がそこへ向かっていた。増派の広報官を探し出すために。カマリヤ。そこは兵士たちがいちばん辛い思いをして行動した場所、暴力がいまや最悪の状態にまでなってしまった糞溜めだ。マシュタル、アル・アミン、ムアラミーン。糞溜め、糞溜め、糞溜め。どの街もいまやいかにも戦場然としていて、通りからは人が消え果てた。ほんの一瞬、その静寂こそが圧倒的な力を持った。それはたわみつつあるガラスの静寂だった。エモリー軍曹が頭に銃弾を受ける直前にカマリヤの屋上を支配した静けさ。兵士たちが歓声をあげる前の雪が降りしきるカンザスの静けさ。破られるのを待っている静寂、ジョシュア・リーヴズが「ああ、ちくしょう」と言う直前の静寂、ダンカン・クロックストンが「妻を愛している」と言う直前の静寂。そしてその静寂は爆発に次ぐ爆発で破られた。そのすべては、白い雲とその下を流れる黒い煙の下を進んでいくカウズラリッチと彼の兵士を目標にしていた。

ほとんどの兵士がいまでは基地を出て、発砲したりロケット弾をよけたり、IEDやEFPを探し出したりしていたが、これまでのところ、負傷者はひとりも出ていなかった。カウズラリッチは隊列を組んでカシムのところに向かっていた。カシムの五百五十人の部下は半数にまで減っていた。一方カウズラリッチの担当地区と重なる部分があったイラク警察の別の大隊では、人数がほとんどゼロになったという報告があった。その脱走者たちの中には指揮官もいて、彼が警察署を飛び出していった際の最後の言葉というのが、マフディ軍に自宅が包囲された、家族が中にいる、俺が行かなければならない、家族のほうが大事だ、悪いな、というものだった。しかしカシムは持ちこたえていた。恐怖は消え、受けて立とうとする気持ちになっていた。そしてゆっくりとではあるが、カウズラリッチと彼の兵士がカシムのところへ向かっていた。彼らは一発のEFPを見つけて爆発させた。別のEFPが道路のどこかのスピードバンプ〔訳註　車を減速させるために作られた路面上の隆起〕に隠されているという知らせを受けていた。いまスピードバンプのところに来た。カマリヤの方角から凄まじいスピードでヴァンが走ってきた。屋根に棺を載せていた。さらに向こうから、女性と三人の子供がやってきた。外を、だれにも守られずに、歩きながら泣きじゃくっていた。またもやスピードバンプだ。またもや汚れた顔をした別の家族——父親に母親、子供がふたり

――が、泥だらけの服を着て、汚い通りの汚い壁のところでうずくまっていた。カウズラリッチがフォート・ライリーで作戦の成功について語ったときに思い描いていたのは、こうした家族の姿だったのか。「最終的には、私の意見だが、イラクの子供たちがサッカー場で安全に遊べるようにすることだ。親たちが子供を外で遊ばせてもまったく不安を覚えずにいられること。俺たちのように」と彼は言ったのだ。そして、「果たしてそれができるだろうか」と。

それは質問という形の希望だった。大目に見られる程度に甘い希望だった。しかしいまでは、その答えが彼の目の前の壁のところでうずくまっていた。いまは日が沈み、さらにたくさんの答えが迫撃砲の攻撃という形をとって彼のまわりで爆発し続け、数人の兵士が爆弾の破片で傷を負った。そしてあたりは暗くなり、攻撃が続き、カシムのソファで夜を明かす覚悟で、彼は無線で中隊の指揮官たちに指示を出していた。「今日は、戦闘において非常にうまくいった日だった」。前哨基地で彼の言葉を聞いていた中隊の指揮官たちはひきも切らず攻撃を受けていた。イラク人が放棄した検問所では迫り来る攻撃に備えていたし、作戦基地では砲弾の到来を告げる警報が一日中鳴りやまなかった。「いままでどおり続けよ」と彼は命じ続けた。「気を抜くな。三つのPを忘れるな。忍耐《ペイシェンス》、根気《パーセヴァランス》、猜疑心《パラノイア》。外には悪人どもが大勢いて、われわれを捕らえようとしている。神の庇護により、奴らが今日成功することはなかった。今日はわが軍は非常にうまくいったものの、運が尽きることもある。だからいままでどおり続けよ。以上」

それで無線は切れた。その言葉を聞いていた兵士のひとりが言った。「つまり、こういうことなんだ。奴らが攻撃してこなかったのは、ひとりの大物が攻撃するなと命じていたからなんだな」

「じゃあ、停戦期間じゃなかったら、こんな攻撃がずっと続くってことかよ」別の兵士が言った。

「停戦がうまくいかなかったら、増派をしたってもっとたくさんの兵士が死ぬだけじゃないか」別のひとりが言った。

「この数日でわかったことは、一年経っても奴らは好きなことを好きなときにやれるってことだけだな」別のひとりが言った。

しかしカウズラリッチは頑なだった。増派は**成功している**、そしてこれがその証拠だ、と思っていた。「われわれが勝利していなければ、奴らは戦おうとはしないはずだ」と最悪の六月のときに彼は言った。「それ以外に戦う理由がない。作戦が効果を上げている証だ」カウズラリッチは戦闘がますます激化した三月二十九日になっても、断固そう信じていた。彼はカシムのソファで目を覚ますと、慎重に帰途につき、バグダッド東部の気の滅入る風景の中を通って作戦基地に帰ってきた。

「奴らも、われわれが好き好んでこんなことをしているとは思っていないはずだ」作戦センターに戻ったカウズラリッチは、この五日間で部下が殺した反乱軍の容疑者の数を数えた。「百人」と彼は言った。「百二十五人」さらに数え続けた。地図の上で、上空からの監視映像で、彼も兵士たちの動きをなぞった。ネイト・ショーマンの率いる小隊が、新鮮な水と新しい無線コードを、議会の建物を守っている別の小隊に届けるために、そこに向かっていた。彼らはEFPを一個見つけたが、ショーマンが平然とワイヤを切り、先へと進んでいった。ルート・プレデターズ沿いで、別の兵士たちが数時間のうちに十一個のEFPとIEDを見つけていた。この二十四時間のうちに、十六個のＥＦＰとＩＥＤがさまざまな隊列で爆発していた。しかし怪我といえば、脳震盪とわずかな切り傷より重いものはなかった。そしてどの場合でも、兵士は戦い続けた。立派な兵士。カウズラリッチの考えでは、彼らは偉大な兵士になっていた。

午後五時十五分。ショーマンの小隊は地方議会の建物に到着し、荷物を下ろし、前哨基地に引き返した。プレデターズは静かだった。プルートは静かだった。前哨基地も静かだった。作戦基地も静かだった。

「申し分ないな」カウズラリッチには、戦争がやんだように思えた。

午後五時十六分。

ガラスはたわんでいた。

五時十七分。

たわんでいた。

五時十八分。

たわんでいた。

五時十九分。

ドーーン。

小さな音だった。壁がかすかに震えた。だれも気づかなかった。カウズラリッチ以外の者は。

「くそっ」とカウズラリッチは言った。

それから一秒か二秒後にだれかが無線で叫んでいた。車が一台破壊された。衛生兵ふたり、緊急出動。空からの援護、**ただちに**必要。アルファ中隊の指揮官リッキー・テイラーが一瞬、無線に出た。言葉は一言だけだった。「だめです、中佐」。そして切れた。気球のカメラが回転し、いちばん新しく上がった煙の柱を捕らえた。あそこの、あの煙の下には、ネイト・ショーマンの小隊がいる。突然世界中のガラスが粉々になったかのようだった。なぜなら彼らはここにいるはずではなかった。イラク西部で物資運搬の車列を護衛しているはずだった。十二ヶ月経ったら故郷に帰る予定だった。作戦基地にいるはずだった。増派が必要になるはずではなかった戦争から撤退するために、荷物をまとめているはずだった。それなのにいま、彼らは破壊されたハンヴィーに駆け寄っているのだ。銃撃の音が無線から聞こえ、議会の建物の真後ろの建物から閃光が走っていた。彼らはハンヴィーに乗り込み、ケイジマ前哨基地へと急いだ。いま作戦基地の作戦センターの電話が鳴り出し、電話の相手はリッキー・テイラーで、受話器がカウズラリッチに手渡された。

「やあ、リッキー」カウズラリッチは言った。

しばらく耳を傾けた。

「わかった」とカウズラリッチは言った。

「了解」と言った。

「了解だ。しっかりやれ。次の連絡を待つ」と言った。

「ありがとう」カウズラリッチはそう言って受話器を置いた。

「何と言ってます?」カミングズが訊いた。

「ふたり戦死だ」とカウズラリッチ。

両目に涙が溢れた。

うなだれた。

しばらく両手を腰に当て、目を伏せていたが、ようやく顔をあげて意識を戦争に戻した。彼はこの瞬間に最大の爆弾を——ヘリコプターからのミサイルではなく、ジェット機の横に取り付けられている誘導爆弾を——議会の建物のそばにある、銃撃をおこなっている建物に落とすように要請した。その後は、待つしかなかった。

ひとり目の標識番号が無線から聞こえてきた。

「ブラヴォー隊七・六・一・九」

何人もが兵士の登録名簿を指でなぞっていき、B七六一九にたどり着いた。その横にダレル・ベネットという名前。大勢がうなだれた。だれもがベネットを好きだった。

次にふたり目の番号が伝えられた。

「マイク隊七・七・二・二」

再び名簿が確かめられ、パトリック・ミラーの名前のところで止まった。

「来たばかりの奴だ」だれかが言った。そしてみんなは、ペトレイアス大将が訪問し、ジョシュア・リーヴズが亡くなった九月に到着した新兵の姿を思い浮かべた。医学部進学課程の学生だったが、学費が払えなくなった青年だ。彼の笑顔で部屋がぱっと明るくなったように思えた。

その詳細が届けられた。

ハンヴィーには五人の兵士が乗っていた。EFPはひとりの兵士の体を引き裂いて内出血を起こし、ひとりの兵士の手を切断し、もうひとりの腕を切り落とし、ベネットの両脚を切断し、ミラーの口と歯と顎を削っていった。

ラスタミヤでまたロケット弾攻撃が始まったことを知らせる警報が鳴った。ミスター・ティミミから通訳に、半狂乱の電話がかかってきた。「暴徒が彼の車を盗んだと言っています」。低空飛行のジェット機の爆音が聞こえ、次にビデオモニターに映し出されたのは、建物のどこかから黒煙が上がる胸のすく光景だった。「七十二人の処女を存分に楽しむがいい」〔訳註　イスラム教では死んだ男性信者が天国へ行くと、七十二人の処女の天女がセックスでもてなしてくれるという伝承がある〕とカウズラリッチが言うと、配下の兵士たちが、新兵も含め、手を叩いてはやしたてた。そして彼らはその日の戦闘計画の最後の任務にとりかかった。それはふたりの死んだ兵士を無事に基地に連れて帰ることだった。

三個小隊の隊列とふたつの遺体袋が午前三時二十二分に作戦基地を出発した。午前三時四十分に最初のＩＥＤが爆発し、タイヤが数本パンクした。午前三時四十五分、最初の銃撃が始まった。午前三時五十五分までに兵士たちは三個のＥＦＰを発見し、破壊していた。午前四時五十分、地方議会の建物に到着した。破壊されたハンヴィーは片付けられていた。午前五時十分までに、ベネットとミラーを抱え上げ、かき集めて遺体袋に入れた。午前五時三十分、ケイジマ前哨基地へ向かった。そこでネイト・ショーマンとその部下たちに合流する予定だった。午前五時四十七分、銃撃を受けた。午前五時四十八分、隊列の先頭にいたハンヴィーにＩＥＤタイプの爆弾が当たったが、進み続けることができた。午前五時四十九分、同じハンヴィーの下でまたＩＥＤが爆発したが、それでも進み続けることができた。午前六時、隊列はケイジマ前哨基地にたどり着いた。午前七時、兵士たちはショーマンと形を成さなくなった彼の小隊と崩壊したハンヴィーと、ベネットとミラーの遺体と共に作戦基地に向かった。午前七時五十五分、全員が基地に戻り、任務は公式には成功した。

陸軍では、どのような事柄も「作戦ストーリーボード」に記録される。そうすることで明確さが現れる。人物はこれだった、理由はこれだった、時間はこうだった。任務はこれだった。目的はこれだった。予定表がこれだった。写真が入った。図表が入った。そしてストーリーボードができあがると、これまでのものとは違うものにすべく文章が練られる。ある兵士の死体を回収する作戦は、別の兵士の死体を回収した別の作戦とはまったく違うものになる。ゴミ山に隠されたＥＦＰの爆発は、水牛の死骸に隠されたＥＦＰの爆発とは違う。どの銃撃戦も、ふたつとない出来事になる。あらゆる戦闘がオリジナルなものだ。正確に言えば、すべての戦争は同じではない。

しかし午前七時五十五分までに、たとえ別のストーリーボードでベネットとミラーを回収することが成功した任務として組み立てられていても、多くの事柄、爆発、銃撃戦、戦闘から成るこの戦争は、最終的にはぼやけたものになった。戦争とは直線的に語れるものなのか？　Ａ地点からＢ地点への移動なのか？　あちらからこちらに至る冒険なのか？　これはもはやそういったものとは違っていた。直線的なものが円環状になっていくせいで、ぼやけてしまっているのだ。

ハンヴィーは車両浄化班に委ねられた（人目につかないところで、損傷状態の写真が撮られ、ドアに空けられた穴の大きさが測られて分析され、兵士たちは過酸化水素とシンプル・グリーンでハンヴィーを徹底的に殺菌洗浄した……）。

ベネットとミラーの遺体は弔事班のところに届けられた（基地内の離れたところに建っている小さな建物の、鍵のかけられた部屋の中で、祖国に送られる準備がおこなわれる。そこには死体収容のための小部屋が十六室と、ビニールの死体袋の山と、真新しい星条旗の束があり、弔事班の兵士ふたりの任務は、死者が生きているときにお棺に入れることを望んでいた品を探すことだ……）

そういうことが、ケイジマから始まって現在まで続いてきた。大気は悪臭を放ち、蠅は群がっていた。いまブレント・カミングズは作戦基地を横切ってそのハンヴィーを見に行った。ドアに空いた穴を見た。それはジョシュア・リーヴズのハンヴィーだった、ウィリアム・クロウのハンヴィーだった。彼は中に入り、ベネットが立ち続けて砲弾を撃ち続けていた砲塔リングの穴を見た。ギャジドスとペインとクレイグとシェルトンもベネットと同じことをしていた。カミングズはぐしゃぐしゃになった後部座席を見た。ミラーが座っていた場所だ。そしてクロウが、クルックストンが座っていた場所だ。床の乾いた血の跡を見た。鉄に似た臭いがした。ヨードに似た臭いがした。血に似た臭いがした。それはミラー、ベネット、ドスター、リーヴズ、クルックストン、シェルトン、レーン、マレー、ハーレルソン、クロウ、クレイグ、ペイン、ギャジドス、ケイジマだった。彼ら全員だった。カミングズは吐きそうになった。ハンヴィーから出て歩きながら、彼は泣き、石を蹴飛ばし、それから作戦センターに戻った。そこではいまも戦争を監視していた。カウズラリッチの隊列がルート・プレデターズにさしかかっていた。

「俺はあそこがどんな状態か見に**行きたい**んだ」カウズラリッチは出発する前に言っていた。

ベネットとミラーが戻ってくるのを待ってから、カウズラリッチは基地の外に出ていった。この種のことを、戦場回りと言っていた。本格的な作戦をおこなう最終日であっても、戦場は外に広がり、戦争はいまも勝利のときを待っていた。爆発は続いていた。とりわけプレデターズはひどかった。前哨基地や地方議会の建物、イラク人が放棄した検問所では銃撃戦がなおも続き、カウズラリッチの部下たちは交代の大隊が来て任務を代わってくれるまで残っていなければならなかった。彼は、できるだけ大勢の兵士を訪ねていきたかった。それも戦場回りの一部だったが、とにかく戦場にいたかったのだ。対反乱作戦が彼の遂行すべき作戦であったかもしれないが、彼は徹頭徹尾兵士であり、戦いの中に、その近くにいたかった。これが彼の最後の基地の外への遠征になる。

「だれもが戦闘中だ」かつてカウズラリッチはそう言った。「だれもが、だ」彼はルート・プレデターズを通ってカマリヤに行くつもりだった。出発するときに、数時間で帰ると伝えた。いつの間にか、かつて信じるということについて目の当たりにしたことを思い出していた。高度な訓練を受けるためにジョージア州フォート・ベニングにいたときのことだ。訓練の終わりに、彼とほかの兵士たちが外で車に乗るのを待っていると、シエラ・レオネから見学に来たひとりの兵士が、母国におけるさまざまな戦争をどうやって生き延びたのか語ったことがあった。「俺の国では、ジャケットを身につけてる。魔法のジャケットだ。それを着ていると銃弾は絶対にあたらない」シエラ・レオネの兵士はシャツの袖をまくり上げて「ナイフがあるか」と尋ねた。だれかがナイフを渡すと、彼は「見てろ」と言って自分の腕をナイフですっと切った。皮膚を裂いた。肉を裂いた。骨にまで達したようにカウズラリッチには見えた。しかし彼が鮮明に覚えているのは、だれも彼もが魔法が現れるのを待って固唾を飲んでいると、いきなり血が噴き出してきて、シエラ・レオネの兵士は途方に暮れた顔をしてカウズラリッチたちを見ていたことだった。「それが信念の形だよ」その日に学んだことを後に彼はそう言った。「間抜けの形でもある」

いま彼の隊列はEFPが仕掛けられた恐れがあるために、ルート・プルートで停止していた。魔法のジャケットの瞬間が現れたように思えた。「右に素早く動けるか?」カウズラリッチは先頭車両に無線で伝えた。あるいはこのとき、彼がしょっちゅう話したがる別の話、イア・ドラン渓谷の戦いのことを思い出したのかもしれない。

彼らは待った。

無線から伝わってきたのは、ルート・プレデターズを先行していたルート一掃チームが反乱軍に遭遇して激しい攻撃を受けているというものだった。

数分後に一掃チームから、プレデターズは非常に危険なので引き返せという命令が届いた。EFP。銃撃。あまりにも危険なので近づくなとほかの兵士が命じている道路。車列は停まり、指揮官が次の行動を決めるのを待っていた。

この状況。

これこそ難しい戦局だ。

カウズラリッチが、兵士というものの姿を思い描いていた子供時代からさまざまな形で夢に見てきた、勇者が解決するにふさわしい状況だった。全面戦争の最後の日、基地の外への最後の遠征、残った大量の銃弾を使い切って、偉大さを証明する最後のチャンスだった。本物の信念を示す瞬間だ。それなくして勝利を手にすることはできない。

「直感を信じろ」とハル・ムーアは言った。

「俺は自分を決して許さない――部下は死んだのに、俺は死ななかった」とメル・ギブソンは言った。

「チッチッチッ」とイラク人将校は言った。

「見てろ」とシエラ・レオネの兵士はナイフで切りながら言った。

「結論だ」カウズラリッチは言った。そして勇者の決断をおこなった。

第十六連隊第二大隊はもう十分に戦った。

ルート・プレデターズを進んでいくのは間抜けのすることだ。「救いようのない間抜けの」。それで安堵感が隊列の兵士たちのあいだに広がった。故郷に帰りたいと願ってやまない兵士たちの。カウズラリッチは無事に兵士たちをラスタミヤに連れ帰り、自分のオフィスに入って、葬儀のスピーチを書き始めた。

作戦基地の別の場所では、ネイト・ショーマンも書いていた。

「可愛いレイイ」と彼は新妻宛てに書いた。

彼は午前七時五十五分に、ブーツを血まみれにして基地に戻ってきた。悲しみがあまりにも深く、兵士たちから大丈夫かと訊かれても口が利けなかった。首を横に振り、地面を見るだけだった。その日はずっとひとりで過ごした。そしていま言いたい言葉が見つかり、それを妻に向けて書いていた。「家に帰ったら、助けが必要になる」と。

その夜、疲れ果てているのにたいして眠れなかった。翌日彼はカウズラリッチに言われて、報告をおこなうため、作戦センターに足取りも重く出向いていった。ふたりがこれまで、たいていの指揮官と下士官よりはるかに気安く話ができていたのは、ショーマンに自信があり、カウズラリッチに自分と同じような考え方をする奴だと思わせるような、理路整然とした思考ができていたからかもしれない。「何が起きたのか、きちんと理解したい」カウズラリッチはショーマンに単刀直入にそう言い、ショーマンが何も言わずに見返したので、静かな口調で「できれば、ちゃんとわかるように説明してくれ」と言った。

それでショーマンは、パトリック・ミラーが死ぬ直前に何をしたかということから話し始めた。ミラーはハンヴィーの横に立ち、イラク警察の警官からもらったナツメヤシの実を食べていた。「リトル・ミラーを見たのはそれが最後でした」とショーマンは言ったものの、ミラーがビッグ・ミラーと区別するためにリトル・ミラーと呼ばれていたことはわざわざ説明しなかった。ビッグ・ミラーの背中は毛むくじゃらで、その背中を舐める勇気があるかどうかで兵士のあいだで賭けが成立するほどだった。また、ある夜部下の兵士たちに起こされると、ショーマンの目の前でリトル・ミラーが、サングラスとライフルとバンダナとTバックを身につけただけの姿で踊っていて、「テロリストと戦う準備は整った」と何度も繰り返し言いながら甲高い笑い声を立てていたことも、カウズラリッチには言わなかった。そのとき兵士たち全員が笑い、ショーマンも笑った。ミラーのことが好きで仕方なかった。

「リトル・ミラーはトランクにガソリンの缶を入れているところでした。イラクの警官からナツメヤシの実をもらっていました」ショーマンはそう言っただけで、そのほかのことはあえて言わなかった。イラク人が彼にナツメヤシを渡したのは感謝のしるしだった。感謝したのは、アメリカ人が来て救ってくれたからだった。アメリカ人が来たのは、二〇〇三年からずっと彼を救おうとしていたからだった。二〇〇三年のアメリカ兵の死者はゼロだった。そしてパトリック・ミラーは十九歳で大学に入り、医者になりたいと思っていた。ショーマンはそういったことは言わなかった。その代わり、こう言った。

「彼はナツメヤシの実を手にして、それを食べ、男に親指を立てて挨拶し、それからトラックに戻りました」。そしてトラックはそのまま、ショーマンが考えたルートを進み、そのルートはＥＦＰの爆発へ通じていた。

「選択肢はふたつありました」とショーマンはカウズラリッチに言った。「来た道をそのまま帰っていくのと、ルート・フロリダを南下していくのと」。ショーマンは、パトリック・ハンリーという兵士と交わした会話を思い出した。ハンリーは先頭車の車長で、ルートを選択する責任があった。

「よお、ふたつの方法があるんだけどな」とショーマンは言った。「フロリダを通ったほうがいいんじゃないか。奴らはまさかそこを通るとは思っていないだろうから」

「了解」とハンリーは言った。そしてハンリーは左腕を自由のために捧げることになる。さらに、左側頭葉の一部を失って意識不明に陥り、五週間にわたって生死の境をさまよい、長期記憶を失い、その後八ヶ月にわたって、頭を動かしただけで吐くような激しい目眩に襲われ、体重が九十二キロから五十八キロに減ることになる。「その道を行こう」とハンリーは言った。

それで彼らはその道を行った。

一号車。ハンリーが前部右座席。ロバート・ウィネガー（爆弾の破片で腕と背中を裂かれることになる）が運転をしていた。カール・レイアー（片手を失うことになる）は後部右にいた。砲塔にいたベネットは砲手だった。舌にナツメヤシの味が残っていたミラーは、後部左にいた。

二号車。ショーマンは前部右にいて、窓から一号車の様子を見ていた。一号は柵のようなもののあいだを割り込むようにして進み、古い錆びた門の残骸に似た物の上に乗り上げた。

「うまく通っていきました」ショーマンはカウズラリッチに言った。

そしてショーマンのハンヴィーがその門の残骸の上を通ったときにタイヤがパンクした。「パンクしてもそのままうまく進んでいけました。『一キロ半しか進んでねえな、くそっ』と思いました。そのまま進みました」

一号車がルート・フロリダに入っていくと、怪しげに動くものを目にした。

「一号車はそれから十分な距離をとって迂回しました。ほかの車も同じようにしました。実際に、道路からはみ出るように迂回してまた道路に戻ったんです」

問題なく通り過ぎた。

そのまま進んでいった。

「道路を二十メートルほど進むと、ちょうど交差点があって、そこに小さな泥の小屋がありました。左側のところに。そして街灯用の柱があった。それがその柱の前に仕掛けられていたんです」とショーマンは言った。「とても巧みにカモフラージュされていたに違いないんです」

「いつも奴らがガソリンを売っていた場所だな？　泥の小屋というのは」カウズラリッチが遮った。

「はい」とショーマンは答えた。

「地面に置いてあったのか」

「はい」とショーマンは繰り返した。そして言葉を途切れさせた。次に起きたことを頭の中で再生しているのかもしれなかった。

「お前たちは演習どおりにやった」カウズラリッチはショーマンを促すためにしばらく間を置いてから言った。

「自分は、その三十秒間を覚えていないみたいです」ショーマンが言った。彼の声はどんどん小さくなっていた。いまはほとんど聞き取れないほどだった。「自分はハンリーの車のケツにくっついていたのに、気がついてみると、覚えているのは両手で無線機を摑んで、『アウトロー六、撃たれた、フロリダとフェダリヤの交差点で』と怒鳴ってました。それからマニックスは彼のハンヴィーの運転手だ。「アクセルを踏み込め、と言ってました。前の車両が見えなかった。目の前の道路は前哨基地に至るまではっきりと見えているのに。自分たちはキルゾーン〔訳註　爆弾などの殺傷力の及ぶ範囲のこと〕を突っ切って、おそらく三十メートルくらい進んだ。一号車は道路から左側にそれていたんです。そこには家があって、庭と中庭もあった。だだっ広い広場みたいなところだった。一号車はその中庭の奥に停まってました。自分はマニックスに、トラックに横付けしてくれ、と言いました。すると小銃の猛攻撃が始まった。マニックスに横付けしろと言いました。家とトラック。それからほかのすべてが見えた」

ほかのすべてとは。

「あいつの顔は真っ白で、頭の横から血が流れていた。目はうつろに開いていた」

それがウィネガーだった。

「死んでると思いました。ぐったりとなってて。なんの反応もありませんでした。目だけが大きく開いてた。自分はあいつをトラックの中に引っ張り込もうとし、その腰を掴んだ。両手がすべった。血がべっとりついていた」

それがレイアーだった。

「そしてハンリーは？」カウズラリッチが訊いた。

「はい。頭に重傷を負っているのはすぐにわかりました。白目を剝いてて、口から泡を吹いてたからです」ショーマンが言った。

そしてベネットは？

ミラーは？

「自分はアウトロー六に、ケイジマ前哨基地に衛生兵を要請しました」ショーマンは次にしたことを話した。そして何か言い始めた。どうして直接作戦基地に隊列を向かわせなかったのか、作戦基地なら衛生兵がいて、すぐに手当ができただろう、と。しかしその声は聞き取れなくなった。「近かったから」と彼は言い、声はまた聞き取れなくなった。

「正しかった。それは正しい選択だったぞ、ネイト」カウズラリッチは言った。「お前が選んだルートも。ふたつの選択肢があった。そしてお前はより危険の少ないほうを選んだ。入ったときと同じやり方で出ていってはいけない、というレンジャーの法則があるからだ」

ショーマンはカウズラリッチを見つめ、何も言わなかった。

「ひどい目に遭った。しかしお前は正しいことをした」カウズラリッチは言った。

「あいつらはまだ中にいたんです」ショーマンが言った。

「お前にできることは何もなかった」カウズラリッチが言った。

「はい、中佐」ショーマンが言った。そこで会話を止めてもよかった。告白がなされ、赦しを与えられた。しかし、どういうわけか、言わなければならないと思った。

「リトル・ミラーの顔を突き抜けてました。ベネットの体は貫通されていて。自分が後ろのドアを開けると、ふたりはそこにいて……」

「ふたりとも爆破されたことに気づかなかったはずだ」カウズラリッチが言った。

しかし重要なのはその点ではなかった。重要なのは爆破されてしまったということだった。

ショーマンは床をじっと見つめていた。カウズラリッチではなく。子供たちに与えられるのを待っている埃の積もったサッカーボールの箱ではなく。イラクの地図が貼ってある壁ではなく。ひたすら床を。

重要なのは、そのルートを考えたのが自分だったことだ。

「そういうことです」とため息をついてショーマンは言った。

四百二十日前、イラクに向けて全員で出発しようとしていたとき、カウズラリッチの友人がこれから起きることを予言してこう言った。「立派な男が崩壊するのを、きみは目の当たりにするだろうな」と。

四百二十日後、残った唯一の疑問は、八百人の立派な男のうち何人がそうなっていくのか、ということだった。

作戦基地の端ではひとりの兵士が、何時間もかけて自室の入り口まで土嚢を積み上げてトンネルのような形にしながら、次のロケット弾攻撃に備えてるんだ、と自分に言い聞かせていた。

作戦基地の別の場所で兵士たちが聞いていた話は、ショーマンの小隊を救うために向かっていたとき二発のＩＥＤに狙われ、その後で銃撃戦をおこない、その流れ弾がある民家の窓から入り、身を隠そうとしていた少女の頭を貫通し、少女が亡くなったというものだった。

別の場所ではある兵士が、ウィネガーかあるいはレイヤーかハンリーかベネットかミラーかが流した血が溜まったところを犬が舐めているのを見て、その犬を死ぬまで撃ち続けた兵士はどんなことを考えていたのだろうと思っていた。

立派な兵士たち。

彼らは本当に立派な兵士だった。

「お前の戦争は終わりだ、友よ」カウズラリッチはショーマンに言った。これまで口に出してきた中で、これほど真実味のない言葉はないように思えた。

13章

二〇〇八年四月十日

わが国の兵士とイラクの人々にこう言いたいのです。厳しい状況下でみなさんはじつにみごとな成果をあげました。みなさんがイラクで成し遂げたことは、米国史上に残る輝かしい成果です。これは難しい戦争ですが、終わりがないわけではありません。地上の状態が改善されるにつれて、行く手に成功が見えてくるはずです。イラクがアメリカ合衆国の頼りになるパートナーになるときが来るはずです。イラクに安定した民主主義がもたらされれば、共通の敵と戦うことも、中東における共通の利益を増やすこともできるようになるでしょう。その時になれば、みなさんは胸を張って帰還し、全国民から感謝の言葉を受けることになるのです。みなさんに神の祝福がありますように。

——ジョージ・W・ブッシュ　二〇〇八年四月十日

弔事

「俺が好きなもの、わかるか？　ベビー・キャロットだ。ベビー・キャロットとランチ・ドレッシング」ひとりの兵士が言った。「家に帰ったら、ベビー・キャロットを食べようと思ってる」

「しーっ」別の兵士が目を閉じて言った。「いま、ポンツーン・ボートに乗っているところだからよ」

彼らは終わった。すべて終えたのだ。四月四日。あと数時間もすれば暗くなり、チヌーク・ヘリが夜の闇を裂いてラスタミヤに向かって飛んでくる。間もなく、第一陣の二百三十五人が帰途につき、四月十日までには全員がここから立ち去っているはずだ。

ラスタミヤからバグダッドの空港へ。

バグダッドからクウェートへ。

クウェートからブダペストへ。

ブダペストからアイルランドのシャノンへ。

シャノンからカナダのグーズベイへ。

グーズベイからイリノイ州ロックフォードへ。

ロックフォードからカンザス州のトピーカへ。

トピーカからバスでフォート・ライリーへ。

そして、半ば人で埋まった小さな体育館で、感謝している国民による帰郷祝賀式典がおこなわれる。

全員に帰国の準備をさせるのは難しかった。ムクタダ・サドルは四月になると再び停戦を宣言したが、それにもかかわらず反乱軍は攻撃を続けていた。それはとりもなおさず、全面的な戦闘が終わっても、前哨基地の外や検問所に出ている兵士たちは作戦基地に戻る際に戦闘を避けられないということだった。あるとき、作戦行動を連係させている作戦センターで、数人の兵士たちが信じられないような面持ちでビデオ画面を見つめていた。ＡＫ－47を持ったひとりのイラク人が建物の陰から飛び出してきてランボーのように隊列に向かって連射していたからだ。「死ね、モンキー、死ね！」とブレント・カミングズがなぜか怒鳴ると、ほかの兵士たちも一斉に怒鳴り出し、そして笑いながらその言葉を大声で合唱した。アパッチ・ヘリが急降下してそのモンキーを粉々にすると、彼らは喝采した。また、別の大隊のルート一掃チームが、ルート・プレデターズを北上して、放棄されたイラクの検問所を守っている十六－二の兵士のところに向かっている様子を監視していたときのこと。いきなり画面が真っ黒になった。その黒いものが消えると、先頭車両が道路を外れて弧を描くように原野をまっしぐらに走っていた。自己鍛造弾《EFP》の爆発で運転手の首は切り落とされてしまったが、足はアクセルペダルを踏み続けていたからだ。その夜ずっと、カミングズはその車両が原野の中で優雅に弧を描いている様子を見続けた。一方カウズラリッチは、これまでとは違う夢の中で自分自身の姿と戦わなければならなかった。今回の夢に現れたのは迫撃弾だった。それがいたるところで爆発していた。彼の前でも、後ろでも。次々に投下され、腕木が爆弾をどんどん近くへと送り込んできて、とうとう世界が騒音と炎で埋め尽くされ、そこでようやく目を覚まし、自分が無事であることに気づいた。自分はとても元気だ、と。

「嬉しいですか、帰れて？」通訳がカウズラリッチに尋ねた。彼女は携帯電話で電話をかけてきた。家族の無事を確認しに家に帰ったイジーの代わりを務めていた。

「さあ、どうだろう」と彼は言った。

「そうですか。カシムから電話です。話しますか？」と彼女は言った。

カウズラリッチは電話をとった。「シュロネク（調子はどうだ）？」と彼は言った。そして数日後、カシム大佐とミスター・ティミミが、マカッダム・Kに別れの挨拶をしにラスタミヤにやって来た。

「カマリヤは？」カシムが言った。ふたりは通訳がやって来るのを待っていた。

「問題ない」カウズラリッチが言った。

カシムはシューというような音を立てた。ミサイルと言おうとしたのかもしれない。携帯ロケット弾と言おうとしたのかもしれない。五百五十人の部下のうち四百二十人が逃げ去った音だったのかもしれない。

「マーフード、なんて奴らだ」カウズラリッチは言った。

「いっち、に、さん、し、休め」カシムは、カウズラリッチから習った言葉を口にした。

通訳が到着して、カウズラリッチがティミミを助けに行かなかった日に何が起きたか、ティミミの説明でようやくわかった。「奴らは何もかも燃やした」とティミミは言った。「野獣のようだった、奴らがしたことは」。私は妻とふたりの娘を持つ謙虚な男だと彼は言った。そしていまは、彼も妻も娘も身につけている服以外には何も持っていない。家も、車も、家具も。一足のスリッパもない、と言った。そしてカウズラリッチのほうに身を寄せて、「あなたからひとつだけもらいたいものがある。お金があれば私は助かる」と英語で言った。そして、あまり近寄りすぎては、豪華なデスクとカッコー時計のある部屋の行政長官ではなく乞食に思われると思ったのか、すっと離れていき、今度はアラビア語でほかのものを求めた。「あなたと働いていたことを証明する書類が欲しいそうです」と通訳が言った。「それがあればどこにでも政治亡命ができる、と」

カシムの番になった。彼もカウズラリッチのほうに身を寄せたが、彼がなにかを求める前に、カウズラリッチはきみに渡したいものがあると言って、箱を手渡した。そこには「クリスピー」という文字はなく、入っているのもピザではなかった。磨き立てられた古い拳銃が入っていた。

「第一次世界大戦のものですよ」とカウズラリッチは言った。

「サンキュー」とカシムは言った。

もうひとつ、カウズラリッチはカシムに手渡した。新しい飛び出しナイフだった。

「サンキュー」とまたカシムは言った。

そして三つ目の贈り物。額入りの写真だった。ふたりが映っていた。

「サンキュー、サンキュー、サンキュー」とカシムは言って、頭を何度も下げて目を手で隠した。失礼と言って、バスルームに行き、顔に水をかけた。作戦基地から出ていくとき、カシムはカウズラリッチの手を取り、その手を握って歩き出した。カウズラリッチもその手を握りしめた。「必要なものがあればいつでも。私はたった一万一千キロしか離れていませんからね」メイン・ゲートのところに来て、カウズラリッチはカシムに言った。カシムは一瞬笑ったが、すぐに笑いをひっこめた。そしてカシムとティミミは防爆壁と蛇腹形になった剃刀型鉄条網に守られた長い長い通路を通って姿を消した。

イジーが別れを言いに戻ってきたのも同じ日だった。カウズラリッチはイジーに腕時計を贈り、アメリカ合衆国に難民の申請をする場合に、彼がイジーの身元引受人になると書いてある手紙を渡した。「それを光栄に思う」と彼は書いた。

「本当にありがとうございます、中佐」とイジーは言った。

「葉巻は吸うか？」とカウズラリッチは訊いた。

「ときどき」とイジーは答えた。

「お前は俺の兄弟だ」カウズラリッチは言った。

「ありがとうございます」イジーは言った。

「この先もずっと」カウズラリッチは言い、イジーは手紙と腕時計と葉巻を手にして出ていった。建物の外で立ち止まり、葉巻に火をつけようとしたが、風が吹きつけ、茨の茂みに火の粉が飛んだ。それで今度は煙草に火をつけると、友人となった兵士たちが忙しく帰り支度をしているそばを通り過ぎていった。

戦場から引き上げるにあたっては、驚くほどたくさんの仕事があった。何もかも仕分けなければならなかった。フォート・ライリーへ持ち帰る物、ほかの大隊に引き渡す物、ゴミとして捨てる物。未使用の弾はすべて数えて一覧表に記さなければならなかった。手榴弾をすべて数えなければならなかった。すべての武器を。すべてのガスマスクを。すべてのアトロピン注射器を。すべての圧縮包帯を。すべての止血帯を。

カミングズのデスクの上で埃をかぶっている対反乱作戦マニュアルは、荷物の中に入れなければならなかった。大隊旗、星条旗、そしてカウズラリッチのオフィスの外に上下逆さまに貼ってあったムクタダ・サドルのポスターも、荷物に入れられた。

蝿取りはゴミとして捨てられるだろう。軍隊を支援したいと思ったアメリカ人たちから送られたジャンクフードの残りも捨てられるだろう。やはり送られてきた練り歯磨き、デオドラントも、アーカンソー州の中学から送られてきた雑誌の『グラマー』もゴミに出されるだろう。その雑誌と共に、「アラブ人にだれがボスか教えてやれ。破壊しろ。よい感謝祭を」と書かれたカードも入っていた。

合板の壁に貼ってあった十二人の死亡した兵士の写真――ベネットとミラーの写真を貼る時間がなかった――は荷物の中に入れられた。壁に貼られたほかの物も同じく入れられた。兵士たちがなぜここにいるのかをそれを見て思い出すように書かれた看板だった。「**任務――イラクの人々のために、安全で安定した、自分を大切にする環境を作り出すこと**」

そのすべてを持ち帰らなければならなかった。増派を穏健なものにすべくハンヴィーの窓から投げ与えるはずだったすべてのサッカーボール。やがてEFPを仕掛ける大人にならないように、石を持つ五歳の子に与えるつもりだったすべての鉛筆。部屋の隅にあるあらゆる物、ブレント・カミングズが二十回目の同窓会に行けなかった理由を知った高校の同級生たちが送ってきたフットボールも。そのフットボールには「お前は俺のヒーローだ!」とだれかが書きつけていた。「ターバン野郎を殺せ」という文字もあった。だから持ち帰らなければならなかった。兵士たちが持っている幸運のお守り、兵士たちが受け取ったラブレター、兵士たちに送られてきた離婚届、兵士たちが壁に留めていた家族や車の写真や、衣類を身につけていない女性たちの写真、兵士たちが読んだ本、兵士たちが遊んだゲーム類、そして最後にコンピュータを。その一台をシャットダウンする前に、いまカミングズが自分に来た電子メールを見ていた。

「件名・遺体袋。お手元にある遺体袋をこちらに送ってください。また、もっと必要であればお知らせください。以上です」

遺体袋。それらも荷物に入れなければならなかった。少なくともすでに畳まれていた。

四月四日。二百三十五人の兵士が故郷へ向かった。

四月五日。さらに百八十人の兵士が故郷へ向かった。

四月六日。ジェイ・ケイジマが死んで一年が経った。そしてカウズラリッチの夢に現れていた迫撃弾の攻撃があった。作戦基地にいた十四人の兵士が負傷した。そのうちの五人を基地から避難させなければならなかった。ひとりが死んだ。しかしカウズラリッチの部下ではなかった。カウズラリッチ自身でもなかった。いちばん命の危険にさらされたのはブレント・カミングズだった。彼は爆発が始まったときに洗濯機置き場の外に並んでいた。彼は地面に突っ伏した。迫撃弾はどんどん近くに落ちてきて、かなり近くで爆発した。体を持ち上げられたような衝撃を感じ、ひどい恐怖を味わったが、彼は無事だった。無事だった。

四月七日。もうひとりの死。この日亡くなったのは、十六－二の任務と交代するために来た大隊所属の兵士で、最初のパトロールに出ていき、口を撃たれたのだ。彼がその大隊最初の戦死者、その大隊のジェイ・ケイジマとなった。「州全体くらい広い心」と、故郷の新聞では追悼されることになるが、カウズラリッチは自分のオフィスで、たったいま受け取った写真を見つめていた。ベネットとミラーが死んだハンヴィーの内部の写真だ。荷造りをしなければならないのはわかっていたが、写真から目が離せなかった。

四月八日。ほぼすべてのものがようやく荷物としてまとめられた。テレビのうち一台にはまだ電源が入っていた。そこにはワシントンにいるペトレイアス大将が映っていて、またもや議員たちの前で増派の成功について証言していた。「兵士をすべて撤退させるべきだと提案しているわけじゃないんですよ」とひとりの上院議員がペトレイアスに言っていた。「終点を見つけようとしているんです。われわれがしなければならないのはそれです」これはバラク・オバマの発言だった。しかしそれより兵士たちが関心を寄せたのは、無線からたったいま聞こえてきた連絡だった。兵士たちがカマリヤに作った前哨基地が迫撃砲の攻撃を受けて、いままさに焼け落ちようとしているところだ、というものだった。

四月九日。残っていた兵士の大半が故郷に向かった。残ったのは八十人ほどだった。夜遅く、カウズラリッチは仕事を終え、もう何もすることがないことに気づいた。そして暗い通りを歩いて自分のトレイラーに向かった。一年と三日前に、そこで寝ていたカウズラリッチはノックの音で起こされた。「いったいどうした?」と彼は言って目を開けたのだ。

四月十日。今日。

帰る日だ。

作戦センターの前を通り過ぎた。以前はひび割れた壁に囲まれたからっぽの建物だった。食堂の前を通り過ぎた。ここで最後の食事を食べていたときに警報が鳴り、大きな爆発音が響き、兵士たちは床に伏せた。

病院に通じる道路を通り過ぎた。ベネットとミラーの葬儀の前の晩にカウズラリッチは病院の石の階段を上がった先にある小部屋へ出向いていき、ピース106FM局のマイクの前で言ったのだった。「ありがとう、モハメッド。これは私が話す最後の日です。ですからお聴きになっているみなさんにこう言いたいのです。シュクラン・ジャジーラン」

小さな門を通って広い場所に出た。上ってくる欠けた月の仄明かりの中で、八十人の兵士は、自分たちを殺すかもしれない最後のロケット弾が、あるいは最後の迫撃弾が、あるいは自分たちを連れていってくれるヘリコプターが来はしないかと、じっと暗い空を見張っていた。

彼らは、防御してくれるもののない広々とした場所にいた。そこには観覧席があって、その下に隠れるところがあるし、五、六人が入れる防空壕があることはあるが、それだけだった。ヘリコプターは来られるときに来るのだ。いつ来るかは知らされていなかった。戦場ではそれがせいいっぱいだ。だから兵士たちは待った。彼らは防弾チョッキを身につけ、ゴーグルを着け、手袋をはめていた。彼らは煙草を吸い、ヘリコプターが降りるはずの草の生えたひび割れたアスファルトの地面で吸い殻を踏みつぶした。一時間が経過した。さらに一時間が経過した。彼らはロケット弾攻撃の確率を計算した。二日前にあったな、と兵士のひとりが言った。いや、昨夜もあった、食堂のそばに。でもあれはロケット弾じゃなかった。いや、ロケット弾だった。いや、違う。まあ、どっちにしたって、そいつが落ちて建物が揺れた。そうだ、じゃあ、昨日だ。一日しか経ってねえのか。だからなんだってんだよ。だから一日しか経ってねえっての！　ああ、だがよ、いまロケット弾が飛んできたらそんなこと関係ねえだろ！　兵士たちは故郷のことを語り、帰ってから最初にしたいことを語った。二番目にしたいことを語った。そして彼らは空を見上げ続けた。カウズラリッチも、彼らといっしょに立ち尽くしながら空を見上げ続けた。

二ヶ月先の六月の初旬、カウズラリッチは「レンジャー集会」と呼ばれる最後の大隊のイベントで兵士たちを集めることになる。フォート・ライリーの裾野にあるホテルの宴会場で開かれ、それが兵士にとって最後の団結となり、それ以降は新しい大隊なり新しい任務なりに就いていく。

もちろん、全員が来るわけではない。たとえばアダム・シューマンは、そのホテルのすぐそばに住んでいるが、その夜は自宅に留まることになる。彼は死傷者用のヘリコプターで戦場から離脱し、帰還したときには、抗鬱剤、抗不安剤、抗パニック剤、腰痛を和らげる麻薬、禁煙を促す薬や、薬物をすべて飲むようになって亢進したインポテンツを治す薬などをたくさん飲むようになっていた。そしてとうとう妻が、そんなことを続けたらゾンビになってしまうし、結婚は続けられない、と言った。それ以来シューマンは薬を飲むのを自分で止めてしまい、彼に割り当てられたソーシャル・ワーカーに会いに行くことだけは不承不承続けていた。そのソーシャル・ワーカーは、彼が見る夢の話に耳を傾け、帰還兵が悪夢を見るのは普通のことです、と言った。大事なのはリラックスすることですよ、とソーシャル・ワーカーは言った。それでシューマンはリラックスするように努めている。釣りに行く。ゴルフ・コースを散歩し、陸軍を除隊したらこういう場所で働くのもいいかもなと考える。自分で植えた薔薇の木のある裏庭で、釣ったばかりのウォールアイを焼くのもいい。しかし、戦争の方はまだ続けたがっているらしい。レンジャー集会の日は、彼は薔薇の花を切って、家の中に入り、妻にそれを渡す。指に薔薇の刺がささると、銃撃戦のことを考える。その指を舐めて血の味がすると、エモリー軍曹のことを考えることになる。集会の時間になるまでに、彼は自宅にいるのがいちばんいいと心を決める。

しかし何百人もの兵士が集会に参加する。その中にネイト・ショーマンも入っている。そのときにはもう、カンザスの通りを車で走っていても、あらゆるゴミの溜まりをすかし見ようとすることはしなくなっているはずだ。しかしレンジャー集会で部屋のかなり遠くでウェイターが皿の載ったトレイを落とすと、ショーマンは椅子から飛び上がる。ジェイ・マーチも来ることになる。間もなく軍曹になれるのを喜んでいて、帰郷したときに空港に迎えに来てくれるはずの恋人が現れなかったので落胆してもいる。そしてその夜に勲章を授与される兵士のように、自分もいつかなりたいと思っている。ギーツ軍曹は勲章をもらうが、やがてPTSDの診断が下り、二次的疾患として、たくさんの爆発の震動を受けたことによる外傷性脳損傷と診断され、三次的疾患として、彼の言う「生存者の罪悪感《サバイバーズ・ギルト》だとさ。なんだかよくわかんねえけど」につきまとわれることになる。「自分がひでえことをしちまった気がする。許されることがあるのかと自問してるよ」とギーツは前に言っていた。そして彼は、六月に兵士救出に協力した勇気を讃えられて青銅星章〔訳註　軍事作戦における英雄的活動に対して贈られる」を受章する。そのとき救われた兵士のひとりジョシュア・アチリーも参加する。彼は自分の名前が呼ばれ、大勢の兵士が喝采するのを聞いて、立ち上がると義眼を取り出して、宙高く放り投げる。重傷を負った八人の兵士も全員来る。エモリー軍曹は自分の名前を呼ばれると、カマリヤで頭を撃たれたときから回復してきた力を総動員して車椅子から体を押し上げ、自分の足で立つ。震えながら彼は進む。体は傾いている。左腕は小刻みに震えている。頭は相変わらずいびつなままだ。スピーチは聞き取れない。記憶はいまも朦朧としている。思考は、自分の手首を歯のところまで持ってきて噛み切ろうとしたときのままだ。ほかの兵士たちが次々に立ち上がるが、彼も一分くらいなら自分の足で立っていられるし、バランスを崩さないようにしていられる。

そういう夜だ。スピーチがあり、料理が供され、音楽が奏でられ、たくさんの飲み物が振る舞われる。そして最高潮には、九月四日に起きた爆発の唯一の生存者ジョー・ミクソンが車椅子でダンスフロアに出ていき、くるくると回り始める。車椅子の背中に取り付けられたポールに大きな星条旗が結ばれているが、いちばん目立っているのはミクソン自身だ。下着と蝶ネクタイと切断された脚に巻かれた包帯のほかは何も身につけていない。兵士たちの中でも、この夜の彼はずば抜けていた。義足も、人工の物も、マイクロチップも一切身につけず、立派な「負傷した戦士」であることをやめ、下着に蝶ネクタイしか身につけず、膝まである二本の脚を高く上げ、星条旗が揺れて彼のまわりにまとわりつくまで、凄まじい勢いで回転する負傷兵の姿で、十六－二の最後の団結の時間に肺活量の限りに叫んでいたのだ。

「ありがとう、K中佐！
ありがとう、K中佐！
ありがとう、K中佐！」と。

「ヘリが来ましたね」とブレント・カミングズが舗装された広場で言った。

全員が彼の見ている方角を見た。ラスタミヤのはるか向こうの地平線に、やがてそれが姿を現した。ふたつの影。あっという間に近づいてきた。そして回転するローターを操作しながら舗装された地面に降り、後部のハッチが開いた。兵士たちはヘリコプターが巻き上げたひどい臭いのするラスタミヤの埃にまみれた。

この場所。

この最悪の埃。

この最悪の臭い。

最悪のものばかり。

この呪われた地獄のような場所。

「ですが、今回はこれまでとは違います」とジョージ・W・ブッシュ大統領は二〇〇七年一月十日に言った。今日まで十五ヶ月。そのこれまでと違う今回が終わったのだ。ヘリコプターはハッチを開けたまま上昇していったので、カウズラリッチは下に広がる増派の風景を最後に見ることもできた。しかし目を開けることはなかった。われわれは勝ったのだ。カウズラリッチはそれを確信していた。われわれ**こそが**違いだった。申し分なかった。しかし彼は、もうこれ以上何も見たくはなかった。

第十六連隊第二大隊　兵士名簿

リボーリオ・アコスタ・ジュニア／ブライアン・アゴストールティ／トーソロ・アイアティ*／トッリ・カーハ・アクーナ／ロバート・アラニッツ／ケイシー・アレクサンダー／コスタ・アレン／ニコラス・アマン／タイラー・アンダーセン／クリストファー・アンダーソン／ダレル・アンダーソン／ディーン・アンダーソン・ジュニア／マイケル・アンダーソン／パトリック・アンダーソン／リチャード・アンドルス／シャノン・アントニオ／クリストファー・アッピア／ダニエル・アキーノ／ロジャー・アーノルド三世／ジェシ・アリオラ／アポロ・アートソン／ザクリー・アッシュ／クリストファー・アシュウェル／ジョシュア・アチリー*／コステル・バシュ／ヨナサン・バエズ／エリック・バゲット／ジョン・ベイリー／ジャスティン・ベイリー／マイケル・ベイリー・ジュニア／ティモシー・ベインター／アルファンソ・バントン*／ジェフリー・バークダル*／ダレン・バーカー／アッシャー・バーンズ／クリストファー・バーンズ／デレク・バロレ／ロバート・バートロメオ／カーティス・バウムガートナー／ブランドン・ベア／トロイ・ビアデン／ブライアン・ボーモント*／クリストファー・ビーム／デイル・ベヒ／ダレル・ベネット*／ジョシュア・バーロンギエリ／ホイットニー・バーナード／ジャーメイン・ビリー／ブレンティン・ビショップ*／エブラルダ・ブランコ／ローウェル・ブランディング／テリー・ブレッシング・ジュニア*／ブライアン・ブロー／ダスティン・ブルム／ライアン・ボートライト／エドワード・ボーランド／ダグラス・ボールエシュバイラー／クリストファー・ボーネマン／フレデリック・ボレル／ヘンリー・ボシャート／ウィリアム・ボーゾ／ジョセフ・ボトカ／クリストファー・ボーテン*／マリオ・ボーウェン*／マシュー・ボイデン／フレッド・ボイヤー*／ジョーダン・ブラケット*／メリッサ・ブラスコ／クリストファー・ブローティガム／グレゴリー・ブレイ／アンジェロ・ブレランド二世／マルコ・ブレットマン／ジェラルド・ブライト／ロナルド・ブロック／マーク・ブロジンスキー／カルヴィン・ブラウン・ジュニア／マシュー・ブラウン／クリス・ブラウン／タイラー・ブラモンド／グレゴリー・ブランウィック／アラン・ブルータス／ウィリアム・ブライアント四世／ミルトン・バンチ／カイル・バンカー／コリー・バンテン／ジェシカ・バーグ／ブレニン・バークハート／ポーラ・バーンズ／エリック・ブリス／ジャスティン・ブション／ザカリー・バトラー／ブランドン・バイビー*／パリッシュ・バード／ジェイソン・ケイン／ジェイ・ケイジマ

＊／ブランドー・キャンベル／ダニエル・キャンベル／ウィリアム・キャノン／マシュー・カルデリノ／ウィリアム・カリュー／ブライアン・ケイシー＊／マーク・キャッシュマン＊／ブランドン・カソボン／フィリップ・カスタネダ／ジョニー・カスティーリョ・ジュニア＊／ジョーダン・キャスウェル／トニー・セヴィル／ギャリー・チャフィンズ／ウィリアム・チャンドラー／アンケアイージー・チョウン／ステュアート・チーフエアロン・チョンコ／ステファン・チュウ／ポール・シンカン／ロイ・クラーク／クリストファー・クラウス／ジョナサン・クリフトン／ダニエル・クリングマン／ブライアン・クロニンガー／デントン・クラウザー／デレック・コブ／ティモシー・コーブル／サミュエル・コクラン／ジョシュア・コーエン／ブライアン・コリヴァー／ジェイソン・コマンダー／マニュエル・コントレラス／ジェイムズ・クーパー／ジャスティン・クーパー／クラレンス・コープランド／ジェリド・コペッジ／レイ・コーコリーズ・シニア／デイヴィッド・コリー／マイケル・コーネット／ハワード・コヴィー・ジュニア／アンドレ・クレイグ・ジュニア＊／ケビン・クラトン／マイケル・クレイトン・ジュニア／ダンカン・クルックストン＊／ウィリアム・クロウ・ジュニア＊／ジョエル・クルーズ／ジョゼ・クルスペロ／ジェリー・ブレント・カミングズ／トーマス・カミングズ／ウェイン・カニンガム／マーカス・ダル／グレゴリー・デイリー／ジミー・デイル・ジュニア／ジェイソン・ダンス／ジェイコブ・デイヴィス／ニック・デイヴィス＊／ジェイムズ・デヴィソン／ロバート・ディーン／アンドリュー・ディアドン／ブライアン・ディートン／クリストファー・デック／デイヴィッド・ディフェンドール／クリスティアン・デグズマン／アルバート・デ・ラ・ガーザ／エンリケ・デラモラ・ジュニア／マシュー・ドゥレイ／オテリアン・デミング／ニコラス・デニーノ／スティーヴィン・デニソン二世／レジナルド・デントン／ベンジャミン・ジョー・デリック／ユーリ・デサントス／レオ・デヴァイン／アイヴァン・ディアス・ジュニア＊／ジョゼ・ディアス・ジュニア／ジョセフ・ディアス／ケビン・ドーレンス／ケイシー・ドナヒュー／ジェイムズ・ドリトル／ジェームズ・ドスター＊／スカイラー・ドロール／デリック・デュア／デイン・ダナム／マーク・ダン／マイケル・ダン＊／シーン・デュセソイスディロ／デニース・ダスティン・ジュニア／チャールズ・ダイボケビン・ダイ／メンサー・ツェディク／フレッチャー・イートン／フランク・エデルマン／ドリュー・エドワード＊／リチャード・アイクバウアー／マシュー・エルキンス／マシュー・エルセッサー／アンドリュー・エリオット・ジュニア／アルフレッド・エリス／ブライアン・エマーソン＊／マイケル・エモリー＊／アーサー・エリンケス／グレゴリー・エスコバル／エイドリアン・エスパダス／ライアン・エストラーダ／ジャスティン・ファーフィティ／ダグラス・ファゼカス／エディー・フェリシアーノ／コディー・ファリッカ／ダグラス・フェルナンデス＊／ジョセフ・フィガート／マイケル・フィゲロア／ニコラス・フォーグル／ジェラルド・フォーク・ジュニア／フランク・フォード／デイヴィット・フォーシャ／ロバート・フォックスワーシー／マイケル・フラデラ＊／ベンジャミン・フレネット／アンドリュー・フクザワ＊／ジョシュ

ア・ファルトンバーカー／エドワード・ファーロング／ショーン・ギャジドス*／セス・ガーシ／アブラン・ガーシア／ジョン・ガーシア／シャーメイン・ギャロン／ジャスティン・ギャリソン／アルフレド・ガーザ／ニコラス・ギャスキンズ／リチャード・ギャス・ジュニア／マルケス・ギブソン・ジュニア／ステファン・ギーザー／フランシスコ・ギーツ*／パーシー・ジャイルズ／アンドリュー・ギレスピー／ジョシュア・ギスト／ジェイソン・グラッドウェル／グレン・ゴード・ジュニア／デイヴィット・ゴーツ／クリストファー・ゴレンベ／アベリーノ・ゴメス*／ライアン・ゴメス／ラウル・ゴンザレス・ジュニア／トーマス・ゴンザレス／クリストフ・グッドリッチ／ダスティン・ゴーマン／ジェイソン・グレアム／ショーン・グリリッシュ／アラン・グレバス／ジョナサン・グレゴリー／マシュー・グリフィン／タイラー・グロス／ブライアン・グルーサー／ジェレミー・ギュー／アーサー・ゲラ／カイル・ガルデン／ジェシ・ガネルズ／エルマー・ギュジンゼイド／ザカリー・ガスリー／マイケル・ガティレス／ジョゼ・グズマン／ジェイムズ・ヘイル／ボー・ホール／ジェイムズ・ホール／トーマス・ホール／ザカリー・ホール／ジョシュア・ハルステッド／ジャレド・ハンビー／ライアン・ハメル／チャールズ・ハモンド／ジャーメイン・ハンプトン／ミケル・ハムウェイ／エリック・ハンコック／パトリック・ハンリー*／コーディー・ハンズ／ジャレド・ハンセン／アンドリュー・ハンソン／ジェイコブ・ハービン*／スティーヴン・ハードマン／フランク・ハーディン／ジェイムズ・ハーレルソン*／ダネル・ハリス／マイケル・ハリス／ベンジャミン・ハート／フレデリック・ハーヴェイ／ラヒム・ハーサバフ／エドワード・ハスキンズ・ジュニア／ジェイムズ・ホウリー二世／ブライソン・ヘイデン／ベンジャミン・ヘイズ／ブレット・ヘイズ／ドナルド・ヘンダーソン・ジュニア／ペドロ・エンリケズ／ティモシー・ヘンリー／ジョセフ・ヘンソン／ジョン・ハーマン三世／ジャレド・ハーマン／グレゴリー・エルナンデス／マリオ・エルナンデス*／リー・ヘッツラー／フランク・ヒックマン四世／マシュー・ヒコック／ジューイット・ヒル／マシュー・ヒル／リッキー・ヒル／ブランドン・ハイポール／タトウィン・ホー／クリストファー・ホフマン／ニール・ホームズ二世／クリスティファー・ホルブ*／ダリル・ホニック・ジュニア／ショーン・フーフラード／ウィリアム・ホッパー／ルーカス・ホーン／ハワード・ホートン三世／シャロン・ホートン／レナード・ハワード／ウェイン・ハワード／ジェイ・ハウェル／ロバート・ヒューバーツ／カニエル・ハフ／ジョナサン・ヒューズ／ジョシュア・ハンサッカー／ドノヴァン・ハーレイ／レイモンド・ハイマン・ジュニア／ライアン・イメル／ジェイソン・イングラム／ジェイム・イニゲス／ロナルド・アーヴィング・ジュニア／ラジュエイン・アイランド／クリストファー・アイヴァセン／フランク・ジャッカード／ジョセフ・ジャセンコ／ダニエル・ジャクソン／ジェフェリー・ジェイガー／タッド・ジェイムズ／デイヴィット・ジャニス／ジェフリー・ジャラミーロ／ジェイソン・ジーン／ブロック・ジェンセン／イーベンス・ジェレミー／ジョゼ・ジェローム／ダリル・ジュウェル／コディー・ジャイメネス／ベンジャミン・ジョンソン*／クリス

トファー・L・ジョンソン／クリストファー・W・ジョンソン／フレデリック・ジョンソン／ジャン・ジョンソン／ジェフリー・ジョンソン／ミゲイル・ジョンソン／ウィリアム・ジョンソン／ボー・ジョインズ／ボビー・ジョーンズ／ブライアン・ジョーンズ／ジョン・ジョーンズ／カイル・ジョーンズ／レンヌ・ジョーンズ／ティモシー・ジョーンズ／ポール・ジャワーズ・ジュニア／ポール・ジュビンヴィル・ジュニア／ロバート・ジューリック／マイケル・ジューリック・ジュニア／ダグラス・カム／ブレント・カチャタグ／ラルフ・カウズラリッチ／ビル・カーニー／ジャーメイン・ケリー／ダーリアン・ケリー／ウィリアム・ケリー／ダニエル・ケルソ／ウィリアム・ケンプター／ジェイソン・ケント／マーサ・キー／リチャード・キム／コリー・キング／ジョン・カービー*／ドナルド・カークリー／バリー・キッチン／スコット・クライン／ジョシュア・ナットソン／ジェイムズ・コルキー／ジェイソン・クーイス／ケリー・カンビア／ウィリアム・ラフリン／クラーク・ラム／ジェレミー・ランバート／ロバート・ランバート／リロイ・ランカスター*／ジェイル・ランダヴァード／デイヴィッド・レーン*／トレント・ラーソン*／テランス・ラヴァリー・ジュニア／ケイシー・リー／ジェイムズ・リーチ／アレクサンダー・リー／サン・リー／スティーヴ・リー／ジョシュア・レーマン／ダース・レンツ／ジョン・レナード／ケビン・レナード／ウィリアム・レジアック三世／ジョシュア・レヴィア／ショーン・レヴァリントン／ジェレマイア・ルイス／ナサニエル・リンク／アンドリュー・リヴァモア／ローレン・ロンジー／アンドリュー・ルーニー／ニコラス・ルーニー*／フェルナンド・ロペス・ジュニア／グレゴリー・ロペス／アルバート・ロラロメロ／クリストファー・ラブ／ジェレマイア・ラブレディ／ジャスティン・ロウ／マイケル・ルコウ*／マリオンシアノ・ルナ／ショーン・リンチ／レイモンド・マカリスター二世／シーン・マカルパイン／ナサニエル・マックルーア*／ジョー・マックラム／ウォレン・マッコネル／イーザン・マッカード／ゼイン・マッコスカー／マイケル・マッコイ／アラン・マクダニエル／バリー・マクドナルド・ジュニア*／ロバート・マクドナー／ルーク・マクダウェル／デヴィン・マクダフィー／チャド・マクガーヴィー／ジェイソン・マクガーヴィー／ナサニエル・マギー／ニコラス・マクニギス／フレデリック・マケルヴィン／ジャミー・マクファーソン／マシュー・マックウォーター／マイケル・メーカー／ミカエル・マグナソン／マイケル・メイハー／アンドリュー・マジュースキクエル／チャールズ・マナラン／ライアン・マン／シーン・マニクス／ジェイ・マーチ／アンソニー・マリー／パトリック・マリル／ジョン・マーティン／ジョゼ・マーティネス・ジュニア／サントス・マーティネス／ティモシー・メイソン／ブレット・マシュー／マイケル・マシュース／ウェイン・マシス／フィリップ・マトロ／エリック・マットソン／ジャスティン・マヴィティ／ドナルド・メイズ・ジュニア／フィリップ・メイズ・ジュニア／メリッサ・メデル／ステファン・ミダー／ダリオ・メディナ／ステファン・メンデス／ブライアン・メーニック／マシュー・マーグル*／アンソニー・マリーノ／グレン・メサ／カイル・ミドキフ／ピョートル・ミコラジョウスキ／ブレット・ミラー／

ジョセフ・ミラー*／ニコラス・A・ミラー／ニコラス・M・ミラー／パトリック・ミラー*／ロイ・ミラー／ショウン・ミラー／ジェレミー・ミッチェル／サトニヤ・ミッチェル／ジョセフ・ミクソン*／トーマス・モハート／ロバート・モンテス／コリン・モンゴメリー／クリストファー・モンティ／ジョシュア・モラン／デイヴィッド・モレノ／エフレン・モレノ／ラシャーン・モリス／ジェフリー・モス／リチャード・モス・ジュニア／キャロル・モールデン・ジュニア／レイモンド・マウンジー／オリバー・マリンズ／マシュー・マーフィー二世／ジョエル・マレー*／ジェフリー・ムジル／エリック・マイヤーズ／エルヴィン・ネア／グラント・ノートン／アーヌルフォ・ナヴァロ・ジュニア／ウィリアム・ネド／マシュー・ネルソン／アンドリュー・ネスケン／マシュー・ニーランド／ケイス・カーン・グエン／ファット・グエン／ライアン・ニーダート／ベンジャミン・ニードツウィキ／シェーン・ノードラム／ジュアン・ヌーネス／オスカー・ヌーネス／ライアン・ニハス／ジャスティン・オークス／ジョセフ・オジナイビン／ジェフリー・オハラ／スティーヴン・オリヴァレス／マイケル・オルソン／ジョゼ・オレヴェラ／ジョージ・オレレナ／シーザー・オーネラシルヴァ／ティモシー・オアー／ランドール・パッカー／リチャード・パーク／ヴィクター・パーカー／ロバート・パーソンズ／ダスティン・パトリック／クリストファー・パターソン／トーマス・パターソン／キャメロン・ペイン*／エドワード・ペイン三世／ジャレス・ペイン*／ダレス・ピーブルス・シニア／アンソニー・ペレキア*／トーマス・ペンドルトン／ティモシー・ペン／マーク・ペレス・ジュニア／トロン・ヴ・ファン／アルバート・フィリップス／クリストファー・ピカード／メルヴィン・ピアース／ニコラス・ピナ／マイケル・ピン／アンドリュー・パイパー／クリスティトゥト・ピッチフォード／ジョシュア・ポーリング／ローディー・ポロジャック／ダリン・ポット／マイケル・ポッテバウム／ベニー・ポッター／ミッチェル・ポットヴィン／ビリー・ポールセン*／ケネディ・パウエル／ダニエル・プライスナー／クリストファー・プレモア／ドナルド・プレストリー／ダニエル・プライス*／ジャコブ・プライス／ゴードン・プリケット・ジュニア／ジョナサン・プリチェット／クリストファー・プロフェット／アンドリュー・プーチェック／ジェームズ・クワッケンブッシュ／トーマス・レイチェルズ／ジェームズ・レーガン／エリンコ・レイ／チャールズ・リード／ホイットニー・リード／ジョシュア・リーヴズ*／カール・レイハー*／ギャレット・レイルマン／アンドリュー・ラインケ／ローレンス・レイジンガー／ダリル・レヴェル／ボビー・レックス／トーマス・ライス／トーマス・リチャードソン／ウェルビー・リチャードソン／ケイジャナイ・ライリー／エリック・リレラ／ジョセフ・ラインハート／ジョニー・リヴェラ／エンジェル・ロブレス／アイザック・ロジャーズ／アーマンド・ロドリゲス／ジョー・ロドリゲス／ルイス・ロドリゲス／ニコラス・ロドリゲス／ルーベン・ロドリゲス／ルービン・ロドリゲス／マイケル・ロドリゲストーロ／ヘンリー・ロジャサンプディア／キップ・ロラソン／ジェームズ・ロス三世／バラク・ルーロー／ウィリアム・ロイ／トリスタン・ルアーク／ロバート・ライダー／パトリッ

ク・サレンティン／コール・サモンズ／ジョナサン・サンダース／ラリー・サンダース二世／ジョシュア・サンドリン／スティーヴン・サンタマリア／ジョナサン・サンティー／ロベルト・サンティアゴ・ジュニア／リッキー・サリンガー／スティーヴン・サートー／ルーカス・サスマン＊／テレル・ソールズ／ルイス・スカリンゲラ／クリストファー・シェイラー／ジャスティン・シャウアー／アラン・シュリットラー・ジュニア／アダム・シューマン／ジェームズ・シュット／ウェンデル・スコット／スコット・スクータリ／アダム・シーボルド／ジョセフ・セムタク／ロバート・センシボー／ウォルター・セパルヴァード／エマー・セラーノ／ロサダ・セラーノ／ウェズリー・セッツァー／ジェレマイア・シェイファー／アダム・ショウ／ケラン・シーリー／アレクサンダー・シェルトン／ランドール・シェルトン＊／ジョニー・シャーフィールド／トルーマン・シムカニン／マイケル・ショートリッジ／ネイサン・ショーマン／ジョシュア・シックルズ／トーマス・シモンズ／ティジェラ・スラック／ジャスティン・スレイグル／ジェレミー・スレイター／ジェフリー・スレイヴンズ／チャールズ・スミス二世／ダニエル・スミス／ディオンタ・スミス／ハワード・スミス／ジェイソン・H・スミス／ジェイソン・M・スミス／ジェレミー・スミス＊／ジャスティン・スミス／リチャード・スミス／ロバート・スミス／セス・スミス／スカイラー・スミス／トーマス・P・スミス／トーマス・R・スミス／トーマス・R・スミス／ウェズリー・スミス／ジャレド・スパークス／ビリー・スピーディ／ドナルド・スペンサー＊／ギャレット・スタックポール／ジョン・スターマン／エリック・スタンシル／クリントン・スタウブ／レイネル・スティール／ライン・ステギュラ／デイヴィッド・スターリング／マシュー・スターン／ジャレド・スティーヴンズ＊／チャド・ステュワード／アラン・ステュワード／ジョシュア・スティーバー／ショーン・スティルウェル／デリック・スティネット＊／ベンジャミン・ストーム／トレントン・ストーム／ライリー・ストリーパー・ジュニア／スティーヴン・ストリックランド／タイリー・ストリックランド／ギリアン・スタンボ／ジョナソン・ステューレック／ダニエル・スタイルズ／ジョン・スウェイルズ／ジョナサン・スワン／マイケル・スウェイニー／リチャード・タケット／ブランドン・タルスマ／ペテロ・タウファグ／リチャード・テイラー／マシュー・テビースト／デイヴィッド・テドロウ／アイアポコ・テイ／アレクサンダー・テレズ／ネイサン・テニー／アレクサンダー・トイウソー／アントニオ・トンプソン／デレク・トンプソン／ジャスティン・トンプソン／リランド・トンプソン＊／ニコラス・トンプソン／トロイ・トンプソン／ティモシー・トムソン／アンドリュー・ソーンベリー／クリストファー・ティングル／ルディ・トイア／クリストファー・トリックス／ロバート・トルークス／チャールズ・トランネル三世／ジャラド・トゥルグ／ディーン・タブズ／キュン・ターナー／パトリック・タトワイラー＊／アジラ・ウメ／マイケル・ヴェイカンティ／ジョージ・ヴァレンシア／ラファエル・ヴァレンティン・ジュニア／ブランドン・ヴァレンティン／アラン・ヴァルティエラ＊／イグナシオ・ヴァルヴァーデ・ジュニア／ジェイソン・ヴァン・ガンディ／ジェイムズ・ヴァ

ン・ザイトヴェルド／チャールズ・ヴァスケス・ジュニア／ジェイム・ヴァスケス／ショーン・ヴェンチュラ／ジョゼ・ヴェラ*／ウィリアム・ヴィアン／ベンジャミン・ヴィラセナー／ジョン・ヴァイオーラ／ランディー・ワッデル／チャールズ・ウェイド・ジュニア／ジェロド・ウェイド／エリック・ワーグナー／ニコラス・ワーグナー／セス・ウォール／レベッカ・ウェイナー／ウィリアム・ウォールデン／ジョセフ・ウォーカー・ジュニア／ウィリアム・ウォーカー／ウィリアム・ウォーレス／アンドリュー・ウォーラー／アルバート・ウォルシュ／マイケル・ウェイペルホースト／マイケル・ウォード／プレストン・ウォード／トーマス・ウォース／ライアン・ウォーターズ／エリック・ワトソン／クリストファー・ワッツ*／マイケル・ウィークリー／ウィリアム・ウェッブ／オリス・ウェブスター／サミュエル・ワイスマン／ハワード・ワイツマン／ジョシュア・ウェルボーン／ダニエル・ウェンゼル／ジャック・ウィーラー・ジュニア／チャールズ・ホワイト／ニコラス・ホワイト／アラン・ウィック／ジェイムズ・ワイドナー／マシュー・ヴァイルズ／アマンダ・ウィリアムズ／ブランドン・ウィリアムズ／カール・ウィリアムズ／ジェイムズ・ウィリアムズ／ケネス・ウィリアムズ／ティモシー・ウィリアムズ*／マイケル・ウィリフォード／クレイグ・ウィルソン／ジェイムズ・ウィルソン／ジェフリー・ウィルソン／クリスタル・ウィルソン／ライアン・ウィルソン*／マイケル・ウィンチェスター／ロバート・ワイニガー・ジュニア*／アンドリュー・ウィンクラー／シェーン・ウィン／スコット・ウィンター／ブランドン・ワイズ／レナード・ウィズニュスキー／マシュー・ウィッテ／ジョシュア・ウォルド*／ブランドン・ウッド／ライアン・ウッド／ジェイソン・ウッドバリー／トレヴァー・ウッズ／ダーリン・ウルフ／ウィリアム・ウォーシントン／ジョセフ・ライト／マシュー・ライト／リチャード・ライト／トーマス・ヤネリ／アダム・ヤング／デイヴィッド・ヤング／ジュアン・サンブラノ・ジュニア／エドガー・ザモラ／ウィリアム・ザッパ*／ディオニシオ・ザラバル／スティーヴン・ゼブロウスキー／トッド・ジーグラー／ヴァンス・ジマー／ラスティー・ツィマーマン／アラン・ズレンコ／ブライアン・ズヴェイボーマー／アブラム・ジンダ

十六－二提供。リストには初期派兵および中期交代要員が含まれる。

＊付きはパープルハート勲章受章者。

死亡した十六—二兵士

アンドレ・クレイグ・ジュニア
2007年6月25日

ジェイ・ケイジマ
2007年4月6日

ウィリアム・クロウ・ジュニア
2007年6月28日

ショーン・ギャジドス
2007年6月6日

ジェームズ・ハーレルソン
2007年7月17日

キャメロン・ペイン
2007年6月11日

ダレル・ベネット
2008年3月29日

ジョシュア・リーヴズ
2007年9月22日

ジョエル・マレー
2007年9月4日

パトリック・ミラー
2008年3月29日

ジェームズ・ドスター
2007年9月29日

デイヴィッド・レーン
2007年9月4日

ダンカン・クルックストン
2008年1月25日

ランドール・シェルトン
2007年9月4日

附記　情報源と方法について

本書はおもに、第十六連隊第二大隊と初めて会った二〇〇七年一月から、レンジャー集会が開かれた二〇〇八年六月のあいだに私が実際に見聞きした出来事を記したものである。私はイラクで計八ヶ月間を十六－二の兵士たちとともに過ごし、さらに、カンザス州フォート・ライリー、テキサス州サンアントニオのブルック陸軍医療センター、メリーランド州ベゼスダの国立海軍医療センター、ワシントンDCのウォルター・リード陸軍医療センターに赴いて追加取材をおこなった。

本書には、私がその場にいなかった場面も含まれている。その場合の細かな描写、記述、対話などは、陸軍の内部報告書、写真、ビデオ、事後調査書、事情が許す限りの多くの関係者とのインタビューから得たものである。本書で詳細に描いたりその言葉を引用したりしたすべての人々は、私がジャーナリストであること、私が見聞きしているすべてを記録していることを知っていた。

陸軍の称賛すべきところは、私の長期取材のあいだに、これは非公開にしてくれという要請があったのはたったの二回だけだった点である。その二回とも、機密扱いになっている工学的な用途にかかわるもので、それを書き記すと、今後それを使う兵士に危険が及ぶ可能性があったので、その要請を受け入れた。

そして十六－二の称賛すべきところは、ひとりのジャーナリストを帯同することに嫌な顔ひとつせず、どんなときでも私の存在を快く受け入れてくれた点である。最初から私は、戦場における兵士たちの様子を詳細に、なんの策略も用いずにすべて記録すると説明していた。それで本書に書かれているのは、嘘偽りのない兵士たちの姿である。それを目撃し、戦場の出来事について書くことができたことを私は光栄に思っている。

訳者あとがき

二〇〇七年四月、ワシントン・ポスト紙の元記者でピュリツァー賞受賞者デイヴィッド・フィンケルは、バグダッド東部にあるラスタミヤという、だれも行きたがらないアメリカ軍前線基地に赴いた。そこは、「すべてが土色で、悪臭に覆われ」、「風が東から吹けば汚水の臭いがし、西から吹けばゴミを焼く臭いがし」、「外に出るとたちまち頭からブーツまで埃まみれになる」場所だった。

二〇〇七年一月にブッシュ大統領が、「バグダッドの治安維持とイラクの自由のために」さらに二万人の兵士をイラクに送ると発表したのを受け、カンザス州フォート・ライリーを拠点にしていた第一歩兵師団第四歩兵旅団第十六歩兵連隊第二大隊がイラクに派遣されることになった。フィンケルが赴いたのは、この大隊に密着取材し、大隊の指揮官のラルフ・カウズラリッチ中佐を中心に、戦場における兵士たちの実情をレポートするためだった。

そして本書（原題「The Good Soldiers」）が二〇〇九年九月にアメリカで出版された。ここに描かれた戦争の姿、兵士の置かれている過酷な現実、即製爆弾《IED》の爆発でたやすく破壊されていく人体、大隊兵士の十九歳という平均年齢、イラクの治安は少しもよくなっていないという事実に、多くの人たちは声を失った。長い期間をかけて深く戦争の現場を掘り下げた本書で、人々は初めて、アメリカにいてはわからないイラク戦争の姿を知ったのである。

「兵士たちにとって戦争は、英雄を生み、悲劇をもたらす現場」であったが、「アメリカ合衆国では違った」とフィンケルは書いている。アメリカでは、「もっと戦略的で、もっと政治的で、もっと政策主導で、さまざまな用途に使える事件」しか取りあげない。「アメリカではマクロなものしか記事にならなかった」。だからこそ、彼はミクロなものを書くことで、「現場」の声を、音を、臭いを、恐怖と不安を伝えようとした。このフィンケルの手法は本書の後編とも言える『帰還兵はなぜ自殺するのか』（二〇一五年　亜紀書房刊）においてもまったく変わっていない。ジャーナリストが伝えなければならないのは、ひとりひとりの人間の行動であり、心の動きであり、考え方だという姿勢が鮮明に表れている。

　対象に迫るときに取材している自分を一切消し、一人称を使わず、あたかも小説のように描く書き方を「イマージョン・ジャーナリズム」という。取材する者がそこにいるのにそこにいることを知らせない書き方は、最初は戸惑いを覚えるかもしれないが、語り手が見えないがゆえの臨場感は特筆すべきものである。こうした書き方を真っ先に実践したのは、一九七〇年代に「ニュー・ジャーナリズム」の旗手と言われたトム・ウルフだが、その手法を引き継いだフィンケルの文章からは、人物や風景が鮮やかに目の前に迫ってきて、読み手は実際にその場にいるかのような錯覚を覚える。そのためか、重傷を負った兵士を救おうと医師の集団が手を尽くしている場面や、四肢を失い、残った体すべてに火傷を負い、感染症で生死の境にいる兵士をカウズラリッチが見舞う場面は、何度読んでも涙を禁じ得ない。

本書の中心人物であるカウズラリッチ中佐は四十歳。陽気で楽天的で、アフガン戦争でも勇猛に戦い、人から「徹頭徹尾、本物の兵士」と言われるほどの軍人だ。これまでに部下をひとりも死なせたことがないのが自慢でもあった。ところが自分の部下がひとりまたひとりと殺されていく事態に直面し、彼自身も次第に変化していく。

戦争を描こうとすれば当然のことだが、本書には兵士が死傷する場面が多く登場する。二〇〇三年から二〇一〇年まで、八年に及ぶイラク戦争で死亡した兵士の数は、イラク治安部隊を含めた連合軍側も、イラク側も、それぞれ二万数千人に及ぶ。負傷者はおよそ十一万人である。そしてアメリカ兵士の死者数がもっとも多かった年が、増派によって駐留するアメリカ兵の数が増えた二〇〇七年だった。

しかし、民間人の死者の数はそれよりはるかに多い。イラクの民間人の死者数は正確にはわかっていないが、最初の四年間に限っても、十五万人とも六十万人とも言われている。「ランセット」という有名な医学誌に掲載された二〇〇六年時点の調査報告では、六十五万五千人という数字を挙げている。これはイラクの人口の二・五パーセントに当たる。夥しい数である。

アメリカ側のジャーナリストの視点から描かれているとはいえ、フィンケルの批判的精神は随所で発揮されている。それは、手足や目を失った兵士たちについて、ある陸軍のトップが「なくしたのではなく、国に捧げたのだ」と語る場面や、ペトレイアス大将の両院議会における公聴会での様子などに明らかだが、最たるものが、第五章で詳細に描かれる、ロイター通信のジャーナリストに対するアメリカ側による誤爆事件だろう。

アパッチ・ヘリの乗組員と地上にいる中隊とのやりとりを通して、その場面を非常に克明に、あたかも映画のように再現している。この誤爆によってロイターのジャーナリストふたり、民間人十二人から十八人以上（報告によってばらつきがある）が殺され、幼い子供ふたりが重傷を負った。

二〇一〇年になってウィキリークスが、アパッチ・ヘリから撮られた動画をサイトに載せると、この誤射の瞬間を見た多くの人々は大きな衝撃を受けた。ヘリからマシンガンが発射され、土煙が上がり、複数の人が倒れるところや、ハンヴィーが死体の上に乗り上げるところ、民間人が乗っていたヴァンを掃射する映像まですべてが鮮やかに映っていたからである。つまり、映画とはまったく違う、目を背けたくなるような戦争の姿が映っていた。これが誤爆であったか否かについては、その後、ロイター通信を含むメディアや、現場にいた兵士やペンタゴンの関係者たちがそれぞれの意見を述べ、戦争の是非を含む一大論争へと発展していった。また、ジェームズ・スピオーネ監督が二〇一一年に、この事件を元にした「ニュー・バグダッドの出来事」という二十二分の映画を作り、アカデミー賞の短編ドキュメンタリー映画賞の最終候補になった。

フィンケルは、ウィキリークスに情報が漏れる前にこの出来事を書いているが、「機密扱いではない複数の情報から作り上げた」とし、「イラクにいたことが私のもっとも貴重な情報源である」と述べている。

悲惨な情景や兵士の呻き、死と隣りあわせのひりひりした興奮と恐怖をフィンケルが文章に写し取れたのは、確かに彼がイラクにいて、そこで起こったことをつぶさに見て体験していたからだろう。とはいえ、彼が見てきたのは悲惨なことばかりではなかった。カウズラリッチとイラク人通訳イジーや、イラク警察のカシム大佐との交流は心温まるものである。多くの部下を死傷させられてもなおイラク人の中にある善意を信じられるのは、イジーやカシムがいるからだ、とカウズラリッチは言う。そうした人情に篤《あつ》いところがあるからこそ彼は、陸軍の中でも「浮いた」存在になっているのかもしれない。

本書は、アメリカで出版されるや多くの紙誌の書評やテレビに取り上げられたが、中でも「ニューヨーク・タイムズ」の顔とも言うべき書評家ミチコ・カクタニは、「心臓が止まるような作品」であり、これまでとはまったく違った戦争へのアプローチをおこなって、「戦争のシュールレアルな恐ろしさをみごとにとらえている」と絶賛した。また、「兵士たちの中で育まれる同志愛」や「政治家や軍上層部の論じる戦争と、兵士が直面している戦争とには大きな隔たりがあると兵士たちが感じ続けていること」をも正確にとらえている、と評している。

ピュリツァー賞受賞作家ジェラルディン・ブルックスは、「『イーリアス』以降、もっとも素晴らしい戦争の本であろう」と述べている。

本書の原題「The Good Soldiers」は、直訳すれば、よい兵士、善良な兵士、立派な兵士、忠実な兵士、といった言葉になる。確かにここに登場する兵士ひとりひとりはそういう兵士である。この言葉にフィンケルはまったく皮肉を込めてはいない。国のために戦っている若い兵士、遠い国で命を賭けている兵士は good soldier 以外の何者でもない。しかし、目を閉じれば脳裏には死んだ戦友の姿や幼いイラクの女の子の姿がスライド・ショーのように映り、不眠に苦しみ、不意に体が震えてくる。そこにいるのは兵士である前に、紛れもなく普通の若者である。

先にも触れたが、昨年出版された『帰還兵はなぜ自殺するのか』（原題「Thank You for Your Service」）は本書の後編に当たる。出版の順番が逆になってしまったが、すでにそちらをお読みの方にはなじみの兵士がこちらにも登場する。『帰還兵はなぜ自殺するのか』

には、「大隊の中でもっとも優れた兵士」アダム・シューマンを中心に、「壊れちまった」五人の兵士とその家族の「戦争の痕」が描かれている。こちらも併せて読んでいただければ、と思う。

最後になるが、この優れたノンフィクションを紹介できたのは亜紀書房の内藤寛さんのおかげである。『帰還兵はなぜ自殺するのか』の前編を出すのは出版社の責任であると言った内藤さんの言葉が忘れられない。また、友人の大野陽子さんにはお世話になった。大野さんの日本語に対する感性の鋭さに、今回も助けられた。

本書を訳す作業は前回以上に辛いものだった。しかし訳し終えたときには、この本の価値を、デイヴィッド・フィンケルが見た戦争の姿を、大勢の人たちに伝えなければならないと痛感した。

この時代に生きる多くの方々に手に取っていただければ幸いである。

二〇一六年　一月六日

古屋美登里

デイヴィッド・フィンケル　David Finkel

ジャーナリスト。「ワシントン・ポスト」紙で23年にわたり記者として働き、2006年ピュリツァー賞受賞。その後イラク戦争に従軍する兵士たちを取材するために新聞社を辞めバグダッドに赴く。その取材の成果として出された本書『The Good Soldiers』（2009年刊）は大きな反響を呼ぶ。また、帰郷した兵士たちに取材した続編『Thank You for Your Service』（2013年刊、日本語版『帰還兵はなぜ自殺するのか』古屋美登里訳、亜紀書房刊）は、Dreamworksによる映画化のプロジェクトが進行している。

古屋美登里（ふるや・みどり）

翻訳家。訳書にM．L．ステッドマン『海を照らす光』、イーディス・パールマン『双眼鏡からの眺め』（以上、早川書房）、B．J．ホラーズ編『モンスターズ　現代アメリカ傑作短篇集』（白水社）、エドワード・ケアリー『望楼館追想』（文春文庫）、ダニエル・タメット『ぼくには数字が風景に見える』（講談社文庫）『ぼくと数字のふしぎな世界』（講談社）ほか多数。

亜紀書房翻訳ノンフィクション・シリーズ　II-7

兵士は戦場で何を見たのか

著者　デイヴィッド・フィンケル
訳者　古屋美登里

発行　2016年2月18日　第1版第1刷発行

発行者　株式会社　亜紀書房
東京都千代田区神田神保町1-32
TEL　03-5280-0261（代表）　03-5280-0269（編集）
振替　00100-9-144037
http://www.akishobo.com

装丁　間村俊一
レイアウト・DTP　コトモモ社
印刷・製本　株式会社トライ
http://www.try.sky.com

ISBN978-4-7505-1437-6 C0036

亜紀書房翻訳ノンフィクション・シリーズ　好評既刊

人質460日
――なぜ生きることを諦めなかったのか

アマンダ・リンドハウト＋サラ・コーベット著
鈴木彩織訳

ハイジャック犯は空の彼方に何を夢見たのか

ブレンダン・I・コーナー著
高月園子訳

13歳のホロコースト
――少女が見たアウシュヴィッツ

エヴァ・スローニム著
那波かおり訳

それでも、私は憎まない
――あるガザの医師が払った平和への代償
イゼルディン・アブエライシュ著
高月園子訳

アフガン、たった一人の生還
（映画「ローン・サバイバー」原作）
マーカス・ラトレル＋パトリック・ロビンソン著
高月園子訳